不久的将来，我们一定能够实现

可燃冰能源“从钻台走向灶台”的梦想！

“蓝鲸Ⅰ号”可燃冰试采平台全景

“蓝鲸Ⅰ号”可燃冰试采平台局部

块状的可燃冰，点火就能燃烧

作者陈国栋、王晶在可燃冰试采现场采访

可燃冰试采点火现场

可燃冰试采点火成功，参加试采人员欢呼庆祝

# 燃烧的冰

## 我国首次海域可燃冰试采成功纪实

The Burning Ice

陈国栋
王晶 | 著

金城出版社
GOLD WALL PRESS
·北京·
BEI JING

# 冰火之梦

## ——序《燃烧的冰：我国首次海域可燃冰试采成功纪实》

李炳银

伴随着全球机械工业的持续高速发展，虽然科技手段在不断地进步革新，但像煤炭、石油、天然气等这样的能源资源还是在迅速减少。在这样严峻的局势下，人们开始努力追寻绿色清洁能源。中国是一个能源需求大国，为了国家经济持续发展，为了国家的能源保障和安全，必须在新能源的探寻开发方面有所作为。

2017 年 5 月 18 日，中国在南海神狐成功开采可燃冰，并向世界正式宣布消息，曾经引发国人的极大振奋。但是，作为一种新的高效清洁环保能源资源，可燃冰好像和人们的认识还存在距离。人们对这种奇特的资源还缺少必要的接触了解。从这样的角度上看，陈国栋、王晶的这部长篇报告文学《燃烧的冰：我国首次海域可燃冰试采成功纪实》，在世界和中国能源供给面临严峻形势的现实背景下，前沿和及时地关注描绘中国在南海探寻和成功开发可燃冰情形的文学书写，就是非常现实和及时的文学应对，是报告文学深入社会生活科技研发现场，给人们速递来新颖内容和精彩形象、景象，给人有一种解惑和感染的力量。这是现实美妙中国故事的一个生动场景，是展现中国精神和中国性格形象的文学描绘。

《燃烧的冰：我国首次海域可燃冰试采成功纪实》，条理清晰、精简流畅地描述了中国可燃冰的探寻和成功试采，从跟跑到领先世界，经历了20年的曲折、艰难和不断创新超越的复杂过程；也生动描绘了地质科研工作者在其中表现出的使命精神、智慧劳动、创业热情、坚强意志、奉献品格等等，就像可燃冰从陆地和海洋深处，从黑暗地下一步步走向燃烧光明一样，在人们的眼前闪烁灿烂，给人以很大的震撼和力量。或许，作品中很多可燃冰从发现认识，到被开发利用的科学信息内容，存在不少学理和过程因素，与文学的形象艺术表现有所间隔。但是，这些科学内容，这些空前的勘探开发过程，也存在着神奇美妙的表现内容，其本身对于渴望走近和了解它的人们，同样包含着很大的吸引和诱惑。作为较早接触可燃冰题材对象的报告文学，包含和集纳这些信息内容是很有必要和适当的。正是这些内容，使人们感受到自然的神奇，科学的力量，追求的漫长和艰难，成功的欣喜和满足等等，也很有力地表现出国家的经济科学实力和人的精神行动能力。

但是，人类社会生活中的所有奇迹，都是因人而开始发生的。所以，人自然是各种奇迹的中心对象，是文学表达时的集中目标。陈国栋、王晶两位作家，对此有着很大的关注和用心。《燃烧的冰：我国首次海域可燃冰试采成功纪实》，直接的目标是表达人们对于“冰与火”的渴望和勘探开发，但在这一切的过程中，作者却是围绕着人为了使命理想而奉献、拼搏展开的。作品分别个性地描绘了叶建良带领的这支年轻的技术团队，在相关部门领导和技术专家的指导配合下，在“忠诚、创新、合作、奉献”的团队精神激励下，在梁金强、谢文卫及“钢铁团队”所有成员的积极热情奋发努力下，使中国的可燃冰获取领先世界水平，从无到有、从陌生到熟练，后来走向可燃冰研究开采的系统、创新的国际高峰的情景。这些肩负着祖国重托期望，对国家民族抱有真诚担当情怀的科学家，放下安逸的生活环境，远离了对亲人的陪伴和照看，来到大海深处，经历风浪颠簸，经历孤独与艰难，初心不改，矢志不渝，奋勇拼搏，智慧创造，最后成就了国家的伟业，也成就了他们高尚的事业和人生。这些可爱的人们，一团团的火样的人生事业表现，照亮了迷茫的能源前路，也点亮了人们精神的火炬，是一种建设性的高效能量。

陈国栋多年来聚焦自然资源系统的重大事件人物，用心投入地采取报告文学这种富有现实力量和独特表现个性的表达，书写了不少优秀的作品，令人瞩目。这次，他又与王晶合作这部在题材和内容方面都十分新颖的作品。两位作家为写这部作品，在资料的准备方面用力甚多，还不顾风浪亲赴南海现场，面对当事者进行仔细深入采访，付出大量劳动，并在结构布局和叙述技巧上用心谋成：有宏观的全局关照，有个性区别的个体行动表现，事件故事中观察人物的行踪，在人物的身上体现事件的情景和不断推进的内容等。作品显示出丰富厚重内涵和技巧的平衡表现，十分难得。在阅读了这部让我长学识，开眼界、颇受感染的作品之后，我写下以上认识体会。

是为序！

2020 年 1 月 18 日

（李炳银：中国报告文学学会常务副会长

《中国报告文学》杂志主编）

# 目　录

## 第四章　聚沙成塔



## 第五章　五月圆梦



## 第六章　一号工程



## 第七章　神狐呼唤

## 第八章　领跑世界



## 第九章　钢铁团队



## 第十章　共同目标

# 引 子

在人们的印象中，冰是水低于冰点凝固而成。谁也无法把晶莹剔透的冰块和熊熊燃烧的火焰联系起来。而有一种“冰”能燃烧？能在冒着冷气的同时被点燃？当你看到“冰块”忽然被点燃的那一刻，那种神奇景象会瞬间颠覆我们以往的印象。人们不禁要问，这是一种什么样的冰啊！

这种“冰”不是我们固有观念中的普通冰，是从我国南海海底开采出来的天然气水合物，俗称可燃冰。它是甲烷和水在高压低温状态下形成的固体结晶物质。纯洁的可燃冰呈洁白色，形似冰雪。是一种可以被点燃，可以燃烧释放出热能的“冰”。

据理论计算，1 立方米的可燃冰可释放出 160 至 170 立方米的甲烷气和 0.8 立方米的水。而且燃烧后仅会生成少量的二氧化碳和水，不像煤炭和石油燃烧时释放出粉尘、硫化物、氮氧化物等环境污染物，所以可燃冰被誉为 21 世纪最理想的清洁环保能源之一。

2017 年 6 月 10 日，是我国首次海域可燃冰试采点火满一个月的日子。至此，我国可燃冰试采点火总产气量已达 21 万立方米，平均日产 6800 立方米，获得各项测试数据 264 万组，不仅创下了可燃冰试开采单位时间的世界纪录，也为下一步中国在可燃冰领域攀登世界新高峰奠定了坚实的基础。

晚上 8 点，在南海神狐海域的试采平台上，可燃冰现场试采指挥部召开了生产例会，指挥长叶建良宣布："从今天起，微信解禁，大家可以给家人报平安，可以表达喜悦之情和思念之意。"一阵欢呼声，在空旷的南海神狐海域腾起，人们纷纷打开微信，刷起了朋友圈。

# 第一章　神狐奇迹

位于珠海市南端320公里的中国南海北部神狐，这片神奇海域，因为可燃冰这一清洁环保能源的发现和试开采的成功，让这颗镶嵌在广袤的南海中鲜为人知的璀璨明珠，瞬间发出了夺目的光芒。

## 一　来自中南海的贺电

公元2017年5月18日。

这是一个让国人振奋和引以为豪的日子。横空出世，惊天动地，我国首次海域可燃冰试采获得圆满成功！

冲天而起的火焰，映衬着蔚蓝色的海面，大海扬波，和着人们的掌声、欢呼声，我国清洁环保能源可燃冰勘查、试采迈上新台阶，揭开了人类探索和利用新能源的新纪元，我国无能力开采可燃冰的帽子被科技工作者重重地抛进了海洋。

中国人扬眉吐气了！

从2017年5月10日开始，我国在南海神狐海域水深1266米海底下，从赋存于203米至277米之间的可燃冰矿藏中开采出天然气。可燃冰经过降压分解后，甲烷气体沿着气液分离管道，从平台燃烧臂内喷涌而出，经试气点火，巨大的火焰在蓝色的大海上犹如一道亮丽的彩虹，架设在海天一色的云霭里，格外耀眼。

这是我国首次在海域可燃冰储层中成功开采出天然气，在火焰持续燃烧的第 8 天，5 月 18 日上午 10 点，中华人民共和国国土资源部在距离珠海 320 公里的“蓝鲸 I 号”可燃冰试采钻井平台召开了可燃冰试采现场会，国土资源部部长姜大明通过媒体向世界庄严宣布：“我国首次海域天然气水合物（可燃冰）试采成功！”这是我国首次，也是世界首次成功实现了资源量全球占比 90% 以上、开发难度最大的泥质粉砂型天然气水合物（可燃冰）安全可控开采。

我国首次海域可燃冰试采成功了！

中共中央、国务院电贺我国首次海域可燃冰试采成功：

国土资源部、中国地质调查局并参加海域天然气水合物试采任务的各参研参试单位和全体同志：

在海域天然气水合物试采成功之际，中共中央、国务院向参加这次任务的全体参研参试单位和人员，表示热烈的祝贺！

天然气水合物是资源量丰富的高效清洁能源，是未来全球能源发展的战略制高点。经过近 20 年不懈努力，我国取得了天然气水合物勘查开发理论、技术、工程、装备的自主创新，实现了历史性突破。这是在以习近平同志为核心的党中央领导下，落实新发展理念，实施创新驱动发展战略，发挥我国社会主义制度可以集中力量办大事的政治优势，在掌握深海进入、深海探测、深海开发等关键技术方面取得的重大成果，是中国人民勇攀世界科技高峰的又一标志性成就，对推动能源生产和消费革命具有重要而深远的影响。

海域天然气水合物试采成功只是万里长征迈出的关键一步，后续任务依然艰巨繁重。希望你们紧密团结在以习近平同志为核心的党中央周围，深入学习贯彻习近平总书记系列重要讲话精神特别是关于向地球深部进军的重要指示精神，依靠科技进步，保护海洋生态，促进天然气水合物勘查开采产业化进程，为推进绿色发展、保障国家能源安全作出新的更大贡献，为实现“两个一百年”奋斗目标、实现中华民族伟大复兴的中国梦再立新功！

中共中央<br>国务院<br>2017 年 5 月 18 日

经过无数个日日夜夜的艰辛探索与默默付出，无数人翘首以盼的火焰终于在这一刻真实地展现在人们眼前，并通过电视画面展现在国人和世人眼中。

此刻，试采平台上参试参研的人们簇拥在一起，欢呼、祝贺的声音久久回荡在平台上空。

媒体也沸腾了！

2300 多家国内外媒体第一时间迅速报道了这一消息。

《可上九天揽月，可下五洋采“冰”》——新华社当天 12 时 34 分以醒目标题报道了我国可燃冰试采成功的消息，同时配发评论《中国正“向地球深部进军”》。《人民日报》、《人民日报》客户端、人民网报道《我国首次海域可燃冰试采成功：打开了一个可采千年的宝库》；《中国国土资源报》发表评论文章——《中国可燃冰试采成功开启世界新能源勘探开发新纪元》。

中央电视台、中央人民广播电台、《光明日报》《经济日报》《科技日报》、中新社等中央主流媒体均在第一时间，向外界传递了我国南海海域可燃冰试采成功的消息。

英国广播公司（BBC）赞许道：“相对于我们所了解的日本研究结果，中国宣告的突破可以说是成立的，经过不懈努力，中国科学家成功地从可燃冰里提取出更多的气体，这确实是一个比较大的进步，而且（可燃冰相比传统能源）10倍能量的说法，还是一个比较保守的估计。”

英国《每日邮报》称：“北京取得了在南海四千英尺海底开采可燃冰的里程碑式的胜利。”

美国侨报网：“中国成功试采海域可燃冰，世界首次！”

美国有线电视新闻网（CNN）认为中国这场大火革了能源的命：“它可能与美国的页岩气革命一样重要。”

《今日俄罗斯》把可燃冰试采成功和中国顶层战略“一带一路”联系起来：“中国将帮助海上丝绸之路国家的可燃冰能源开采，解决他们的能源问题，发展他们的经济。”

俄罗斯其他媒体还提到：“中国在这一领域的理论框架和技术的发展已经达到了‘空前的成功’。中国已经在世界上占据了开采‘可燃冰’的领先地位。”

曾经在可燃冰试采研究方面一度走在各国前面的日本，这次媒体也不得不承认，“日本曾在2013年在世界上首次开展了该能源的试采，但并没有建立稳定的天然气水合物生产技术”。日本网民对此更是一针见血地指出：“这种新能源将严重打击石油和天然气出产国。”

赞誉与祝贺像春天的蝴蝶扑向绽放的花朵。人们关注的目光纷纷投向了南海神狐这片海域，一时间，这片神奇的海域成了世界各国同行和媒体注目的热点。

2017年5月18日，熊熊燃烧的冰火，给全世界烙上了深深的中国印记。

## 二 奔赴平台

中国南海神狐，这片原本深不可测、人烟稀少的蓝色海域，因为有了可燃冰试采而热闹非凡，白色、蓝色、红色和黄色组合的靓丽色彩点缀着矗立在蓝色大海上的试采平台，成为茫茫大海上一个十分醒目的标志。昼夜施工的机器，来来往往为试采工程做保障的直升机、船舶，搅动着这片昔日安静的海域。蓝色的海洋上空，白云不断飘过头顶，他们仿佛看懂了中国这个伟大的创新工程，不时地从空中撒落下湿润的话语。这里远离陆地，除了一望无边的海洋，蓝天白云，以及每天朝升夕落的太阳，如今最引人注目的是熊熊燃烧着的冰火。

当人们的关注点都聚焦于南海深蓝的海水里腾空而起的熊熊燃烧的火焰时，我们将目光倾注到了火焰背后的科技工作者们身上。

2017 年 7 月 17 日夜里 22 点 20 分，我们乘坐的由北京飞往广州的班机在瓢泼的大雨中腾空而起，经过 3 个小时的飞行，到达目的地时，已是 7 月 18 日凌晨 1 点 40 分。接机的广州海洋地质调查局副局长秦绪文、《中国国土资源报》驻广东记者站副站长陈惠玲将我们送到驻地已是凌晨 3 点了。尽管航班延误让我们这么晚才到达，但我们毕竟到了广州，为采访可燃冰的故事多争取了一天的时间。我们要采访的对象，都奔波在可燃冰试采工作中，是在时间非常宝贵的情况下，专门抽空接受我们的采访。想到这些，我们心里多了些欣慰。

第二天，在蒙蒙的细雨调节下，广州的气温仅为摄氏 28 度，这在已进入酷暑的南方是不多见的。我们一天的采访从上午开始一直持续到晚上 8 点，不仅采访了广州海洋地质调查局局长、可燃冰现场试采指挥部指挥长叶建良，广州海洋地质调查局副局长张光学，拜访了广州海洋地质调查局党委书记温宁等几个多年的老朋友，而且还搜集了许多与可燃冰有关的资料。一天下来，可以说是收获满满。我们没有一刻的松懈，晚上抓紧整理完资料，然后带着对我国从事可燃冰研究调查的科技人员的敬佩和感动进入梦乡。

7 月 19 日上午，伴随着震耳欲聋的引擎声，我们乘坐南方航空公司的直升机从珠海九洲机场飞向茫茫南海中的可燃冰试采一线——“蓝鲸 I 号”平台。

直升机在细雨中起升，很快爬上了两千多米高度，向下俯视，蜿蜒如巨龙的粤港澳大桥格外引人注目，珠海岸边醒目的渔女塑像逐渐淡出视线，码头上整齐停放的庞大轮船，犹如一只只黑色的蚂蚁。不一会儿，直升机穿入云层，雨点不断加大并洗刷着机窗的玻璃，眼前一片模糊。

直升机向南面海洋腹地飞去，大约半小时后，天空放晴，海水也渐渐从岸边灰黄色变成比蓝墨水稍浅的蓝色。今天海风不大，海面上几乎没有海浪，只有一些细微波纹。直升机穿行在上下云层中，透过窗户向外平视，不时能看到一条金黄色的腰带镶嵌在白色的云层浪花中，而云层下深蓝色的大海显得非常平静。

直升机在空中飞行 1 小时 35 分后，我们终于看见耸立在蓝色海洋上的钢铁巨人——伸展着两条高达 118 米的擎天巨臂的“蓝鲸 I 号”可燃冰试采平台。直升机平稳地降落在宽敞的平台甲板上，在可燃冰试采指挥部办公室地质组组长陆敬安博士和办公室综合组女工程师于哲的引导下，我们从炽热的甲板进入到凉爽的平台舱内。

首先映入眼帘的是显示在指挥部大屏幕上的“蓝鲸 I 号”四个如海水一样的蓝色大字。从天空中不同方位航拍的照片显示，“蓝鲸 I 号”就像一头巨大的鲸鱼屹立在蓝色大海里。

晴朗的天空下，被海水包裹的“蓝鲸 I 号”平台上，来自全球十几个国家的工程技术人员正在有条不紊地忙碌着。

这天，我们恰好遇上可燃冰试采平台工作人员一月一次的交接班时间。

按照人的正常生理和心理承受规律，在大海上工作的人员，一般持续工作一个月就要上岸进行调整。从美国、瑞典、挪威、立陶宛等十几个国家招聘来的工程技术人员与等待交接班的技术人员正在娴熟地交换救生衣等装备，不时地叮嘱着工作中的注意事项，并对新来的工程技术人员进行岗前安全知识培训。陆敬安博士笑着称："这里就像个小联合国，这些世界一流的工程技术专家和工匠，都在平台上协助我们工作。"

中国地质调查局可燃冰试采现场指挥部设在平台甲板的第5层，这里是试采工作的中枢，工作指令从这里发出后传递到平台的各个岗位。在试采中枢现场，我们看到各种设备正在有条不紊地运行着，各种数据源源不断地从海底采集传输上来。虽然工作环境很安静，但我们可以明显地感受到整个团队紧张、专注、一丝不苟的工作氛围。

时值中午，我们在干净整洁、中西餐各类菜肴丰富的食堂里快速用餐后，匆匆换上橘红色的工作服、戴上安全帽，在陆敬安博士和黄芳飞工程师的引导下，一起走上试采平台甲板。

走在甲板上，我们真切地感受到这座全球最先进深水钻井平台所蕴含的科技魅力。这个净重超过43000吨、最大钻井深度15240米，近40层楼高的庞然大物，2017年2月刚刚"诞生"，就从烟台启航驶抵南海，投入到可燃冰试采工程中，开启了披装上阵的第一战。这是一座半潜式平台，虽然整体浮在茫茫大海上，却能牢牢地"扎"住"根"，在海水中保持纹丝不动。我们一圈走下来，与在地面上行走一样，感觉不到一丁点儿晃动。

"平台采用先进的液压井喷防控技术，水下机器人实时监控海底。通过监测井得到的数据分析，目前井底地质环境稳定，没有发生甲烷泄漏的情况。"现场技术工程师黄芳飞向我们详细介绍着正在施工的第二口监测井。

进入位于平台前端的监控室，从屏幕上能够清楚地看到延伸至海水深1266米海底的钻杆旋转情况。当测井监控室的韩增强工程师介绍到海底饱和度和不同岩层物性测试的技术都是由我国自主研发而成时，他的脸上写满了自豪与喜悦。

负责井下机器人监控的姚康潮工程师一边给我们展示水下机器人如何向海底井口注入防冻液的视频，一边为我们介绍声呐、机械手、摄像头、重力仪器在井底如何工作。不远处，中方工程技术人员正与外国工程技术人员就平台设备技术和操作问题认真交流着。

在平台的会议室，我们聆听了可燃冰试采团队从进入平台，到点火成功，再到试采 60 天火焰自主熄灭，主动关井，开始施工监测井的一个个动人的故事。仿佛看到了这支“80 后”“90 后”占绝大多数的年轻技术团队，在叶建良指挥长的带领下，从无到有、从陌生到熟练，一步一步走向可燃冰试采研究和试采成功的世界高峰的真实场景。真切地感受到我国科技工作者在世界可燃冰领域，让中国的科技水平和能力，从跟跑到并跑再到领跑过程中所经历的酸甜苦辣和各种艰辛与压力，真实地体会到他们勇于开拓和创新的时代精神，分享了他们成功的喜悦。在试采平台上，我们认识了邱海峻、陆敬安、谢文卫、寇贝贝、匡增桂、于哲、康冬菊，直接感受到了这个年轻科技团队所特有的凝聚力和战斗力。

一个国家走向强大需要核心科学技术的发展来提供支撑和依托。我国的“可燃冰试采工程”也必将以创新驱动引领相关能源高科技产业发展，并成为推动我国经济持续健康增长和环境保护的重要引擎之一。在这碧蓝的天空和蔚蓝色大海相融的中国南海神狐海域，一流的可燃冰试采平台和可燃冰试采中运用的各项先进技术，充分显示了中国在可燃冰研究试采方面的科技实力，在相关领域的科学研究正在领跑世界。

# 第二章　能源告急

能源是什么？人类社会发展能离开能源吗？没有能源的世界会是什么样子？

能源是能够提供能量的资源，是自然界中能为人类提供某种形式能量的物质资源。“能源”这一术语，过去人们谈论得很少，是两次石油危机使它成了人们议论的热点。在全球经济高速发展的今天，国际能源安全已上升到了国家安全的高度，各国都制定了以能源供应安全为核心的能源政策。我们可以想象，如果没有能源，当夜幕降临，没有电、没有燃气，当然也就看不到象征现代社会繁荣的霓虹闪烁、万家灯火；当我们想去远方寻找诗意的栖居，也会因天上的飞机、地上的汽车、海里的船舶停运，只能千万里徒步而行；更不会有我们日常生活中几乎离不开的电影、电视和手机。一切工业化、现代化创造的文明也不再为人类所享用，人类将回到茹毛饮血的洪荒时代。

## 一　能源转型刻不容缓

2018 年 7 月 30 日，由英国石油公司（以下简称 BP）出版的第 66 版《BP 世界能源统计年鉴（2018 年）（中文版）》在北京发布，掀起新一轮的能源解读热潮。BP 是世界领先的石油和天然气企业之一，BP 由前英国石油、阿莫科、阿科和嘉实多等公司整合重组而成，总部位于伦敦，在全球超过 70 个国家从事能源生产和经营活动。在长达65年的岁月里，《BP世界能源统计年鉴》提供了关于世界能源市场高质量的统计数据，是能源领域广受推崇、最具权威的出版物，是媒体、学术界、各国政府和能源企业的主要参考年鉴。

根据2018年BP最新年鉴统计，通过对比石油、天然气、煤炭、核电、水电等能源现状，发现石油、煤炭等传统化石能源依然是全球各国消费主要能源。2017年全球的一次能源消费增长了2.2%，增速高于2016年的1.2%，尤其需要关注的是，2017年的能源增长基本来自快速增长的发展中经济体，有一半的增长量来自亚洲的中国和印度，其中中国能源消费增长3.1%。

石油：虽然2016年全球的能源需求增长放缓，但2017年全球石油用量增长强劲，增幅达1.7%，连续第三年高于前十年平均增速，达到平均值100万桶／日，这主要得益于非经合组织国家强劲增长。其中，中国的50万桶／日和印度的33万桶／日需求量，是对石油消费量增长贡献最大的两个国家。

2017年，全球探明石油储量下降了5亿桶，全球储量为1.697万亿桶，按照2017年产量水平，只能满足世界50.2年的开采需要。作为使用最为频繁的石油能源，其枯竭的阴影一直笼罩着全球。

天然气：2017年全球天然气消费量增长3%，高于2.3%的十年平均增长率，但天然气消费量在欧洲国家增长260亿立方米、中东国家增长280亿立方米、中国增长310亿立方米，这些国家增长态势十分强劲。截至2017年底，全球天然气产量增加1310亿立方米，几乎是十年平均值的2倍。和原油储量一样，全球天然气储备也只能保证52.5年的生产需要。

煤炭：2017年全球煤炭消费增长了2500万吨油当量，上升1%，相当于5300万吨油当量。煤炭因此在一次能源产量中的占比下降27.6%，为2004年以来的最低水平。世界煤炭产量增长了1.05亿吨油当量，为2011年以来的最快增长。其中中国增加5600万吨油当量，美国增加了2300万吨油当量。

全世界探明煤炭储量分地区而言，亚太地区拥有最多的探明储量，占全球煤炭探明储量的 48.5%，其中，中国的储量占全球总量的 21.4%，排名世界第二位。美国仍拥有最大煤炭储量，占全球的 22.1%。虽然煤炭储量大约是石油和天然气储量的 3 倍，但也只能满足 134 年的全球产量需要，而且一直以来，在全球范围内呼吁限制高污染煤炭的粗放利用的声音不绝于耳，所以煤炭资源不仅仅面临枯竭的严峻形势，而且还面临被限制使用的危机。

其他如风电、地热、太阳能、生物质能、垃圾发电和生物燃料，不包括水电的世界可再生能源增长了 17%，高于十年平均增长率，但这仍是有史以来最大的年增加量，相当于增加 6900 万吨油当量，据 BP 统计，可再生能源增量的一半来源于风电，太阳能在可再生能源中占比是 21%。

传统化石能源真的要枯竭了吗？从以上数据分析，传统化石能源只能满足人类不到 200 年的开采量！显然，这种基于化石能源短缺引起的能源危机正向我们走来，而且离我们越来越近了。

面对传统能源可能出现的枯竭现象，我们不得不警醒起来。人类历史上发生的多次战争也都因能源而起，而世界贫穷的国家则大都缺少能源。

地球能源的资源储量，经过这一百多年，尤其是近几十年来的高速开发消耗，已呈逐渐消耗殆尽趋势。严峻的能源形势迫切需要人们寻找新的替代能源。

如果没有新的替代能源，传统能源的使用不仅仅是储量急剧下滑，而且让很多国家和地区的蓝天白云都将笼罩上一层厚厚的灰色面纱，给人类赖以生存的自然生态环境带来极大的破坏。

我们需要金山银山，更需要绿水青山。生态文明建设也至关重要。

人类寻找新能源的脚步不会停息，而且需要不断加大探寻新的清洁环保能源的步伐，使能源结构与自然生态环境的修复和保护相适应，这也是建设人类命运共同体的应有之意。

从总体上看，当下全球能源仍然处于传统石油时代，或者说处于石油向清洁环保能源过渡的后石油时代。但近年来，原油价格波动，无疑是个窗口期，进而引发了世界各国和地区的一次能源消费结构的调整和转型。

BP 集团首席执行官戴德立说：“目前全球能源市场正处于转型期，能源需求快速增长和加速繁荣更多来自亚洲为代表的发展中经济体，而非经合组织的传统能源市场。”在传统石油为主的能源领域，全球能源市场的转型目前不可能有太大变化，所以世界上很多发达国家和发展中大国都把目光聚焦在清洁环保能源上。

目前人类能源一次消费结构仍然以传统能源为主。这种消费结构是指原油、原煤、天然气、核能、水力发电和再生能源等商品消费量在一个国家或地区的比例，其消费量可以是本土生产的，也可以是进口的。

2016 年经合组织国家消费能源 5529.1 百万吨油当量，同比增长 0.2%，在 2005 至 2015 年的十年间年均增长 0.3%，占全球消费总量的 41.6%。非经合组织国家消费能源 7747.2 百万吨油当量，同比增长 1.7%，在 2005 至 2015 年的十年间年均增长 3.7%，占全球消费总量的 58.4%。预计在 2035 年石化能源比重将从 2015 年的 86% 降至 71%，到 2050 年在全球一次能源结构中，油气占比为 45% 至 52%。显然，如果可燃冰实现了商业化开采，必将成为改变全球一次能源结构布局的重要因素。

中国社会科学院研究生院院长、国际能源安全研究中心主任黄小勇曾在全球能源安全论坛 2016 年年会暨《世界能源发展报告 2016》发布会上表示，全球能源格局正在进行深刻变迁，这对全球政治格局产生了深远影响。他认为，“供给西进”和“需求东移”是当今全球能源的主导路径。从能源供给趋势看，以美国为代表的非常规油气产地大有替代中东、俄罗斯等传统油气产地之势。从能源需求趋势看，美欧发达国家的工业化进程已经逐步走出了依靠能源消耗换取经济社会发展的阶段，对能源的新增需求已经显著趋缓。

与此同时，中国、印度等新兴市场国家对于能源的渴求却在与日俱增。而在当今世界的能源结构中，石油、煤炭和天然气依然牢牢占据前三名的位置。但未来，随着能源需求的不断变化，全球主要能源结构也将发生重大调整。总体趋势可以概括为：低碳化和可再生化。

低碳化能源是替代高碳能源的一种能源类型，它是指二氧化碳等温室气体排放量低或者零排放的能源产品。可再生化能源是指风能、太阳能、水能、生物质能、地热能、海洋能等非化石能源，是取之不尽，用之不竭的能源。根据 BP 统计，目前主要国家能源消耗为：日本一次能源消费量 2016 年为 445.3 百万吨油当量，同比增长 0.4%，在 2005 年至 2015 年的十年间年均增长率为 1.6%，占世界能源消费量的 3.4%。其中石油消费 184.3 百万吨油当量，天然气消费 100.1 百万吨油当量，煤炭消费 119.9 百万吨油当量。

美国一次能源消费量 2016 年为 2272.7 百万吨油当量，同比增长 0.4%，在 2005 年至 2015 年的十年间年均增长 0.3%，占世界能源消费量的 17.1%。其中石油消费 863.1 百万吨油当量，天然气消费 716.3 百万吨油当量，煤炭消费 358.4 百万吨油当量。

俄罗斯一次能源消费量 2016 年为 673.9 百万吨油当量，同比增长 1.4%，在 2005 年至 2015 年的十年间年均增长 0.5%，占世界能源消费量的 5.1%。其中石油消费 148.0 百万吨油当量，天然气消费 351.8 百万吨油当量，煤炭消费 87.3 百万吨油当量。

加拿大一次能源消费量 2016 年为 329.7 百万吨油当量，同比增长 0.3%，在 2005 年至 2015 年的十年间年均增长 0.2%，占世界能源消费量的 2.5%。其中石油消费 100.9 百万吨油当量，天然气消费 89.9 百万吨油当量，煤炭消费 18.7 百万吨油当量。

印度一次能源消费量 2016 年为 723.9 百万吨油当量，同比增长 5.4%，在 2005 年至 2015 年的十年间年均增长 5.7%，占世界能源消费量的 5.5%。

其中石油消费 212.7 百万吨油当量，天然气消费 45.1 百万吨油当量，煤炭消费 411.9 百万吨油当量。

德国一次能源消费量 2016 年为 322.5 百万吨油当量，同比增长 1.2%，在 2005 年至 2015 年的十年间年均增长 0.4%，占世界能源消费量的 2.4%。其中石油消费 113.0 百万吨油当量，天然气消费 72.4 百万吨油当量，煤炭消费 75.3 百万吨油当量。

韩国一次能源消费量 2016 年为 286.2 百万吨油当量，同比增长 1.9%，在 2005 年至 2015 年的十年间年均增长 2.4%，占世界能源消费量的 2.2%。其中石油消费 122.1 百万吨油当量，天然气消费 40.9 百万吨油当量，煤炭消费 81.6 百万吨油当量。

从以上统计数据可以看出，目前世界上主要国家对传统能源消耗依然十分强劲，占所有能源消费的三分之一，亚洲在石油、煤炭和水电的消费上不断领先，尤其亚洲地区煤炭能源消费量占全球近四分之三，达到 73.8%，欧洲则以天然气和核能资源消费为主。

显然，这种能源结构所产生的后果不仅仅是能源本身的危机，而且也会带来生态危机，尤其在很多仍然以消耗传统煤炭能源为主的国家和地区，而且不仅仅是一个国家和地区是这样，而是全球的国家和地区都面临能源使用枯竭和环保问题。人们希望人类未来生活的地球，天是蓝的，山是绿的，水是清的，不再看到雾霾，不再看到因为能源而引起的各种战争。

世界需要和平，中华民族是热爱和平的民族，无论是看得见还是看不见的硝烟都不希望出现在任何一片人类赖以生存的大地上，这并非危言耸听。

从 20 世纪后半叶开始，世界上很多国家和地区就在能源领域展开了各种形式的争夺，能源之战的硝烟不断弥漫在世界各地，虽然给人类社会发展带来了动力，但同时也给人类和平事业发展带来了巨大隐患。

世界经济的现代化是建筑在化石能源消耗基础之上的一种经济形态，它首先得益于化石能源，如石油、天然气、煤炭以及核裂变能的广泛的投入应用。

然而由于这一经济发展的资源载体将在21世纪上半叶接近枯竭，如果没有新的接替能源，化石能源的保障供给链条一旦中断，必将导致世界经济危机和国家、地区之间因能源而发生的冲突加剧，甚至发生动荡和战争，从而会最终摧毁现代市场经济的运行体系。

我们看到，三次科技革命以来，能源成为各个国家经济的命脉。而地球上的传统能源，如不可再生的石油、煤炭、天然气等能源储量是有限的。于是在各国之间引发了一些与石油等有关或纯粹是为了石油的战争。

1973年—2011年间发生的第四次中东战争、两伊战争、海湾战争以及多国对利比亚的军事干预，均导致石油价格大幅度上涨，影响了世界经济发展的进程，也给很多国家带来了严峻的政治危机和经济危机，如一些国家的政权颠覆更迭和长期政局动荡，致使民不聊生。而自第一次工业革命以来，能源消耗一直成倍增长，能源短缺成为各国不容回避的现实。

那么，什么是能源危机？狭义来讲，是指因能源短缺或价格上涨从而影响经济稳定发展的能源供需状况的改变。广义来说，一切因能源而引发的社会、经济、环境问题都意味着能源危机。而无论是狭义还是广义的能源危机，一直都伴随着能源的开发和利用进程，从来没有在人类居住的大地上停止过。

为解决这些能源危机，国际社会在1974年成立了国际能源署（IEA），正式提出以稳定石油供应和价格为中心的能源安全概念。各国也相继制定和开展了新能源战略。太阳能、风能、水能、生物质能、海洋能（包括潮汐能和波浪能）、海底可燃冰等各类能源相继被列入关注和开发名单。

全球安全和防御分析专家克莱尔于2001年发表了《资源战争——全球冲突新景观》（又译《资源战争——全球冲突的新场景》）一书，引起各界人士的极大关注。2016年他又出版了新著《鲜血与石油：美国日益依赖进口石油的危险及后果》，同样受到各国国际问题专家和学者们的重视。

在前一本书中，克莱尔提出了全球冲突的新景观。他预言，21世纪世界政治的基本轮廓是，各国将对像石油、木材、矿石和水这样的战略性物质资源展开大规模的竞争。各国的军事力量也会明确地把保证资源安全定为主要使命。但随之而来的，必然是普遍的地区不稳定，特别是那些资源丰富而又长期存在领土主权争端的地方，如波斯湾、中亚、中国南海和非洲的一些地区。

在后一本书中，克莱尔重点讨论了石油问题。他指出，迅速增长的世界经济依赖于石油，而石油的供给在日益耗尽，美国与中国、俄罗斯、印度和巴西等其他大国正在进行着惨烈的争夺战，以确保未来的石油供应。美国是世界上第一石油资源消耗大国，美国人口占世界总人口的比例不到5%，但却消费着世界石油供应量的25%。平均每天消耗190亿桶石油，美国交通运输行业97%的燃料来自石油。

作为能源生产和消费大国，美国先后提出“亚太再平衡”和“美国优先”等战略；俄罗斯提出“欧亚经济联盟”计划，以期推动与中亚的一体化进程，欧盟日本也积极介入中亚油气合作，甚至设立区域合作基金以吸引和扩大合作。中亚、中东、北非等地区油气资源丰富，但地缘政治复杂，政局不稳，各种宗教和民族问题冲突不断，合作条件条款苛刻，给中国的能源贸易带来很大的不确定性。

从20世纪70年代初开始，我国已经经历了三次大的能源危机，1970至1984年间持续的能源供应紧张局面使全国约25%的企业开工不足；1988年再次出现类似情况，农业用电缺口超过60%，煤炭价格在当年涨幅达到87%，成为1989年以后小煤窑遍地开花的利益驱动力；2000年以来伴随着国际能源危机的逐步加深，我国能源供应紧张，主要常规能源的价格涨幅已达103%，大量进口石油引起国际社会的严重关切，能源已成为国家安全的重要影响因素。

强化能源危机意识是动员各行业和国民关注能源问题、有效夯实使用与节约能源的思想基础。

所以，无论是从世界还是我国的能源生产消费现状分析，实现能源生产消费结构转型已是迫在眉睫。

## 二　中国严峻的能源形势

人类文明建设取得的巨大成果，是建立在使用各种能源的基础上，因为有了能源我们才能在全球各地方朝发夕至，我们才能在屋子里冬暖夏凉，我们的照明、交通、餐饮等生活的一切，海上航标、高山气象站、地震测报台、森林火警监视站、边防哨所才能有条不紊地运行。能源犹如黑夜里的光，给人类带来希望，而随着人类自身的不断发展和人口的不断增长，传统的不可再生能源被不断消耗，必然会越来越少。中国作为人口大国，作为世界上最大的发展中国家，经济社会的发展正如冉冉升起的朝阳，同时对能源的需求也在不断上升，而中国能源形势却不容乐观。中国经济的发展社会的进步离不开能源，实现中华民族伟大复兴的中国梦离不开能源。

所以，中国破解能源危机的举措，不断被提上国家层面，国家发展改革委、国家能源局在 2017 年联合发布《能源生产与消费革命战略（2016 至 2030 年）》，强调要牢固"树立底线思维、增强危机意识，坚持总体国家安全观""能源自给力保持在 80% 以上""掌握能源安全主动权"。党的十八大以来，国家在能源领域的决策和部署中提出，要按照"东西并重、陆海并进、常非并举、内外统筹"的总体思路，加强我国深层碳酸盐等气藏和海域深水气藏的开发力度，形成持续的储量接替能力，保障我国能源安全，促进社会经济的可持续发展。

我国能源消费量从 2009 年超过美国后，一直占据着全球第一能源消费大国的地位。2017 年我国能源消费已占世界能源消费总量的 23.2%，连续 17 年成为全球能源消费增量最大的国家。尽管中国能源消费增长较快，但人均能源消费水平却很低，仅相当于世界平均水平的四分之三，人均石油消费只相当于世界平均水平的二分之一，所以中国能源消费增长潜力和趋势将会越来越受到能源稀缺的挤压。

以我国原油消费为例，在消费总量刚性增长的同时，原油对外依存度也不断地提高。2016 年我国全年原油消费量 5.778 亿吨，原油进口量 3.81 亿吨，对外依存度快速升至 65%。到了 2017 年我国原油消费量为 5.85 亿吨，原油进口量 4.49 亿吨，对外依存度升至 67%，远远超出 50% 的国际警戒线标准。而在天然气消费方面，形势同样严峻。2016 年我国天然气消费量为 2058 亿立方米，全年进口天然气量 721 亿立方米，对外依存度为 34.1%。2017 年，我国常规天然气产量 1334 亿立方米，进口天然气 933 亿立方米，受国内天然气需求增长强劲影响，2017 年我国天然气对外依存度攀升至 37.9%，为历史最高水平，大幅超出国际公认的 30% 能源安全警戒线。

尤其是 2017 年末至 2018 年初，中国冬季低气温来袭，天然气消耗量骤然上升，国内的天然气库存达到历史新低，很多地方不同程度出现了气荒现象，甚至有些地区停止供气以及紧急出台天然气限购措施。有的已限制烧煤取暖的地区也被迫放开限制，煤炭能源的使用必然会不断污染空气，从而导致晴朗天空的天数减少。

土库曼斯坦是中国管道天然气进口大国，海关总署数据显示，来自土库曼斯坦的天然气进口量 2016 年为 380 亿立方米，占同期中国管道天然气进口总量的 61%。而在 2018 年初，由于中亚管道天然气输送量骤降，给中国国内本已紧张的天然气供应带来更大的考验。

此外，2018 年初，对中国来说可谓是“寒气”袭人！继土库曼斯坦后又有一个具有 300 亿立方米 / 年输出能力的中亚国家，为了自身的利益，拒不履行合约停止对中国供气，该中亚供气国没有按计划执行与中国签订的天然气合同，其理由是输气设备坏了没钱维修，以及自身用气量上升。其实是为实现资源利益的最大化，希望对输往中国的天然气涨价。

受此影响，国内的天然气库存一度达到历史极低点。根据北京油气调控中心数据显示，截至 2018 年 1 月 30 日 8 时，当前管网可供销售资源量 4.20 亿立方米 / 日、销售需求 4.45 亿立方米 / 日和自耗气 500 万立方米 / 日，按照此速度来计算，国内的天然气资源缺口已经达到约3000万立方米／日。这样的事件发生再次敲响了我国能源安全的警钟。

随着中国环保意识的提高，在国家的倡导下，全民对低碳生活方式的向往与追求不断上升，清洁环保能源成为国民日常生活中不可或缺的资源，人们的生活方式也为之改变。以前高污染高能耗的燃煤供暖也转变成天然气供暖，乘坐的燃油公共汽车也逐渐更换成了燃气和充电作为动力的交通工具。而中国的天然气储量不足以满足巨大的需求，因此，进口便成为有效的解决能源缺口的方式。随着“煤改气”的深入推广、城镇一体化的建设不断推进，中国对天然气的需求将大大增加。

在传统能源方面，据有关专家推测，2020年至2050年，我国石油对外依存度将达到65%至75%，天然气对外依存度将达到40%至52%，两者都远远超过国际警戒线，我国能源资源紧缺与经济社会发展矛盾越来越凸显，这是中国现代化进程中一道躲不开的坎，因此，能源问题将一直是国家高度关注的问题。

根据2017年英国石油公司最新发布的《BP世界能源统计年鉴》统计，中国石油储产比为17.5（油气田剩余可采储量与当年产量之比），全球平均储产比为50.6，中国天然气储产比为38.8，全球平均储产比为52.5，即使高污染率的煤炭储产比，中国也仅仅是72，而世界平均储产比是153。

众所周知，我国的能源消费结构非常独特，第一大能源并非石油而是煤炭。煤炭在一次能源消费中的占比高达62%，石油能源占比只有19%，水电能源占比为9%，天然气能源占比6%，可再生能源占比为3%，核电能源占比仅仅为1%。从以上数据可以看出，新型能源在我国能源消费中的占比是比较低的，这种能源消费结构，必然会制约国家长远的经济发展。

习近平总书记在十九大报告中指出，要“在本世纪中叶建成富强民主文明和谐美丽的社会主义现代化强国”，这一目标在“富强民主文明和谐”之外，增加了“美丽”，这是围绕经济、政治、文化、社会和生态文明建设“五位一体”

的总体布局，强化了新发展理念中“绿色发展”的提法。所以“必须坚持节约优先、保护优先、自然恢复为主的方针，形成节约资源和保护环境的空间格局、产业结构、生产方式、生活方式，还自然以宁静、和谐、美丽。”

加快建立绿色生产与消费的法律制度和政策导向，建立健全绿色低碳循环发展的经济体系，是建设社会主义现代化强国的必然选择。

我国作为负责任大国，在生态文明建设中的作用举足轻重，为严格落实《巴黎协定》，减少二氧化碳排放量，降低环境污染的压力，正在不断降低煤炭使用量，提高石油、天然气能源使用比例。目前，我国的二氧化碳排放量已实现连续两年持续下降。与此同时，由于我国的石油和天然气储量少，储产比低，直接导致石油和天然气的对外依存度不断攀高。

2017 年，美国仍然是世界第一石油消费大国，中国、印度石油消费名列世界第 2 位和第 3 位。但现在欧美国家的石油需求基本已见顶，经合组织国家的石油需求，在过去十年中年均减少了 0.9%。而随着亚洲两个人口最多的国家——中国和印度经济的持续发展，以中国和印度为首的非经合组织国家逐渐成为石油需求提高的主力，未来石油行业的主战场在发展中国家。

据《蓝皮书》预测，未来 5 年全球能源发展将进入新的转型期，能源消费增速放缓，能源消费多元化和清洁化程度不断提高。随着中国供给侧改革推进，经济转型升级、高耗能行业进入平台期，预计 2020 年，中国能源消费总量约为 46 亿吨标准煤。其中，煤炭占一次能源比重降至 58.2%，天然气比重升至 8.9%，非化石能源比重升至 15%，这种能源结构无疑给我国能源的开发带来前所未有的挑战，对清洁能源的需求也十分迫切。

2016 年，中国发布了能源、资源、经济、环境等领域“十三五”发展规划，规划对优化中国能源产业结构布局、调整能源结构提出了明确要求。新时代新征程，中国经济发展方式已从以往高速发展，开始转向高质量发展，更加突出“创新、协调、绿色、开放、共享”五大理念的引导，追求经济增长质量，环境保护意识不断增强，生态文明建设不断推进。同样，新时代的经济发展方式的转变也引发了能源生产消费的不断变革，能源结构布局将继续优化，清洁环保能源比重将会大幅度提升。

习近平总书记在十九大报告中指出：“建设生态文明是中华民族永续发展的千年大计。必须树立和践行绿水青山就是金山银山的理念，坚持节约资源和保护环境的基本国策，像对待生命一样对待生态环境，统筹山水林田湖草系统治理，实行最严格的生态环境保护制度，形成绿色发展方式和生活方式，坚定走生产发展、生活富裕、生态良好的文明发展道路，建设美丽中国，为人民创造良好生产生活环境，为全球生态安全作出贡献。”“坚持正确义利观，树立共同、综合、合作、可持续的新安全观，谋求开放创新、包容互惠的发展前景，促进和而不同、兼收并蓄的文明交流，构筑尊崇自然、绿色发展的生态体系，始终做世界和平的建设者、全球发展的贡献者、国际秩序的维护者。”

而在绿色生态能源发展方面，美国的页岩气革命正逐步改写全球能源格局，据美国能源信息署统计，借助于页岩气的开发成功，美国天然气在2010年超过了俄罗斯，成为全球第一大天然气生产国，促进了其加速走向能源独立。

2018年，美国已经由原来的能源进口国，变成能源出口国，能源价格出现下降，油价、电价均明显低于中国，极大地提高了美国制造业的竞争力，这对于长期靠低成本优势发展制造业的中国来说，无疑是巨大压力。作为一个发展中的大国，我国要在2020年全面建成小康社会，21世纪中叶成为社会主义现代化强国，迫切需要充足、清洁、独立和安全的能源供给。

我国是世界上最大的发展中国家，已经成为世界第二大经济体，但在全球第一大经济体美国2017年6月1日宣布退出全球性的气候新协议《巴黎协定》的时候，我国依然强力支持《巴黎协定》，承担起减少温室气体排放，增强对气候变化的应对能力的责任。

根据《巴黎协定》的要求，我国必须解决现在过度依赖粗放利用煤炭资源引发的日益严峻的经济社会和环境问题。同时过度依赖进口油气，也危及国家经济安全。近年来我国许多地方频频出现大范围的雾霾，其主要原因还是因为使用传统化石能源所致，因此，发展清洁环保能源已经成为我国应对气候变化的必然选择。

作为世界上最大能源消费国和最大温室气体排放国之一，中国在应对全球气候变化中担负着无可替代的责任。我国政府在签订的《巴黎协定》中也承诺 2020 年碳强度下降 40%–45% 的目标，2030 年左右二氧化碳排放量达到峰值并争取尽早达到峰值，单位 GDP 二氧化碳含量较 2005 年下降 60% 至 65%。2018 年 11 月 26 日，国务院新闻办公室举行新闻发布会，中国气候变化事务特别代表解振华介绍，2017 年，中国单位 GDP 的二氧化碳排放量即碳强度比 2005 年下降约 46%。这也意味着中国已经提前 3 年完成了 2020 年碳强度下降 40%–45% 的目标。解振华表示中国政府始终积极参与气候变化国际谈判，坚定维护公约的原则和框架，坚持公平、共同但有区别的责任和各自能力原则，与各方携手推进全球气候治理。联合国气候变化大会 2018 年 12 月在波兰卡托维兹召开，中国在大会上表示将继续发挥积极建设性作用，向国际社会发出落实《巴黎协定》，推动绿色低碳转型，构建人类命运共同体的积极信号。

所以，增加低碳清洁环保能源的供给，加快推进能源转型迫在眉睫，提高取代传统化石能源的新能源在能源消费结构中的比例，成为未来我国能源发展必须重点解决的问题。

当前，新一轮的能源技术革命正在孕育兴起，世界能源强国对能源新技术制高点的争夺日益激烈，重大颠覆性的技术不断涌现，谁在理论、技术或者设备创新上先行一步，谁就能拥有引领发展的主动权。在地缘政治环境日益复杂和大国博弈愈演愈烈的新格局下，无论是资源生产国还是消费国都在寻找能源转型的契机和突破口。

但是，在能源领域，造物主对中国极不公平，我国地质条件复杂，资源赋存条件及品位相对较差，加上中国人口众多，能源资源储量不像美国、俄罗斯那样丰富，在现有条件下无法持续满足经济社会发展对能源日益增长的消费需求。

过去20年我国天然气消费快速增长，从200亿立方年消费量增长至约2400亿立方，增长了12倍。

“国内天然气‘气荒’的现状，在近5年内难以有较大改观。”这是2017年11月29日，在北京召开的第五届中国天然气行业市场化发展大会上，部分油气专家对未来中国天然气市场的发展分析做出的结论。我国现存的“多煤、少气、贫油”的能源结构注定了国内天然气产量存在缺口，而解决的办法是，一方面加大国内天然气资源勘探力度，并不断加大产量，另一方面是通过部署跨国输气运输管道予以弥补。2017年12月8日，中俄亚马尔LNG（液化天然气）项目正式投产。该项目是目前北极地区最大的液化天然气项目，全部建成后可年产1650万吨液化天然气、100万吨凝析油。跨国管道及接收站的部署，对于缓解我国天然气市场供需关系有着极其重要的战略意义，能有效弥补我国天然气产量不足的缺口，拓宽天然气进口渠道，降低上游资源过度集中的风险，推动实现资源供应多元化格局，但这也将进一步提高我国天然气对外依存度，给中国未来可持续发展带来一定的能源风险，一旦这些能源签署国能源供给政策发生变故，将会给中国能源使用带来隐患。

因此，我国未来能源形势非常严峻，未来能源供给短缺问题将会成为制约我国经济健康可持续发展以及国家安全的重要因素。

显然，无论是履行大国责任、落实《巴黎协定》，还是解决我国的能源需求和环境污染问题，我国能源结构向低碳环保高效的新清洁环保能源转型势在必行。

## 三　未来能源之光

太阳每天从东方升起，从西边落下，给大地和人类带来光和热。能源就像太阳一样，会给人类的生存和发展、社会文明提供源源不断的动力支撑。建设中国社会主义现代化强国，实现中华民族伟大复兴中国梦，需要持续不断的能源作为支持，能源就是我们国家经济社会持续发展的发动机，就像翱翔在天空的飞机需要动力一样。

能源是支撑世界各国经济社会发展的动力，是工业、经济大发展的必要条件。在人类社会发展史上，每一次的经济社会大发展大变革，都是伴随着能源革命的发生。为了赢得发展机遇，世界各国不断进行能源开发与储备竞赛，甚至由此引发过多次资源争夺战争。比如我们在前面提到的为争夺石油资源而发生的两次海湾战争，因战争所造成的创伤，给相关国家和人民带来的灾难是极其严重的。因此，不断推动新能源开发与利用，无疑是推动世界和平与发展的重要途径。

为了寻找安全、量大、环保的新型能源，帮助人类改变目前的能源状况，同时也改变人们以往的高碳生活模式，多少年来，各国的科学家、政治家不懈努力，苦苦探索后石油时代替代能源，这个时候一种名为天然气水合物又称可燃冰的新型清洁环保能源横空出世。

可燃冰作为一种新型高效的清洁环保能源已成为人们的共识，通过解析卫星从太空拍摄的图片我们知道，人类一直生存的地球，其实更是个水球，整个地球表面大部分被蓝色的大海所覆盖，而在大海的底部，很多地方都珍藏着巨大的可燃冰资源。可燃冰在中国的试采成功，为缓解我国严峻的能源形势带来了希望。

据相关科学研究证实，在产生同等热量的情况下，可燃冰所产生的二氧化碳排放，仅相当于煤炭的40%。而从经济角度衡量，天然气价格的“亲民性”

也在一定程度上推动能源成本有较大程度的降低。因此无论从性价比还是经济可持续发展角度，清洁环保能源将逐步替代煤炭等高污染能源。

可燃冰作为一种新型能源，燃烧后仅会生成少量的二氧化碳和水，比煤、石油、天然气所制造的污染要少很多，但能量却是煤、石油、天然气的10倍。

可燃冰主要存储于海底，储量巨大、高效清洁、燃烧值高等特点使其被誉为“21世纪最具商业开发前景的绿色清洁战略能源”，从而成为各国竞相研究开发的热点。

中国在调整能源结构，努力降低煤炭资源消费，减少碳排放的同时，加大了向清洁环保能源发展的力度。目前，中国在清洁环保能源上的投资总额已经连续4年居全球清洁环保能源投资第一大国的位置。作为清洁环保能源的可燃冰被普遍认为是21世纪最具有潜力的接替煤炭、石油和天然气的新型清洁环保能源之一，也是目前尚未开发的储量巨大的一种新能源，因此必然成为中国清洁环保能源资源的发展重点。

在我国管辖的广阔海域里，可燃冰具有能量密度高、分布广、规模大、埋藏浅、成藏物化条件优越等特点。这些丰富的可燃冰资源如能开发利用，中国的产业发展布局及社会经济的高质量发展，中国人民的财富创造和丰裕生活的目标实现就具有了强大的支撑和保障。

那么中国可燃冰的储量前景如何呢？中国地质调查局副局长王昆给出了一个数字：约800亿吨油当量。他强调，这是根据天然气水合物（可燃冰）资源类型及赋存状态，结合地质条件，对中国海域可燃冰资源量的初步预测。王昆介绍说，总体上看，中国可燃冰分布广、类型多、储量非常丰富。目前，已在南海发现两个超千亿立方米的矿藏，已圈定11个成矿远景区、25个有利区块。同时，冻土区是陆域可燃冰的可能成矿区，而中国是世界上第三冻土大国，冻土区总面积达215万平方公里，具备良好的可燃冰赋存条件和资源前景。据科学家粗略估算，陆域可燃冰远景资源量至少也有350亿吨油当量。

据相关报道，中国整个南海可燃冰资源量如果能够得到开发，可以有效解决中国未来能源的短缺问题。此外，可燃冰开发和使用不仅可以保障我国未来能源安全，同时将改变中国甚至世界能源格局，而且还会涉及全球政治、经济、外交、军事等领域。所以，很多国家把它作为一种保障国民经济可持续发展的重要接替能源，从而加快了国际海域可燃冰的争夺。而对于中国来说，可燃冰的开发利用不仅仅是给中国经济发展提供能源保障，同时也对维护我国海洋权益，拓展我国海底资源空间具有重要战略意义。

中国是一个富煤、贫油、少气的国家，煤炭占据了能源消费的绝大部分，燃煤是大气污染物排放的主要来源。而开发利用可燃冰的战略意义，正如中国地质调查局副局长李金发所说，这一次可燃冰的试开采成功，我国抢占了技术高地，实现了我国在世界可燃冰研究开发领域的领跑，而且它将会是继美国引领“页岩气革命”之后，由我国引领的新一轮“能源革命”，它的开发利用，必将逐步改善我国能源资源结构，提升我国的能源安全保障能力。可以预料，可燃冰的开发利用将带动我国相关产业发展，这是不可低估的经济增长新动力，亦将推动整个世界能源利用格局发生巨大的变化！

作为一种低碳环保的清洁能源，可燃冰研究与开发已为越来越多的国家所重视。近年来，石油消费大国利用油价低迷时期，积极调整本国能源结构，为清洁环保能源的研究与开发提供了发展契机。

对中国来讲，“富煤、贫油、少气”的能源禀赋状况导致国内油气消费高度依赖进口，且进口油气高度依赖海上运输通道，致使中国在能源安全领域面临着日益突出的不确定性风险。

可燃冰革命将纾解中国面临的能源安全困境，促进中国的能源消费转型，缓解空气环境污染问题，有助于提升中国在全球能源领域的地位。可燃冰能源的开发和利用必然使得国内天然气生产和供应大幅增加，将有力地保障中国能源安全。

可燃冰革命也将导致全球天然气供给格局发生变化，提升中国在天然气市场的话语权和议价能力。在天然气供给过剩的环境下，各产气国势必参与国际市场份额的竞争，天然气交易话语权也会向中国等买方市场倾斜，中国作为潜在的天然气最大需求者，必然会受到供给方的追逐。中国可以利用自己在需求端的体量和供给优势作为筹码，谈判进口天然气的定价方式和条件，为消除“亚洲溢价”，并实行人民币计价和直接结算创造条件。

所以，我国首次海域可燃冰试采成功的消息一经发布，世界各国专家学者便给予了极高的评价，认为中国在泥质粉砂储层试采成功创造了奇迹。国际地质科学联合会发来的贺信指出：“此次成功不仅为中国而且为人类能源资源利用作出了重大贡献。”2017 年 7 月，在韩国举行的第二届中日韩地质调查论坛，以及在美国举行的第九届国际天然气水合物大会上，国际同行对我国在世界最高难度的泥质粉砂储层成功试采可燃冰赞叹不已。2017 年 7 月，在土耳其伊斯坦布尔召开的第 22 届世界石油大会上，国际能源署负责人法提赫・比罗尔称赞中国，“作为能源研发领域领先的国家，中国通过试采可燃冰再次发挥领导力”。

未来，可燃冰能源将会为中华民族伟大复兴提供持续不断的动力源泉，不仅如此，作为清洁环保能源，可燃冰的利用将不再发出滚滚浓烟，不再有冬季来临时很多人都带着盖满脸的大口罩的情景。相信未来可燃冰能源的大规模使用将还我们碧水蓝天，让我国能源使用和生态环境成为并行不悖的两条美丽风景线。

其实，地球从诞生那一天起，就处于不断的演变过程中。人类自诞生以来，就开始不断通过利用能源改造世界、创造财富。各个国家也因为能源的使用而不断调整着在国际上的地位。中国可燃冰大规模开发使用，不但会改变世界能源的结构布局，而且会给中国和世界带来更多的福祉，这是蔚蓝大海赐予人类的珍宝。

鉴于可燃冰的清洁性和大储量的特点，中国首次海域可燃冰试采成功对于全球能源格局和中国能源地缘政治产生了深远影响。若可燃冰革命得以顺利实现，天然气将超越石油成为首要绿色能源，中国能源的困境和安全问题将得到明显缓解。

由于各国所处的地理位置、成矿地质条件、资源赋存方式不同，经济社会发展状况各异，因此各国能源使用差异很大。但是向着环保清洁高效能源发展是总体趋势，特别是对于油气能源储备少、以高污染煤炭资源储量为主的亚太国家而言，开发和利用可燃冰清洁环保能源工作更显得紧迫。

100 多年前，美国海上实力论创始人马汉曾提出“谁拥有海洋，谁就拥有未来世界”的预言，为海域扩张和频频建立海军基地制造舆论，引起了各国对海域建设的重视和警觉。当今世界，国与国之间对海域资源的利用，不仅仅局限于海面上，更多的是对看不见的海底资源的开发，尤其在全球多个海域发现了清洁环保能源可燃冰之后，这场悄无声息的海底竞争实际上已经持续了半个世纪。

鉴于可燃冰资源主要储藏于海洋，如果将来可燃冰实现了能源液化输送，液化天然气（LNG）将取代管道天然气成为主要的天然气品种，这将有利于在全球形成一个统一的液化天然气市场和价格，有助于消除东亚天然气价格长期高于欧洲、美国的“亚洲溢价”现象。同时，可燃冰革命不可避免地在能源供应国和需求国之间产生收入再分配。石油输出国组织（OPEC）、俄罗斯等传统能源输出国的地位将有所下降，能源出口收入相对受损，而中国、日本、印度等主要能源需求国的地位将有所上升，能源进口成本相对下降。

可以说，能源是一个国家发展的动力源泉之一，可燃冰能源是地球赐给人类的宝藏，为了获得这个宝藏也必然会在全球拉开新一轮争夺的序幕，从而掀起对这一海底巨大宝藏的争夺竞赛。

未来，可燃冰革命将会带来海量的清洁天然气供应，对全球能源和天然气供需格局产生颠覆性影响，从而改变世界的能源格局。

# 第三章　群雄逐鹿

体育竞技场上，百米竞赛发令枪响，运动员奋力冲刺，看台上的观众摇旗呐喊，气氛热烈紧张。水面上的龙舟竞赛看上去总是热火朝天，在整齐划一的挥臂之下，龙舟穿流而过，水面溅起了前行的水花。不仅仅是百米竞赛和水面龙舟赛，在学校里学习、军事演习中，我们也都能看到激烈的竞争场面。

然而有一种竞赛我们却看不见摸不着，却与国家及每一个人息息相关。这就是能源竞赛，在过往的历史上，很多国家之间的争端甚至战争都因为能源争夺而起。

改革开放 40 年来，中国经济的快速发展举世瞩目，与此同时，随着经济规模体量的不断加大，对于能源的需求亦越来越大。传统能源储量消耗与探明的新增储量并不能成正比关系。从全球能源配置的视野看，被誉为“工业血液”的石油主要赋存在中东地区，亚洲赋存相对较少。所以我国经济的可持续发展，急需一种清洁、高效、储量大的能源来弥补传统能源的不足，从而真正将能源配置的主导权抓在手中。2017 年 5 月，从南海钻井平台上腾空而起的火焰，给这场悄然而起的能源竞赛注入了新的动能。

## 一　何谓可燃冰？

可燃冰能像固体酒精一样被直接点燃，故形象地被人们称之为“可燃冰”。其实，早在20世纪60年代，美国等国家主导开展深海钻探计划（DSDP），以及随后开展的大洋钻探计划（ODP）时，科学家们就已经在海底发现了可燃冰。经过半个多世纪的追寻，人类不仅在大洋海底发现了可燃冰，在陆地也发现了可燃冰。

根据可燃冰的分子晶体结构，可分为三种类型：Ⅰ型为立方晶体结构，组成的气体分子主要为甲烷（含量大于93%）。Ⅱ型为菱形晶体结构，组成的气体分子除甲烷外，还含有相当数量的乙烷、丙烷和异丁烷。Ⅲ型为六方晶体结构，由直径较大的气体分子构成，如二氧化碳等。

可燃冰的形成需要具备四个基本条件：低温、高压环境、充足的气源和水。我们知道，可燃冰主要赋存于高压、低温环境的海底浅表层沉积物和高纬度冻土里，而约97%的可燃冰分布于海洋中，分布在陆地冻土带里的可燃冰约占3%。可燃冰可在低于10℃时生成，超过20℃便会分解。在0℃的环境下，只需30个大气压即可生成，压力越大越稳定。

可燃冰的自然产出状态有块状、脉状、结核状、分散状等，其成因主要有两种类型：一种是由于气体渗漏到地层的孔隙或裂缝中，呈块状、脉状或结核状；另外一种是气体扩散到沉积物的孔隙中，形成微小的可燃冰颗粒充填于沉积物的孔隙中，这种可燃冰通常不为肉眼所识别，就像一杯水倒进沙子里，什么都看不到。

根据可燃冰的储集类型，目前科学家们研究的成果表明，自然界中的可燃冰大部分分布在海洋黏土质或粉砂质细粒沉积物中，其次是分布在地层的孔隙或裂缝中，再次是分布在海洋砂层中和陆域冻土带砂层内。据估算，全球赋存在砂层可燃冰中的气体量可能超过1217万亿立方米，约占全球可燃冰资源量的5%。

这个数字是怎么来的呢?

我们可以这样理解：可燃冰的资源量按储层类型构成了一个金字塔型，从塔尖到塔底，资源量越来越大，但是储层粒度却是越来越小，开采难度也就越来越大。这个金字塔就好比一块大蛋糕，公认最好吃的是塔尖的那部分。2011 年美国科学家约翰逊（Johnson）对砂质储层中可燃冰的资源量，即金字塔上边的那一部分进行了估算，认为砂质储层中的可燃冰占全球可燃冰总量的 5%，这 5% 也就是说是较容易开采的部分。

从目前的技术条件看，砂岩中的可燃冰比较容易开采。近年来，日本在日本海域主要针对砂岩储层中的可燃冰进行开采试验，而中国在南海神狐海域开采的可燃冰属于金字塔塔底部分，储集类型则属于黏土质粉砂储层，开采难度较大，但属于资源储量较多的类型。

可燃冰试采现场指挥部办公室主任邱海峻介绍说，可燃冰在全球主要分布在两类地区：一类是水深 500 至 5500m 的海底，在海底以下 0 至 1500m 的沉积物中产出；另一类是陆上冻土区，尤其是南北极冻土区。而世界上绝大部分可燃冰分布在海洋里，据估算，海洋里可燃冰的资源量是陆地的 100 倍以上。据最保守统计，全世界海底可燃冰中贮存的甲烷总量约为 1.8 万亿立方米，约合 1.1 万亿吨。如此数量巨大的能源如能开发，将是人类未来发展的动力保障。目前已发现的海底可燃冰多分布于环太平洋周边、大西洋西岸、印度洋北部、南极近海及北冰洋周边，地中海、黑海、里海等内陆海以及贝加尔湖等湖底也有零星分布。陆上可燃冰则主要分布于环北冰洋的高纬度冻土区和我国青藏高原冻土区。

海洋中，气体主要来源于海底浅部的生物成因气和地层深部热解气。目前，在全球直接或间接发现可燃冰的矿点已达到 234 处，其中 49 处获得了样品。在 6 个矿点开展了试开采或开采，其中海域有两个矿点：中国 1 个，日本 1 个；陆域有 4 个矿点，除我国 1 个外，分别是美国、加拿大、俄罗斯各 1 个。

与陆地上的其他能源开采方法不同，可燃冰试采目前主要采用热激法、减压开采法、化学试剂注入法这三种方法。

所谓热激法就是利用传热、电磁、微波等手段提高局部地层可燃冰温度，使其分解，从而释放出天然气。热激法大致包括井下电磁加热法、注热开采法和微波加热法，目前主要采用注热开采法。减压开采法主要是通过降低压力，促使可燃冰在该温度和压力相对平衡的条件下，实现可燃冰分解。注入化学试剂法则是通过向可燃冰储层中注入某些可以破坏可燃冰相平衡条件的化学试剂，如甲醇、乙醇、盐水、丙三醇、乙二醇等，从而导致可燃冰分解。

迄今为止，在世界各地的海洋及陆地地层中，已探明的可燃冰中碳含量已相当于全球传统化石能源碳含量的两倍以上，其中海底可燃冰的储量够人类使用 1000 年。于是，海底能源竞争之势在全球日益激烈便成了毋庸置疑的事实。许多国家已经认识到可燃冰能源的重要性，对可燃冰的调查研究及开发准备工作日趋重视，并正在加速推进对可燃冰物化性质、产出条件、分布规律、勘查技术、开采工艺、经济评价及开采可能造成的环境影响等方面的研究。

然而，对于人类而言，可燃冰依然如水中月、镜中花。一是其赋存于尚未石化的海底砂层中，赋存空间犹如砂粒构筑的蜂巢，在开采过程中，当可燃冰分解为天然气和水后，“蜂巢壁”极可能坍塌并被水流带走，进而堵塞采气管道，导致可燃冰分解试采气体难以上升。二是只要温度、压力条件发生变化，可燃冰即挥发成气体进入大气，瞬间变成环境杀手。正因为有其上述的开采难度，从而使得可燃冰在海域被发现至今的几十年间，一直无重大进展。美国、加拿大曾在陆地上进行过试采，但效果不理想。日本在 2013 年开展了首次海上试开采工作，因出砂等技术问题而失败。2017 年 4 月至 6 月，日本进行了两次试采。第一次试采累计采气近 3.5 万立方米，5 月 15 日因出砂问题而中止。第二次试采历时 20 天，产气 20 万立方米，也因出砂问题而结束。

我国从1999年开始进行可燃冰调查工作。经过近20年的努力，我国科技工作者在我国南海和青藏高原均发现了可燃冰的存在。2007年，我国首次在南海北部海域进行可燃冰钻探，获取到可燃冰实物样品，成为继美国、日本、印度之后第4个通过国家级研发计划采集到可燃冰实物样品的国家。2008年通过钻探，又在陆地青藏高原永久冻土带中发现了可燃冰。

目前，中国地质调查局广州海洋地质调查局在南海已完成地球物理勘探高分辨率多道地震13万公里、多波束测量7万公里、浅层剖面测量2.4万公里、热流测量522个站位、地质取样2272个站位、OBS调查195台站、可控源电磁测量20台站、深潜器（ROV）调查23个站位，在南海北部陆坡基本完成地质—地球物理普查测网调查，在重点目标区开展了以三维地震探测为主的多手段详查，钻井87口。通过系统勘查评价，预测海域可燃冰远景资源量达800亿吨油当量，并圈定了6个可燃冰成矿远景区、19个成矿区带、25个有利区块、24个钻探目标区，发现珠江口盆地东部海域和神狐海域2个千亿方级的可燃冰矿藏。

目前，地球物理勘探是我国勘探海域可燃冰的主要方法。地球物理勘探是以岩石、矿石（或地层）与围岩的物理性质差密度、磁化性质、导电性、放射性差异为基础，对地球的各种物理场分布及其变化进行观测。

地球物理勘探常利用的岩石物理性质有：密度、磁导率、电导率、弹性、热导率、放射性。与此相应的勘探方法有：重力勘探、磁法勘探、电法勘探、地震勘探、地温法勘探、核法勘探。

在可燃冰勘查中应用最多的地球物理方法就是地震勘探。它的原理是利用人工激发的地震波在弹性不同的地层内的传播规律来了解地下的地质情况。在地面某处激发的地震波向地下传播时，遇到不同弹性的地层分界面就会产生反射波或折射波返回地面，用专门的仪器可记录这些波束，分析所得记录的特点，如波的传播时间、振动形状等，通过专门的计算或仪器处理，能较准确地测定这些界面的深度和形态，判断地层的岩性，从而通过地震勘探方法圈定可燃冰赋存情况。

对于我国可燃冰赋存情况，邱海峻认为，根据地震勘探的成果和天然气水合物资源类型及赋存状态，结合我国海域地质条件，我国广阔海域可燃冰资源量与全国陆海常规与非常规天然气地质资源量总和大致相当。

我国海域领土面积十分广阔，可燃冰能源就像一个巨大的能源宝库，可燃冰研究与开发犹如一座高高的山峰，期待中国科技工作者们去攀登，去摘取山峰上的桂冠。

其实，不仅仅在中国，很多国家，尤其是能源短缺的大国都时刻关注着可燃冰这一新能源。在这条聚集越来越多竞赛者的跑道上，各国的竞争风起云涌，日趋激烈。

## 二　平静下的风起云涌

进入 21 世纪后，世界科技的快速发展，成为驱动各国经济社会发展的推进器，与此同时，经济的快速发展也对能源的类型及需求量提出了越来越高的企盼，尤其是世界许多国家对环境问题的重视，对清洁环保能源的调查工作不断被提上各国政府的议事日程。在这场争夺清洁环保能源的竞争中，中国科技工作者走在了世界的前列，吸引了全世界的目光，即使是对可燃冰研究开发技术比较早且一直遥遥领先的发达国家也对此赞叹不已。

“与之前日本的研究成果相比，中国科学家成功开采出更多的天然气。从这个意义上来讲，中国的确实现了可燃冰试采的巨大进步。”我国可燃冰试采成功后，英国广播公司引用专家的话指出，“这是第一次，人们终于开始相信大规模开采可燃冰前途光明”。

2017 年 7 月 11 日，在土耳其伊斯坦布尔出席第 22 届世界石油大会的国际能源署执行干事法提赫 · 比罗尔表示，中国在发展风能、太阳能、核电以及提升能效等方面均走在世界前列。目前全球天然气行业处于变革之中，出现了越来越多非传统天然气，如美国发展页岩气、澳大利亚开发煤层气、中国和日本等国试采可燃冰。

在可燃冰的全球竞赛舞台上，各国一直在互相竞逐，目前全球近 10 个国家制定了可燃冰试采计划（包括中国的 863 计划中的可燃冰项目）。20 世纪 60 年代，苏联、美国、加拿大等少数国家就开始在陆地和海洋开展可燃冰资源调查工作，随后苏联在远东开发了世界上第一座可燃冰矿田，加拿大、美国也分别在陆地和海洋中取得可燃冰实物样品；20 世纪 80 年代，世界多地（大海、深湖、高原、极地等）发现了可燃冰，储量也相当丰富，随后，相继有近 10 个国家制定了可燃冰试采规划。

但是，可燃冰开发也是一把双刃剑。据专家介绍，可燃冰一旦转化为气体，体积会急剧增大 160 多倍。在海底，可燃冰赋存于泥质粉砂中，如果钻孔密封不好，海水就会趁“隙”而入，造成更大范围的失稳，导致大量的温室气体逸出，甚至引发海底滑坡或其他次生灾害。在冻土、泥沙中，可燃冰因为混合了砂砾，开采过程中一旦出砂将很难处理。而可燃冰一旦开采出来，如果管道密封保护不好，甲烷气体就会逸出。所以，可燃冰试采的难点，不在于从海底或冻土中把它们采出来，难点在于有序、可控，不发生破坏地质环境等次生灾害。

目前，全球可燃冰研发活跃的国家主要有美国、日本、加拿大、韩国和印度等，各国竞相投入巨资开展可燃冰试采，并制定可燃冰勘查开发的国家计划，竞争异常激烈。但都因种种原因未能实现或未达到连续产气的预定目标。

为开发可燃冰这一新能源，2000 年，国际上成立了由 19 个国家参与的地层深处海洋地质取样研究联合机构，成立不久，就组织 50 名科技人员搭乘着一艘装备有先进实验设施的轮船从美国东海岸出发进行海底可燃冰调查，轮船上的 7 层船舱都装备着各种先进的实验仪器，能用于沉积岩层学、岩石学、地球化学、地球物理学等方面的研究。英、德、法、日、澳、美科学基金会及欧洲联合科学基金会为其提供了经费支持。

从世界各国对可燃冰的研究格局分析，日本虽然起步较晚，但在探测与开发方面已处于世界前沿地位，且有着清晰的战略计划和发展框架。早在 1990 年，日本便已开始在太平洋勘探与试探性发掘可燃冰。2000 年，日本经济产业省设立了可燃冰研究委员会，意味着日本正式开始可燃冰的开采。2016 年，日本开始致力于可燃冰商业运用的技术开发。近 20 年来，日本一直是世界可燃冰勘探开发的主要引领者。

虽然日本、美国在可燃冰的探测、基础研究和先导钻探试验等诸多方面已处于世界领先地位，但目前仍处于试采阶段未能实现可燃冰的大规模开采和商业开发。中国的能源结构是煤多、油贫、气少，因而对进口石油和天然气依赖度都很高，至 2017 年，中国原油进口量突破 4 亿吨的纪录高位，远超预期。这一数据已经超越美国，成为全球第一大原油进口国。因此，对中国而言，开采可燃冰具有重要战略意义。

除中国、美国、日本外，印度、韩国和加拿大等国也在实施可燃冰试采研究项目。2017 年 5 月似乎成为可燃冰的热门月。除中国宣布在南海试采可燃冰成功之外，日本也宣布了有关可燃冰试采的消息。

而中国在南海神狐海域试采成功，意味着中国已经抢占了未来全球可燃冰能源发展的制高点，必将促使全球主要国家加大可燃冰试采技术的研发和资金投入，相关固定配套资产投资有望提速，海上平台装置、海上钻采设备、LNG 运输船舶、油服设备以及天然气下游应用设备和相关服务有望从中受益。

中国在可燃冰领域的研究和科技突破，以及在海域可燃冰的试采成功，不仅仅是点燃了中国南海海域的星星之火，而且逐渐向世界蔓延，逐渐形成燎原之势。相信在不久的将来，可燃冰之火必然会燃烧到世界各地，就像开发海底石油一样，在碧波荡漾的大海中，我们将看到更多的可燃冰开采平台耸立在海洋中。

## 三　世界能源大国的探索之举

世界能源的短缺已是不争的现实，为了满足日益增长的能源需求，同时减少二氧化碳排放，以支撑经济的可持续发展，世界能源结构的调整已经迫在眉睫。这就使可再生能源的利用成为各国科技工作者研究、开发的目标。未来风能和太阳能的发展空间非常大。然而，风能和太阳能能源具有间断性和不连续性的特点，而且受地理气候条件制约，成本也较高，暂时无法承担满足人类对能源需求的重任。为此，世界上很多大国或经济比较发达的国家已经开始寻觅一种可以替代传统能源的新型能源，这就是沉睡在海底的可燃冰。全球范围内在可燃冰的研究开发竞争中，虽然看不见电光火花，但这场科技加能源之战的激烈程度，却是十分清晰的，因为事关每个国家的未来与发展。

日本油气能源短缺，促成日本政府在 20 世纪 90 年代就开始关注可燃冰，各大专院校、科研院所也以此为契机推动日本政府支持立项研究。1995 年，日本通商产业省资源能源厅的石油公团（JNOC）和日本地质调查局联合 10 家石油天然气私营企业，设立了“甲烷水合物研究及开发推进初步计划”。该 5 年计划（1995 年至 1999 年）的总投资为 150 亿日元。目的是通过地球物理勘探，研究可燃冰物理性质，掌握可燃冰产地、地质产状及其分布规律，最后通过实施钻探，评价日本岸外可燃冰开发潜力和作为非传统能源开发的可行性。具体计划是 1996 年进行地震调查，编制 BSR 分布图，1997 年在日本南海海槽东部实施导向性钻探。

1998 年，日本通过高压装置，人工合成了可燃冰。同年，日本与加拿大合作，在加拿大北部 Mackenzie 三角洲试验钻探，包括 2 口深井、1 口试验井，钻穿冻土层，获取水合物样品，评估工程技术（主要是取芯技术和生产技术），检验新研制的技术装备。

1999 年，在日本南海海槽东部进行地层钻探，对海洋可燃冰的潜在资源进行全面评价。该项目得到日本石油勘探有限公司（JAPEX）、美国地质调查局（部分经费由美国能源部资助）、加拿大地质调查局和一些大学的积极参与。

2001 年，日本颁布《可燃冰试采研发计划》后，可燃冰研究全面提速，2013 年和 2017 年，已分别在日本南海海槽开始进行可燃冰试采工作。

美国开展海洋可燃冰调查一直走在世界前列，而且是第一个通过立法开展可燃冰调查的国家。早在 1968 年，美国就在墨西哥湾及东部布莱克海台实施油气地震勘探，首次发现了可燃冰地球物理识别标志似海底反射层（BSR）。

什么是 BSR？如果把海底比作人体，判断是否有可燃冰首先要给海底做“CT”，地震探测装备就是海洋地质学家们的 CT 机。这个 CT 机一般放在海洋地质调查船上，主要由震源系统和接收系统组成，震源系统每隔 10 秒左右向海水中发射高压气体，产生震动，形成地震波，地震波通过各地层反射后，由接收系统负责接收，接收系统就像拖在船尾的一条长长的尾巴，接收后的信息通过处理，探测出海底地层结构、可燃冰存在的各类标志等，似海底反射波，即所谓的 BSR 是由可燃冰引起的反射界面，作为识别海洋可燃冰的地震标志，被广泛地用于世界各海域的可燃冰调查。

1970 年，美国在布莱克海台实施了深海钻探（DSDP），证实 BSR 之上存在可燃冰。1981 年，美国制订了可燃冰十年研究计划（1982 至 1992），投入 800 万美元开展了可燃冰基础知识的调查研究。1991 年，美国能源部组织召开了“美国国家气体水合物学术讨论会”。通过这次会议，人们对可燃冰及其沉积物了解越来越多，并掀起了可燃冰研究的热潮。1994 年，美国能源部制订了“甲烷水合物研究项目”；1995 年，美国借助大洋钻探计划 ODP 在其东部海域布莱克海台实施了一系列深海钻探，探明可燃冰资源量为 180 亿吨油当量。

1998 年美国参议院通过决议，每年投入 2000 万美元用于“甲烷水合物研究与资源开发利用”。

1999 年 7 月，在美国盐湖城召开了主题为“气体水合物与未来的挑战”的第三届国际气体水合物会议，就资源特征、全球气候变化、油气管道堵塞物与海洋水合物工程、生产等专题进行了交流和研讨。到目前为止，美国已经在其东南大陆边缘、俄勒冈外太平洋西北边缘、阿拉斯加北坡、墨西哥湾大陆边缘、密西西比峡谷等地进行了可燃冰调查，并绘制了全美海洋可燃冰的矿藏分布图，评价了各矿区的资源量和开发潜力。2000 年美国参议院通过了可燃冰研究与开发法案，美国能源部围绕可燃冰的资源特征、开发、全球碳循环、安全和海底稳定性四个主题，制定了长达 10 年（2001 年至 2010 年）的详细计划。

2005 年美国决定大幅度增加可燃冰调查研究和开发的资金投入，目前已将可燃冰勘查与开发纳入了国家战略发展计划。

俄罗斯（苏联）也是研究可燃冰最早的国家之一。早在 20 世纪 30 年代，俄罗斯（苏联）科学家为了预防和疏通西伯利亚油气管道的堵塞，以保障油气管道的畅通，开始对可燃冰的结构和形成条件进行研究。1969 年俄罗斯（苏联）在西伯利亚——麦索雅哈开采常规油气工程中偶然发现了可燃冰后，从 70 年代开始，他们紧跟美国步伐，在其周围海域和内陆海中开展可燃冰调查与研究工作。80 年代以来，他们又通过海底表层取样和地震调查等手段相继在黑海、里海、贝加尔湖、千岛海沟等海域发现了可燃冰矿藏和矿点，并进行了区域评价。

印度于1995年设立“全国气体水合物研究计划”，1996年至2000年由国家投资5600万美元对其周边海域的可燃冰进行前期调查研究。在此基础上，2001年至2005年又投资5600万美元，启动了国家可燃冰研究与开发5年计划，调查发现印度东、西海岸均分布有可燃冰。2006年，印度实施了历时113天的可燃冰钻探，实际完成32个站位，39个钻孔，在1个站位取到了可燃冰样品。

加拿大于1992年在北美麦肯齐地区发现可燃冰，成为世界上第二个在冻土带发现可燃冰的国家。加拿大地质调查局通过对加拿大西海岸胡安至德夫卡洋中脊陆坡区的调查，估算其蕴藏的可燃冰资源量是美国布莱克海台的10倍。1997年至1999年，由加拿大地质调查局和温哥华大学的科学家联合组成研究小组，运用单道和多道地震、钻探（1997年实施了大洋ODP889/890钻探计划）、地球化学、多波束测量、海底深潜器观测及计算机模拟等手段，对该海域可燃冰的富聚机制、地质背景及温压条件等进行了深入研究，利用多道地震、测井、垂直地震速度等对水合物富集率进行了评价。

研究表明，可燃冰储层位于海底230米以上，气源主要是生物气。在大洋钻探计划ODP站位，可燃冰富集率向下可以达到孔隙的20%。1999年加拿大还参与了日本南海海槽的可燃冰钻探。在北极加拿大地区，考虑到可燃冰开发有可能对该地区传统石油天然气的开采构成威胁，也可能成为一个巨大的温室气体来源，为此，加拿大近年来加强了北极可燃冰研究。

1998年，加拿大与日本合作，在其西北马更新三角洲进行了可燃冰钻探，并在三轴控制条件下进行了实验研究，测定了可燃冰的P波速和抗剪强度。结果表明，含与不含可燃冰的P波速差别较大，前者要高得多，剪切强度至少是后者的5倍。这一成果为地震勘探提供了直接实验依据。

2002年，加拿大、美国、日本在马更新三角洲冻土带进行可燃冰试采试验，在麦肯齐地区进行可燃冰生产测试。从2002年开始，加拿大的可燃冰研发经费连续15年列入政府年度财政预算。

德国没有自己的深海，但对可燃冰的研究依然非常重视，并在可燃冰研究领域处于世界领先水平。

在 20 世纪 80 年代后期，德国曾利用“太阳号”调查船与印尼等国合作，对西南太平洋海域进行调查，在苏拉威西海发现了可燃冰的地震标志似海底反射层 BSR。

1998 年，德国又与俄罗斯合作，开展鄂霍次克海可燃冰调查。至今，德国基尔大学 Geomar 研究所对美国俄勒冈州西部大陆边缘卡斯凯迪亚（Cascadia）消减带的可燃冰海台尤感兴趣，通过德美 Tecflux 合作项目，争取到资金 2000 万马克，不仅在该海域做了大量地震调查工作和海底取样工作，而且还研究了可燃冰形成和失稳的动力学机制，测定了海底甲烷释放速率的趋势变化。在 Cascadia 可燃冰海台，不但发现有可燃冰矿藏，还发现了可燃冰泄气窗，泄气窗中有大量甲烷释放。气体中 Rn/CH2 值很高，大约每公升 50dpm；在局部地区，有铵和硫化物分布，在其他局部地区，甲烷发生氧化作用。

2000 年，德国正式推出长达 15 年的“地球工程学地质系统：从认识到地球管理”大型研究计划。在该计划框架下，于 2000 至 2003 年完成了“地质系统中可燃冰项目”，投入经费 3000 万欧元。

2004 年至 2007 年，德国设立了“地质—生物系统中的甲烷”项目，下设黑海和墨西哥湾海底甲烷喷溢研究、可燃冰特征研究、可燃冰中微生物的循环和代谢作用等项目，已投入经费 3000 万欧元。

韩国的石油消费绝大部分依赖进口，对于全球第四大石油进口国的韩国来说，在原料进口、产品出口和国内消费等多个方面都存在能源危机。为此，韩国政府将视线转向周围海域，寄希望在海底发现更多资源。1996 年，韩国矿产能源部开始研究可燃冰。2000 年至 2004 年，韩国天然气公司、国家石油公司、商业和工业能源部设立了联合研究项目，在其东海海域开展了可燃冰第一阶段调查研究，证实了上述海域存在可燃冰，并圈定了可能存在的区域。

韩国政府于2005年7月成立由韩国石油公社、韩国天然气公社和韩国地质资源研究院等单位组成的可燃冰开发项目团，在韩国东部海域进行勘查作业。

韩国地质资源研究院的勘探船“探海2号”，在韩国浦项市东北135公里、郁陵岛以南100公里处的海底成功采集到可燃冰样品。

韩国产业资源部2007年宣布，继6月在日本海（韩国称“东海”）海底成功采集到可燃冰后，韩国可燃冰开发项目团成员从2007年9月25日起对韩国东海岸附近，深达1800米以下的日本海海底进行54天钻探后，发现3个海底可燃冰矿层，总储藏量超过6亿吨。韩国产业资源部随即宣布，韩国成为继美国、日本、印度和中国后，世界第五个确认深海可燃冰矿藏的国家。

根据韩国产业资源部制订的《可燃冰开发10年计划》，韩国政府在2005年至2014年10年期间投入总计2257亿韩元，用于研究开发深海勘探和商业生产技术。

而中国首次海域可燃冰试采的成功，将全世界的目光聚焦到了中国南海。地球上的人类迄今已有400万年的历史，在这期间，人类从学会使用火开始，经过石器时代、红铜时代、青铜时代、铁器时代，直到近代工业化信息化革命，各种技术发明使人类文明到达了一个前所未有的高度。同时，人类消耗的能源也日益增长，其中煤、石油、天然气等一直是为工业文明发展提供的主要能源，而中国可燃冰研究试采的成功，有可能改写这一传统能源的历史。

当然，我们也应看到，我国首次海域可燃冰试采的突破不是一朝而成，而是经历20年的各种艰难险阻，是一代又一代的科技工作者不放弃，不满足，砥砺奋进，勇攀科技高峰的结果。

# 第四章　聚沙成塔

合抱之木，生于毫末；九层之台，起于垒土；千里之行，始于足下。这是出自春秋时代楚国李耳《老子》第 64 章之中的经典之句。科学探索发现无捷径，在科学研究中，重大科研成果的研究发现不是一代人就可以完成的，是长期不懈地坚持研究、探索、积累的结果。可谓是聚沙成塔。可燃冰在哪里？怎么找？经济效益怎样？安全性如何？这每一条都是可燃冰研究的重大课题，需要科技工作者耗费很多时间去探求，甚至无可避免地要走很多弯路。

## 一　星星之火

几代人的青春热血，默默无闻的探索和奉献，如果没有这次我国南海可燃冰试采成功，他们的艰辛付出就像大海里的水珠一样，没有人看到他们在黑夜里伏案的背影，没有人关注他们遇到的危险和困难。而就是这一代又一代的科技工作者，在艰苦的条件下克服各种困难，点燃了中国可燃冰研究的星星之火。

早在 1985 年，广州海洋地质调查局时任总工程师金庆焕就在学术刊物上向读者介绍了“固态天然气”这一新的物质，这成为我国早期关于可燃冰知识的启蒙。1995 年，一些科技人员开始对我国海域可燃冰展开预研究。

天然气水合物室的成立

岁月不居，时节如流。二十年过去了，那些第一代点燃星火的可燃冰科学家们有的已经离开了我们，有的已青春不再，变成了白发苍苍的老者，但他们开启了我国可燃冰调查研究的大门，我们不会忘记。

2017 年 7 月 9 日，我国南海神狐海域可燃冰试采工程全面完成预期目标，主动实施试采井关井作业。自 5 月 10 日试采点火以来，连续试开采 60 天，累计产气超过 30 万立方米，创造了可燃冰试采产气时间最长、产气总量最高的世界纪录，在这场可燃冰新型能源开发竞赛中，中国科技工作者实现了从追赶、并行到领跑的超越。

在 2018 年广州海洋地质调查局的职工代表大会上，广州海洋地质调查局局长、“李四光学者”（卓越地质人才）、可燃冰试采指挥部指挥长叶建良深情地讲道，我国海域天然气水合物试采成功，是在部局党组领导下，广州海洋地质调查局大力推进科技创新，解放思想，扩大开放，牵头联合组建了一支多兵种、多部门、跨单位的高水平专业人才队伍，是 20 多年拼搏努力下取得的成果。

提到可燃冰不得不提国际天然气水合物大会。国际天然气水合物大会是充分展示天然气水合物新型战略资源勘探技术、成藏理论研究、模拟实验、测试和开采等方面最新成果交流的重要国际学术会议，每 3 年举办一次。

2014 年 7 月，在北京举行的第八届国际天然气水合物大会上，中国地质调查局宣布：中国将在 2017 年进行可燃冰试采工作。中国石油大学（北京）化工学院教授、博士生导师、中国石油天然气总公司专家郭天民 1993 年就参加了在美国新帕尔茨举行的第一届国际天然气水合物大会，1996 年又参加了在法国图卢兹举行的第二届国际天然气水合物大会，并做了 CHEN–GUO 水合物模型报告，1999 年在美国盐湖城举行的第三届国际天然气水合物大会上，他作了水合物分离氢气进展的报告。同年，他领导建立了我国国内高校第一个具有现代先进水平的“油气藏流体高压相态及物性”和“气体水合物”研究实验室，针对油气藏流体及地下的可燃冰在高压相平衡和物性领域开展了一系列前沿性的实验和理论研究，为我国早期可燃冰理论研究奠定了基础。

2017 年 12 月 19 日，在“南海天然气水合物勘查与开发”高端论坛上，广州海洋地质调查局总工程师杨胜雄介绍，广州海洋地质调查局作为我国海域可燃冰资源调查及试采工作的主力，自 1998 年率先在我国海域开展可燃冰资源调查和评价以来，已经投入经费 47 亿元，动用了 17 艘调查船，组织完成了 75 个航次，先后 4 次在南海北部实施了可燃冰钻探，钻获了大量可燃冰样品，圈定评价了一批成矿区块。

中国科学院作为我国科学技术“国家队”，是最早从事可燃冰研究的机构之一。中国科学院广州能源研究所从 20 世纪 90 年代初即开始进行可燃冰的基础研究，并于 2003 年组建中科院广州天然气水合物研究中心，联合中国科学院南海海洋研究所、广州地球化学研究所等兄弟单位，开展可燃冰的勘探、开采基础理论和关键技术研究。

自“九五”以来，围绕海域可燃冰的勘查开发，中国地质调查局广州海洋地质调查局先后实施了国家高技术研究计划和重点基础研究计划，已初步形成具有我国南海特点的可燃冰综合探测技术体系和基础理论体系。

“十二五”期间，围绕我国海域可燃冰目标靶区高精度勘查需求，国家“863 计划”设立“天然气水合物勘探技术开发”项目，由广州海洋地质调查局牵头，该局副总工程师王宏斌博士担任项目首席专家，并联合中国海洋大学、大连理工大学、浙江大学等单位，于 2013 年—2016 年的 4 年间，开展了可燃冰地球物理立体探测技术、流体地球化学精密探测技术、样品保压转移及处理技术等勘探技术研究，取得了一批具有自主知识产权的技术成果，形成了我国海域可燃冰资源勘探技术体系。

“863 计划”全称为国家高技术研究发展计划，是中华人民共和国的一项高技术发展计划。这个计划是以政府为主导，以一些有限的尖端技术领域为研究目标的基础研究的国家性计划。1986 年 3 月，面对世界高新技术蓬勃发展、国际竞争日趋激烈的严峻挑战，邓小平同志在王大珩、王淦昌、杨嘉墀和陈芳允四位科学家提出的“关于跟踪研究外国战略性高技术发展的建议”和朱光亚极力倡导下，做出“此事宜速作决断，不可拖延”的重要批示。在充分论证的基础上，党中央、国务院果断决策，于1986年3月启动实施了“高技术研究发展计划（863计划）”，旨在提高我国自主创新能力，坚持战略性、前沿性和前瞻性，以前沿技术研究发展为重点，统筹部署高技术的集成应用和产业化示范，充分发挥高技术引领未来发展的先导作用。该计划涉及领域有航天技术研究、发展性能先进的大型运载火箭、基因工程药物、疫苗和基因治疗、水稻基因图谱、智能机器人、通信技术、先进核反应堆技术、海洋资源开发技术。比如我们熟悉的曙光一号全对称多处理机服务器、6000米水下机器人、高速光纤传输系统、激光技术、大型运载火箭等，都受益于这个计划的实施。

1995年，在中国大洋协会、地质矿产部和国家科委的支持下，中国地质科学院矿产资源研究所曾先后在南海和太平洋国际海底开展了可燃冰的预研究工作，并发现了一系列与可燃冰有关的地球化学和自生矿物异常标志。

地球化学是研究地球的化学组成、化学作用和化学演化的科学，它是地质学与化学、物理学相结合而产生和发展起来的边缘学科。自20世纪70年代中期以来，地球化学和地质学、地球物理学已成为固体地球科学的三大支柱。

广州海洋地质调查局的科学家们经过长期的研究，在地球化学方面已经形成了一套专门用于可燃冰探测的分析测试技术。

我们知道，可燃冰的主要成分是甲烷和水。其形成的必要因素之一，就是存在充足的甲烷气源。甲烷分子体积小，扩散性强，可以通过沉积物间的微小孔隙扩散到海底表面。在此过程中，在细菌的作用下，甲烷会发生一系列化学反应，产生一些独特的化学成分。可燃冰调查中的地球化学探测，就是基于这些化学反应而展开的。

在地球化学探测技术中，最简单便捷、有效可行的方法，就是测试海底表层沉积物中的甲烷含量。通常情况下，深海海底十分贫瘠，有机物质极度缺乏，沉积物中甲烷含量也很低，大概是几个到十几个 ppm（1ppm 等于百万分之一）。在可燃冰存在的海底，表层沉积物中的甲烷含量则会偏高成百上千倍，而且随着深度增加，甲烷含量会呈现指数级的增长。

除了甲烷以外，判断可燃冰存在的另外一种标识物就是硫化氢——一种具有臭鸡蛋味道的气体。硫化氢的形成，也和甲烷存在直接的关系。在海底沉积物中，溶解有一定的硫酸根离子。硫酸根离子具有氧化性，而甲烷具有还原性，二者相遇，在细菌作用下会发生化学反应，生成硫化氢和二氧化碳。因此，沉积物中硫化氢和二氧化碳含量的异常偏高，也可成为可燃冰存在的证据之一。在海上调查时，对二氧化碳的检测需要大型精密仪器，而对于硫化氢的检测，靠科学家的鼻子就可以。因此，在样品描述记录表上，往往可以看到对硫化氢气味描述的词语：轻微、轻淡、较强、浓烈等。

沉积物中硫酸根和甲烷相遇产生硫化氢的层位，在科学论文中称为“硫酸盐—甲烷氧化还原界面”，简称“SMI 界面”。在可燃冰存在的区域，沉积物中 SMI 界面埋藏较浅，例如在南海北部陆坡东部海区，海底 SMI 界面的深度约为 8 米左右，通常的取样手段很容易达到。通过对 SMI 界面的研究，可以大致推断本区深部存在可燃冰的可能性、深度、矿藏分布特征等。因此，SMI 界面在可燃冰调查和研究中，是重要和基础的科学依据。

2000 年 9 月，为验证西沙海域调查区是否有可燃冰存在，广州海洋地质调查局余平作为技术负责首次主持了针对海域可燃冰资源调查的第一个地球化学调查航次。承担这次科考任务的是广州海洋地质调查局“海洋四号”科考船。“海洋四号”船于 2000 年 9 月 28 日启航离开广州黄埔海军码头，9 月 29 日一早到达西沙海槽天然气水合物资源调查区，开始进行地质取样，同时利用站位之间的航行进行全覆盖的多波束水深测量。每一个取样站位除按常规方法对样品进行现场描述、化学分析外，还试验了地球化学、气态烃测试获取样品的方法，并迅速对样品进行了气态烃测试、X 射线荧光分析。

此次在西沙海槽天然气水合物调查区部署了 15 个站位，现场地球化学采样共采集了顶空气样品 20 个，孔隙水样品 18 个，沉积物样品 18 个。在大型活塞站位，约每 3 米间隔各采集 1 个孔隙水、顶空气和沉积物样品，在重力管和箱式采样站位，则在其底部采集孔隙水、顶空气和沉积物样品。

西沙海槽区可燃冰调查的 15 个站位中的 10 个站位是气态烃及氢气的异常站位。该异常区是可燃冰或石油、天然气的远景有利区。由于广州海洋地质调查局没有现成的水合物现场测试设备和技术方法，设备采用了国家“863”计划海洋领域研制的“高灵敏度气态烃现场测定系统”，整套系统曾在油田海上试验区进行了测试和应用，能在海上快速发现异常，是一种低成本、高效益和易操作的海洋油气化探方法。

为加速推进可燃冰的研究工作，2001 年 1 月，广州海洋地质调查局组建了由“李四光学者”梁金强等 7 位科技人员组成的天然气水合物研究室。至此，广州海洋地质调查局组建了服务海域可燃冰调查研究的集野外地质资料采集、调查技术方法研究、室内数据处理、实验测试分析、信息资料收集，乃至综合解释及科学研究为一体的全流程专业团队。

早期参加可燃冰研究的还有目前担任广州海洋地质调查局科技处处长的吴庐山。吴庐山 1995 年毕业于长春地质学院，专业为地质矿产普查，来到广州海洋地质调查局就师从副总工程师姚伯初。姚伯初一直鼓励刚参加工作的年轻人关注可燃冰热流方面的文章，吴庐山就把研究方向定在了可燃冰热流稳定方面。广州海洋地质调查局业务结构改革后，吴庐山调入海洋矿产地质调查所，一直跟着“海洋四号”船从事可燃冰地球化学方面的研究，从 2004 年到 2012 年每年他都跟着“海洋四号”船出海，担任地质组组长。

“不仅如此，20 世纪 90 年代，广州海洋地质调查局还从自己局里的院士基金每年拿出 20 万元设了 6 个可燃冰项目，当时的课题负责人都成了现在可燃冰试采工作的核心专家。”吴庐山提到广州海洋地质调查局研究可燃冰起步的时候说。水合物中心的龚跃华也是较早参加可燃冰研究的人之一，他说从 2000 年 1 月，他在没有任何资料的情况下，从两页外文资料翻译开启了他的可燃冰研究之旅。

“领导要求我们，搞可燃冰研究不能仅仅闷在家里，要到海洋现场一线去搜集第一手资料。”龚跃华说，他从 2000 年开始不断出海，“刚开始出去晕船晕得厉害，而且全程一直都没有改善。吐得肚子里都空了，只能在那里干呕。”

龚跃华 1993 年毕业后，在广州海洋地质调查局海洋地质勘查技术方法所从事油气勘探工作，因为他学的是地球物理专业，2002 年可燃冰项目国家专项立项成功，开始在全局招兵买马，专业对口的龚跃华顺利进入海洋矿产地质调查所，也就是现在的水合物中心。那时候从事可燃冰研究的只有梁金强、沙志彬、郭依群、梁劲、龚跃华、王宏斌、陆敬安、付少英。2008 年王力峰加入，至此，可燃冰团队一共 9 个人。

1995 年 7 月，毕业于成都理工学院，专业为地球物理的梁劲，他对水合物室成立初期的印象深刻，他原在广州海洋地质调查局从事大洋矿产调查工作。后来成立矿产所水合物室的时候，就被调到水合物室。当时他心里还相当抵触，用他自己的话说：做熟不做生。因为参加了几年的大洋调查，他已经对大洋工作得心应手，大洋调查还有机会到夏威夷、关岛等地开阔眼界，而参加可燃冰调查又要从零开始，他为此还有一点小情绪。

当时的矿产所所长白志琳找他谈话：“小梁啊，水合物国家专项就要启动了，这是机遇也是挑战，假如水合物项目能取得成功，发展前途会比大洋工作大很多的，你应当抓住这次机遇，挑战自己的人生目标。”正是白志琳的这一番话打消了梁劲的所有顾虑，从而全身心地投入到水合物室的可燃冰研究和勘查工作中。

水合物室成立之初，可以说是“一穷二白”，5 个人一间办公室，5 个人共用一台电脑，所用的资料是打印在热敏纸上的地震剖面速度谱，连一些像样的设备都没有。但这些困难还是可以一一克服的，最大的困难在于项目开始之初，大家对水合物调查毫无经验可言，国内能查到的资料也是屈指可数。这时候大家只好从外文资料入手，搜集一些与水合物相关的外文文献翻译出来进行研究。当时没有翻译软件，要翻译这些有大量生僻单词和语句的外文文献很不容易，单位图书馆珍藏的英汉地质词典成了抢手货，一下子被大家借光了。

通过对外文资料的解读，在地球物理方面，当时主要是根据 BSR（似海底反射）、地震速度异常、振幅空白带和极性反转四大地震响应特征来研判含可燃冰沉积地层的存在。时任水合物室主任的杨木壮得知梁劲的学士论文是研究油气田的地震速度，当即决定让他负责水合物速度分析，从速度异常方面入手，来识别含水合物沉积层。

这件事说起来容易做起来难，可燃冰的地震速度资料一直沿用原来的油气勘探模式，纵向和横向的数据间隔都比较大，容易造成异常信息遗漏和间断，而且一个调查区的速度数据就有几万对，在纸剖面上解释后还要采集到计算机中进行成图、分析，工作量非常大，加班加点是常有的事，把办公室当成了家是普遍现象，有时候为了赶写报告，就叫家里人往办公室送饭，他们经常在办公室度过一个又一个的不眠之夜。

2006 年底，为了减少外界干扰，集中精力研究第一次可燃冰钻探的井位位置，完成井位建议报告，全体水合物室成员还在基地招待所封闭了一个多月。从 2000 年到 2007 年，正是梁劲女儿出生到上小学的时间，需要父母花更多的时间陪伴，给予更多的父爱和母爱，但他爱人是在医院工作，也抽不出多少时间来陪伴和教育女儿，只好把女儿交给家里老人看管和教育。爱人虽然说支持他的工作，没有什么抱怨，但爱人心里的委屈，不用说他也知道。

在这一段时间里，为保证野外资料的采集质量，水合物室成员还必须出海参加野外资料采集的质量监督工作。他们每年都要出海一到两个月，甚至更长时间，出海期间手机没有信号，每天映入脑海的，除了枯燥的数据，就是日出日落，这比在办公室的加班加点更加难以照顾家庭、照顾孩子，陪伴在爱人孩子身边的时间少之又少，导致梁劲女儿未能到理想的中学就读，成了他心中挥之不去的缺憾。

海底的地质条件是复杂的，人的身体结构也是复杂的，长时间的海上工作和室内的加班加点，长时间的身体透支让梁劲付出健康的代价，梁劲在研究和调查可燃冰期间，曾经连续两次住院治疗。即使这样，也没泯去他对可燃冰研究的热度和执着。2007 年 5 月，当钻获水合物样品的消息传来，他抑制不住内心的激动，特赋词一首明志：

### 念奴娇 · 大浪淘沙

桑田沧海，历艰辛，满怀憧憬期待。浩瀚神狐，闻报捷，激情热血澎湃。千里驰骋，万众瞩目，当责不旁贷。雄关漫道，多少不眠之夜。

正是东风猎猎，誓摩拳擦掌，蓄势待发。悄然回首，弹指间，九载春秋飞度。岁月流金，风华已不再，物是人非。人生无奈，更有豪情满怀。

2018年7月，高考成绩出来，女儿梁双悦的成绩高出一本线42分，被南京信息工程大学录取，所学专业是女儿十分钟爱的大气科学类专业，梁劲的心里充满了欣慰。

## 中德科学家发现“九龙甲烷礁”

“人生无奈，更有豪情满怀。”在可燃冰研究中，充满了不确定性和各种意想不到的困难，但幸运总是降临在不断做出努力而有所准备的人们。在苦苦探索那巨大能量的海底能源之时，中国可燃冰研究的科技工作者经过不懈的努力，终于取得了重大发现——“九龙甲烷礁”，从而揭开了中国可燃冰研究从间接论证到现实发现的序幕。

2002年3月，有过辉煌海洋勘探历史的“海洋四号”科考船出征，依靠海底摄像在海底发现了陡坎等地貌特征，并在陡坎处进行了海底重力活塞取样，获得样品后，立刻在船上用气相色谱仪进行甲烷含量测定，很快发现了一些区域甲烷高含量异常，这是发现可燃冰溢出的重要证据。

这一年，可燃冰调查在南海北部全面展开，并逐渐成为广州海洋地质调查局工作的重点。从西沙到东沙，从神狐到琼东南，地震剖面上BSR或清晰或模糊，海底沉积物中甲烷峰值或平缓或高耸，地质取样站位或稀疏或细密，南海北部陆坡地质图上各种圈图相互交错，科学家们相信付出一定会有回报。

2004年5月，由中德两国科学家组成的科学考察队，乘坐德国“太阳号”考察船在南海开展可燃冰环境效应研究，中国地质调查局副局长张洪涛参加了这一重要航次的科学考察。在20多天的海域科考中，中德科学家在珠江口盆地东部海域发现了面积巨大的碳酸盐岩礁，这是可燃冰存在的重大证据，他们将之命名为“九龙甲烷礁”。“九”代表来自中德两国所属的9家单位科学家，龙是中国的领地香港。虽然当时没有取到样品，但是收获到了九龙甲烷礁——可燃冰存在的证迹。

虽然距今已是十几年前的事了，但张洪涛谈起那次科考依然记忆犹新。当时中德两国共有 22 名科学家参加。中方有中国地质调查局、广州海洋地质调查局、中国地质大学等单位黄永样、苏新、吴能友、张海啟、付少英、祝有海、韩喜球、陶军、陈道华、温明明、肖波、余平共 12 人，德国科学家有 10 人，时任广州海洋地质调查局总工程师黄永样任中方首席科学家。两个航段张洪涛一共在“太阳号”考察船上待了 25 天。他说，2004 年中德合作之所以能够成功完成科考任务，多亏了被誉为“天然气水合物之父”的德国科学家休斯。他感慨道，在中德政府间的磋商会上休斯教授做了很多工作，他也从休斯身上学到了很多东西，中国科学家也从这次合作中学到了很多可燃冰的新勘查研究方法。

谈到埃文 · 休斯，张洪涛充满敬意。年长张洪涛 10 岁的埃文 · 休斯，1939 年出生于德国，任职于基尔大学海洋地质研究所，是可燃冰领域的资深科学家和领军人物。从 1992 年开始，休斯就多次率领“太阳号”科学考察船在各大洋开展科学考察，并多次获得可燃冰样品或有关实物。

2000 年，休斯应邀到中国讲学，并先后到北京、青岛、广州访问，结识了包括黄永样在内的一批中国研究可燃冰的科学家。2003 年，年过花甲的休斯萌生退意，但一个来自中国广州海洋地质调查局的标本让他改变了主意。

广州海洋地质调查局将“海洋四号”在东沙取到的一个双壳类生物标本，由时任广州海洋地质调查局副总工程师吴能友邮寄给了远在德国的休斯，请他谈谈看法。很快，休斯给吴能友发来邮件，他认为这个双壳生物肯定与可燃冰有关，他的判断，增强了张洪涛对中国南海存在可燃冰的信心。正是从那时起，休斯决定，最后一次率领“太阳号”远航中国南海，以此作为自己职业生涯的告别之旅。

张洪涛对这次南海中德合作之旅信心满满，因为休斯向中方承诺租借柏林工业大学专门用于可燃冰取样的保温保压取样器。充满自信的张洪涛，甚至还向时任中国地质调查局局长寿嘉华立了军令状，如果这次取不到可燃冰样品他就辞职。他在取样前还画了一匹马，寓意马到成功。中方两位女科学家苏新、韩喜球则画了一个飞翔小天使的翅膀，希望上帝保佑他们这次能够取样成功。黄永祥也借机表达了自己的心意，在他们的画上写了：立竿见宝。

第一次取样在海底 15 米浅表层没有发现可燃冰，于是把希望寄托在第二次的取样上，但第二次因为取样器的球阀密封不好，无法保压，导致第二次取样也失败，于是他们又把希望寄托在第三次取样上。

但是，天不遂人愿，被特意加长的一根三节管的取样器碰到了海底坚硬的碳酸盐结壳，不但没有取到样品，而且还把取样器碰坏了。至此，保温保压取样最后机会也失去了。虽然取样失败，但是手中的“九龙甲烷礁”足以表明，这片海域在地质历史上曾经发生过一次大面积的可燃冰释放事件，这是多么令人激动的新发现！

彼时，“九龙甲烷礁”的发现让团队中的梁金强激动地写下了《南海探冰》两首诗：

（一）

九龙礁涌惊天浪，千尺深流探冰层。
钻塔凌云映朝日，月光如水照征船。

（二）

十载一枕相思梦，万年冰心露华容。
井管犹闻暗香动，疑是惊鸿照芳踪。

“中德科学家的这次合作，推动了中国天然气的研究工作。”作为首席科学家黄永祥的助理兼中方协调人，吴能友在谈到这次中德合作的意义时这样说。由于没有见到实物样品，回到北京的张洪涛向寿嘉华局长提出引咎辞职。寿嘉华压根就没把那军令状当真，她对张洪涛说："既然你要当真，那就'戴罪立功'吧"。

在中国，可燃冰勘查试采的征途与其他科学研究发现一样，注定充满了荆棘和不确定性。从原地质矿产部部长朱训在20世纪90年代提出可燃冰调查研究开始，到如今已历经近20年风风雨雨，凝结了几代地质科技工作者的艰辛探索和奋发努力，终于在2017年5月取得了成功，这是值得中华民族为之骄傲的重大成果。现为国务院参事的张洪涛在他的办公室给我们展示了一摞摞90年代的可燃冰立项、调查等资料，让我们见证了我国可燃冰调查研究工作几代人共同努力的艰辛历程。他乐呵呵地说道："这些虽然现在不是什么秘密资料，但都是我一直珍藏的宝贝，一般人来我不会拿出来展示。"

从这些珍贵资料中，我们看到了原地质矿产部和国土资源部、中国地质调查局在可燃冰调查研究工作方面一以贯之地坚持和不懈努力的印记。与共和国同龄的张洪涛先后担任中国地质调查局和国土资源部总工程师，与地质工作打了一辈子交道，即使退出领导岗位后，作为国务院参事的他依然在为中国地质事业的发展默默奉献着自己的智慧和才能。

张洪涛是一位典型的学者型领导，平日里幽默而健谈，工作起来则异常严谨。2004年7月，他在青藏高原参加可可西里两个地质调查项目的验收时，接到国土资源部的电话，让他第二天在北京召开的院士大会上，介绍地质矿产方面的工作。当天下午他就从野外赶往西宁，接着又赶飞机，回到北京时已经是凌晨1点。因为第二天他要主讲，也就顾不上休息连夜准备材料。第二天上午，他和国土资源部副部长汪民一起去人民大会堂开会的时候，因为劳累过度，在步入会场的台阶上突然眼前一黑摔倒了，直直地摔出去半米多。那是他人生中第一次坐120救护车，头上足足缝了10针。

为了表彰他在地质科技领域取得的成就，2012 年 2 月 14 日，他以“青藏高原地质理论创新与找矿重大突破”项目负责人的身份，代表全体项目组成员站在人民大会堂的领奖台上，从国家领导人的手中接过鲜红的“国家科技进步特等奖”证书。这是那年唯一获得国家科技进步特等奖的项目。此时的张洪涛百感交集，他代表的是奋战在青藏高原的数万名地质科技工作者，他们在生命禁区、冒着高寒缺氧、面对沼泽悬崖，用自己的双脚丈量了青藏高原 220 万平方公里的大地。同样，张洪涛认为，我国可燃冰调查研究取得的成就也是几代人努力的结果。谈起我国在青海海拔 4026 米至 4158 米中纬度高原冻土带钻获的可燃冰样品时，他如数家珍。“一个时代的东西，一个时代的人才能讲清楚，”张洪涛深情地说，“可燃冰研究成果的取得在我国不是一蹴而就，不应该忘记那些为可燃冰调查研究作出贡献的前面几代地质人。”

为证实可燃冰确实存在，必须依托钻探找到实物样品予以验证。2005 年，孟宪来担任中国地质调查局局长后，重点推进可燃冰勘探工作。我国加快了可燃冰的研究和勘查步伐。

2005 年，广州海洋地质调查局总工程师黄永样即将退休，他坚信我国南海存在浅表层样品，希望在退休之前在我国海域获取可燃冰实物样品。经过仔细研究，他认为调查区的东部埋藏较浅，“海洋四号”船现有的取样方式，有可能取得可燃冰样品。于是“海洋四号”又出发了。在接下来的十几天里，“海洋四号”船尝试在一个小范围的海域目标区密集取样，分析测试人员只负责把样品切开，检查是否有可燃冰样品。“一次又一次的失望。”广州海洋地质调查局实验测试所化学室副主任、高级工程师程思海，主要从事海洋地质样品分析测试，回忆当时的取样场景历历在目，“明明就在跟前，可是却无法到达。我们的装备毕竟落后，始终无法到达可燃冰层。”

这天中午饭前，又取上来一管样品，致密的沉积物充满了取样管，程思海一看就判定不可能有可燃冰样品，决定稍后再处理掉。吃完饭，程思海发现这管样品发生了变化：致密的样品发生了裂变，或宽或细的裂痕布满了样品管，两头的样品盖也被顶开了：样品发生了气胀。他在裂痕处钻了个孔，抽取气体进行检测，发现甲烷气体含量超过 90%！

程思海用打火机在钻孔处点了一下，没有点燃，可能是甲烷已经挥发殆尽，但是裂隙间也许会有残存的甲烷。于是他告诉旁边的同事李文成："我把裂缝间的气挤出来，你来点，看看能不能燃烧。"

李文成将点燃的火机放于钻孔处，程思海拿着样品盖在样品管两端一压，只见一缕蓝色的火焰腾空而起，浓烈而短暂，差点烧到李文成那长长的眉毛。

这可是重大发现啊！一时间，整个船上的人都异常兴奋。

冬雪已经融化，春天还会远吗？经过我国科技工作者前期的艰苦研究和调查，特别是"九龙甲烷礁"的发现和现场点燃可燃冰样品，虽然这次点火没有对外公开发布，但给予了科学家们信心。从此，我国勘查可燃冰能源巨大宝藏不再是"纸上谈兵"，我国可燃冰研究开始进入快车道。

在此基础上，我国加强了可燃冰探测技术研究的力度。"十一五"初，国家"863"计划实施"天然气水合物勘探开发关键技术"重大项目，涉及热流、地化、地震等相关的水合物探测技术共 11 个方面，我国海域可燃冰探测科学研究工作全面展开。

## 二　国家立项

张洪涛这样形容可燃冰："可燃冰燃烧起来和固体酒精基本上一样，但是固体酒精燃烧以后的火苗，远远没有可燃冰的火苗那么漂亮、那么美丽，因为可燃冰非常纯，它的纯度达到 99.7% 到 99.9%，所以发出来的火苗是蓝颜色的。"可燃冰是资源量丰富的高效清洁环保能源，是未来全球能源发展的战略制高点，这一研判结论逐渐在国土资源、科技领域形成共识。之后，国务院领导同志多次就可燃冰的研究和勘查开发做出重要指示，要求加大工作力度，争取与先进国家同步起跑。

在可燃冰研究开发领域，我国具有集中力量办大事的制度优势。在党中央、国务院的关怀下，我国可燃冰的理论研究和勘查技术的研发在进入新世纪后，克服重重困难，跨过一个又一个高峰。虽然中国起步比较晚，但科技工作者在国家的关怀重视下，一步一个脚印扎实推进可燃冰的研发工作，让世界看到了中国科技的进步与发展。

可燃冰系统成藏已成为找矿预测的地质理论，可燃冰作为一种能源资源刻印在科技工作者的脑海里。一开始在“低纬度高热盆的南海”找可燃冰曾遭质疑，那里是否存在可燃冰？可燃冰是否仅限盆地区？与常规油气藏的关系等一系列问题必须在理论上予以回答。但理论从不会华丽登场，需要经过实践总结提炼而成。

在党中央、国务院的关心支持下，我国可燃冰的研发工作上升为国家行动。国土资源部、财政部、国家发改委、科技部、中科院密切配合，充分发挥社会主义制度的优越性，强力推进我国海洋可燃冰的理论和勘查研发工作。

国家立项、部委立项接踵而来，把包括可燃冰的研究、调查不断地推向一个又一个高峰，奋力追赶世界可燃冰的发展步伐，并在这场看不见硝烟的能源竞争中抢占制高点，取得了令国人为之振奋，为其自豪的骄人业绩。依托国家自然科学基金、国际科技合作、中科院知识创新工程、中国工程院重大咨询研究等多学科平台，我国科技工作者开展了可燃冰烃类气体的成因机制、成藏条件、储层特征、资源潜力、成矿远景等方面系列研究，回答了南海陆坡、陆隆及转折带部位具有可燃冰形成的合适温压域及充足气源条件，特别是地形转折带、沉积厚度带、构造隆升带与深部大油气区的叠合部位，是深部石油、中部天然气和浅部可燃冰的共生区，可燃冰与下伏油气构成复式成藏。

随着可燃冰的理论研究和调查工作的不断深入，仅靠国土资源大调查费用是远远不够的，要想摸清楚我国南海可燃冰的真实状况，还需要国家专项资金支持。

广州海洋地质调查局总工程师杨胜雄，从1999年开始一直参加可燃冰调查工作。在采访中，杨胜雄谈到，可燃冰作为一种新能源，其重要性被外界普遍认可实为不易。申请可燃冰国家专项时，就差点因为难以提供"眼见为实"的样品而被卡住。而机缘则来自2000年初，国际海底管理局在牙买加开会，中国代表团在会上获知一些国家正在积极寻找可燃冰的信息后，给国务院写了一个报告，建议我国关注可燃冰这一新资源，国务院领导很快批示给国土资源部和科技部。

国土资源部接到批示后，广州海洋地质调查局加快了项目论证工作，在对前期地震资料进行再次研究后，编制出南海水合物调查报告。当年8月，由中国地质调查局主持完成的《天然气水合物调查与评价》报告，即通过国土资源部分别报送给国家计委（后称发改委）、财政部、国务院办公厅秘书二局。

在获得水合物初步成果后的一个周末，马申达、姚伯初、杨胜雄去国土资源部汇报，蒋承菘副部长和有关司局领导听取汇报后，对中国地质调查局、广州海洋地质调查局所做的基础性、战略性、前瞻性工作给予了充分肯定。蒋承菘深情地说："没有能源，国家就无法发展，可燃冰工作要加大力度，国土资源部给予重点支持。"

随后，马申达一行带着可燃冰资料，扛着演示设备到分管财务工作的寿嘉华副部长办公室汇报。寿嘉华认为可燃冰研究很重要，应该申请一个专项。当时开展的新一轮国土资源大调查项目，财政部每年批10个亿、为期12年的总盘子，可以通过可燃冰项目申请这部分资金。

于是，国土资源部科技司领导崔岩、高平与叶天竺一起到科技部做了汇报，科技部非常支持专项申请，给予可燃冰地震识别技术研发项目优先支持。不久，广州海洋地质调查局总工程师黄永样、姚伯初等人来北京，先后到有关部委汇报可燃冰能源相关内容。但当时可燃冰作为新生事物，很多人都不知道，相关部门非常谨慎，所以，申报国家专项的工作进展缓慢。

转机出现在2001年，寿嘉华率团出访欧洲，在德国考察基尔大学可燃冰调查和研究情况时，与被誉为“天然气水合物之父”休斯教授见面。随团的财政部经建司司长胡华庭了解情况后，敏锐地认识到可燃冰在我国研究开发的重要意义。在向国土资源部、科技部汇报后，中国地质调查局很快启动了可燃冰国家专项申请工作，并在继国土资源大调查成功立项后，于2002年申请到了8.1亿元国家专项资金。至此我国可燃冰的研发工作，有了稳定的国家资金支持。

2009年，国家重点基础研究发展计划（973计划）《南海天然气水合物富集规律与开采基础研究》正式启动。该项目由中国地质调查局承担，首席科学家由杨胜雄担任，旨在解决我国海域天然气水合物勘查的基础地质理论及水合物开采理论问题，为我国可燃冰资源勘查、评价提供深入有效的基础理论指导，并培养和建立一支具有国际水平的可燃冰研究团队。

国家部委对可燃冰研究也非常重视，试采前国土资源部和中国工程院总共列了34项与可燃冰相关研究的重大课题，科技部也列了一项“973”项目。这些课题集中了广州海洋地质调查局、中国地质大学（北京）、中国地质调查局矿产资源所、中科院能源所、中科院地球物理研究所、中海油等几乎所有国内做可燃冰研究的优势单位，广州海洋地质调查局杨胜雄总工程师承担了8个课题，其中的可燃冰地震识别系统项目由广州海洋地质调查局负责。

经过近20年的努力，广州海洋地质调查局通过海洋可燃冰地勘项目和“973”项目研究总结出了可燃冰成藏理论体系，为南海北部陆坡可燃冰研究和2017年可燃冰试采工程提供了理论指导。

近 20 年来，自然资源部（原国土资源部）、中国地质调查局历任领导，接力棒一般地从战略上谋划可燃冰的研发工作：寿嘉华局长推动了我国第一个国家可燃冰专项的申报，启动了我国可燃冰的调查评价；孟宪来局长推动了我国可燃冰的钻探工作，以期实现海域可燃冰的发现；汪民局长推动了“可燃冰调查与评价”和“我国可燃冰勘查与试采”两个国家专项的衔接，使我国可燃冰研发工作由调查与评价转向勘查与试采阶段；通过持续发力，推动了可燃冰从鲜为人知的新事物成为国家有关部委关注的新能源。时任中国地质调查局副局长、总工程师张洪涛力推我国可燃冰的理论、勘查、技术的研发工作，并深入到一线与科技工作者共同参加可燃冰研发工作。2005 年 6 月，在中央政治局学习会上，张洪涛代表国土资源部做了《国际能源资源形势和我国能源资源对策》的专题报告，将可燃冰系统介绍给中央领导同志。

2011 年，国务院批准设立第二轮天然气水合物（可燃冰）国家专项。专项共分两个阶段，第一阶段为 2011 年至 2020 年，作为可燃冰试采阶段；第二阶段为 2021 年至 2030 年，作为可燃冰产业化、商业化开发阶段。至此，在可燃冰这场能源攻坚战中，国家已投入的经费达数十亿元。随着时间的推移，我们看到，2016 年初，国务院制定的《国民经济和社会发展十三五规划纲要》中明确指出，将推进我国可燃冰资源勘查与商业试采列入能源发展重大战略工程。

2017 年，习近平总书记在全国科技大会上强调，“科技兴则民族兴，科技强则国家强。”在我国发展新的历史起点上，把科技创新摆在更加重要位置，吹响建设世界科技强国的号角。实现“两个一百年”奋斗目标，实现中华民族伟大复兴的中国梦，必须坚持走中国特色自主创新道路，面向世界科技前沿、面向经济主战场、面向国家重大需求，加快各领域科技创新，掌握全球科技竞争先机。

如今，我国面临的国际环境更为严峻复杂，特别是随着我国综合实力的提高，并逐步接近世界舞台的政治经济中心，一些重大核心技术和关键装备是买不来的，靠市场自发的力量也难以成气候，必须发挥集中力量办大事的制度优势，推动核心技术的创新和关键领域设备的更新，推动我国社会主义现代化建设不断迈上新台阶。

## 三　不懈努力，创新克难

车水马龙的夜晚，灯火辉煌的城市，现代化的都市让人们的生活变得舒适和方便。这一切，在未来也许都要依靠能源领域中最亮的那颗明珠——可燃冰。有了可燃冰能源，在蓝天白云下，我们可以乘坐便捷的天上飞机、地上高铁。在绿水青山的优美生态环境中，我们可以呼吸着新鲜的空气，喝着洁净的水，不再担心被传统煤炭、石油等石化能源所污染。如今，可燃冰能源不再是遥不可及沉睡在海底的宝藏，而是真切地让我们能够触摸到有温度和能量的新型清洁环保能源。人们对美好生活的期盼，将在中国科技工作者数十年的奋斗中成为现实。

九层之台，起于垒土。我国海域可燃冰试采获得圆满成功，取得了可燃冰勘查开发理论、技术、工程、装备的自主创新，实现了历史性突破。作为勘查试采的主力军和骨干队伍，广州海洋地质调查局全体海洋地质工作者，经过近 20 年的不懈努力、开拓创新、攻坚克难而终于收获了丰硕成果。他们在这项重大海洋科技工程实施中所展现的忠诚、创新、合作、奉献的良好精神风貌，真真切切地践行了新时代地质文化。

1998 年，全国新一轮国土资源大调查启动，广州海洋局提出开展南海北部陆坡天然气水合物资源调查与评价的项目建议；1999 年 10 月，广州海洋地质调查局正式启动了西沙海槽区天然气水合物资源调查与评价项目，组织

“奋斗五号”船在我国海域首次实施可燃冰资源前期勘查，发现可燃冰存在的地球物理标志（BSR），实现零的突破。

以此为基础，在中国地质调查局的组织领导下，广州海洋地质调查局经过持续多年的海上调查，发现可燃冰存在的多种信息证据，并预测我国南海北部水合物资源储量巨大。2007年在南海北部神狐海域首次钻获可燃冰样品，使得我国成为继美国、日本、印度之后第4个通过国家级研发计划在海底钻获可燃冰实物样品的国家；2013年在南海北部珠江口盆地东部海域首次钻获块状高饱和度可燃冰，首次钻探证实超千亿方级可燃冰矿藏的存在；2015年，广州海洋地质调查局利用“海马”号深海遥控潜水器在珠江口盆地西部海域发现了活动性“冷泉”——“海马冷泉”，并用大型重力活塞取样器获取了海底浅表层可燃冰实物样品；同年，在南海北部神狐海域钻探获取可燃冰，实现可燃冰钻获成功率100%，再次钻探证实超千亿方级可燃冰矿藏，并初步选定了钻探试采井位。

在茫茫大海中，探寻试采公里深水下的可燃冰矿藏谈何容易。20年来，广州海洋地质调查局始终将可燃冰勘查试采作为全局重点工作，组织科考船出海采集数据样品，开展资料样品分析处理，不断地总结探索，不懈努力，提出南海北部可燃冰两个成矿区带，有力指导了我国南海北部可燃冰资源评价、勘探找矿以及理论研究。此外，针对我国海域可燃冰资源禀赋和地质条件，通过理论创新，系统形成了可燃冰控矿、成矿、找矿理论，初步认识了南海可燃冰成藏富集规律，创新性地提出南海可燃冰成藏模式，建立起一套精准高效的勘查评价、找矿预测、模拟技术体系，最终实现了从被动依赖国外技术到后来居上、走到国际前列的超越。

同时，广州海洋地质调查局积极开展可燃冰相关探测技术和基础理论研究，自主研制了一批关键技术设备，并且研制成功即投入海上生产。特别是“海马”号4500米作业级深海遥控潜水器，为我国可燃冰勘查及深海矿产资源调查增添了新利器。此外，高分辨率小道距多道地震、海洋可控源电磁探测、保压取芯钻具等关键核心技术装置均取得突破，在可燃冰勘查中逐步投入应用。

经过不断探索，在海域可燃冰资源勘查方面，广州海洋地质调查局综合利用地质、地球物理和地球化学等多种调查技术手段，分层次开展了南海北部海域可燃冰资源调查。

自 1999 年我国正式实施可燃冰调查研究工作以来，在国家可燃冰调查专项、国家“863”计划及国家自然科学基金等持续支持下，在中国地质调查局主导下，以广州海洋地质调查局作为牵头单位，联合国内科研部门和生产单位，先后开展了一系列海域可燃冰勘查试采的技术研发工作，在可燃冰地球物理探测技术、地球化学探测技术、保真取样器研制、目标优选技术等方面取得突破性进展。

广州海洋地质调查局是自然资源部中国地质调查局直属事业单位，主要从事国家基础性公益性海洋地质调查研究、天然气水合物等战略性矿产资源勘查和大洋、极地地质矿产综合调查研究工作；承担海洋地质基础理论研究和勘查技术方法研究、应用与推广工作；承担海洋地质调查成果、资料和数据的社会公益性服务和科学普及工作，是我国海域可燃冰调查及试采工作的主力和骨干队伍。

广州海洋地质调查局前身是 1963 年在南京成立的原地质部海洋地质科学研究所；1970 年搬迁至湛江，更名为第二海洋地质调查大队；1976 年迁至广州，更名为南海地质调查指挥部；1989 年正式更名为广州海洋地质调查局。

建局 50 多年来，广州海洋地质调查局因国家需求而生、因海洋油气而起，因天然气水合物而兴，因公益服务而立，因科技创新而盛。紧紧围绕海洋资源、环境与权益三大主题，坚持以地质找矿为中心，艰苦奋斗，开拓进取，取得了珠江口盆地钻获高产工业油流，挺进南极开展科考，实现我国海域可燃冰试采成功，拓展我国国际海底资源勘查区，成功研制深海遥控机器人“海马”号等突出成就，在海洋区域地质调查、海洋矿产资源调查、海洋油气资源调查、可燃冰资源调查、深海稀土资源调查、工程地质与环境地质调查、大洋地质科学考察、南极科学考察、海洋高科技领域成绩显著，为全力支撑国家资源能源安全保障，精心服务自然资源管理中心工作发挥了突出作用。

全局现有职工近 800 人，其中中国工程院院士 1 人，高级职称 163 人，具有博士学位 103 人，硕士学位 278 人。30 人享受国务院特殊津贴，5 人获得李四光地质科学奖，1 人获得黄汲清青年地质科技奖，6 人获得中国地质学会金、银锤奖，2 人入选新世纪百千万人才工程国家级人选，1 人入选国家“万人计划”科技创新领军人才，1 人入选部“百人计划”人才，1 人入选科技部中青年科技创新领军人才，1 人被授予全国岗位技术能手，4 人被中国地质调查局授予“李四光学者”（卓越地质人才），8 人被评为中国地质调查局杰出地质人才、优秀地质人才。“天然气水合物研究团队”和“深海矿产资源研究团队”被列入自然资源部科技创新团队。

广州海洋地质调查局在海洋地质勘查中成果丰硕，荣获国土资源科学技术奖 9 项，其中一等奖 3 项，广东省科学技术奖 1 项，海洋工程科学技术奖 4 项，其中特等奖 1 项，一等奖 3 项，中国地球物理科学技术进步奖一等奖 1 项，中国地质调查局地质科技奖（中国地质调查成果奖）11 项，其中特等奖 1 项，一等奖 3 项。

广州海洋地质调查局拥有“海洋地质八号”“海洋地质十号”“海洋六号”“探宝号”“海洋四号”“奋斗四号”和“奋斗五号”共 7 艘装备先进的科学调查船，现有海洋地质调查手段均适应当今远洋、近海、油气、海洋地质、海洋工程等学科领域调查研究的要求，技术装备总体水平达到国内先进水平。拥有自然资源部“海底矿产资源”重点实验室、博士后创新实践基地—博士后科研工作站、中国地质调查局海洋石油天然气地质研究中心、中国地质调查局天然气水合物工程技术中心等多个科技创新平台。

2018年3月,经科技部认定,以广州海洋地质调查局为依托单位申报的“深海地质探测国际科技合作基地”被评为2017年度示范型国家国际科技合作基地。该认定不仅是对广州海洋地质调查局国际科技合作成果的认可，也为后续开展国际科技合作工作提供了国家级科技创新平台。

多年来，广州海洋地质调查局共完成30多个国家和省部级科技项目，提交了一批重大科技成果。主要有：“973”计划项目1项、课题1项，国家重点研发计划项目10余项，“863”计划项目（或课题）20余项，国家自然科学基金面上项目3项、青年科学基金项目4项，国土资源公益性行业科研专项1项，中国工程院重大咨询项目下属课题1项。

仅在2017年,广州海洋地质调查局就成功申报5项国家重点研发计划“深海关键技术与装备”重点专项，国家自然科学基金面上项目2项、青年科学基金资助1项。完成国家863计划项目“天然气水合物勘探技术开发”；发表在核心期刊上论文95篇，其中SCI论文9篇，EI论文16篇，部、局、海洋工程科技奖一、二等奖6项，并积极发起成立广东省海洋科技创新联盟。全年5艘科考船45个航次共计1008天在海上作业，并积极申报了水合物国家工程中心和国家海洋实验室海洋资源联合实验室。

广州海洋地质调查局自主研制的6000米级海底数字摄像系统，首次在国内实现海底可视化探测；海底热流原位探测系统应用于我国可燃冰资源勘查，其技术参数达到了国外同类产品水平；研制的可燃冰流体地球化学现场快速探测设备，实现了快速采集海水样品，且对其中的气体z组分实现了快速准确测定；研制的可燃冰原位地球化学探测系统，实现了集海底摄像、照相和多参数探头为一体的原位在线探测。

经过多年的探索，广州海洋地质调查局目前形成了适合我国海域可燃冰矿体目标探测的“地震联合采集、资料综合处理和矿体定量评价”的技术体系。该技术体系达到了国际领先水平，首次应用于我国海域可燃冰矿体探测，就成功获得了首张“天然气水合物矿体的外形及内部结构特征”图像；首次在国内进行了可燃冰的保压地质取样；研制的保压取芯钻具在南海成功获取可燃冰保压实物样品，开创了海域可燃冰自主保压取样的新时代。目前已经实现全系列海洋地质取样关键技术装备国产化，并成为可燃冰资源勘查的重要地质取样技术装备。

广州海洋地质调查局是我国最早关注可燃冰的单位，也是在可燃冰勘查和研究领域走在前列的地质调查单位。先进的海洋地质找矿技术是助力科学家实现找矿梦想的翅膀。广州海洋地质调查局始终围绕“寻找可燃冰地震标志”的找矿主线开展技术攻关，自 1998 年开始，历时 3 个五年计划，先后完成了国家“863”计划“海底气体水合物资源探查关键技术、天然气水合物地震识别技术、南海北部海域天然气水合物首钻目标优选关键技术”等课题研究，形成了区域水合物地震找矿的探测技术，依此系列技术开展区域水合物的信息异常寻踪，有效服务区域面积找矿。

“十一五”之初，广州海洋地质调查局编写了国家“863”计划——“天然气水合物勘探开发关键技术”重大项目实施方案，为形成水合物的地质、地球物理及地球化学综合探测技术系统奠定了良好基础，组建了海域水合物探测的科学研究团队。

依托国家可燃冰专项，通过“863”计划项目突破核心关键技术，广州海洋地质调查局自主研制了一批关键高新技术装备、研发了多种新技术新方法，打破了国外技术垄断，填补了多项国内空白，初步形成适合我国海域特点的海水、海底浅—中—深层，地质、地球物理、地球化学和地质微生物等多学科多手段的综合勘查技术体系，极大地提高了海域可燃冰勘查技术水平。

为精准寻找靶区，圈定矿体目标，他们坚持不懈研发新的特效技术，将我国海域水合物多道地震勘探发展成为高分辨率多道地震与海底高频地震联合勘探，结合广州海洋地质调查局实际调查能力，依托“奋斗四号”船，开展国家“863”计划“天然气水合物矿体的准三维与海底高频地震（HF 至 OBS）联合探测技术”研究，研发了联合采集、属性检测、定量评价等相关技术，实现了反射点精确定位，提高了纵横向分辨率，获取了横波信息，有效识别可燃冰矿层及其下伏游离气，准确圈定矿体外形、描述矿体内部结构，已成为我国海域可燃冰矿体目标地震勘探的主打技术，以此技术支撑发现了南海北部陆坡可燃冰，绘制了首张“可燃冰矿体外形和内部结构特征”图像。

经过惊涛骇浪历练的广州海洋地质调查局，有一支特别能吃苦，特别能钻研的科研队伍。

“用情至深，视同己出。”提起可燃冰科研，广州海洋地质调查局副局长，曾担任可燃冰国家专项第二负责人，也是我国可燃冰研究起步阶段的主要研究者之一的张光学深情地说。

在 20 世纪 90 年代中后期，张光学就开始了对可燃冰的前期研究，当时国内还没有可燃冰研究的相关资料，他就查阅大量的外文文献资料，了解可燃冰发展情况，在随后的 10 多年调查研究中，大约每 3 年他就主持或参与出版一部可燃冰或海洋科技题材专著。

当时，张光学在第二海洋地质调查大队担任副总工程师，他认真查看了单位资料室存储的南海北部陆坡 21000 公里地震资料，搜索寻找着我国海域可能存在可燃冰的蛛丝马迹，并圈出了四个预测远景区。1998 年新一轮国土资源大调查启动，他主笔撰写了《南海北部陆坡甲烷水合物资源调查与评价》项目书，并成功立项，为我国海域可燃冰进入实质性调查迈出了关键的一步。为了表彰他在可燃冰研究方面做出的贡献，时任广州海洋地质调查局主持工作的副局长马申达，特地从局长基金中奖励了他 1 万元。

“那可是1998年啊，赶上一年的工资了。”张光学笑着说。当时，可燃冰的研究在中国还处于起步阶段，关注的人不多，张光学仅凭自己的兴趣爱好，在资料室一遍又一遍翻阅地球物理资料。广州的夏天非常炎热，资料室没有空调，为了能找到可能存在可燃冰标志的似海底反射（BSR），他经常汗流浃背地逐条翻阅研究地震剖面资料。资料室的管理员对当年这位年轻的小伙子至今依然印象深刻，这么热的天气，这么高的频率来往资料室，而且一待就是一整天，这样的技术人员没几个。

张光学对可燃冰的兴趣，起源于俄罗斯麦索雅哈可燃冰的发现，当时麦索雅哈气田在开采常规天然气时，偶然发现了天然气上面存在着可燃冰。这种可燃冰和天然气的关系很多人搞不太明白，尤其是后来国内很多人对可燃冰要经过降压开采产生怀疑，就是缘于很不理解可燃冰与下伏游离气之间的关系。实际上，可燃冰与下伏天然气隶属同一储层，两者相互伴生，又可相互转化，抽取天然气后压力降低了，便会促使可燃冰分解释放气体。张光学形象地打了个比方：“这就像五花肉，大火一烤，温度升高，油就出来了。”

1998年3月19至20日，张光学随金庆焕院士、陈邦彦总工程师到北京西峰寺，参加地矿部科技司召开的海洋地质基础研究研讨会，首次在会上提及水合物（海洋固体瓦斯）研究。1998年6月19日至22日，国土资源部科技合作司在北京十三陵召开国家重点基础项目研讨会，张光学在会上做了题为《南海甲烷水合物成藏标志和找矿前景研究项目建议书》报告，后并入“我国油气战略接替区和非常规领域成藏过程及勘探开发基础研究”项目。

当时会议上每个人的发言时间只有20分钟，因张光学的选题新颖，被破例延长了发言时间。兴许是过于“新颖”，甚至对很多人来说比较陌生，这次会议并没有把可燃冰单独列入基础研究项目。同年9月，张光学受邀参加中国地质科学院矿床研究所吴必豪先生组织的水合物专题研讨会，首次聆听到ODP164水合物调查航次首席科学家、日本东京大学松本良教授（Ryo.

Matsumoto）作的水合物专题讲座，加深了他对水合物的理解和认识。“有了前期知识的积累，走向学术讲坛就多了一份自信。”张光学说。

张光学认为，“我们是做战略研究的，更注重调查与研究融合发展，是历史的开拓者、见证者。”从“九五”开始到“十一五”的15年时间里，张光学一直担任广州海洋地质调查局可燃冰项目的负责人或课题组长。与张光学同期对可燃冰进行研究的还有原广州海洋地质调查局副总工程师姚伯初教授。他在浏览了长达数公里的地震剖面资料后，发现珠江口盆地东部海域、西沙群岛南部、西沙海槽北部海底，都有似海底反射BSR出现，以此为依据，写出了《南海北部陆缘天然气水合物初探》一文。

谈起可燃冰，一些科技人员总是忘不了马申达，是他扬起了可燃冰进入海洋实质性调查的第一面风帆。这位操着一口宁波普通话的管理者，从1996年开始在广州海洋地质调查局担任主要领导，到2015年退休，在广州海洋地质调查局整整工作了19年。

广州海洋地质调查局陶军教授说，马申达积极推动单位改革，十分重视培养青年科技工作者，让张光学、杨胜雄等人担任了很多科技项目的负责人。

1998年，新一轮国土资源大调查启动时，马申达敏锐捕捉到了海洋地质队伍发展的新机遇，迅速组织科技人员编写项目建议，确定了包括开展新能源可燃冰调查在内的8个项目，完成了“海洋国土资源大调查项目建议书”，并于当年12月上报国土资源部。

1999年，中国地质调查局成立，负责国土资源大调查项目的立项论证和审批。马申达专程赴北京了解项目审批进展情况。时任中国地质调查局局长叶天竺、副局长张洪涛听取广州海洋地质调查局汇报后，认为项目建议符合新一轮国土资源大调查提出的采用新技术、新方法、新思路的原则，同意将可燃冰调查项目列入“新一轮国土资源大调查”的总盘子提前启动，同时决定从科研项目立项的渠道向科技部申请资金。

叶天竺果断地批了220万元作为第一笔可燃冰项目调查启动经费。220万元也是叶天竺担任局长以来签署立项的最大一笔经费，但对于海洋调查来说，这笔经费却远远不够，一艘调查船一旦出海开展工作，一天的燃油费就高达10万元。

由于经费有限，1999年可燃冰项目调查区选在西沙海域，出航准备时有人提出，为节约经费，让正在海上工作的其他调查船顺便完成可燃冰前期调查，不用专门派出“奋斗五号”调查船。

“不能因小失大！”关键时刻，马申达权衡利弊，果敢决策，“尽管我们经费紧张，也没有把握一定能有所发现，但如果因为勘查精度不够，最终影响到可燃冰调查进展，那么损失就是巨大的。”他认为就算是亏本也一定要把可燃冰调查工作做好。

1999年10月11日上午，广州海洋地质调查局二海大队装配有“高分辨率多道地震系统”的“奋斗五号”船缓缓离开了黄埔军校码头。这一次的任务是通过高分辨率的多道地震调查，采集约500公里的测线资料，初步判别调查区内可能存在BSR（似海底反射）地震标志，为我国进一步开展可燃冰资源调查积累经验。

广州海洋地质调查局科学技术处（项目管理处）副处长、高级工程师，时任“奋斗五号”执行南海可燃冰前期调查航次技术负责郑涛回忆了当时的情景。作为技术负责，郑涛从局领导手里接过可燃冰调查的第一棒，首次开展针对可燃冰的高分辨率多道地震调查，由此掀开我国海域可燃冰调查的序幕。

经过22个小时的连续工作，“奋斗五号”完成了一条近170公里的测线调查。由于当时采用的是3480磁带，而每盒磁带只能记录1公里的测线工作，大约8分多钟就要换一盒磁带。操作地震仪的科技人员几乎没有空闲，记班报表、写磁带标签，一轮接着一轮。

这条测线完工后，天气又变坏了，直到10月27日早上收到气象预报，得知几天内会有相对较好的天气，调查船才再次起锚，实施第二条测线作业。

10月30日12时,3条设计测线终于全部完成,共计完成工作量534.3公里。

因为这次调查任务的特殊性，二海大队专门安排计算解释中心技术员徐华宁上船负责现场地震资料处理，并配备了相关设备。在避风期间，徐华宁抓紧时间将第一条测线进行了简单的叠加处理。当处理出来的地震剖面出现在电脑屏幕上时，大家都睁大眼睛，仔细看着剖面的细节。基于当时对BSR肤浅的认识，大家感觉在地震剖面上某一段的反射记录好像有BSR的现象，于是立即把剖面打印出来传真回二海大队。时任大队总工程师杨胜雄及总工办主任张明在看到这个传真后异常兴奋，都认为这次调查成功了，要求继续保质保量完成余下的工作。这个好消息也传到了为了这个项目立项呕心沥血、正在医院住院的张光学副总工程师的耳里。大家都盼着尽快获得最后的结果。

“奋斗五号”返航后，由文鹏飞、徐华宁、舒虎等组成的资料处理组开始对此次采集的资料进行深度数据处理。在处理期间，他们发现原来在海上认为的BSR并非真正的似海底反射，而是被称为震源激发造成的“鬼波”，是需要剔除的“有害”信息，真正的BSR出现在剖面上更深的位置处。

经过1个月的工作,处理成果摆在了解释项目组负责人梁金强的面前——在XS至3、XS至4测线上发现了BSR，再结合其他的相关信息，推测出我国南海北部陆坡西沙海槽区存在可燃冰。成果上报后，“我们在南海发现天然气水合物（可燃冰）存在的似海底反射，意味着这类新资源在我国实现了零的突破。”有关方面的领导说。

承担我国可燃冰前期研究，战功赫赫的“奋斗五号”科考船为钢质船，由广州造船厂建造，于1979年投入使用，是我国较早的一批海洋地质调查船，先后承担了南沙油气调查、珠江口油气调查、可燃冰专项调查等多项重大项目调查任务，最远曾开赴曾母暗沙。它的最大特点是拥有高分辨率设备可开展深水项目调查，最深可达 300 — 400 米。“奋斗五号”科考船，上下共四层（半敞式），船体看上去不算太大（长 68.45 米，宽 10 米），但装备可不一般，配有导航定位系统、震动活塞取样器（主要是取底层沉积样品）、箱式取样器（抓取表层样品）、大型活塞取样器、拖网取样器等。值得一提的是，经过后期改造，船上还拥有钻探井架系统，配置用于浅海钻探的 300 型钻机。这是一艘多功能综合调查船，可承担钻探、多波束测量、地质取样、多道地震、工程物探、海洋重磁等调查工作，可开展地球物理调查、环境调查和工程地质调查。

此外，在我国可燃冰的调查起步阶段，不仅是广州海洋地质调查局一家在研究可燃冰，与它差不多时间进行可燃冰研究的还有青岛海洋地质研究所。

早在 2000 年，青岛海洋地质研究所就成立了水合物实验室，在室内开始对可燃冰进行研究。当时，我国还没有从大自然中获取可燃冰样品，该实验室通过模拟可燃冰存在的环境条件，于 2002 年首次合成了海洋可燃冰样品。

2017 年 7 月 28 日上午，在青岛海洋地质研究所一楼的实验室里，吴能友所长陪着我们与水合物实验室研究员业渝光和他的同事们见面，并参观了他们研制的第一套可燃冰合成设备，从这套设备的性能和操作中，可以清楚地看到可燃冰合成的过程，还安装了超声波探测装置。

吴能友拿着一张沉积物中可燃冰生成和分解的变化图给我们介绍，从图上可以明显地看出，当釜内温度下降，可燃冰生成时，超声波主频会突然增加，在可燃冰生成的一段时间里频率非常平稳，而当可燃冰分解时，便又降到了原来的频率。这表明，借助超声波主频的变化，探测海洋沉积物中可燃冰形成的过程十分有效。10 多年前，就是在这个实验室里，推进了我国可燃冰研究迈上了一个新台阶。

从 2000 年建立实验室以来，十几年的时间，青岛海洋地质研究所水合物实验室已经成为国内该领域高水平的实验室，也是国内唯一可以全面检测鉴定可燃冰的科研单位。

“不论是 2008 年在祁连山冻土层中发现的可燃冰，还是在南海深部找到可燃冰，样本都是送到青岛海洋地质研究所来检测鉴定的。”实验室的工程师们这样介绍道。

无论大海是风平浪静还是波浪滔天，对于海底和冻土中蕴藏着的可燃冰能源研究，我国一代又一代科技工作者们就像培植在原野上默默无闻的小树，经过精心呵护，经历风雨吹打，“它”在春风中发绿，在岁月的轮回中不断茁壮成长，渐渐长成了一棵棵参天大树。

# 第五章　五月圆梦

中国人有一个传统，就是称五月为“红五月”，说的是五月喜事好事不断。2017 年的五月对科技界来说真可以称为“红五月”。

2017 年 5 月 3 日上午，中国科学技术大学潘建伟院士在上海宣布：世界上第一台超越早期经典计算机的光量子计算机诞生，这个“世界首台”是货真价实的“中国造”。我国科研团队成功构建的光量子计算机，首次演示了超越早期经典计算机的量子计算能力。

5 月 5 日 14 时许，在上海浦东国际机场首次试飞的 C919 大型客机最大载客量 190 人，是中国首款按照最新国际适航标准的干线民用飞机，C919 拥有完全自主知识产权，是建设创新型国家的标志性工程。

5 月 18 日上午 10 时，我国在南海庄严宣布：中国首次海域天然气水合物（可燃冰）试采成功!

中国为何近几年在科学技术领域进步如此之快，不仅仅是许多中国人自己不清楚，西方发达国家也不明白，全世界真正理解中国速度的人并不多。

在科技领域，谁的技术领先谁就拥有更多知识产权，谁拥有更多知识产权谁就拥有规则制定权，拥有规则制定权就意味着在未来产业化进程中将会获得巨大利益。

过去，在许多科技领域，我们都是跟随者，是别人制定规则，我们遵循规则。

我国光量子计算机的诞生、C919 大型客机的试飞以及南海可燃冰试采的成功向全世界表明，外国人能做到的，中国人也能做到，而且能够做得更好。由此而荡涤了人们的观念里百年来中国的科技仅仅能跟随发达国家的阴影。我国近 20 年可燃冰研究开发的经历和所取得的成果是中国科技工作者留给我们的宝贵财富，也是我国实施创新驱动发展战略，集中力量办大事体制优势的生动体现。在这一过程中，发生了很多让科技工作者们记忆犹新且难以忘怀的故事，冷泉的发现就是其中之一。

## 一 发现“冷泉”

### 冷泉的概念

盛夏酷暑，喝一口甘甜的泉水或在泉水浴场沐浴是很多人的向往。大家熟悉的济南趵突泉、珍珠泉、黑虎泉、镇江金山泉、南京珍珠泉、杭州虎跑泉以及昆明安宁温泉等景点常常人满为患。当人们看到泉水从地下喷涌而出，不由得惊叹大自然的力量。但很少有人知道它们有一个共同的名字——冷泉。冷泉一般以水质清醇甘甜而供饮用或作为酿酒的水源。我们看到的冷泉一般都在陆地地表，殊不知在广阔的海底也有冷泉存在，而且发现这种冷泉意义重大，从而成为许多科学家研究的对象。

以前我们一直认为生物植物都离不开阳光和水，但“冷泉”打破了我们这种观念。在大海海底，冷泉就如“沙漠中的绿洲”，他们不需要阳光的照耀。同时，冷泉也可以是海底之下可燃冰分解后产生的一些流体组分在海底表面的溢出。冷泉的温度与海底周围温度基本一致，由于溢出的流体富含甲烷、硫化氢和二氧化碳等组分，可给一些化能合成的微生物（细菌和古菌）提供丰富的养分。我们现在看到的丰富生物群落即以这些化能合成微生物作为初级生产力。所以冷泉活动区域一般都是深海海底生命极度活跃的地方。同时也是寻找海底之下可燃冰的标志之一。而广州海洋地质调查局可燃冰研究团队就经历了发现“冷泉”的惊喜。

说到“冷泉”，毕业于中科院广州地球化学研究所的冯俊熙兴奋地向我们说道，他在2016年博士毕业后，很幸运地进入广州海洋地质调查局从事可燃冰调查研究工作。当时的广州海洋地质调查局已经积累了大量的可燃冰调查研究资料，这使他在很短的时间里就熟悉了南海各海域的可燃冰调查情况，为开展可燃冰的有关科技创新工作奠定了基础条件。更为幸运的是，刚工作不久，他就参加了“海马冷泉”区可燃冰调查样品采集和实验测试工作。

他回忆说，可燃冰样品当时是被浸泡在液氮中保存着的，当实验测试人员将锡纸包裹的可燃冰样品小心翼翼地打开后，雪白如冰块的块状可燃冰实物样品第一次展示在他眼前，一种神秘而庄重的情感油然而生，他极其谨慎地推进自己的每一个动作，既要注意到正在迅速挥发的液氮剩余量，保证实验过程中的可燃冰始终浸泡在液氮中，又要在实验过程中安全操作，以免手上沾上液氮而被冻伤。最后总算成功完成了实验，获得了“海马”冷泉区可燃冰的成分和晶体结构数据。

### 冷泉调查

广州海洋地质调查局生产调度处副处长刘方兰，2005年时任“海洋四号”船天然气水合物资源调查航次技术负责，回想当年发现冷泉的过程，那激动人心的场面让他至今记忆犹新。

2005年3月，“海洋四号”在连续两年完成珠江口东部海域实施天然气水合物调查航次后又一次起航进入珠江口东部海域。

出航前，广州海洋地质调查局总工程师黄永样激励他们说：“这几年，可燃冰调查连续都有新发现，你们这次出航必须上一个新台阶。”

到达预定海域，前 3 个站位的调查表现很平淡没有新发现，当调查到第 4 个站位时，海底摄像发现了大量疑似碳酸盐岩结壳的块状物，从拖网采集上来的样品中，发现了一些固结的泥块，形状上特别像黑烟囱，中间有管状空洞。尽管现场不能马上确定这些就是海底甲烷气上升时形成的碳酸盐岩结壳，但大家预感到正在不断地靠近可燃冰。接下来的几天，他们按计划进行网状铺开站位调查。

终于又有了新的发现！

通过重力活塞取样采集的 5.8 米柱状样品，一打开就立刻散发出很浓的臭鸡蛋味，周围的每个人都捏住了鼻子，但大家的心情都非常激动。因为根据以往经验，大家意识到“这个站位肯定有戏”。果然，通过现场气态烃测试分析结果显示，柱状样从上至下，甲烷含量迅速增大，其中 390 至 410 厘米处样品，甲烷浓度超过 5000ppm，是表层的 1000 倍左右。这时，大家顾不上这臭鸡蛋味道，欢呼了起来。作为技术负责，刘方兰马上跟大家商议，决定在这个点增加调查工作量，寻找更多的证据。当时最直接的手段依然是海底摄像，但是由于海底摄像拖体没有动力，随船漂移，被动地在海底拖行，这样的作业方式犹如在海底世界放风筝，很难把海底摄像准确投放到取样位置。第一次海底摄像作业中，1 个多小时过去，什么也没有发现。

由于摄像系统电池能量限制，不得不回收摄像系统更换电池，再进行第二次作业。这一次，他们总结经验，特别是对船舶漂移轨迹和风向进行了综合分析，重新布置了海底摄像下放点以及船舶移动的轨迹方向。刚开始，摄像画面中的海底仍然平淡单调，大约过去半个小时，突然有人兴奋叫起来：“快看，白白的。”大家的注意力全集中到了 20 英寸的收视屏幕上。

过了一会儿，类似的东西又出现了。

“白白的，那就是双壳类。”

调查船上有人兴奋地叫了起来。摄像画面上隐隐约约可以发现贝壳的形状，而且是一窝一窝的。一会儿工夫，摄像系统负责人张锦炜提醒大家，电池耗完了，必须马上回收系统。

在甲板监控室看到的图像是经过压缩的，不太清楚。大家期待系统回收后再仔细查看高清原始图像。等待海底摄像回收上来时已是凌晨 1 点多了，但大家都没有睡意，第一时间用录像机看回放，很快找到了“白白的贝类”，那一时刻，大家紧盯着屏幕，“对啊，那就是双壳类，一窝一窝的”。随着摄像机在海底移动，可以看到双壳类贝壳不同形状的分布，而且还发现一窝窝贝类旁边，海底呈现出白白的斑状。

“那就是菌席！”实验测试工程师陆红锋兴奋地告诉大家。真是高潮一波接着一波。

录像回放了一遍还不够，他们继续再倒回重看。没有想到，又有新发现。在一窝窝贝壳画面过去后，突然发现屏幕有个气泡状的东西冒出来。再倒回去，速度再慢一点，气泡越来越清楚。

“这是冷泉！冷泉！”陆红锋激动地叫起来。气泡从海底泥缝隙中冒出来，在海水中运动一段距离后就“融化”了。大家反反复复回看，一个个数着，画面中总共有三个气泡冒出来。第一次看到海底“冷泉”这个特别的标志，仿佛看到可燃冰一般，大家高兴得像中了彩票一样。

“冷泉”的发现犹如一位在沙漠里跋涉的人，历经千难万苦之后，终于看见了不远处的一汪清水，充满了惊喜。这些勤勤恳恳努力追寻可燃冰足迹的科学家们，当“冷泉”的气泡出现在他们眼前，再也抑制不住心里的激动！是啊，多少年磨一剑，终于看到了曙光。2004 年 5 月，又是一个“红五月”，科学家们分别乘坐“太阳号”和“海洋四号”科考船先后发现了九龙甲烷礁和“冷泉”，他们距离追寻到可燃冰的目标越来越近了。

## 二　奋力追赶

### 初见可燃冰

成功往往建立在无数次失败的基础上，尤其是在科技领域，很多时候都是在不断试错的过程中有所发现，失败的次数越多，成功的机会愈近，运气总是光顾时刻做着准备，坚忍不拔朝着目标努力的人。只要不放弃远大的目标，不把奋斗之船长期停放在避风的港湾，并保持着较为清醒的头脑，在不断失败之后通过总结经验，再扬风帆起航，驶向大海的深处，就能在惊涛骇浪之中寻找并享受到奋斗所收获的风光。

2004 年中德科学家利用“太阳号”科考船在中国南海海底取样失败，但也给了当时两国科学家一些启示，“九龙甲烷礁”的发现证明中国南海赋存可燃冰的结论是确定无疑的。既然在海底浅层取样没有发现可燃冰，那么，可燃冰是否赋存在海底？如果是在深部，那么就要进行海底钻探工作，因为在海底取样，钻探是必然选择。这项工作终于在 2007 年启动。

2006 年 7 月下旬，张光学与张明、梁金强等科技人员一起，加紧研究钻探选区，经反复对比选定南海神狐远景区作为钻探首选区，并调“奋斗四号”船执行钻探选区任务。采用张明领衔研发的“863”准三维地震探测技术，首次开创性进行可燃冰地震加密调查，为 2007 年 3 月提交井位赢得了时机，争取了主动。

2007 年 4 月至 6 月，我国在南海北部神狐海域实施第一次可燃冰钻探取样，经反复论证、精心准备，经过中国地质调查局批准，广州海洋地质调查局租用荷兰辉固公司的“巴弗尼特号”船，实施了南海可燃冰首次钻探，在神狐海域首次钻获高甲烷含量的可燃冰实物样品。

广州海洋地质调查局副总工程师、科学技术处处长、教授级高级工程师王宏斌激动地赋诗表达了他当时激动的心情：

水合物说
辽阔的海底孕育了
神秘的火种
为揭开你的面纱
凝结了无数辛勤的汗水
踏过了九年不懈的历程
那跳动的波谱
可是划破夜空的闪电？
穿层的弧线
可是启迪智慧的彩虹？
那斑斓的晶格
可是你跃动着的生命？
那洁白的块体
可是你出淤泥而不染的魂灵？

终于，在经历了2004年取样失败后，他们在2007年取到了可燃冰样品，弥补了上次取样的遗憾。2007年张洪涛接受中央电视台《新闻会客厅》李小萌采访时说，5月1日凌晨他接到了前线的报告非常兴奋，他要求现场科技人员要采取保温保压措施保护可燃冰样本。5月5日凌晨，在钻第四个井位的时候，终于拿到了可燃冰样品，并立刻封存到液氮罐里。直到这时张洪涛才向上级领导报告。

可燃冰首次钻探取样成功，使得我国成为继美国、日本、印度之后第4个通过国家级研发计划在海底钻获可燃冰实物样品的国家。其后，为完善我国海域可燃冰勘查基础地质理论及可燃冰开采理论，科学家们进一步开展了可燃冰成藏控制因素研究、富集规律与开采等基础研究，培养和建立了一支具有国际水平的可燃冰研究团队。

正当人们处于兴奋之时，一声闷雷平地起。起因是 2007 年 5 月科技人员在神狐海域钻探获取的可燃冰样品，属于“不可视”类型，海底可燃冰的大多数，都以这种状态存在。由于缺乏经验，保存在液氮罐内的可燃冰样品看不见，点不着。那还是可燃冰样品吗？不会是自欺欺人吧？一时间各种质疑声四起。

## 再获渗漏型可燃冰

2013 年新的国家专项设立后，为获取可燃冰样品，广州海洋地质调查局决定，再次组织实施海上可燃冰钻探取样工作。参加这次可燃冰钻探工作的科技人员数量比上次增加了许多。

这次海上钻探，仍然租用辉固公司的钻探船。这次钻探的重要目的之一，便是获取可视可燃冰样品。广州海洋地质调查局领导要求，看到可视可燃冰，一定要放在液氮罐里保存，给祖国、给人民、给上级领导一个交代。

第一航段刚开始的测井数据明显低于 2007 年，船上的科技人员非常忧虑。就在航段快要结束的时候，在站位测得的电阻率、速度等曲线开始增强，明显超过 2007 年。这些数据表明这个地方不但深部有可燃冰，而且浅部也有，船上的科学家们顿时兴奋起来。凭借着科研人员的敏感和对海底资料的分析，他们认为如果将 16 站位调整一下，或许会有更大突破，经现场首席科学家杨胜雄拍板，站位向南移动了 200 米。

更大的突破终于来了！监控这次测井数据的水合物研究室苏丕波博士回忆当时的情形说，可燃冰在钻探取样测井时，电阻率突然增大，意味着可燃冰存在的可能性极大。一般南海北部的电阻率背景值为 1 欧姆米左右，当苏丕波再一次值班时，看到电阻率上升到 10 欧姆米时，他兴奋地跳了起来，本来想马上通过对讲机报告现场指挥，但又怕是异常值，忍住了没说，直到测井值稳定下来，他即通过对讲机报告了这一喜讯。其实，这只是开始，后面几口井测井数据显示更好，而且凑巧的是，每次他都是现场第一见证人，以至于后来大家都开玩笑说，既然苏丕波每次现场值班都有重大发现，干脆以后只要测井时，就安排他去值班吧。

果然，到第一航段最后一个站位即 8 号站位时，在现场仔细分析研究后，又向东北方向调整了两公里，结果测得的曲线直接爆表，超过了仪器刻度，现场的王力峰清楚地记得当时的场景，他说那一瞬间，船上的科学家们立刻兴奋起来。经仔细分析研究后，又向东北方向调整了两公里。为了这个孔位的调整，现场的科学家们可是整整分析研究了三个晚上，他们一条一条地分析研究地震剖面，终于看到了强烈的反射界面。这时，大家一直悬挂着的心才安然放下。测井作业完成后，接下来的工作就是钻探取样。2013 年由中国科学家组成的可燃冰取样团队在水深 800 米的海底终于取到了可视的可燃冰样品！

“从十几米到六十多米都有，颗粒状可燃冰直接随钻喷出来了，大家非常激动，欢呼雀跃。”作为航次首席科学家助理，中国地质调查局天然气水合物工程技术中心总工程师、“李四光学者”梁金强回忆说，当时他就在第一航段现场，“我们终于在祖国的南海北部珠江口盆地的东部海域首次看到了高饱和度可燃冰，一个超千亿方级可燃冰矿藏苏醒了”。

2013 年 6 月，钻探船在深圳补给后执行第二个航段任务，这个航段的主要任务是在第一航段基础上钻取样品。此时，保压取芯技术比 2007 年进步了很多，取芯长度从 1 米变成了 3 米，当时一共取了 37 段可燃冰样品，有一段可燃冰样品足足有 30 厘米长。

“大家快来看冰！”

“像汉白玉柱子！”

整个科考船甲板的人都疯魔了！

“第一次在船上看到了一块鸡蛋大的白色可燃冰正在分解，取样现场科研人员围着样品七嘴八舌地说着，我们真是太激动了。”

广州海洋地质调查局水合物研究室的方允鑫博士和付少英博士都在现场，他们是我国第一批见到并触摸可燃冰实物样品的科技人员。

“冻死我了！”方允鑫博士在触摸到取样器钻头时，立刻感觉到刺骨的冰冷，可燃冰被取上来后短时间内快速分解吸热，夏日的钻探船甲板上似乎在迅速降温，从而使得取样器瞬间变得冰冷。

“干了这么多年可燃冰调查航次的现场工作，今天可算见到了可燃冰的真实面目，这辈子没有遗憾了。”付少英感叹道。

而此刻，在科考船甲板上，大家争相和点燃的可燃冰合影。通过这次获取肉眼可视的可燃冰样品，彻底消除了外界对于我国南海可燃冰是否存在的质疑。

这一成果显示，自 1999 年开始可燃冰调查以来，经过长期的勘探实践、探索和创新，我国在南海北部钻探获取了多类型可燃冰实物样品，发现超千亿方级可燃冰矿藏，取得了一系列重大找矿成果。一支具有丰富经验的可燃冰调查研究团队成长成熟了。梁金强也因此荣获中国地质调查局首批“李四光学者”荣誉称号。

2013 年 7 月至 8 月，南海台风频发，设备故障较多，要在“完成既定任务、经费不超标”的前提下找到可视可燃冰，压力真的很大！幸运的是，经过科学家们同心努力攻关，我国首次在中国海域发现了可视的、多自然产状的可燃冰样品，圈定了千亿方级可燃冰矿藏，在海域可燃冰勘查领域写下重重的一笔。

张光学全程参与组织了南海北部神狐海域可燃冰钻探技术准备、钻探井位确定、技术设计及钻探工作。

作为第二个航段首席科学家，张光学组织实施了南海北部珠江口盆地东部海域可燃冰钻探工作。

2013 年 7 月 17 日，在在广州海洋地质调查局 REMEtive 钻探船上，张光学手捧洁白如玉的冰芯，心潮澎湃，梦里追寻 15 载，今日终现人间，他给可燃品赋名“冰美人”。对科学研究的执着，对未知领域的征服，没有什么比探究未知并有所收获更令人开心，如同打通“任督二脉”般畅快和欣喜，这应该就是怀揣梦想、享受创造过程的真正快乐！秋收思春之播种，深藏海底龙宫的冰美人再现人间，其不平凡的历程催人奋进，喜悦的心情难以言表，张光学赋词一首，表达了他对此次可燃冰钻探由期望、失望到梦圆的心路历程。

### 水调歌头 · 贺水合物钻探成功

轻舟骋辽疆，海天竞斑斓。凭栏远眺迷人，绕船总流连。晨赏丹霞云雨，夜听钻机轰鸣，梦醉寻冰忙。风暴雷霆急，仰望星空愁。

出赤湾，经珠江，入南海。寻冰美人，科考健儿波浪翻。钻塔披红列装，龙宫探冰犹酣，更待众志城。海天放飞梦，见冰梦终圆。

程思海也有幸参加了这次可燃冰钻探，这天他在样品处理现场。样品取上甲板后，由于压力降低而不断膨胀，在送往实验室的途中，有一截沉积物样品从样品管里冒出来，掉在甲板上。外籍科学家们工作很细心，把那截样品从地上捡起来，重新团成长条状，装进样品管。

在操作过程中，程思海猛然间发现沉积物中有两粒冰晶，指甲盖大小。灰褐色的沉积物中，洁白晶莹的冰粒格外显眼！那是可燃冰吗？那是我们苦苦探寻多年的可燃冰吗？程思海怔住了。

正当他发愣间，船上的“黑美人”（来自外国的一位分析测试技术人员，身材标致，长相靓丽，大家私下称她黑美人）用镊子将它们拣出来，装进一个注射器里拿走了。

那两粒冰晶拿到哪里去了？是放在液氮罐里了吗？程思海当时不得而知。后来才知道，是被“黑美人”拿去做分析测试了。

晚上程思海向领导汇报了此事，说是取到了疑似可燃冰的冰晶，领导含蓄地批评了他为何不强烈要求对方放进液氮罐？蚂蚱腿也是肉，小块的可燃冰也是可视可燃冰啊。外方科技人员根据前面的测井数据，自信能取到可燃冰，因此根本没有把那两粒冰晶放在眼里。

随后，可燃冰钻探喜获大丰收，块状、脉状、瘤状等实物样品相继被钻获，并在现场被点燃。此次国家专项设立，中国地质调查局和广州海洋地质调查局通过进一步勘查，在珠江口盆地东部海域发现了可燃冰有利目标区，经过科学论证确定了钻探优选井位，这是中国科技工作者在总结 2007 年经验基础上，时隔 6 年以后，实施的第二次可燃冰取样钻探工作，终于获得了可视的可燃冰样品，真真切切地把可燃冰的真实面貌展现在人们面前。

### 发现海底表层可燃冰

租借国外钻探船，吸取国外可燃冰研究经验的同时，国内可燃冰钻探也在不断解放思想、大胆创新。2015 年我国首次利用常规的重力取样器获取到大量的可燃冰样品，就是一个打破常规的典型案例。

2015 年 9 月，“海洋四号”船在我国南海海域实施可燃冰重力取样，广州海洋地质调查局海洋勘查技术方法所导航定位室副主任何水原和同事们见证了打破常规、因地制宜、现场创新在这次获取可燃冰实物样品中的重要作用。

前期调查表明该区域存在可燃冰，然而，结果却让他们很沮丧。钻探取样的第一天，他们按照常规方法、流程实施了数次取样，始终没有获得可燃冰实物样品，只有一些淤泥和碎沙石。这一结果使得他们中的一些人有了前往下一个区域试试运气的想法。经过仔细观察和慎重考虑，技术方法所导航定位室副主任何水原发现，当取样器上升到接近水面时，海水好像被煮开了似的，冒着大量的气泡。取样器出水后，空气中弥漫着一股“臭味”，当取样器回收到甲板后，这种气味变得更浓。这似乎是可燃冰分解产生的气泡和味道。样品被移到试验室后，样品管中某些地方样品和管壁分离，出现隔空。这说明样品管中存在某些气体。他们利用红外线扫描设备对样品进行扫描，还是没有发现可燃冰存在的迹象。

更糟糕的是，当时台风即将在 3 天后覆盖该海域，加上船期已经确定，留给他们的时间只有两天，如果不能成功获得可燃冰样品，以后将很难有机会在该区域再次进行取样。为此，必须打破常规，改变原有的思路和方法，探索创新一个新的作业步骤和流程来钻获可燃冰。

科考人员相信可燃冰就在脚下，而且很可能就在取样管里，只是按照原有流程下来，可燃冰可能已经分解挥发完了。原流程和方法可能不适合现在可燃冰实物取样的现实。在这一观点上其他技术人员和领导小组成员也达成了一致的认识：以取得可燃冰样品为目标，在安全可控的条件下使用非常规方法和流程进行取样和分样。

创新往往会带给人惊喜和回报。当一切都准备就绪并再次取样后，当他们倒出样管中的淤泥，扒开淤泥可以看到散发极浓“臭味”的洁白宝贝，他们拿到了可燃冰实物样品。

龚跃华作为这次调查项目的负责人也跟船来到了勘探现场。“看得见的，白花花的，像水开一样，这是可燃冰的分解。”龚跃华看到可燃冰非常兴奋，现场录了很多视频，他来不及多思考，就在现场把可燃冰放在手上用打火机直接点燃。“拿到手里很凉，很冷，而且一到手里就开始分解，点火后燃烧完就成了水，虽然点了火，火苗在手掌上燃烧，但却不烫，一点都不烫。”龚跃华回忆起当时他拿着可燃冰点燃的场景仍津津乐道。

大学毕业就进入广州海洋地质调查局工作的龚跃华老家在湖南益阳，为了我国可燃冰试采工作，这几年他很少休假回家，偶尔休个三五天的假，刚到家就因可燃冰的研究任务被单位催回来。尤其在定井位的期间他连春节期间都想着这个事。

## 精心准备试采井位

2015 年之后，我国科学家就开始围绕可燃冰的试采开展工作。随着可燃冰研究进一步深入，可燃冰试采的勘探井位定位工作不断被提上日程，而这一重任落在了广州海洋地质调查局水合物室科技人员的肩上。这是一项重中之重的工作。试采计划需要选取三个试采井，这三个试采井位的确定看似简单，但一稿、二稿、三稿的反复论证，个中滋味，若非亲历，又有谁能体会得到呢?

根据 2013 年海域钻探工作取得的成果以及前期勘查研究成果，当时可燃冰团队设想把钻井地点选在珠江口盆地西部海域，因为那里可能存在和日本海域一样的砂岩储层，颗粒比较粗，是当时国外已有试采选区选择的储层类型，有经验可循，试采把握大一些。

很快，在珠江口盆地西部海域的井位定位和实施方案顺利完成，但因为一些客观因素，导致方案当年无法在这个海域实施。

此时，2015 年的可燃冰调查任务书早已下达，与荷兰辉固公司租借钻探船的合同已经签订，将于 6 月 1 日出海施工。留给他们重新调整钻探海域井位的时间仅有一个多月。4 月中旬，梁金强接到任务，将于 4 月 26 日召开试采井位论证会，要求水合物室拿出试采井位报告，给他们的时间只有十几天。

由于试采区前期已有的地震资料分辨能力不够，无法在此基础上开展精细的井位评价工作，为了保障试采项目的按时顺利实施，梁金强的团队必须在 6 月 1 日前，即 40 天的时间内完成以前至少需要 4 个月的工作量。在 40 天的时间里，大家白天夜晚连轴转，尤其是资料处理所的徐云霞、薛花两位女同志，一个刚当妈妈，一个的小孩刚上幼儿园，为了按时完成任务，全然不顾家中的孩子，拼在可燃冰数据处理第一线。

为了按时提交井位报告，梁金强仔细考虑后，决定让水合物研究室女科学家郭依群牵头负责，因为她对神狐海域比较熟悉，此前一直参与这个区域的研究。这位成都地质学院毕业的女科学家责无旁贷地扛起了为试采重新选定井位的艰巨任务。

4 月 15 日，中国地质调查局基础部主任张海啟与广州海洋地质调查局总工程师杨胜雄前来为梁金强的团队加油鼓劲。而对郭依群来说，面对的将是必须在短时间里提出神狐海域钻探井位方案，以保证 6 月 1 日科研人员出海开展工作，确保年底提交可燃冰试采选址报告。这对可燃冰研究近 20 年的郭依群来说，承受的压力可想而知，当时她的女儿正在读高二，且单位离家 25 公里，既要顾工作上的事情，又要管家里的事，每天早上她要在 7 点准时坐上班车，到单位后，先在小吃店里买上包子豆浆作为中午饭，以节约中午去食堂的时间，然后就一头扎进办公室。

傍晚下班到晚上 10 点这段时间，是她工作效率最高的时候，可以静下心来研究和思考神狐海域各种资料。直到深夜来临，郭依群才踩着点去赶 10 点钟的末班公交车回家，到家已经 11 点半了。有时候错过末班车，就只能坐 10 点半的夜班车。不仅仅是郭依群，为了如期完成任务，可燃冰团队中的龚跃华和沙志彬等同志晚上直接在办公室沙发上将就一晚，早上醒来继续工作，一刻也不松懈地研究神狐海域相关资料。为了赶进度，大家在办公室度过一个又一个不眠之夜是常态。

从 5 月 1 日到 5 月 8 日，科研团队对井位进行了 5 次优化调整，提交了确定井位的选择方案。5 月 14 日，广州海洋地质调查局组织 11 位专家，对井位的选择方案进行初审。5 月 25 日由中国地质调查局组织的以中国工程院院士陈皖川为组长的专家组一致通过井位选择方案。

辛勤的付出终于有了收获！

## 圈定超大型水合物矿藏

按照水合物研究室在神狐海域重新选定的井位，2015 年，广州海洋地质调查局科考船经过 3 个航段的努力，在神狐海域实施了 19 个站位的钻探工作，全部见到可燃冰，在其中 4 个站位取样，最后圈定两个矿体，一个 8 平方公里，一个 3 平方公里。而且在这次神狐海域钻探中发现了超大型可燃冰矿藏，在其邻近海域利用自主研发的“海马”号 4500 米级深海遥控探测潜水器（ROV）首次发现了海底活动性“冷泉”——“海马冷泉”区，并首次通过重力取样器直接在海底浅表层采获可燃冰实物样品。梁金强说起当时如同打仗一样的场景，仍然兴奋不已。

他说年近 50 的郭依群教授，面对这样一项时间紧、任务重的工作，放弃自己休息和陪伴孩子的时间，凭着过硬的专业能力和对神狐海域的倾情专注，如期完成了任务，令大家敬佩。团队其他成员也兢兢业业一起努力，拼出了井位选址成果，为后期钻探工作奠定了基础。

从事可燃冰调查研究的科学家们，把寻找和开发利用可燃冰资源作为自己神圣的使命，始终保持着对可燃冰近乎痴迷的热情，工作起来不仅严肃，而且近于苛求。在科学研究这个孤寂而无声的世界里，他们专心致志地爬坡越坎，只有当接近或到达顶峰的目标时，才不由得回头看一眼自己所走过的足迹。他们就是这样用执着奉献诠释着生命的意义。

## 三　冻土冰火

### 发现冻土可燃冰

可燃冰可不是海洋的专利，高纬度冻土带也发现了巨大的可燃冰资源量。巍巍的青藏高原，连绵不绝的祁连山脉，石海、冰丘、冰锥透着一种别样美丽。冰寒大地上的土壤会因持续的低温而变得坚硬，细心的人们会发现在这些坚硬的土层里含有一些小冰晶，而且如果你一鼓作气挖下去，就会发现这层坚硬的土层并不十分厚，在这个硬层下面还有一层比较松软的土。而这层含有冰晶的土就被人们称之为冻土。

冻土是指零摄氏度以下，并含有冰的各种岩石和土壤。冻土层，亦作冻原或苔原，语出萨米语 t ū ndra（tundar 的属格），意思是“无树的平原”。在自然地理学中指的是由于气温低、生长季节短，而无法长出树木的环境；在地质学里是指零摄氏度以下，并含有冰的各种岩石和土壤。冻土分布于高纬度地带和高山垂直带上部，其中冰沼土广泛分布于北极圈以北的北冰洋沿岸地区。中国多年冻土又可分为高纬度多年冻土和高海拔多年冻土，前者分布在东北地区，后者分布在西部高山高原及东部一些较高山地。

如果不是科技工作者的深入研究和探索发现，有谁知道在冻土之下蕴藏着可燃冰能源这一宝藏呢？

早在 20 世纪 30 年代冻土可燃冰就进入人们的视野。

1965 年，苏联首次在西伯利亚永久冻土带发现了可燃冰矿藏，并引起多个国家科学家的关注。

2008 年 11 月，我国在青藏高原祁连山脉木里地区永久冻土带通过钻探获取了可燃冰实物样品。2009 年 6 月，叶建良和中国地质科学院矿产资源研究所、中国地质科学院勘探研究所团队在青海省祁连山南缘永久冻土带成功钻获可燃冰实物样品，实现了我国陆域寻找可燃冰的突破。这一发现标志着在中纬度地区的高海拔冻土带也能找到可燃冰，突破了陆域可燃冰只赋存于两极地区永久冻土带（俄罗斯、加拿大、美国等国的陆域可燃冰即属于此）的认识，具有深远的战略及科学研究意义，也为陆域可燃冰资源的勘查开发与环境研究开启了新的篇章，使中国成为世界上第3个从陆域成功钻获可燃冰的国家（另外两个国家是加拿大和美国）。初步研究结果显示，我国冻土地区可燃冰的预期储量达到350亿吨油当量。

冻土可燃冰开采试验

2011年3月25日，中科院广州能源研究所和中科院广州可燃冰研究中心承担的全国首份高原冻土区可燃冰勘查开发研究专项——“青海省可燃冰勘探开发方案研究”项目通过验收。时任“青海省可燃冰勘探开发方案研究”项目负责人、中科院广州能源研究所研究员吴能友介绍，“青海省可燃冰勘探开发方案研究”项目总结了美国、日本、加拿大、俄罗斯等国家多年冻土区可燃冰勘探开发现状和启示，在分析我国多年冻土区可燃冰勘探开发的基础上，提出了我国进行多年冻土区可燃冰勘探开发研究面临的关键问题。

科学家们的研究还表明，包括青海在内的我国多年冻土区具备较好的可燃冰找矿前景。我国陆上找矿前景最好的地区为羌塘盆地，其次是祁连山木里地区，再次是风火山乌丽地区。其中，祁连山木里地区作为首次在我国大陆发现可燃冰的地区，不仅具备充足的气源条件和温压条件，而且存在油页岩、石油和天然气的信息。

2011年，中国在青海祁连山冻土区成功实施陆域可燃冰试开采，当时采用了降压法和加热法成功从地下130米至400米处的可燃冰中分解出天然气。

我国科研人员在我国西部永久冻土区成功获取“可燃冰”，对于我国未来的能源格局和能源接续利用格外重要。我国是世界上第三冻土大国，冻土区总面积达215万平方公里，具备良好的可燃冰赋存条件和资源前景。据了解，我国陆上可燃冰储藏带主要有两大产区，储量第一大的产区是青藏高原冻土带。第二大产区是黑龙江大小兴安岭一线，我国在冻土区发现这一潜在资源，必将极大地开拓人类寻找新资源的视野，为我国经济社会可持续发展提供新型能源的渠道又有了新的拓展。

科学家粗略估算，中国的可燃冰远景资源量至少有一千多亿吨油当量。从大海到陆地，可燃冰作为一种新型的清洁环保能源，不断更新着人们的思维，拓宽人们的视野。在可燃冰能源这个巨大宝藏里，科学家们研究探索的脚步从来没有停滞过，可燃冰的研究与开发从海上到陆地，从浅海到深海，从平原区到高中纬度的冻土区，从理论到实践正全面推进。

## 四 深海探测

### 吹响进军深海号角

人们都说“上天容易下地难”，地球深部蕴藏着无尽的科学之谜，是维系万物生存的物质根本、能量基础。由于坚硬的岩石、高温高压的极端环境，人类对地球深部的认知远未达到对太空的认知程度。地球深海是研究解决生命起源、地球演化、气候变化等重大科学问题的前沿领域。向地球深部进军，就是向科学要生产力，中国人有信心在探索中走得更远。

党的十八大提出了建设海洋强国的重大战略部署。海洋地质调查工作是建设海洋强国战略的重要组成部分，在提高海洋资源开发能力、保护海洋生态环境、发展海洋科学技术、维护国家海洋权益等方面发挥着重要的基础保障作用。而实施海洋地质保障工程配套装备项目是落实党中央、国务院重大部署，提升海洋地质科技创新能力，推进海洋地质调查工作顺利实施的重要举措，对于实现中国地质调查局装备一流、提升海洋地质调查能力具有十分重要的意义。

国家“十三五”规划纲要明确提出，要拓展蓝色经济空间，科学开发海洋资源。习近平总书记要求，要进一步关心海洋、认识海洋、经略海洋。李克强总理指出，“加大天然气水合物勘探开发力度，力争与先进国家同步起跑。”

2016年5月30日，习近平总书记在全国科技创新大会、两院院士大会、中国科协第九次全国代表大会上指出：“深海蕴藏着地球上还未认识和开发的宝藏，但要得到这些宝藏，就必须在深海进入、深海探测、深海开发方面掌握关键技术。”

2016年9月5日，国土资源部姜大明部长在全国国土资源系统科技创新大会上就我国“实施深海探测、深地探测、深空对地观测和土地科技创新战略进军”做出了部署，并把开展天然气水合物勘查、试采工作列为国土资源科技创新重大战略的目标任务。

随后，中国地质调查局、广州海洋地质调查局加快了我国可燃冰的试采进程。2016年在南海神狐海域开展了8个站位的钻探工作，进一步论证了试采井位。选定了两个矿体，进行原位测试，采用新技术进行产能模拟、矿体评价，并开展产水、产气、出砂、温压场变化及影响半径等研究，同时把以前的资料重新处理、解释、提出了新的可燃冰成藏模式，系统地获取了试采目标井储层物性数据，为试采工作确定了最终目标井位。

2014年7月，钟自然任中国地质调查局局长后，在调整国家地质调查事业布局中，将“海洋地质调查”计划列入中国地质调查工作“九大计划”之中，逐步加大经费投入，积极推进可燃冰研究试采工作，打赢深海进军攻坚战。

## 领跑可燃冰试采

深地有金，深海藏能。近年来，我国在实施深地、深海、深空和土地科技创新“三深一土”战略中，先后在“深部找金”和深海采“冰”方面取得重大突破，对推动能源生产和消费革命具有重大而深远的影响。这些成果的取得印证了这样一个道理，科技的创新与发展只要遵循理论与实践相结合，尊重客观规律，发扬科技精神，就能不断从创新中获得财富和力量。

2016年，姜大明曾在青岛调研时意味深长地说：“全国科技创新大会吹响了建设世界科技强国的号角，我们国土资源部召开科技创新大会就是要落实总书记提出的向地球深部进军的动员令。我们要认真落实党中央国务院的要求，总书记讲向地球深部进军是我们必须要解决好的一个战略科技问题。解决好这个战略科技问题，我们要进一步统一认识。所以提出来‘三深一土’国土资源科技创新战略。有深地探测、有深海探测、有深空对地观测，再一个就是土地科技创新。”

为缓解人口、资源、环境困境，世界大国竞相加强海洋调查研究和海洋资源开发工作。其得失成败，关键在科技创新。谁掌握了先进理论、研发出先进技术，谁就能率先破解困境，造福本国人民。

中国地质调查局围绕支撑服务国家能源资源安全保障，深入实施国家创新驱动发展战略，全面落实国土资源“三深一土”科技创新战略，精心组织实施海域天然气水合物勘查试采科技攻坚战，成功实现我国首次海域可燃冰试采，取得了可燃冰勘查开发理论、技术、工程、装备的自主创新，实现了历史性突破，用近２０年的时间赶超了国外近60年的发展历程。

## 集中力量办大事

从事科学研究，犹如向高峰挺进，只有不断攀登的勇者、坚持者，才能到达希望的顶峰。一代又一代从事可燃冰能源研究与调查的科技工作者们，不忘初心，砥砺前行，终于攀上了世界可燃冰的研究与试采顶峰。这是我国科技工作者孜孜以求、不畏艰辛、接力前行、甘于奉献的成果彰显。同时，也证明我国可燃冰的研究工作每前进一步，取得每一点成绩，都离不开党和人民的关心支持。不论在可燃冰的研究与开发道路上遇到什么样的艰难险阻，祖国永远是科技儿女们的坚强后盾。

2017 年 5 月 18 日，姜大明一行抵达位于我国南海神狐海域的试采工作平台，与试采参研参试人员一起参加试采现场会，宣布我国首次海域可燃冰试采成功，并看望慰问试采参研参试工作人员，而后赶往本次试采项目承担单位广州海洋地质调查局进行调研，为科技工作者鼓劲加油。

在调研座谈会上，姜大明深情地说，经过近 20 年的不懈努力，我国取得了天然气水合物勘查开发理论、技术、工程、装备的自主创新，我国海域天然气水合物试采取得成功，实现了历史性突破，中共中央、国务院发来贺电，充分肯定了这次试采成功所取得的成绩。这是在以习近平同志为核心的党中央领导下，落实新发展理念、实施创新驱动发展战略、发挥我国社会主义制度可以集中力量办大事的政治优势，在深海进入、深海探测、深海开发等关键技术方面所取得的重大成果，广州海洋地质调查局在其中发挥了骨干的作用。

姜大明勉励大家，海域天然气水合物试采成功只是万里长征迈出的关键一步，后续任务依然艰巨繁重。为此，他提出了六方面要求：一是要继续探索、认真总结，精心组织实施后续几口井的试采工作；二是要认真落实中共中央、国务院的贺电要求，加快促进天然气水合物勘查开采产业化进程，继续保持试采技术领先水平；三是面向国家重大需求，瞄准世界科技前沿，用科技创新和制度创新改革地质调查工作；四是要开展大协同、大合作、内外部协作与开放合作，发挥制度优势；五是中国地质调查局要组织广州海洋地质调查局、青岛海洋地质研究所研究深海地质探测方案，通盘考虑地球深部探测科技创新工作；六是广州海洋地质调查局要做好海洋地质工作，结合广东经济社会发展需求，积极服务好地方建设。

5 月 24 日，姜大明主持召开国土资源部第 18 次党组会，学习贯彻中共中央、国务院给我国首次海域天然气水合物试采成功发来的贺电。姜大明感慨道，我国首次海域天然气水合物（可燃冰）在南海神狐海域成功试采，实现了在这一领域的“领跑”，是一件振奋人心的大事，接下来要沉下心来，马不停蹄，加快推进天然气水合物勘查开采产业化进程，为推进绿色发展、保障国家能源安全作出新的更大贡献。

姜大明提出，中国地质调查局认真贯彻新发展理念，认真贯彻全国科技创新大会精神，认真贯彻党和国家领导人的重要批示精神，以“三深一土”科技创新战略引领可燃冰试采工作，在一年时间内就取得了历史性的重大突破，在原创理论、技术体系、工程、储存、装备等方面实现了自主创新，占领了全球能源发展的科技制高点，推进全球能源消费革命。这次试采成功，只是万里长征迈出的关键一步，后面还要加大区域勘查力度，摸清资源家底；深化开采技术研发，巩固领跑优势；加强科技平台建设，全面提升深海科技创新能力。

我国可燃冰资源勘查研究工作起步晚、起点低，之所以能够在不到 20 年的时间内完成对世界先进水平的加速赶超，并在这场超过近 10 个国家的国际竞争中突围而出，首先离不开国家对可燃冰勘查开发工作的高度重视和大力支持。

在建设海洋强国和国家能源生产消费结构调整的大背景下，党中央、国务院先后在能源发展战略行动计划、十三五规划等一系列重大战略规划中明确要求推进可燃冰资源的勘查与评价，并将其列为重大能源项目，在顶层设计上为可燃冰资源勘查开发创造了有利的政策环境和发展机遇。

此外，可燃冰试采的成功，离不开我国社会主义制度可以集中力量办大事的政治优势。可燃冰试采不仅需要大量的人、财、物力的投入，而且需要众多部门和产业的协同配合。我国首次试采不仅得到国土资源部和中国地质调查局的高度重视和直接领导，国家发改委、财政部、科技部等国家部委和广东省委省政府也对可燃冰试采给予了大力支持。这是我国运用和发挥集中力量办大事的政治优势，制订发展规划、加大资金投入、整合各方资源、开展协同攻关，在重点领域和关键环节上率先实现创新与突破的重要原因。

## 高层引领战略布局

在近 20 年的时间里，中国地质调查局、广州海洋地质调查局披荆斩棘克服各种意想不到的困难，顶住外界质疑和压力，实现了我国可燃冰的研究勘查从跟跑、并行到领跑的跨越。这一切与中国地质调查局党组的战略布局密不可分。

作为组织实施我国海域陆域可燃冰研究调查的中国地质调查局，是根据国家国土资源调查规划，负责统一部署和组织实施国家基础性、公益性、战略性地质和矿产勘查工作，为国民经济和社会发展提供地质基础信息资料，并通过地质调查、地学科技创新和地质资料信息服务，为国家经济社会可持续发展提供基础支撑，同时向社会提供公益性服务的自然资源部直属的副部级事业单位。2017 年，我国可燃冰试采工程就是在中国地质调查局主导下完成的。

钟自然是从国土资源部总工程师的岗位调任中国地质调查局局长的，这位矿床经济评价专业博士、研究员，在经过多个专业单位和部门主管的历练后，具备了宽广的视野、较强的地质专业水平和管理能力。他与局党组一班人通过认真分析研判当代世界地质工作发展现状和趋势，分析中国地质调查工作在世界地质工作领域的地位和作用，结合中国地质工作的实际，提出了中国地质调查工作“追赶、并行、领跑”世界地质工作的思路，大力推进建设世界一流的新型地质调查机构的步伐。为支持和保障国家资源能源安全，他提出实施五大科技工程，即海域天然气水合物勘查试采、南方油气页岩气调查、西藏羌塘盆地油气资源战略调查、北方新区新层系油气资源调查、北方砂岩型铀矿调查。其中，海域天然气水合物勘查试采列入了中国地质调查局建的“一号工程”。

高层引领的战略布局，尤其是一号工程的实施落地，除各级领导的强力推动，持续的政策措施引导保障外，科学家发挥了极其重要的作用。如中国地质科学院地质研究所吴必豪研究员，长期研究南海和太平洋中部的环境与沉积作用，被誉为我国可燃冰研究的先驱；从中国地质调查局油气中心调任广州海洋地质调查局局长、可燃冰推动试采指挥部指挥长的叶建良早期就开始从事陆地冻土可燃冰研究；北京大学教授、“李四光学者”卢海龙提出的“地层流体抽取”方法，在试采中成功应用；青岛海洋地质研究所所长吴能友对可燃冰试采方案的制定发挥了重要作用；中国地质调查局勘探所的谢文卫是2016年山东平邑石膏矿现场抢险专家，在试采工程设计及实施中发挥了重要作用；水文钻探专家叶成明，在防砂方案制定中发挥了自己的专长；主持编写第一份天然气水合物资源调查报告的“李四光学者”梁金强博士，先后多次担当可燃冰试采钻探井位选择的重任；可燃冰现场试采指挥部的秦绪文、邱海峻、雷勇、陆敬安近50人的团队里人人都身怀绝技，都是相关领域的专家。

2017年3月29日，可燃冰试采工程在南海神狐海域正式开工。钟自然专程赴平台助阵动员，提出加大科技创新工作力度，要求在世界海洋地质调查领域，广州海洋地质调查局必须争得第一的目标。

## 团结协作出硕果

可燃冰试采被列为中国地质调查局“一号工程”，其试采工作平台的选择就显得至关重要。经过多次调研，可燃冰试采领导小组选择了中集集团投入7亿美元建设的D90平台，即“蓝鲸I号”。

“我们一直感恩于国土资源部姜大明部长。”谈起“蓝鲸Ⅰ号”的租赁过程，中集集团来福士公司副总裁刘燕嘉深情回忆起 2008 年 11 月，时任山东省省长的姜大明到烟台来福士公司调研的情景。那天，当姜大明了解到深水码头对企业发展的重要性之后，亲自协调有关部门落实来福士公司的深水码头项目，从而奠定了来福士公司在中国海工行业的领跑地位，也奠定了中国海工发展的基础。为了用实际行动支持中国科技工作者攀登可燃冰领域的世界高峰，来福士公司给出了十分优惠的价格。

以中国地质调查局为主的多方合作形式，是此次试采工程能够取得圆满成功的原因之一。可燃冰试采成果的取得离不开党中央、国务院的高度重视、坚强领导；离不开国土资源部的精心谋划、科学部署；离不开国家发改委、财政部、科技部等有关部门和地方政府的大力支持、密切配合；离不开国土资源部有关司局的悉心指导和帮助；离不开中国地质调查局科技创新战略的实施和精心的组织；同样也离不开中石油、中集集团、北京大学等很多科研和业务单位的通力合作。

中集集团即中国国际海运集装箱（集团）股份有限公司，是世界领先的物流装备和能源装备供应商，总部设在中国深圳。公司致力于集装箱、道路运输车辆、能源化工及食品装备、海洋工程、物流服务、空港设备等，提供高品质与可信赖的装备和服务。就市场占有率而言，中集集团在亚洲、北美、欧洲、澳洲等地区拥有 200 余家成员企业，客户和销售网络分布在全球 100 多个国家和地区，有 10 多个产品持续多年保持全球第一。

中集集团之所以能够制造出全球一流平台，是因为他们具有非常强的技术研发能力。中集集团所属的国家能源海洋石油钻井平台研发中心、中集海工国际合作平台、协同创新平台和人才培养平台、DNV、ABS、CCS 海工技术中心等多个研发平台，可提供超大型船舶、海洋工程装备和其他特种船舶（风电安装平台、半潜船、OSV、LNG 船、冷藏船）等产品的研发与设计、技术咨询与服务等多种解决方案。具有半潜平台建造核心装备“泰山”起重机，最大起重量达到18700吨。

为了配合我国首次海域可燃冰试采工作，中集集团成立了蓝鲸运营公司，与中国石油海洋工程有限公司（简称中油海）签订了D90中集蓝鲸Ⅰ号超深水钻井船技术服务合同，运营全球最先进的一代超深水双钻塔半潜式钻井平台“蓝鲸Ⅰ号”。

中油海则是由中国石油天然气集团公司组建的海洋钻井、海洋工程、技术服务的海上石油工程技术服务的高新技术企业，在我国首次海域可燃冰试采过程中发挥了重要作用。而“蓝鲸Ⅰ号”平台原本是为挪威一家公司量身定制的，之后却成为我国首次海域可燃冰试采的利器。说起这个过程，刘燕嘉笑着给我们讲了一个有趣的故事：初始仅是一种机缘巧合。当时中石油海洋工程公司副总经理彭飞在休斯敦OTC油气展咖啡间与中集集团领导不期相遇，聊起了D90（蓝鲸Ⅰ号）平台建造一事，知道了这个大家伙造价6亿至6.5亿美元，总投资达7亿美元。俗话说，便宜没好货，好货不便宜，彭飞绝对明白中集集团建造的正是全球最大、最先进的钻井平台，就问了一句，这平台可不可以在可燃冰试采中用。彭飞随机冒出的这个念头应该说是不确定的，因为如果按照彭飞的这个想法，这个按照挪威方要求设计建造，且已完成90%工程的钻井平台将面临15项设计内容的重大改变，而且，2016年12月25日就要完成制造，颁发挪威船舶适运行证书了。

当时中集集团管理层对平台运用于南海可燃冰试采很纠结，接不接这个活，做与不做，怎么做，如何保证成功都是未知数？而且可燃冰项目的主导方——中国地质调查局也不是传统的水上作业公司，主要是以调查科研为主，无论在技术生产上还是各种法律关系上都要冒很大风险。但中集集团领导层非常有担当精神，他们认为我国可燃冰试采这个国际领域难题的破解应该由我们中国人自己完成，为了支持这个国家重点项目，中集集团决定不计成本，最终确定每天租金23.28万美元。而他们的盈亏平衡点是每天35万美元。

“蓝鲸Ⅰ号”平台作为可燃冰试采钻井平台的决策定夺后，就开始了艰难的平台转让谈判。毕竟这个平台的委托方本来是挪威的一家公司。开始时是挪威的公司和中石油谈，虽然那时的石油市场进入了低谷期，但挪威这家公司还是犹豫不决，直到签订合同的前一个星期才同意放弃这个平台。然后就是彭飞每双周就联系各参与方开一次协调讨论洽谈会，终于在2016年5至8月的3个月时间里签订了所有复杂的合同。此时，留给他们改造平台的时间只有4个月了，给设备设计改变后的实施带来极大挑战，不仅仅是原来的计划要调整，平台管理运营方案，人员等方面都需要调整，难度非常大，很多方面都是打上问号的。改动后的平台建造是否能如期完工？深水管理营运平台需要全球招募团队，是否能有效完成？改动后的平台设计最终是否适应深海作业要求？作业需求是否能达到试采标准？对可燃冰试采作业的理解是否透彻准确？为此，中集集团在新加坡专门注册了公司，进行全球招聘，包括招聘了挪威SONGA海上钻井队前CEO，挪威、荷兰、丹麦、比利时、英国、美国、澳大利亚、印度、巴西等十几个国家的84名船员，加上平台管理人员共104人，可燃冰试采平台的团队不断在快速地集结。

“为了可燃冰这个国家项目，我们动用了全球的资源。”刘燕嘉很有信心地说，“我们在深水这一块的设备已经超过了传统强国韩国和新加坡，虽然这次可燃冰试采看起来作业时间是60天，但是我们前期准备时间很长。集团领导高度重视。”中集集团总裁麦伯良和中集集团副总裁、中集集团莱福士公司前总裁于亚是当时主要决策人之一。在决定参加南海可燃冰试采后，于亚亲自担任平台建造的项目经理，刘燕嘉担任总裁助理，直接处理一些涉外事务，比如招聘涉及钻井、稳性、航海、动力定位等方面的熟练工程人员，他们都亲自过问，用心对待，精心地推进每一项工作。

在谈及2017年6月12日那场正面袭击平台的台风时，刘燕嘉感慨万千：“这次平台开赴南海试采，对于中集来说，也是在深水作业方面积累宝贵经验的机会。第一次和新公司合作，第一次新平台深水作业，尤其是遭遇台风也是第一次，虽然平台设计是抵御 11 级台风，但毕竟是第一次，说不紧张那是假的，那几天我无法入眠，就找个地方喝茶、喝酒，就是不能睡觉。好在最终有惊无险地扛过了台风，充分证明我们的平台是一流的，是经得起考验的。”刘燕嘉同我们谈到当时的场景时自豪地笑了起来。

刘燕嘉回忆，2015 年 5 月 20 日，李克强总理参观 D90 巴西中国装备制造业展览会时，看到这艘我国自己制造的最大钻井深度可达 15000 米、全球钻井深度最深、最先进的第七代超深水、半潜式钻井平台（模型），高兴地赞誉：“大国重器！”

2018 年 6 月 13 日下午，习近平总书记冒雨来到烟台中集来福士海洋工程有限公司，了解企业走自主创新发展之路、开展高端海洋工程设备自主设计研发制造情况。总书记在考察时对工人们说，基础的、核心的东西是讨不来买不来的，要靠我们自力更生、自主创新来实现。我看你们有这个信心，希望你们迎难而上、再接再厉。

5 年来，中国海洋经济年均增速高达 7.44%，高于同期世界经济增速 3.8 个百分点，中国海洋生产总值 2018 年首次突破 7 万亿元。海洋正在为中国经济发展提供新的能源动力。第一艘国产航母下水；第一次海域可燃冰试开采成功；从海上粮仓，到海上油气田；从海水淡化，到海上风场。依海富国，以海强国，建设海洋强国，创新发展的“蓝色中国梦”的目标开始离我们越来越近。

全球最大的深海钻井平台蓝鲸系列的制造，“深海勇士号”探索深海 4500 米区域的神秘资源，全球第一座海洋牧场，世界上最先进的吹砂造陆神器，全球起重能力最强的海上巨无霸，世界上最先进的远洋货船，世界上最完备的海洋运输舰队——中国成系列的大国重器正在不断地挺进深蓝。

强调科技创新

可燃冰勘查试采、地球深部探测、深海探测、大洋极地地球科学考察、深空对地观测、页岩油气调查、铀矿调查、地热能源资源调查、资源环境承载力评价、海岸带综合地质调查、城市地质调查、地球化学调查、岩溶地质调查……一张新的蓝图正在中国大地、天空、海洋上不断绘制。

2017 年 7 月 24 日至 26 日，中国地质调查局、中国地质科学院科技创新工作座谈会在北京召开，会议旨在落实“十三五”科技创新发展规划，总结交流科技创新成果经验，部署下一步工作。钟自然在会上强调，中国地质调查局认真贯彻党的十八届六中全会精神，牢固树立政治意识、大局意识、核心意识、看齐意识，坚决落实中央关于“向地球深部进军”的战略决策和国土资源部党组“三深一土”的科技创新战略总体部署，把科技创新放在地质调查事业的核心位置，提出了“天然气水合物勘查开发”等“十三五”科技创新主攻方向，要把科技创新摆在地质调查事业更加突出的位置，坚持问题导向，用科技创新改造地质调查工作。

谈到科技创新的目标时，钟自然指出，科技创新是地质调查工作的核心、关键部分，涉及项目的部署和实施、成果的表达和应用等各方面；不能把地质调查工作简单化，不重视科技工作；科研工作不能脱离实际，要瞄准国家重大需求，始终把解决能源资源问题、环境问题和地球系统科学问题作为地质科技创新的方向；要大力落实“十三五”科技创新发展规划，把科技创新摆在更加突出的位置，促进科技创新与地质调查相结合，促进科技创新与人才培养、团队建设相结合，促进科技创新与制度创新相结合，促进科技创新与科学普及相结合，实施重大科技攻坚战要坚持“以我为主，广泛合作”的原则。

中国地质调查的百年历史，就是一部地质科技进步与创新的历史。可燃冰试采与常规油气开发有本质区别，既无技术规范可依，又无成功经验可循，其试采过程就是一个不断创新的过程。其实，我国在非常规能源资源方面的潜力是非常大的。在地质调查工作中，将通过对能源资源结构的调整，来支撑能源生产和消费结构的调整。“十三五”期间，特别是在新能源中，将进一步加大地质调查和矿产勘查的力度。

自然资源的调查、勘查开发特别是能源安全事关国计民生。“我国在非常规油气资源和常规油气新区方面潜力很大，但有很多理论、技术上的问题需要解决。建设跨部门、跨专业的自然资源与能源安全国家实验室，来加大科学技术创新力度，促进新能源勘查开发会起到很重要的引领支撑作用。自然资源部和中国地质调查局会同科技部等部委，正在积极筹划建设自然资源与能源安全国家实验室。”

### 默默的支撑

在研究可燃冰方面，早在2000年，青岛海洋地质研究所就成立了水合物实验室。当时，我国还没有从大自然中获取可燃冰样品，青岛海洋地质研究所实验室通过模拟可燃冰存在的环境条件，于2002年首次合成了海洋可燃冰样品。正是基于这样的学科优势，2014年“可燃冰”实验室入驻青岛蓝色硅谷。2015年，青岛海洋地质研究所建成了国土资源部天然气水合物重点实验室。重点实验室副主任刘昌说，为了这一天我们已经付出了16年的努力。青岛海洋地质研究所在国内率先开展了天然气水合物实验模拟研究，在水合物微观测试技术、基础物性研究及仿真模拟实验等方面一直走在全国的前列。

坐落在美丽的胶东半岛滨海城市的中国地质调查局青岛海洋地质研究所，具有中国可燃冰研究最为先进和完善的实验室。在中国可燃冰研究的进程中，青岛海洋地质研究所的科研人员担负起了在理论和技术前沿进行突破的尖兵作用。他们建立了国际先进的天然气水合物实验测试技术体系，为我国可燃冰鉴定提供重要支撑，在实验室里进行微米级分解试验过程是前期开采过程的试验模拟，因为可燃冰研究处于全球技术前沿，所以适合可燃冰研究的仪器很少，实验室里很多仪器都是他们自己研发的，或者自己在原有其他仪器上动手改造的，目的是为试采工作做基础性试验。

实验室积极地发挥自己的优势，在设立国家专项时提供了及时的帮助，当时张洪涛总工程师给财政部同志看了两张照片，一张是2001年可燃冰合成照片，一张是生物蠕虫照片。这些都是青岛海洋地质研究所的研究成果。

“没有钱也要把项目立起来。”当时张洪涛坚定地说。

针对当时国内外尚无专论天然气水合物实验和测试技术方面的系列著作，2015年，业渝光、刘昌岭等著中文版《天然气水合物实验技术及应用》由地质出版社出版，而英文版著作 *Natural Gas Hydrates Experimental Techniques and Their Application* 由德国Springer出版社面向全球出版发行，截至2015年底，国外已经下载了12275章（次）。这些研究成果为我国深入、系统地开展可燃冰研究和试采工作提供了有力的理论和技术支撑。

也许有人会问，既然青岛海洋地质研究所具有如此强大的可燃冰研究能力，为什么还要把可燃冰试采工作交给广州海洋地质调查局呢？因为可燃冰试采是一个系统工程。中国地质调查局作为两个单位的主管局，对其所属单位的能力特点非常清楚，青岛海洋地质研究所在可燃冰理论、实验测试、技术方法研究方面具有优势，而广州海洋地质调查局则具有20年调查研究海洋环境和工程实践经验。

“在可燃冰试采工程实施方面，叶建良局长比我更合适，作为一名科学家，我有时候过于考虑技术路线和科学性，所以叶局长决策更快一些。同时可燃冰这个大工程仅第三方合同就有130多项，青岛所人少，而广州海洋地质调查局却具有足够的能力和设备支撑完成试采工程。所以，从2011年试验模拟作为可燃冰第一个立项开始，可燃冰试采前的一些准备工作的开展是青岛海洋地质研究所的专长，所以前期研究工作主要由青岛海洋地质研究所承担，而试采工程的具体实施则是广州海洋地质调查局的专长。把可燃冰试采任务最终交给广州海洋地质调查局，体现了中国地质调查局党组的正确决策。”青岛海洋地质研究所所长、我国首次海域可燃冰试采工程副指挥长吴能友诚恳谦和地说。

吴能友对我国在可燃冰领域的研究人员分布现状了如指掌，他说：“目前，全国研究可燃冰的科技人员大概有 2000 人，其中中国地质调查局共计有 500 人左右，占四分之一，其余主要集中在中国科学院能源所及一些大学和海洋研究机构。近年来，我国可燃冰调查研究进展迅速，在成藏理论、勘查与评价技术等方面取得了丰硕成果。2017 年 7 月，在美国召开的第九届国际天然气水合物大会共有 500 多人参加，其中 180 人是中国人或在外华人，占了与会人员将近 40%。2017 年 5 月，中国成功实施了海域可燃冰试采，受到世界各国可燃冰领域专家学者的广泛关注。本届大会还专门设立了中国南海水合物专题，凸显出我国在海域可燃冰调查研究方面具有较高的国际地位和影响力。”

我国首次海域可燃冰试采成功后，在全球引起了巨大反响，但作为一项科学研究，很多老百姓对这方面了解不多，对参与科研的科学家们更是知之甚少。听说我们要到青岛海洋地质研究所采访，本来要去北京参加一个会议的吴能友让其他同事去了。在谈到可燃冰取得举世瞩目的成就时，他谦虚地说：“这个项目是大家一起干的，尤其是很多优秀的年轻人一起参与做的，他们付出了很多，我只做了自己力所能及的事。”

吴能友 1991 年毕业于浙江大学，专业为地质学，进入广州海洋地质调查局第二海洋地质调查大队实验室，开启了他和海洋打交道的航程。无论是在广州地质调查局还是后来进入中国科学院广州能源研究所工作，他的主要精力都放在可燃冰研究上。他曾负责国家“863”“973”国际合作重点科技计划、中德合作等项目 20 多项，多次组织和参加南海地质地球物理调查航次。

2008年入选中国科学院项目百人计划，是一位对可燃冰研究有很深造诣的科学家。在他的积极推动下，2014年第八届国际水合物大会顺利在中国召开。而在2011年7月在英国爱丁堡召开的第七届国际水合物大会上，汇聚了全球的七八百名专家，争取主办第八届国际水合物大会的竞争异常激烈，吴能友作为中国代表团的答辩人不负众望，使中国获得了2014年举办第八届国际水合物大会的资格。

从2008年起，中国地质调查局就申请举办第七届国际天然气水合物大会，但是没有成功，随即开始筹备第八届国际天然气水合物大会的申办工作。在第七届国际天然气水合物大会上，中国地质调查局联合中国科学院向组委会提交申办材料，并重点展示了中国南海北部海域和青海祁连山冻土带天然气水合物勘查的新发现，在各国代表面前充分展现了中国天然气水合物勘查研究的实力和水平。中国地质调查局、中国科学院、教育部、中海油、中石化等参会代表以及台湾代表共同努力，从美、日、韩、印等多家竞争对手中脱颖而出，成功获得第八届国际天然气水合物大会的举办权。

吴能友回忆道："2011年我去参加答辩的时候，中国科学院、中国地质调查局、广州海洋地质调查局都去了代表，他们都很支持我们的工作。我是天然气水合物大会国际科学委员会委员，委员一般有9至13人，我在会上力争让委员们投中国的票，最终投票结果是我们中国5票，美国4票，仅仅一票之差，我们顺利申请成功！大家都很高兴。我们能够成功申请第八届国际水合物大会在中国召开，这本身就说明中国的经济实力和可燃冰的研究水平已经达到了一定水平，作为中国科学家我们感到非常自豪。"

在谈及当下可燃冰领域研究的形势和我国可燃冰试采成功的因素时，吴能友说了三个因素："第九届国际水合物大会上的欢迎会和主题会，虽然都认为短期内可燃冰取代石油还不太现实，还要完成四步走，即经济价值、长期价值、效率问题和安全问题。可燃冰从研究勘查试采走向商业化领域还有大量的工作要去做，目前全球最热的是亚洲，主要集中在中国。印度准备在2018年试采。国外做可燃冰的同行都羡慕中国，可燃冰获得了政府的大力支持，政府重视。我国集中力量办大事的优越的社会主义制度是这次我国可燃冰试采成功的第一要素。而参与可燃冰试采的中外合作，内部的通力合作，是我国可燃冰试采成功的第二要素。相对于日本，因为防砂问题两次没处理好被迫中止，而我国这次可燃冰试采就没有遇上出砂问题，我认为成功的关键，是在技术上掌握了缓慢降压，适度防砂，以防为主，防排结合的方法。这是可燃冰试采成功的第三个要素”。

心胸豁达是优秀科学家的特有品质，吴能友认为，我国可燃冰研究勘查直至试采成功不是一时一地短时间完成的，而是建立在国家重视和广大科研人员近20年的勘探、研究的基础上。对于可燃冰勘查研发的历史进程，他说，历史还是要尊重的，可燃冰研究工作是历史沉淀的过程。他强调，这次我国可燃冰试采成功是建立在很多科学家研究和很多次勘探和钻探研究基础上完成的。他的这个观点和张洪涛不谋而合。

可燃冰试采主体承担单位从青岛移师广州之后，指挥部很快建立起来，在总体思路上，中国地质调查局围绕如何达到“日产一万方、持续一周”的目标，连续召开了四次领导小组会，提出了“圈定试采区，完善试采方案，充分准备工程装备，建设专业团队四个轮子一起转”的方案，并同时提出了勘查、技术、工程、环境四轮驱动统筹规划各项工作的具体措施。青岛海洋地质研究所作为技术支持单位，与提供试采平台服务的中国石油集团海洋工程有限公司一起，成为广州海洋地质调查局实施可燃冰试采工程的左膀右臂。

# 第六章　一号工程

就像打仗一样，前方将士浴血奋战时，需要强有力的后方源源不断地给予支持保障。可燃冰试采工程也是这样，虽然大多数情况下我们仅仅能够看见在试采平台上忙碌的那些身影，但正因为这些身影的背后有国家的支持才能让他们没有后顾之忧地拼搏在一线试采平台上。我国可燃冰的研究开发不是一朝一夕之功，从第一次间接地发现海底可燃冰似海底反射波开始，一直到试采成功，我们用了 20 年的时间。在党的十八大报告中，在国家科技创新战略的实施、能源结构的调整战略部署中，将我国可燃冰的研发试采工作列为国家重点工程。为此，中国地质调查局作为组织实施主体，将可燃冰试采列为一号工程，举全局之力而建之。

## 一　三大决策

海面上成队形排列的舰队，一架架飞过头顶轰鸣的战斗机，卫星发射基地腾空而起直上云霄的运载火箭，往往会让我们热血沸腾。但具体的科学研究远离人们的视野，无法让人经常看到激情澎湃的场面，但正是科技的高速发展改变了我们的生活，比如便捷的移动支付、飞驰而过的高铁、远程视频会议，这些都凝结了我国科技人员的不懈努力。而任何一项高新科技都需要源源不断的资金投入，尤其是涉及国计民生领域的重大科技突破，更是离不开国家的高度重视和支持。

2014 年 7 月，在北京召开的第八届国际天然气水合物大会上，中国地质调查局宣布：我国将在 2017 年开展可燃冰试采工作。这是中国地质调查局为保障国家资源能源安全，在充分分析研判我国与世界各国在资源能源开发利用领域的现实情况，认为我国科技工作者有希望有能力在可燃冰能源研究开发领域攀登世界高峰而做出的重大决定。这是国家实施科技发展战略、实现科技强国梦的重大工程。

中国地质调查局是地质调查、科学研究和信息服务机构，是拥有专业化地质调查队伍的事业实体，是国家地质基础信息资料等公益性产品的生产者和提供者，是国家基础性、公益性地质调查和战略性矿产勘查工作的统一部署和组织实施者，是我国经济社会可持续发展实现社会主义现代化强国目标不可或缺的重要基础支撑。

1916 年 2 月，民国政府农商部设立直属的地质调查局，农商部矿政司司长张轶欧兼任局长，丁文江和瑞典人安特生（J.G.Andersson）任会办（副局长），章鸿钊、翁文灏分别任局下属的地质股、矿产股股长。1916 年 7 月，中国自主培养的第一批地质毕业生 18 人正式进入农商部地质调查局工作，成为引领中国近现代国家地质调查工作的先驱。同年 10 月，地质调查局改为地质调查所，丁文江任所长。该局（所）定额 39 人，实行独立核算，年经费预算 68000 元。

自此，中国地质调查事业拉开序幕，至今已是百年。

2013 年底，由中国科协、中国科学院、国家自然科学基金委员会等主办，中科院自然科学史所和中国科技史学会承办的《科技梦·中国梦——中国现代科学家主题展》在国家博物馆开幕，第一次代表中国科学界和科技史学界向大众公开明确：中国地质调查所是“中国第一个现代科学机构”。中国地质调查所是当时带头学科的领头机构。20 世纪 50 年代以前，中国地质调查所一直是中国地质界的领头羊，还是中国现代田野考古事业的开创者，在古生物和古人类创新研究方面也成果卓著。因此，黄汲清先生说：“中国官办的科学事业，最早的而且具有国际水平的，地质调查所无疑是独一无二的。”

北宋著名政治家、文学家王安石说，“世之奇伟、瑰怪、非常之观，常在于险远而人之所罕至焉，故非有志者不能至也。”现在，并非有志者不能至也，而是有“质”者必能至也。曾以为，南方的艳阳才是梦想的起航，可是最终背起行囊走向青藏，常驻万年冰川之上；曾以为，雪山是何等的冰冷凄凉，可最终发现，雪山是神奇的地方，圣洁的天堂；曾以为，青海没有湖，那里不是适合人类居住的地方，可是，去了青海后，再也不想离开；曾以为，川藏边境的山太陡，没兴趣征服，可最终扎根甘孜，走遍每一寸山路；曾以为，新疆戈壁太大，路程太远，可最终，走天山采雪莲，爱上了最美的新疆，世外桃源；曾以为，地质太苦太累，不愿意学，可最终，在藏区累到吐血，依然无怨无悔。正是有了中国地质调查局这群敬业的地质人，不断在中国山川湖泊大地上不断攻坚克难，用自己的双手和创新开拓了中国地质调查百年历史。

“欲发达国家实业，必先从事于地质调查。”中国地质调查机构成立之初，地质先辈们为解决民生问题，开展石油、煤炭、盐等实用矿产调查。新中国成立之初，百废待兴，在地质工作者的艰苦努力下，发现了大庆、胜利等油田，共和国建立煤炭基地、钢铁基地，为新中国建设、“两弹一星”成功发射提供了资源基础和工程基础。以 21 世纪以来的新一轮地质大调查实施为契机，中国地质调查局在理论和技术装备等领域积极创新，在青藏高原陆陆碰撞理论的指导下，发现了以驱龙铜矿为代表的一批重要矿床，并在油气、页岩气、地热调查和海域领域可燃冰调查中取得重大突破。

新中国的成立，开创了中国地质调查工作的新纪元，也为科技创新提供了广阔舞台。其后在全国范围内开展的 1：20 万区域地质调查工作，建立了区域地质调查理论和方法体系，带动了地质科学各学科的快速发展。而陆相生油理论、成矿模式、成矿系列理论、地质异常理论、地球系统科学等基础地质研究成果，又为地质工作更好地服务经济社会发展奠定了坚实的基础。大庆油田的发现，是在大陆地质研究取得新认识的基础上，突破传统的海相理论束缚，在新的陆相生油理论的战略指导下取得的；青藏高原地质和成矿理论研究，揭示了青藏高原区域成矿规律，指导发现了驱龙、甲玛等 7 个超大型和冲江、朱诺等 25 个大型矿床，确定了重要巨型金属成矿带。

人们常常以为地质工作就是拿着铁锹，挖煤抠土，给黄土拍照，给石头洗澡，拿着尺子量量距离画画图。可是真正接触地质行业后，理解了“燕山运动”、地质力学、地球化学填图和多旋回构造等一系列理论，并对陆相成油、岩溶地质、青藏高原地质理论、地球深部探测、天然气水合物调查、油气页岩气成藏等研究后，方晓这些伴随着我国地质工作者一路创新的研究成果已达到世界领先或先进水平。

钻探、地球物理、地球化学、遥感等技术创新在地质调查中的广泛应用，大大促进了地质调查工作精度、质量和能力的提高。如航空地球物理勘查系统和 2000 米地质岩心钻探关键技术装备的成功研制并投入找矿一线，促进了深部找矿突破；自主研发的多套深部探测仪器设备及首台万米科学钻机的应用，带动了深部探测相关学科和技术的发展。

创新永无止境，面对距离我们越来越近的强国梦想，中国地质调查局以“强国富民”为己任，不忘初心、继续前进，加快建设世界一流的创新型地质调查局，肩负起向地球深部进军的历史使命，努力为实现“两个一百年”目标和中华民族伟大复兴的中国梦作出新的更大贡献！积极服务国家能源资源安全保障，促进生态文明建设，防灾减灾，新型城镇化、工业化、农业现代化和重大工程建设，海洋强国建设，国防和军队建设，推进地质调查战略性结构调整，创建世界一流的新型地质调查机构，努力实现从地质大国走向地质强国。用科技创新引领地质调查，紧扣“全力支撑能源资源、矿产、水和其他战略资源安全保障，精心服务生态文明建设和自然资源管理中心工作”的定位，实施“科技兴局、人才强局、依法治局”三大战略，推进“十大计划”，向建设世界一流的新型地质调查机构的目标进发。

中国地质调查局紧盯世界科技前沿，跟上并赶超世界地质调查科技创新的步伐。确定正确的跟进和突破策略，面向国家重大需求，注重原创性、颠覆性理论创新，着力攻克关键核心技术，带动地质调查科技创新全面跃升。加强独创性设计，发展独有的“杀手锏”，确保不被实施技术突袭。对看准的，超前规划布局，加大投入力度，加速赶超步伐。中国地质调查局强调自主科技创新，绝不是要关起门来搞创新。而是要进一步深化地质调查科技的国际交流合作，充分利用全球创新资源，在更高起点上推进自主创新。比如积极参与国际科技合作计划，同时大力推动我国主导的化学地球、岩熔环境、深部探测、青藏高原等国际大科学计划，扩大科技计划对外开放合作。

在百年的风云变幻中，地质调查机构历经变迁，数代地质人开拓与创新之精神不移，传承与坚守之志向不变，与民族同呼吸，与时代共发展。中国地质调查百年历史，是地质人报效国家、服务人民的历史，是地质科技进步与创新的历史，是地质人才成长与进步的历史，是地质文化创造与传承的历史。

在钟自然担任中国地质调查局局长后，高度重视可燃冰能源研究、勘查和试采工程中的创新工作，对我国首次海域可燃冰试采做出重大部署。

“运筹帷幄之中，决胜千里之外。”中国南海神狐的火焰持续燃烧了60天，全面完成了试采任务，确定了我国在可燃冰领域领跑世界的地位，与中国地质调查局党组深谋远虑的三项决策密切相关：一是精心挑选有工程管理经验，对可燃冰有一定研究，懂管理、善协调的试采指挥部指挥长人选；二是在科学分析周密计算的前提下，将可燃冰试采产气量和试采时间大幅度调整；三是考虑到2017年可燃冰试采工作进入工程实施阶段，及时确定了承担可燃冰试采任务的主体承担单位。

第一项重大决策：任命叶建良为广州海洋地质调查局局长、可燃冰试采现场指挥部指挥长。在我们的采访中，无论是在南海神狐海域的可燃冰试采平台现场，还是在广州海洋地质调查局南岗基地、局机关，凡是和叶建良打过交道共过事的人，没有一个不对这位局长、指挥长称赞有加。

2016年3月22日，中国地质调查局将叶建良从所属的油气中心主任岗位上调任广州海洋地质调查局局长，并担任可燃冰试采现场指挥部指挥长。

到广州赴任后，可燃冰试采成为叶建良工作中须臾不可离开的部分，每天工作时间都在十七八个小时。现场指挥部组建伊始，在试采项目经费尚未落实的情况下，他迅速行动，抽调近50人投入试采攻关。可燃冰项目经费有限，很多选聘、招聘进入团队的专家都没有报酬，同时试采工作在国内又没有经验可借鉴，很多人提出了不同意见，他的压力特别大。庆幸的是中国地质调查局领导全力支持他的工作，关键节点，姜大明部长对可燃冰的试采团队给予了很大鼓励："科学有风险，失败了也可以总结经验，也是成果。"这更坚定了叶建良和同事们的信心。

2017年3月28日，水合物试采正式开钻。平台现场工作人员实行两班倒，为了不断优化施工方案，每晚8点全员集中，讨论各个关键节点，指挥长带着大家一遍又一遍推演论证，一直持续到半夜，每天工作时间超过十六七个小时。

谈及可燃冰试采成功的体会，这位53岁的指挥长谦虚地说："我们的工作离党中央、国务院要求的可燃冰产业化还有很长的路要走。搞地质工作只要人去努力，老天也会帮忙。我只是完成了组织交给的一项任务。"

在可燃冰试采技术上，他带领团队一步一步摸索着干。他说："如果这次可燃冰试采不成功，将成为我一生最大的遗憾，所以我只能用尽'洪荒之力'，把所有招数都使了，坚定不移地把可燃冰试采工作推向前走。"

他不断给自己鼓气，"试采工作只能成功，不许失败！"按照原计划，我国可燃冰试采时间原定在2017年10月进行，但他经过对南海台风、洋流形成的特点等分析后，认为在10月至次年3月中旬，南海海域为东北季风时期，冷空气入侵频繁；3月中旬至5月中旬，南海海域风向多变；5月中旬至9月中旬，为西南季风时期，多吹西南风，温度高、湿度大，北部沿海多雷暴和暴雨，台风影响频繁。为此，他们不断查阅相关资料，并向气象部门专家请教，反复斟酌、分析后，向中国地质调查局党组建议，将可燃冰试采工作提前至3月下旬开钻。

第二项重大决策：解放思想、大胆创新，调整出气产量和延长产气时间。

中国地质调查局副局长、可燃冰试采协调领导小组副组长李金发认为，可燃冰试采工作是一项前无古人的事业，如果没有解放思想，没有创新，这次试采就不会取得产气量最大、产气时间最长的突破性成果。自2014年以来，中国地质调查局先后60余次召开会议部署可燃冰勘查试采工作，他自己也20余次到一线调研指导，试采工程实施期间，3次到平台推进工作。

3月28日，钟自然和汪东进到试采平台宣布可燃冰试采正式开钻，李金发和王铁军提前赶到现场，召开开钻前的现场技术交流会。当了解到理论上一天的采产量最多只有5000立方米，根本达不到1万立方米的目标时，李金发在平台现场坚定地说："这个出气量肯定不行！"

他要求大家解放思想、集思广益、大胆创新，把储层改造作为重点，提高可燃冰产气量。在中石油专家配合下，试采团队对储层改造进行了大胆创新改造。

事实证明，这个创新举措取得了突破性的进展。5 月 18 日，可燃冰连续试采 8 天，我国向世界庄严宣布，南海可燃冰试采平均每天出气量达到了 1.6 万立方米，创造了世界纪录！

自南海神狐海域可燃冰试采开钻以来，姜大明部长一直惦记着参加可燃冰试采工作的科技工作者。从 5 月 10 日点火到试采成功的日子里，他每天上午、下午两次听取试采工作进展情况汇报。5 月 18 日，姜大明专程到南海神狐海域的试采工作平台，参加试采现场会，宣布我国海域天然气水合物试采成功并对广州海洋地质调查局进行了调研，亲切慰问全体试采参研参试工作人员，而后赶往本次试采项目承担单位——中国地质调查局广州海洋地质调查局进行调研。

回想起当时在平台现场的场景，李金发坦言压力非常大，晚上常常睡不着觉。毕竟在可燃冰领域，相对于国外一些发达国家，中国调查研究起步相对较晚，甚至连一些从事可燃冰研究的专家也从来没见过可燃冰样品，缺乏渗透率划分标准，没有技术规范，做出来的数据也无法进行对比。总之，一切都是从最基础开始。

5 月 17 日，在我国首次海域可燃冰试采火焰点燃的第七天，李金发又一次来到试采平台，落实筹备第二天现场会议的各项准备工作。

这是一个不眠之夜。天气预报说第二天有雨，于是确定了两套方案并做了最坏的打算。李金发在平台可燃冰试采现场指挥部盯着仪器上的流量、气量、温度变化。夜里两点他强迫自己去休息，躺在床上听着舱外的雨点声却难以入眠，三点他又起身来到指挥部监控平台，一直坐到天亮。第二天早晨八点，太阳从海平面的雾气里升起，天竟然放晴了，他情不自禁地喊出一句："真是天助我也。"

第三项重大决策：确定广州海洋地质调查局为承担可燃冰试采项目的主体单位。

中国地质调查局为“可燃冰试采日产一万立方米、持续一周”的目标连续召开了四次领导小组会，提出了勘查、技术、工程、环境“四轮驱动”的协调运行系统。同步推进试采目标井位优选、试开采技术研发、试开采平台装备工艺、试采安全与环境监测评估四项核心准备工作。青岛海洋地质研究所作为技术支持与提供试采平台服务的中石油下属单位中国石油集团海洋工程有限公司，一同成为广州海洋地质调查局实施可燃冰试采工程的左膀右臂。

中国地质调查局选择广州海洋地质调查局为主体承担单位是经过深思熟虑有其充分理由的。建局50多年来，广州海洋地质调查局实现了“踏遍中国海、挺进太平洋、登上南极洲”的宏伟目标，获得了近百项国家、省部级地质勘查和科研成果奖，被誉为“中国海洋地质调查劲旅”。

在海域可燃冰资源勘查方面，广州海洋地质调查局综合利用地球物理和地球化学等多种调查技术手段，分层次开展了南海北部海域可燃冰资源调查。自1999年以来，累计投入经费数十亿元，动用17艘调查船，累计实施75个航次，并先后4次实施了可燃冰钻探，圈定了6个可燃冰成矿远景区，19个成矿区带，24个钻探目标区。这样一支队伍具有丰富的海洋工程实践经验，由他们承担我国首次海域可燃冰试采的艰巨任务，成功的概率无疑是最大的。

为贯彻落实部、局关于推进可燃冰试采工作的部署要求，确保可燃冰试采工程统筹协调、整体推进。2016年5月6日，广州海洋地质调查局成立可燃冰试采现场指挥部办公室，具体推进试采相关工作。由邱海峻任主任，谢文卫、陆敬安、雷勇、秦绪文任副主任，分别负责工程、地质、财务等相关工作。成立之初，指挥部办公室下设地质、工程、综合三个工作小组，科技人员以广州海洋地质调查局为主，包括中国地质调查局所属的近10家单位专业技术人员。随着工作的推进，分工逐渐明确、细化，又新增了模拟、测试两个组。其中，地质组负责精细地质资料服务、综合处理和风险预测；工程组承担整体工程实施跟踪与技术支持；模拟组负责全程开展储层演变动态模拟与预判；测试组负责实时测试气体组分等，开展数据分析；综合组负责统筹协调、资料综合、进展情况上报及后勤业务保障。

在这关键的一年里，这个可燃冰团队积极团结协作，锁定了试采目标，完成了试采井位优选论证，开展了试采工程调查与地质设计，制定了详细的可燃冰试采实施方案，有序开展了钻采设备、材料等各项准备工作，为试采工作奠定了坚实基础。

坐落于广州，面向大海的广州海洋地质调查局，如一艘正在远航的大船，在波涛汹涌的大海上迎风斩浪，战胜各种艰难险阻，坚定地向蕴藏着丰富宝藏可燃冰的深海中驶去，他们在大海上，为中国的海洋地质事业，怀揣着可燃冰梦想，不断攀登世界高峰，为祖国的能源事业默默地奉献着。

## 二　通力合作

人类社会的发展从农业小作坊到了现代工业，典型的特征就是分工越来越细，合作意识也越来越强。人类第一次登上月球时，就是 400 多万人、1200 多名专家、工程师和两万多家工厂、120 所大学共同合作的结果。随着科技的不断发展，如今大到制造一架飞机，小到生产一颗螺丝钉，都无法由一个人、一个公司、一个工序完成。对于可燃冰试采工程来说，没有合作就不会取得试采成功，没有合作就谈不上未来可燃冰能源的产业化。

可燃冰勘查与试采对理论和技术要求都极高，人力、物力和投资巨大。试采成功，既发挥了社会主义可以集中力量办大事的政治优势，也是参研参试单位积极实施创新驱动发展战略的成果。

自开展水合物系统调查研究以来，先后实施两个国家专项，国家多个部委提供政策、资金等强力支持，原国土资源部、中国地质调查局举全系统之力，整合形成了集地质调查、科研、装备研发和油气开发单位紧密配合、集中攻关的模式，从而使我国在较短时间内，完成了可燃冰试采理论、预测、调查评价到勘查试采全流程理论和方法技术体系的建立。

研究勘查试采前后近 20 年，广州海洋地质调查局作为主要承担单位，在系统内还联合了中国地质调查局系统内的青岛海洋地质研究所、勘探技术所、油气调查中心、水环中心、探矿工程所和测试中心等单位，在系统外与中国科学院、高等院校、石油企业等各方优势力量协作攻关，并积极展开国际合作，以学习、开放的姿态，培养了一大批水合物专业技术人才，实现了从跟跑到领跑的跨越。仅试采工程的组织实施，就包括了 3 大模块、16 项任务、32 项工作、2400 多个环节，从地质设计、工程方案、平台选型到长线采购、人员磨合、战前桌面推演，广州海洋地质调查局作为整个试采工程承担单位，联合聚集了国内外 50 多家参研参试单位 800 余人，密切协作、奋力拼搏，确保各项工作有序推进。试采成功，创造了全体参研参试单位参研人员同甘共苦、合作共赢的典范。

为了助力我国可燃冰试采工程，中石油海洋工程公司组建了一支技术攻关团队，主力大多是 80 后、85 后的石油院校毕业的大学生，平均年龄 32 岁。这次我国可燃冰试采中很多技术攻关都是由这些 30 多岁的年轻人参与完成的。

“防砂技术是可燃冰试采中的关键核心技术，日本此前两次海上试采都败在这一环节。”海洋工程公司总经理助理、前指副指挥马庆坤说，“令人苦恼的是，防砂非常矛盾，既要防止泥沙堵住井筒，又不能全部防死，否则赋存在可燃冰里的天然气就采不出来。”挑战可燃冰这一世界级难题，一群毛头小伙能否胜任？海洋工程公司让年轻人大胆地练、铆劲儿地闯，锐意创新，把不可能变成可能，一批深水石油人在实战中历练、成长。由年轻人组成的技术团队全力攻关，在无数次求解中寻找到“最优”路径，海洋工程公司科研人员与国内著名公司思达斯易（STARSE）共同研发了独有的粉砂质可燃冰储层试采防砂筛管应用技术。他们还转换传统的热力学思维，独辟蹊径，自主研发了可燃冰钻井动力学处理剂，为验证效果，连续做了 500 多组试验，测量性能试验做了 168 天，终于获得成功。

中国石油集团董事长王宜林说可燃冰试采成功，标志着中国石油在深海钻井领域迈出坚实的步伐。在“一带一路”倡议的实施中，中国石油将更好地参与全球“蓝色经济”建设，更加注重科技创新、开放合作、互利共赢。正如王宜林所讲，在“科技创新、开放合作、互利共赢”驱动下，这支内外合作的试采团队创新制定了科学的技术路线和详细的试采工程实施方案，优化形成了四种防砂方案和两种人工举升方式，在全球最先进的第七代半潜式钻井平台上，连续奋战 18 个月，终于助力实现我国海域可燃冰的试采成功。

作为可燃冰试采的承担单位，广州海洋地质调查局坚持以目标为导向，全面统筹协调、组织推进试采各项工作；青岛海洋地质研究所充分发挥可燃冰基础研究优势，顺利完成试采前期地质设计；北京大学作为技术支撑团队，开展可燃冰基础物性和产能模拟研究，为决策提供参考依据；中石油海洋工程公司作为试采工程总承包方，科学编制工程设计，高效完成现场施工；优选全球最先进的第七代半潜式钻井平台——“蓝鲸Ⅰ号”——作为施工平台，为试采连续安全作业提供了坚强保障。

用邱海峻的话说，“任何一个专家都是不可或缺的，众志成城最终实现了可燃冰试采成功。”它的成功再次证明，攻克重大资源环境问题和地球系统科学问题，不能单打独斗，必须依靠跨部门和跨单位协同攻关、多专业和多技术联合发力，优势互补，信息共享。

可燃冰试采平台上不仅仅有中国的科技人员，也有很多国外的施工技术人员，他们每个人都在自己岗位上做好本职工作，每一道工序的完成都为下一道工序奠定了基础，只有大家通力合作才能顺利实施可燃冰试采的整个工程。从他们每天忙碌的身影中，从他们应对每一次困难的争论和行动中，我们看到了一个团队精诚合作的力量。

## 三　锁定目标

烟波浩渺的大海里，即使是一艘万吨巨轮也如同一片树叶一般渺小。在那广阔无垠，碧蓝如洗的大海中寻找一个脸盆一样大小的地方，其难度是可想而知的。叶建良走马上任后首先面临的就是可燃冰试采的一系列世界性难题——还没有一个国家拥有成熟的开采水合物的技术方法和工程装备，中国的水合物试采工作同时还面临井位选取、海况复杂、海水深、地层软、储层差等五大难题。

而可燃冰试采工程的选址就如在茫茫大海中捞针，准确地找到可燃冰赋存的钻井位置，这可是一项慎之又慎的精密工作。如果选得不好，或者选的位置偏了，即使工艺再先进，技术再发达，也是竹篮打水一场空，也无济于事，而且前期的工作和投入以及钻探实施的成果还会引起外界质疑。而所有的这些困难和重大的责任就坚实地落在了广州海洋地质调查局，落在了可燃冰试采团队的肩上。

在实施我国首次海域可燃冰试采之前，广州海洋地质调查局对南海北部神狐海域的可燃冰调查研究已经有近 20 年的历史。在深入研究的基础上，分别于 2007 年、2013 年、2015 年和 2016 年在神狐海域实施了 4 个可燃冰钻探航次，获得了大量的测井、岩心以及分析测试的数据。科学家们通过对这些数据的认真分析和综合评价，在神狐海域共圈定出 11 个可燃冰矿体，矿体总面积达 84 平方公里，预测储量超千亿立方米。这些前期工作和海量的数据资料，为可燃冰试采目标的最终确定打下了坚实的基础。

在 11 个可燃冰矿体中，2015 年可燃冰钻探航次进一步锁定了两个矿体，均具有可燃冰饱和度高、储层厚、分布面积广、储层质量好的特点。但是，如何缩小目标，优中选优，拿出最佳井位？通过比对分析发现，矿体 A 的可燃冰层厚度相对较薄，但储层的沉积物粒度粗，储层质量相对较好；矿体 B

的可燃冰层厚度厚，但是储层的沉积物粒度稍细，储层质量相对稍差。两个矿体各有优势，哪一个能作为试采首选目标井位？这个难题摆在了可燃冰试采现场指挥部全体成员面前。

为了更好地研究两个可燃冰矿体成矿过程以及在未来试采过程中可燃冰分解行为的差异性，试采指挥部成员群策群力、献智献策，通过多轮研究与讨论，最后形成了三条主要思路。第一，精细处理，夯实基础。针对两个矿体，利用最新技术重新开展地球物理数据精细处理，获取高分辨率的可燃冰矿体成像数据，从而更好地进行沉积学、构造学解释，以了解两个可燃冰矿体的控矿因素及其成矿过程。第二，采用多方法、多手段精细刻画储层。进行更为精细的测井计算解释工作，针对常规测井解释对深海浅层沉积物的响应存在多解性的缺点，着重开展更多的岩心测试分析，并利用获得的数据校正测井计算及解释的结果，提高各储层参数的预测精度。第三，以出气目标为导向，精心开展模拟实验。针对两个矿体的可燃冰在试采过程中的分解行为，进行大量数值模拟研究，尽可能多地考虑各种复杂情况，并开展各储层参数的敏感性分析，进而评价两个矿体在试采过程中的产能、温度场、压力场、流场的变化及趋势。

科学的工作思路确定之后，后续的研究工作就紧锣密鼓地展开了。在可燃冰试采现场指挥部的组织下，广州海洋地质调查局的科研人员迅速投入研究工作中，并联合全国高校及科研院所中最顶尖的可燃冰研究专家进行联合攻关。其中，地质组主要负责地球物理资料处理，沉积、构造精细解释，测井资料的校正与计算；测试组主要负责岩心样品的分析测试；模拟组联合北京大学、中国地质大学（武汉）主要负责数值模拟工作。

科学的技术路线加上辛勤的付出，使选择目标越来越清晰。

通过以上科研项目的联合攻关，收获了一批新成果和新认识：一方面，在矿体 B 发现了一条隐伏的控矿断层。该断层在常规的地球物理资料上很难识别，但在最新处理的资料上有很好的显示，正是该断层的活动控制了整个矿体的形成与分布。这条断层的发现基本上摸清了矿体 B 的可燃冰成矿过程。另一方面，通过岩心测试的校正，得到了比较精确的储层参数，并根据这些储层参数开展了矿体精细评价。最后，通过数值模拟发现，矿体 B 的产能明显要比其他矿体高，单位压降下生产的天然气更多，可燃冰降压生产的效果更好。根据以上这些翔实的科研成果，可燃冰试采现场指挥部决定将我国首次海域可燃冰试采井位选择在矿体 B。

最终，首次试采工程获得成功，各项地质目标均顺利完成，试采结果充分证实了这次钻探井位选择是科学、准确的。否则，我们就不会看到南海神狐海面上那跃动了 60 天的熊熊燃烧的火焰。

# 第七章　神狐呼唤

在我国渤海、黄海、东海、南海四大海域中，仅我国临海总面积约 210 万平方公里，平均海水深达 1212 米。南海海域，夏季天气晴朗的时候，我们看到的海水是那么蔚蓝，这种蔚蓝让人感到翡翠的颜色太浅，蓝宝石的颜色又太深。从神狐海域伫立在海上平台向四周望去，一切都是蓝色的，水是蓝的，天也是蓝的，水天相接的地方重合成了一条线，海水犹如被一台永不休止的动力机源源不断地向前推进，形成了一个接一个的浪头。就是在这碧波荡漾，充满神秘的海底下面蕴藏着巨大的能源宝藏。

## 一　整装待发

一部机器的正常运转，需要各个零部件发挥应有的作用，而要让每个零部件都正常发挥作用，就需要一个协调系统。而在一个重大工程实施中，同样需要一个强有力的组织系统保证工程按照既定目标有条不紊地进行。但凡取得重大成就的工程，我们都能看到组织协调系统的力量。尤其对涉及工序多，参加单位多，需要密切合作的重大工程，更需要一个严密的组织系统作为有力保障。

为实施可燃冰试采工程，2016 年 6 月 25 日，“中国地质调查局天然气水合物工程技术中心”正式成立。业内人士对此评价，该中心的成立是我国天然气水合物勘查开发工作的一个标志性事件，它标志着我国天然气水合物勘查开发事业从此迈上了一个新的台阶，开启了一个新的历史征程。

2016 年 12 月 27 日，中国地质调查局成立天然气水合物试采协调领导小组，国土资源部党组成员、中国地质调查局局长钟自然和中国石油集团副总经理汪东进任组长，中国地质调查局副局长李金发、国土资源部勘查司司长王昆、中国石油集团总经理助理王铁军、中石油海洋工程公司总经理刘圣志任副组长，领导小组全面协调组织试采工程开展。

为进一步推进可燃冰试采工作，中国地质调查局和中海油已经联合在广州海洋地质调查局组建成立了可燃冰试采现场指挥部，叶建良任指挥长，青岛海洋地质研究所所长吴能友和中石油海洋工程有限公司副总经理彭飞任副指挥长，并由中国地质调查局、北京大学、中石油集团等相关单位人员组成一个精干的试采团队。

试采团队创新研发了试采关键技术和装备体系，锁定全球最先进的超深水双钻塔半潜式钻井作业平台，完成了试采工程实施方案和长线物质相关服务准备，强力推进试采前各项工作的开展。

至此，我国首次海域可燃冰试采工程正式启动。在这关键的一年里，试采现场指挥部锁定试采目标，完成了试采井位优选论证，开展了试采工程调查与地质设计，制定了详细的可燃冰试采实施方案，有序开展了钻采设备、材料等各项准备工作。

试采协调领导小组及现场指挥部的建立，试采工程的启动，汇聚了国内可燃冰研究及工程实施的精兵强将和设备的组合。协调领导小组和指挥部作为可燃冰试采工程的掌舵者，尤其是在没有其他经验借鉴的情况下，协调领导小组、指挥部的每一次决策都事关我国首次海域可燃冰试采工程的成败。

在试采期间，无论是遇到台风攻击，还是电潜泵的损坏等一个又一个困难，协调领导小组、指挥部都能做到临危不乱，果断采取应对措施，有惊无险地破解一个又一个难关。

实施可燃冰试采工程犹如驾驶大海中的巨轮，可燃冰试采现场指挥部就是操作这艘巨轮的中枢，平稳地驾驶着这艘巨轮迎着冉冉升起的朝阳，驶向大海深处。而浩瀚无垠又神秘安静的南海神狐正展开她那宽广的胸怀迎接着这艘巨轮的到来。

## 二　集结神狐

“凡事预则立，不预则废”，对于可燃冰试采这一重大的远离陆地在深海实施的国家工程，前期准备工作十分关键，如果前期准备工作做得不充分，后期做得再好也可能功亏一篑。在开展大量的勘查研究和钻探工作的基础上，经过反复详细论证，我国可燃冰领域专家们把目光锁定在中国南海的神狐海域，从而拉开了可燃冰试采工程的序幕。

我国首次海域可燃冰试采为何要选在神狐海域？可燃冰试采现场指挥部办公室副主任、地质组组长、“海域天然气水合物资源试采工程实施”项目负责人陆敬安博士为我们揭开了这一神秘的面纱。海域可燃冰试采地点的选择，要求试采的可燃冰矿体具有调查研究程度深入、地理位置便于补给、有一定矿体规模、矿体丰度高等特征，鉴于上述考虑，陆敬安认为选择神狐海域开展试采主要有四大因素：

其一，神狐海域调查与研究程度较其他海域更深入，对可燃冰矿体分布特征了解相对透彻。自 2001 年以来，连续通过两个国家专项的支撑，广州海洋地质调查局重点在南海北部陆坡的东沙海域、神狐海域、西沙海域以及琼东南海域开展可燃冰资源概查、普查与详查，综合利用二维高分辨地震、海底地质取样以及地球化学调查等手段圈出一批有利远景区、有利成矿区带及有利成矿区块，并提出一批钻探井位，从面上发现了可燃冰存在的似海底反射异常（BSR）、振幅空白、速度异常等间接特征，并参考海底地质样品的矿物、孔隙水氯离子浓度、气体成分以及元素测试分析，推测出南海北部陆坡拥有巨大的可燃冰资源潜力。

随着对可燃冰调查与研究的不断加深，专家们普遍认为神狐海域的可燃冰有利成矿区块多、面积大，可燃冰成矿有利区得到进一步聚焦，钻探目标更加明确，于是钻探取样工作提上日程。

其二，摸清了可燃冰矿体的空间展布。

2006 年，广州海洋地质调查局应用自主研发的单源单缆高分辨多道地震技术，首次在神狐海域实施调查作业，经过高质量数据成像处理，清晰地刻画了可燃冰矿体分布，基于成像数据体，选取了钻探井位。

2007 年针对这些井位实施了钻探并进行取样，首次获得了含可燃冰的沉积物样品，直接证实了南海北部陆坡可燃冰的存在，实现了可燃冰勘查的重大历史性突破；同时，综合地震、测井及样品分析数据，评价本次钻探区 22 平方公里的范围内含有 194 亿立方米的可燃冰资源量。该项成果的取得，有力促进了对神狐海域的三维地质调查。2008 年、2009 年先后在 2007 年开展工作的工区东侧又部署了三维调查工区。

其三，在 2008 年及 2009 年神狐海域三维地震资料的基础上，部署 2015 年和 2016 年可燃冰钻探井位。

2015 年，在上述三维调查区内钻探了 19 个站位，这些站位全部显示有可燃冰的存在，并在其中的四个站位实施了取芯钻探，明确了两个适合于可燃冰试采的矿体。正是这两个矿体成为本次试采的目标，评价其资源量近 400 亿立方米，并据此提出了试采井位的建议。

试采井位在储层厚度、可燃冰饱和度以及埋藏深度等方面在当前条件下较有利于试采作业的实施。为了配合试采前的准备，2016年的可燃冰钻探又针对试采井位进行钻探测井与取芯，储层的孔隙度、饱和度及渗透率等参数得到进一步落实，为试采工程详细方案的制定打下了坚实基础。

其四，神狐海域试采区与陆地补给基地距离适中，距珠海九洲直升机场及深圳物资补给码头均为300多公里，便于人员更换及生产物资的补给。

当可燃冰试采地点选定为南海神狐海域后，在协调领导小组的统一部署协调下，我国可燃冰试采工程，聚合了全国的优质资源，很快，这些包括科技人员、装备设备等优质资源从全国各地纷纷向南海神狐海域集结。

3月6日，由中集集团来福士公司自主研究设计建造的“蓝鲸Ⅰ号”平台从烟台顺利启航奔赴中国南海，广州海洋地质调查局的队伍也集结到位，迎候平台的到来。

为了保证可燃冰工程的实施，提高工程效率，3月8日，可燃冰试采现场指挥部办公室从广州移师深圳。3月14日，“蓝鲸Ⅰ号”顺利到达南海神狐海域。中国地质调查局所属探矿所、青岛海洋地质研究所，北京大学和外聘的所有参与我国首次海域可燃冰试采项目单位相关专家和工程师们，陆续从各地向中国南海神狐海域集结，位于珠海的南航九州直升机基地也开始繁忙起来。

3月22日，可燃冰试采现场指挥部办公室从深圳正式迁移到“蓝鲸Ⅰ号”平台上，开启了为期四个多月的可燃冰试采工作。那一阵子，广州海洋地质调查局显得格外繁忙，所有参研参试人员的调配启程都要经过他们统筹安排，一些物资装备和办公用品从珠海的珠江口岸通过后勤保障船舶源源不断地运往神狐海域。

为了我国首次海域可燃冰试采工程的实施，全国各地犹如众星捧月，各参研参试单位把最优秀的专业人员推荐到试采一线。不仅仅是中国，很多国外的技术工匠也向中国南海神狐海域奔赴，他们要在这里竖起高高的试采平台，他们要在这里度过数十个日日夜夜，他们要把中国可燃冰能源从室内的“纸上谈兵”“管中窥豹”，变成碧蓝大海中的耀眼火焰，燃起世界清洁能源新的希望，他们要在这里创造可燃冰试开采的世界纪录。

## 三　高瞻远瞩

郑观应在《盛世危言·防边》上说：“善料敌者，亦必于事机之未露，兵衅之未开，高瞻远瞩，密访详稽，于彼国之一举一动，无不瞭然于心。”站得高，才能看得远，站得高才能有宽广的视野以观察事物的发展，才不会拘泥于一时一地。也唯有站在高处审时度势，才能更好地把握方向，抢抓时机，顺势而为。我国首次海域可燃冰试采工程之所以能够取得成功，让世界对我国科技水平和工业生产能力刮目相看，就是因为有了党和国家的重视和高瞻远瞩的战略部署，从而使试采目标得以实现。

2014 年 6 月，习近平总书记在第六次中央财经领导小组会议上要求推进天然气水合物工作。同年 11 月，国务院发布《能源发展战略行动计划（2014 至 2020 年）》，明确要求“积极推进天然气水合物资源勘查与评价。加大天然气水合物勘查开发技术攻关力度，培育具有自主知识产权的核心技术，积极推进试采工程”。2016 年 3 月，《国民经济和社会发展第十三个五年规划纲要》提出，要建设现代能源体系，推动能源结构优化升级，将“推进天然气水合物资源勘查与商业试采”列入能源发展重大工程。

我国政府高度重视可燃冰资源勘查与开发，通过实施一系列国家计划项目，开展了海陆域可燃冰勘查与试采工作，积累了海量的调查数据，初步形成了海陆域勘查技术方法体系，不断丰富和完善了海陆域可燃冰成藏地质理论。尤其是在南海北部陆坡先后实施了多次钻探取样，获得了多类型可燃冰岩心样品，不断实现可燃冰找矿工作新突破。

在国家有关部委的推动下，我国可燃冰勘查、研究、开发工作走上了快车道。2017 年 6 月 2 日，国土资源部在北京举行我国南海神狐海域天然气水合物试采成功新闻发布会。

叶建良在新闻发布会上回答记者提问时说，首次试采面临三大难点。一是无经验可循。2002 年加拿大在陆域和 2013 年、2017 年日本在海域开展的天然气水合物试采的地质条件与我国差异极大，不能照搬，无成熟经验可循。二是储层开采难度最大。日本、美国、加拿大、韩国、印度瞄准的天然气水合物试采均为砂质类型，该类型资源占世界资源量的 5% 左右，其孔隙条件、稳定条件均较好，开采难度是所有类型中最低的。而我国试采的可燃冰为泥质粉砂型，储层资源量在世界上占比超过 90%，是我国主要的储集类型，具有特低孔隙度、特低渗透率等特点，同时深水区浅部地层松软易垮塌，易发生井漏，钻探风险极高，开采难度最大。三是没有专用设备和材料。常规海洋油气勘查开发装备材料无法直接用于可燃冰试采，针对这一实际情况，我们自主研发了可燃冰专用的装备、管材和特殊材料。

叶建良介绍，我国在无成熟经验，储层开采难度大，且没有专用设备和材料等不利条件下，可燃冰试采团队通过解放思想，攻坚克难，实现了防砂技术、储层改造技术、钻完井技术、勘查技术、测试与模拟实验技术，以及环境监测技术等六大技术体系、20 项关键技术的自主创新。

我国首次海域可燃冰试采成功，实现了资源量占全球可燃冰赋存总量 90% 以上、开发难度最大的泥质粉砂型可燃冰的安全可控开采，为可燃冰商业性开发利用提供了技术储备，积累了宝贵经验，这一成就一举打破了我国在能源勘查开发领域长期“跟跑”的局面，对保障国家能源安全、推动绿色发展、建设海洋强国具有重要而深远的意义。

2017 年 10 月，中国地质调查局在北京举办可燃冰试采团队先进事迹报告会。试采团队的先进事迹，向我们生动展现了地质科技工作者的精神风貌，他们继承和发扬以艰苦奋斗为荣，以献身地质事业为荣，以找矿立功为荣的“三光荣”传统，树本砺新、守正创新，努力构筑地质行业精神高地。他们深入践行新时代地质工作者核心价值观，将责任、创新、合作、奉献、清廉贯穿于可燃冰试采工作实践的各个方面，他们牢牢把握深学、细照、笃行，把追求个人价值融入实现国家重大战略需求的历史使命中去，把青春智慧奉献到祖国最需要的地方，这种崇高境界令人钦佩敬仰。

可燃冰试采团队是一支特别能吃苦、特别能战斗、特别能奉献的队伍。他们与时间赛跑、与困难抗衡，全年加班加点，周末节假日无休，夜以继日，争分夺秒，每天工作12小时甚至更多。他们勇攀科技高峰，主动担当突击队，做事业发展的拓荒人，不断推动中国地质调查事业实现新的跨越，这种品格令人动容。

2017年6月10日，李金发在“蓝鲸Ⅰ号”试采平台调研时说，这次试采成功，是可燃冰团队发扬新时代地质工作者核心价值观，群策群力，团结一致，夜以继日连续奋战的结果。

时隔多月，李金发面对我们的采访依然抑制不住内心的兴奋。“那些天，夜不能寐，我国能源领域不管是页岩气还是常规油气，一直在世界上处于跟跑阶段，这一次可燃冰的试开采成功，意味着我国抢占了领跑的技术高地，实现我国在可燃冰试采领域的领跑。它将会是继美国引领页岩气革命之后，由我国引领的天然气水合物革命，将会推动整个世界能源利用格局的改变。”

2017年7月22日，为加快推进部、省、企创新合作，共同推进可燃冰产业化进程，时任国土资源部党组书记孙绍骋在广州海洋地质调查局进行调研，并专程前往广州海洋地质调查局水合物科技创新基地、南岗科研基地、海洋地质专用码头、“海洋四号”调查船等进行实地考察。

孙绍骋在考察海洋地质岩心库建设时，观看了可燃冰释放分解及燃烧试验，并饶有兴趣地试燃了从南海采获的可燃冰实物样品。孙绍骋对广州海洋地质调查局长期以来在国家基础性、公益性海洋地质调查、战略性矿产资源调查及综合研究等方面作出的突出贡献给予了充分肯定。高度评价了作为可燃冰试采工程的承担单位，广州海洋地质调查局坚定不移地执行了部、局党组决策，发挥了骨干作用，功不可没。他说，挺进深海是历史发展的必然，是实施海洋强国战略和“一带一路”倡议的迫切需求，也是时代赋予我们的重要使命。要面向国家重大需求，瞄准世界科技前沿，用科技创新和制度创新推进海洋地质调查工作改革发展。

国家实施海洋强国战略，国土资源部实施“三深一土”科技创新战略。国土资源部、中国地质调查局大力支持和充分发挥广州海洋地质调查局在人才、队伍、装备、海洋地质研究方面的综合优势。可以说，我国海洋地质工作正面临前所未有的重大发展机遇。

2017 年 12 月，新建造的“海洋地质十号”综合调查船顺利下水入列。“海洋地质十号”的建造是海保配套装备项目的重要内容，它的成功建造填补了我国小吨位大深度海洋地质钻探船的空白，丰富了我国海洋地质调查技术体系，提升了我国重点海域可燃冰勘查能力，助力我国海域可燃冰产业化进程。

2017 年 12 月，新建造的“海洋地质八号”正式入列。2018 年 7 月 11 日首次开赴珠江口附近海域开展新技术新设备海试，实施海上地震试验。“海洋地质八号”是我国自主设计制造的具有三维地震测量功能的全新一代综合物探调查船，对于可燃冰及海底矿产资源的前期调查研究，将起到指引支撑的作用。

可燃冰能源的开发利用事关中国未来能源格局和能源产业布局，正是有了国家的重视和我国海洋强国战略的实施，才推动了我国首次海域可燃冰试采工程的启动。我国首次可燃冰试采成功，是我国科技创新的重大突破，它就像一座竖立在那充满神秘色彩的南海海域上的丰碑。我们相信，在国家的强力推动下，我国可燃冰能源的勘查开发工作将会不断攀上新的高峰。

正如钟自然在天然气水合物试采启动仪式暨试采协调领导小组第三次会议上所说，天然气水合物试采是保障国家能源安全、优化能源结构的战略举措，是地质人报效国家的里程碑；是建设海洋强国和科技强国、实施“三深一土”国土资源科技创新战略的关键步骤，是检验前期科技创新成果的“试金石”；是抢占世界科技前沿阵地、加快建设世界一流的新型地质调查局的“压舱石”。

# 第八章　领跑世界

攀登海拔 8844.13 米的世界第一高峰——珠穆朗玛峰，是很多人的梦想。珠穆朗玛峰不仅有美丽的雪山，碧蓝的天空，有冰川上的千姿百态、瑰丽罕见的冰塔林，还有高达数十米的冰陡崖和冰裂隙以及狂风暴雨和险象环生的冰崩雪崩区。可以说从海拔 5200 米的珠峰大本营向珠峰峰顶攀登的过程中，会遇到数不清的艰难险阻，挑战着人的生命和能力极限。正因为有这么多的艰难险阻，所以能登上顶峰的人并不多。

同样，中国科技工作者历经千难险阻战胜重重困难，终于在南海让冰与火相融，喷涌出璀璨夺目火焰，并创造了产气时间最长，产气总量最大的世界纪录，我们的科技工作者为自己能让中国科技之花在全世界大放异彩而感到无比的骄傲和自豪。

## 一　点火成功

晴朗的夜晚，当人们看见流星从黑夜的天幕中划过，心中顿时会充满惊喜。黑夜里长途跋涉的人们，看见远处的灯火，会不由自主地加快步伐。当可燃冰在碧蓝的大海上被点燃，那动人夺目的火焰在燃烧时，所有在场人员的激情也同时被点燃。而这一切都要先从可燃冰试采工程启动时说起。

2016 年 7 月，可燃冰试采的各项准备工作全面启动。为了保证可燃冰工程的顺利实施，同时提高工程效率，2017 年 3 月 22 日，试采指挥部办公室从深圳陆地移到了大海上的“蓝鲸 I 号”平台上。原计划在 2018 年进行可燃冰试采的日本将时间提前到了 2017 年。日本从 2017 年 5 月 4 日开始试采，到 5 月 15 日，因出砂堵住了出气管而被迫终止，12 天产气 3.5 万立方米，日平均出气量 3000 立方米左右。而中国是 2017 年 5 月 10 日开始试采，同一时间段，两个国家同时在海域开展可燃冰试采，两国的政治家、科学家在攀登世界可燃冰领域科技高峰的征途上你追我赶较上劲了呢！所以我国首次海域可燃冰试采不仅仅是要点火出气，更重要的是出气量要更大，出气时间要更长，以更多的收集科学数据，验证科技创新理论和工程技术装备的运用，为后续工作的开展积累经验，让中国科学家的创举彪炳史册。

2017 年 3 月 28 日，经过 6 年的筹备，中国地质调查局“五大科技攻坚战”的头号工程——天然气水合物试采第一口井在我国南海神狐海域正式开钻。

2017 年 5 月 10 日，期盼已久而又令现场所有人紧张的时刻来临，成与败在此一举。

上午 9 点 20 分，在完成钻完井、储层改造及井下设备安装作业后，试采井正式开始启泵降压，气路管线压力开始下降。14 点 52 分，叶建良果断下达点火命令。顿时，我国从南海神狐海域水深 1266 米海底以下 203 至 277 米的天然气水合物矿藏（可燃冰）里开采出来的天然气，通过气路火炬臂从平台伸向海面的火焰冲天而起，一次点火成功！所有的现场科技人员围了一圈又一圈，大家拥抱在一起，互相祝贺，久久不愿离去，人们以燃烧的火焰为背景纷纷拉着指挥长叶建良合影，见证记录这一中国人创造奇迹的历史时刻。

点火成功了，但这冲天的火焰仅仅是为可燃冰试采顺利地开了个好头，迈出了关键的一步，更大的挑战和考验还在后面。

试采点火的第二天，试采团队所有人员褪去了激动、欢快的神情，专心致志地盯着大屏幕上持续变化的数据。室外的海浪有节奏地扑打着平台，室内安静得连掉根针的声音都能听见，每个人的话语、动作都非常地小心而谨慎。

“日产一万立方米、连续产气一周”的目标，已经成为他们一切工作的出发点和落脚点。奔着这一目标，叶建良每晚都要组织科研人员就一天中出现的各种情况进行讨论，讨论结束的时间一般都是夜里一点钟。大家心里都清楚，点火成功后的这一周极为关键。

连续紧张的海上工作、生活也在加倍地消耗着团队成员的体力，磨练着他们的意志。试采指挥部办公室副主任、工程组组长谢文卫的腰椎病越来越严重，每天晚上睡觉前，他都需要躺在地上请同事给他使劲地踩踩，才能勉强进入睡眠状态。而随着时间的推移，给他踩腰的同事的体重也在不断增加。

任何科技成果的取得都是不易的，必须有艰辛的付出。功夫不负有心人，现场指挥部大屏幕上跃动的数字随着时间的流逝在不断攀升，1 万、2 万、5 万、10 万，到 2017 年 5 月 18 日这天，可燃冰试采井已连续产气 8 天，最高日产量达到 3.5 万立方米，平均日产超 1.6 万立方米，累计产气超 12 万立方米，天然气产量稳定，甲烷含量最高达 99.5%，超额完成了“日产万方、持续一周”的预定目标。

所有人绷紧多日的神经在这个时候终于可以松弛一下了。这是个必将载入世界可燃冰研发历史的纪录，也必将是世界能源发展历史上的“里程碑”事件！

开钻前夕，在试采工程启动时，钟自然曾深情地说，海域可燃冰试采关系国计民生，承载着国家和人民的重托和厚望，并将为我国开启能源利用新时代奠定坚实基础。

我国可燃冰试采取得成功，其意义十分重大。它是建设海洋强国和科技强国、实施“三深一土”国土资源科技创新战略的关键之举。实施海洋强国和科技强国战略需要我们提高深海开发能力，摸清我国可燃冰资源的家底，维护国家海洋权益。实施可燃冰试采工程既可以检验我国前期形成的理论技术和装备体系的科学性，又可以通过开展大规模多专业高难度的联合科技攻关迅速掌握深海进入、深海探测和深海开发技术，推进可燃冰资源商业性开发。同时，可燃冰的成功试采也是开启中国地质调查事业进入第二个百年历史的重要标志。

## 二　抗击台风

在无遮无挡的大海上，遭遇超强的台风的后果是什么？1945年6月5日，美国海军太平洋第三舰队第1特混大队，在九州至冲绳海域期间，遭遇了强台风。台风之强劲，连航空母舰和战列舰都避让三分，台风肆掠过后，这些庞然大物伤痕累累，舰上的装备和飞行甲板遭到严重损坏。

具体来说，这一次强台风给美国太平洋舰队造成的损失是36艘舰船受到中等程度的损坏，其中包括3艘战列舰、2艘大型航空母舰、2艘轻型航空母舰、4艘护航舰，损失飞机142架。从这一组数据里我们可以清楚了解到，不管是多么庞大的舰船和武器装备，在肆虐的强台风面前都会显得那么的柔弱。

我国南海首次海域可燃冰试采期间就与强大的台风遭遇了，而结果又是怎么样呢?

为了研究和采集更多的科学数据，巩固和保持我国在世界可燃冰领域的领先水平，试采成功后，中国地质调查局经过慎重分析研究决定，调整和提升试采目标，在连续产气8天的基础上，继续试采工作，以利于进一步总结完善在理论、工程技术、装备、人才培养上的经验，同时，让我国可燃冰试采壮举在世界上烙上深深的中国印记。这一重大决策部署，得到了已经在试采平台连续工作2个月的试采团队全体人员的积极响应。叶建良在平台现场传达中国地质调查局的决策时，首席科学家卢海龙教授、各专业组负责人均一致赞同，坚决支持延长试采周期，以获得更多更全的科学试采数据。

在茫茫大海里，“蓝鲸Ⅰ号”平台犹如漂浮的一片树叶，通过8台全回转式6034马力推进器的实时定位，始终保证了作业期间平台的稳定。

2017年6月6日，一个低压区在帕劳以东海面上生成。6月9日，这个低压区移入利于气旋增强的菲律宾吕宋岛以西海域。6月10日14时，中央气象台将其升格为热带低压并发出预报，日本气象厅亦同时将其升格为热带低压。6月11日14时，中央气象台率先将其升格为热带风暴，随后日本气象厅亦将其升格为热带风暴，命名为苗柏。

南海海域开始不平静了，往返的货轮、船只行驶时，都在密切关注台风走向和风力变化，以便及时采取避让措施。而正在深海施工的可燃冰试采平台这个庞然大物却无法避让，此时此刻，试采团队面临着台风来临时是停止试采还是继续试采的两难选择。

“苗柏”临近，试采团队的决策者和参与者的压力是可想而知的，团队决策层会议开到夜里两三点时还是难下决心。如果不停止试采，台风对井上和井下设备的影响难以预料；如果停止试采，即时撤离，无疑会使这次可燃冰的持续开采和科学数据收集工作中断，其损失也是巨大的，而且停止试采撤离人员，也意味着我国首次海域可燃冰试采到此结束。

两难必选其一。可燃冰试采现场指挥部与“蓝鲸Ⅰ号”操船团队密切跟踪南海前期台风的动态，对当前平台动力系统和定位系统的能力进行评价，慎重而果断地做出了继续试采、保持生产测试连续、原地抗击台风的重大决定，同时制定了详细周密且操作性强的应急预案。

“试采平台上各作业部门加固了仪器设备，试采平台在台风来临时暂停一切室外作业，全体工作人员值守岗位，以便发现情况及时处置。”邱海峻将现场指挥部的决定向远在广州的海洋地质调查局局领导做了汇报。

6月11日，中央气象台发布了2017年首个台风蓝色预警。

6月12日23时，“苗柏”的中心开始在广东省深圳市大鹏半岛登陆，登陆时由强热带风暴级减弱为热带风暴级，中心附近最大风力为9级（23米／秒），中心最低气压990百帕，而且还在不断增强。预计“苗柏”将以20公里的时速继续向偏北方向移动，穿过深圳东部进入惠州、河源后，6月13日上午才减弱为低气压。

此时，南海神狐海域可燃冰已连续试采达32天，台风“苗柏”如期而至，12日凌晨4点，“苗柏”转向，风力突然由预测的9级加剧至11级，速度超过60节，达到了这次台风的巅峰值每秒30米，海况异常恶劣，所有人的心都悬起来了。这对“蓝鲸Ⅰ号”来说真是场巨大考验！

台风从正面向平台袭来时，大家做好了迎战种种恶果的准备，叶建良目不转睛地盯着台风袭来的方向，与“蓝鲸Ⅰ号”共进退。强大的动力定位系统和娴熟的操船技术，使平台一直在与强暴台风的正面对抗中处于平稳，实测平台最大漂移距离始终没有超过6.5米。南海可燃冰试采的火焰，在狂风暴雨中依旧燃烧。十几分钟后，台风的风力减弱了。被誉为全球最先进的半潜式钻井平台的“蓝鲸Ⅰ号”经受了11级台风的严峻考验。这不仅仅是对我国自己研制设备的自信，也是所有试采平台上科学家、工程技术人员的自信。正是有了全体人员临危不惧的精神和科学防范的有效措施，我国首次海域可燃冰试采工程才持续不断地创造了一个又一个的世界奇迹。

## 三　海上堡垒

业务工作开展到哪儿，党组织就要建在哪儿，党员的先锋模范带头作用就应该体现在哪儿，这是我们党的优良传统。在四面都是大海的试采平台上，在可燃冰试采的特殊环境下，共产党员对自己的要求更严更高了，党员的先锋模范作用更加突出了，从而为可燃冰试采工程的顺利实施提供了坚强的组织保障。在可燃冰试采一线的采访中，我们看到了一个活跃的，作用明显的，特别有战斗力的，由25名共产党员组成的海上堡垒，这就是现场试采指挥部临时党支部。

2017 年 3 月 2 日，在可燃冰试采工作进入关键时刻，经广州海洋地质调查局党委批准，大海上的试采指挥部临时党支部正式成立。邱海峻、雷勇分别担任支部书记和副书记，王静丽任组织委员，陈强任宣传委员，于哲任纪检委员。在试采一线的各个岗位上，2 5 名党员就是 2 5 面旗帜，他们不忘初心，牢记使命，事事走在前，争相做表率，在自己的工作岗位上发挥着党支部的战斗堡垒作用和吃苦在前享乐在后的先锋模范作用。6 月 13 日，刚刚经历过台风洗礼的全体党员就在试采工作现场——“蓝鲸 I 号”平台上举行了“迎接十九大，做合格党员”主题党日活动。

在四周都是浩瀚大海的平台上，全体党员面对党旗庄严地举起右拳，郑重地重温着对党的承诺。提醒自己不忘初心，时刻牢记党的宗旨和党员的使命，不断增强党性修养，做一名合格党员。在主题会上，大家对党中央、国务院发来的贺电内容和姜大明部长、钟自然局长到广州海洋地质调查局调研时的讲话精神进行了认真学习。与会党员围绕如何贯彻落实贺电精神和国土资源部、中国地质调查局党组要求，争做合格党员展开了热烈的讨论。

作为试采工作的参与者和见证者，大家对党中央、国务院在贺电中对我国首次海域可燃冰试采工作给予的高度评价和慰问关怀深感振奋、备受鼓舞，这是党中央、国务院 2017 年 5 月继我国 919 大飞机试飞成功后发出的第二个贺电。同时，大家也清醒地认识到，可燃冰试采点火成功到目前试采工作顺利推进，只能说是万里长征迈出的关键一步，后续任务依然艰巨繁重。大家纷纷表示，要把对党的忠诚对祖国对人民的忠诚融入可燃冰试采工作中，把智慧奉献在祖国最需要的地方，立足岗位，踏实做事，充分发挥共产党员在我国首次海域可燃冰试采工作中和下一步产业化工作中走在前、当先锋的模范作用。

邱海峻对参加试采工作的党员同志立足岗位、攻坚克难，冲锋在前、无私奉献，出色完成试采工作任务的思想和工作作风给予了充分肯定，同时要求全体党员同志要坚定理想信念，牢记入党誓言，深刻学习领会党中央国务院贺电和姜大明部长、钟自然局长讲话精神，把鼓励变成动力，在后续的试采工作中，继续带头发挥攻坚克难、勇攀高峰的精神，努力把海域可燃冰试采工程做成精品工程，向党的生日和十九大胜利召开献上一份厚礼！

将基层党支部的思想建设、组织建设、作风建设与业务工作深度融合，让党员时刻不忘初心、牢记使命，保持和发扬攻坚克难、勇攀科技高峰的精神，这是可燃冰试采现场指挥部临时党支部充分发挥战斗堡垒作用、共产党员先锋模范作用的一个典型实例。同时也是我国首次海域可燃冰试采获得成功的重要思想组织保证。采访中，我们在南海试采平台上，在可燃冰试采现场指挥部，在各个试采岗位上，都能看到党员的身影，尤其是在关键的时刻，25 名党员犹如在碧波荡漾的大海中迎风飘扬的 25 面鲜艳充满活力的旗帜，为人们树立起先锋示范的标杆，给人们以必胜的信心。可以说，25 名党员组建的可燃冰试采现场指挥部临时党支部是充满活力有战斗力的海上堡垒。

这 25 名党员是：

叶建良　吴能友　梁金强　邱海峻　谢文卫　雷　勇　寇贝贝
盛　堰　李　敏　梁前勇　于彦江　匡增桂　张如伟　尉建功
陆红锋　王静丽（女）　康冬菊（女）　卢秋平　万庭辉
曲　佳　杨江平　刘协鲁　于　哲（女）　陈　强　胡高伟

## 四　胜利关井

没有激流就谈不上勇进，没有山峰则谈不上攀登。尽管攀登科技高峰的道路蜿蜒曲折，荆棘满途，但只要我们始终坚持不忘初心，把奋斗的目标始终装在心里，咬定青山不放松，将为国争光的责任扛在肩上，攀登科技顶峰就有希望。从这个意义上说，胜利永远属于敢于勇往直前攀登高峰的人们。

从可燃冰试采点火开始，到试采一周、满月、六十天，在完成各项预期目标任务后，我国实施首次海域可燃冰试采工程降下帷幕。

2017 年 7 月 9 日，我国南海神狐海域可燃冰试采工程连续产气 60 天，累计产气量达 30.9 万立方米，平均日产气超 5000 立方米，甲烷含量最高达 99.5%，在获取科学试验数据 647 万组之后，按照中国地质调查局党组决定，指挥长叶建良在试采现场宣布："我国首次海域可燃冰试采全面完成预期目标，产气和现场测试研究工作取得圆满成功，正式实施关井作业。"监测结果显示，试采井周围地层无明显变化，海水及周边大气等甲烷浓度无异常，环境无污染，未发生地质灾害。

十年不鸣，一鸣惊人；十年不飞，一飞冲天。我国第一次进行可燃冰试采就取得持续产气时间最长、产气总量最大、气流稳定、环境安全等多项重大突破性成果，创造了可燃冰领域的世界纪录。

通过两个多月的试验探索和科学研究，我国在可燃冰清洁能源领域取得了一系列创新成果和认识。一是防砂技术先进，方法可靠，持续有效发挥作用，保障产气通道状态良好。二是在举升方式等多方面实现了创新，对提高产量效果显著。三是调控产能平稳有效，气流稳定，持续时间已达到生产性试开采要求，为产业化发展积累了经验，奠定了基础。四是海水及周边大气等甲烷浓度无异常，环境无污染。五是井壁和地层稳定，未发生地质灾害，实现了安全可控可持续生产。六是试采理论、技术、工程和装备经受了生产实践的检验，我国领跑优势不断扩大。

60 是一个不凡的数字。如果说 60 年是一个甲子的轮回，那么 60 天的时间里所发生的需要人们关注和知晓的故事有太多！

60 天里，试采平台上的全体科技工作者承受了点火初期的体力透支和心理紧张的压力，经历了与台风"苗柏"正面相遇，经受了考验，每天都在延续着奇迹。中国科技工作者用自己民族特有的智慧勇气和胆识，每天都在延长着试开采的时间维度，让熊熊燃烧的火焰，如希望之光，在蓝天下、风雨中昼夜长明。

60天里，试采平台上的科技工作者时刻都在接受来自世界的注目和检视，一周、两周、一个月……每一个时间节点的工作都备受关注。中国的科技工作者秉承执着与坚定、自信与坚强、科学与严谨的优良品质，在历史的记录簿上，书写了让祖国、让中华民族引以为豪的骄人业绩。

60天里，最振奋的情景是现场宣布试采成功的那一刻。5月18日上午10点，现场群情激昂，欢笑声、祝贺声洗去了参研参试人员艰辛的尘埃。中共中央、国务院发来贺电，赞誉这次试采成功为“中国人民勇攀世界科技高峰的又一标志性成就，对推动能源生产和消费革命具有重要而深远的影响”。人们将这次试采比喻为“打开一个可采千年的宝库”，开启了“通往地球深部的未来之门”。

关井之后，我国首次海域可燃冰试采工作并没有结束。为了更好地全面系统研究总结我国可燃冰的试采工作，7月9日至7月18日，按照工程施工方案进行试采井的封井作业。7月18日后，转入监测井施工作业，探测地层物性变化，确定可燃冰分解区域，了解储层改变的情况以及可燃冰分解波及的地层空间范围。

于是，因可燃冰试采井中分解的气体而点燃的那一束曾照亮神狐海域夜空的冲天火焰，按照计划主动关闭了阀门，持续燃烧了60天的火焰缓缓地熄灭了。相比60天前开阀点火的激动敏捷有力开启阀门的大手，实施关井的技术人员再次触碰到阀门的大手却许久都不愿用力。

7月9日这一天，南海试采平台上出奇地安静，所有参加试采的科技人员在已经看不见火焰的燃烧臂前久久不愿离开。“依依不舍！”“难以表达的难受。”“特别伤感。”“要是这样永远燃烧着多好！”他们站在甲板上默默地念叨着。

## 五　圆满句号

从可燃冰试采工程开钻到结束，在这个海上巨无霸的平台上发生了很多感人的故事。如今，“蓝鲸Ⅰ号”在施工完监测井之后，即将结束它的使命返回到它出生的地方，这片曾经轰隆隆的热闹海面也将恢复它往日的平静，仿佛一切都没有发生过一样。但是，我们知道，深藏在海底的巨大能源宝藏已经苏醒了。

7月28日，我国南海神狐海域可燃冰试采工程计划中的第四口监测井顺利施工完毕，标志着全球第一次泥质粉砂型可燃冰试采工程全部结束。通过对大气、海水、海底和井下的监测表明，可燃冰试采区域甲烷浓度无异常，环境无污染，井壁和地层稳定，未发生地质灾害，实现了安全可持续生产。

伴随着现场指挥长的一声令下，“蓝鲸Ⅰ号”开始了减载作业，为返航做准备工作。这又将是个不眠之夜，在可燃冰试采现场指挥部的书写板上，人们深情地留下了各自的心声。

各种字迹交错在一起：“谢文卫3.22至7.29”“寇贝贝KevinKou曾经工作的地方”“樊波、陈文龙、蔡德军”。7月29日，平台和大海目送了谢文卫和寇贝贝两名科技人员的最后撤离。“蓝鲸Ⅰ号”因此书写了这段历史：2017年3月6日，从烟台启航，经过8天的航行，于3月14日到达中国南海神狐海域可燃冰试采区。截至7月29日返航，在这一区域连续作业137天。

南海神狐海域虽然恢复了平静，但平台上日日夜夜的工作生活，刻印了科技工作者们最真挚的情感。

我虽没赶上开始，但坚持到了最后，在平台上生活工作两个月，与大家结下了深厚的感情，认识了那么多朋友，后会不知何期，无限伤感。

——于哲（可燃冰试采指挥部办公室综合组）

我知道他们都是可燃冰，从“冰”到“火”的搬运工，我很喜欢这个团队，我很高兴成为搬运工的一员。对我来说，这只是开始，我希望在将来为我国可燃冰的研究作出自己的贡献，跟着我们的团队一起奏起这首“冰与火之歌”。——何玉林（可燃冰工程技术中心）

南海可燃冰试采任务圆满结束了，但是我国的可燃冰攻关之路才刚刚开始，在直升机起飞的那一刻，回望像钢铁巨兽般矗立在海面的“蓝鲸Ⅰ号”，那上面承载了我们太多辛劳的汗水和成功的泪水，多少个夜以继日的攻坚克难，多少次焚膏继晷的技术研讨，在直升机飞离的那一刻，都将成为回忆，永远留在了“蓝鲸”上，留在了南海神狐中。但这些都不会随着时间的推移而被遗忘，因为这一切都已经深深牢记在我们的心里！再见了，蓝鲸！这一刻，我们收拾行囊，不是为了离别，而是为了下一次的再相见！

——曲佳（可燃冰指挥部办公室工程组）

在可燃冰试采施工期间，我在平台度过了一百来天的夜班，我已经记不清到底有过多少个无眠之夜。从试采开钻、试采点火、试采成功到圆满收官，共同见证了一个个激动人心的时刻，这背后也有不少心酸故事，在那个台风来临的晚上，为力保测试连续性，我们依然坚守岗位。还有多少个夜里，面对父母、孩子、妻子的守望，我们偶然只能发个微信，打个电话问问近况如何。她们一直在背后默默支持我，感谢她们！今天依依不舍离开这个充满故事的平台，更不舍得一个忘我工作、无私奉献、团结奋斗的团队，期待下次更精彩。

——黄芳飞（可燃冰试采指挥部办公室工程组）

4 个多月弹指间过去了，其间发生了太多事，试采前的忐忑，点火后的喜悦以及试采成功后的荣誉，每个时刻都历历在目。打包装箱结束，看着空荡荡的现场指挥中心，心里莫名地产生些许忧伤。在这里我们实现了梦想，永远不会忘记曾经的群雄激辩、百家争鸣。继续努力加油，相信未来我们能创造更大的辉煌！

——王偲（可燃冰指挥部办公室综合组）

## 六　环境是个问题吗？

新时代，在建设社会主义现代化强国，实现中华民族伟大复兴的新征程中，在我国经济建设由高速发展转向高质量发展的新阶段，我国清洁低碳能源资源勘查开发，将成为地质工作服务美丽中国建设的主战场。需要以可燃冰、页岩气、地热、干热岩等绿色低碳能源和石墨、锂等紧缺新能源矿产勘查开发利用为重点，大力推进绿色勘查和绿色开发，助力我国形成绿色清洁的能源资源产业结构和生产方式。

中国地质调查局将可燃冰试采工程作为 2017 年的五大科技攻坚战中的一号工程全力推进。本着创新、协调、绿色、开放、共享的理念，广泛凝聚国内外科研、工程、技术等领域最强的力量，共同完成这一光荣而艰巨的使命。

我国首次海域可燃冰试采获得空前成功，不仅为人类揭开了可燃冰的神秘面纱，也引发了一些学者和民众对可燃冰开发可能导致环境恶变的担忧。有的观点认为，如果开发不当，会造成大量甲烷气体泄露，从而引起严重的温室效应，或引发海底塌陷、滑坡等地质灾害。甚至引发地震、海啸等。有的观点认为，全球气候变暖或海平面上升，将引起可燃冰分解并释放大量甲烷气体，产生大气污染，加剧全球温室效应，甚至导致生物大灭绝。

那么，可燃冰对于人类和环境，究竟是慈善天使还是洪水猛兽？目前研究成果表明，在当前的科学技术条件下，我国已经具备足够的能力将可燃冰的开发控制在安全范围之内，能够有效地防止环境和生态灾难的发生。毕竟环境安全问题对于以后开发可燃冰能源非常关键。

2016 年 10 月，姜大明在全国国土资源系统科技创新大会上谈到可燃冰下一步工作时说："看准了就干，不要再犹豫。干，不一定马上能成功，但可以从中发现问题，认真研究。成功了是经验，失败了也是教训，是更深刻的经验。这条路不好走了，咱们走别的路，这都是经验。科学实验就是 99 次失败一次成功就够了，科学就是这样发展起来的。但我们必须把握一条原则，试采过程中绝不允许出现环境问题，如果出现环境问题，虽然气出来了，但把整个海域、空气给污染了，这个事就闹大了，就不仅是中国的事了，成了全世界的事了，所以我们要高度重视！"

实际上，全球各国科学家多年的调查研究表明，海底甲烷的自然泄漏是一直存在的，而大气中却仅有 2% 的甲烷来自海洋，这说明大部分的甲烷在沉积物和海水的运移过程中被自然消耗掉了。可燃冰分解产生的甲烷在从海底向上逃逸的过程中，须穿透覆盖在其上面几百米厚的沉积物层和 1000 多米深的海水，才有可能泄露到大气中。而在这漫长的运移的过程中，甲烷会被大量的化学自养生物群落所吞噬，如细菌席、深海双壳类（包括贻贝、蛤类、管蠕虫、冰蠕虫）等，甚至被海水氧化分解，几乎难以逃出距离海底 500 米以上的海水范围，更别说进入大气中了。而甲烷的泄露经过漫长的地质变化，最终以冷泉、泥火山或底辟构造等形式呈现在海底，成为区域生物群落生存的基础条件。因此，在可燃冰的开采过程中，即使有部分甲烷泄漏，也难逃大自然构成的天然屏障。

叶建良在提及可燃冰可能引起的环境问题时说，我国首次海域可燃冰试采过程中，通过四位一体的环境监测，证实海底是稳定的。

7 月 9 日至 7 月 18 日，按照施工方案进行试采井的封井作业。7 月 18 日后，转入监测井作业，通过施工钻探的 4 口监测井，探测地层物性变化，确定可燃冰分解区域，了解储层改变的情况以及可燃冰分解波及的地层空间范围。监测结果显示，可燃冰试采周围地层无明显变化，海水及周边大气等甲烷浓度无异常，环境无污染，井壁和地层稳定，未发生地质灾害。至 7 月 29 日，我国首次海域可燃冰试采圆满结束。同时也在一定程度上，解除了国内外一些媒体和人们担心的可燃冰试采是否会产生环境和海底地质灾害的质疑。

北京大学教授、可燃冰试采工程首席科学家卢海龙为此做了进一步阐述。他说，中国海域可燃冰试采工作树立了环境保护优先的理念，充分考虑了各种环境风险因素，进行了理论和技术攻关，制定了全流程的科学、安全、环保施工方案，并在施工过程中严格遵守。

卢海龙介绍，在试采前，我国专家已开展了 10 余个航次的环境基线调查，获取了海洋地质、海洋生物、海水化学等本底数据，以及海底地层力学参数等。在试采过程中，按照国际标准的环境管理体系、工艺安全风险管理等，采取严格的环境保护措施。利用大气、海水、海底和井下四位一体监测体系，对甲烷、二氧化碳等参数及海底沉降进行实时监测，与本底数据对比显示，甲烷等参数无异常变化，海底地形无变化，没有环境污染，未发生地质灾害，为产业化发展奠定了坚实的基础。广州海洋地质调查局环工所高级工程师、国家水合物专项项目“南海天然气水合物环境效应调查评价”项目副负责人、主要负责我国这次可燃冰试采时环境监测的梁前勇博士向我们介绍，我国可燃冰试采对于环境问题是十分重视的。国务院参事张洪涛更是斩钉截铁地说，“可燃冰在环境方面在中国是一票否决制”，谁也不能拿环境问题开玩笑。

老百姓关心的环境问题也是这次试采关注的重点。其实，广州海洋地质调查局在十几年前就开始研究可燃冰对环境的影响关系了。

可燃冰试采易引发的环境问题主要是试采过程中可能发生可燃冰不可控

的分解，导致甲烷大面积泄漏，从而引起海底滑坡等地质灾害，甚至甲烷泄漏到海洋或者大气中而引起环境问题。为避免可燃冰试采引发环境灾害问题，广州海洋地质调查局做了大量的调查研究，根据可燃冰资源赋存区海底地形地貌特征、工程地质特征、可燃冰储层特征，合理设计井位及降压方案，避免发生甲烷泄漏，确保可燃冰试采安全环保。那么，广州海洋地质调查局在我国海域可燃冰试采中对海洋环境保护究竟做了哪些具体工作呢？

自 2002 年我国批准设立天然气水合物资源调查与评价专项开始，广州海洋地质调查局就开始研究可燃冰的环境问题。2011 年，国家天然气水合物勘查与试采专项实施，专门设立了《南海天然气水合物勘查与试采环境评价》项目，围绕南海可燃冰钻探区及远景区，开展可燃冰资源环境基线调查及影响效应研究，评估南海可燃冰勘查和试采工程中潜在的环境风险，并提出科学防治对策。

2011 年 6 月至 2017 年 3 月，近 6 年的时间里，广州海洋地质调查局在南海先后组织了 10 余个航次的野外调查工作，对神狐海域的可燃冰赋存区进行了多年度的系统调查。调查内容包括海底工程地质特征、地质灾害特征、海底环境监测、海洋生物特征、海水溶解甲烷含量、海水物理化学及水文特征、海表大气甲烷含量特征等，利用“海洋四号”“海洋六号”“探宝号”“奋斗四号”科考船及多种调查手段，基本查明了可燃冰试采区的海洋环境特征，并就可燃冰勘查的环境影响进行了评价。结果表明，可燃冰钻探对试采区的海底环境基本没有影响。这些调查成果为可燃冰试采提供了良好的采前基线（即环境本底）。

需要提到的是，“海洋六号”在我国海洋可燃冰勘探中可谓战功卓著。“海洋六号”是由中国船舶及海洋工程设计研究院自主研制的中国首艘以海底可燃冰调查为主的综合科考船，2008 年 10 月在武昌造船厂建成下水。“海洋六号”集地震、地质调查等多项调查功能于一体，采用电力推进系统、动力定位、全回转舵桨等国际先进技术及设备，配置了深海水下遥控探测系统、深海取样分析、深水多波束测深系统、深水浅地层剖面系统、长排列大容量高分辨率地震采集系统等多种高科技调查设备，配置有4500米级深海水下机器人“海马”号，装备条件在我国海洋地质调查队伍中首屈一指。该船总长106米，型宽17.4米，型深8.3米，满载吃水5.72米，满载排水量5287吨，设计航速15节，自持力60天，续航力15000海里，可在国际海域无限航区开展调查，是世界上第一艘配置完善的综合地质地球物理调查船。

无人无缆深潜器“潜龙一号”（AUV）和遥控深潜器“海马”号（ROV）先后在“海洋六号”船上搭载开展海试，取得了圆满成功；完成了富钴结壳和多金属结核勘探资源调查等任务，取得了大量的数据和样品资料；实现了中国科学家首次对马里亚纳海沟最深处地形地貌的精细测量；圆满完成了为“蛟龙号”5000米、7000米级海试选址、警戒和护航等任务，获得人力资源与社会保障部和国家海洋局联合颁发的“蛟龙号7000米海试先进集体”荣誉、被中国大洋协会授予“首航深海大洋，科考业绩显著”匾牌，荣获“全国工人先锋号”、广东省直机关“青年文明号”、中国地质调查局“先进基层党组织”、广州海洋地质调查局“文明单位”等荣誉。无人无缆深潜器“潜龙一号”（AUV）和无人有缆深潜器“海马”号（ROV）为维护我国海洋权益、履行国际义务、造福子孙后代作出了突出贡献。

2012年5月，“海洋六号”深入南海北部区域，对那里的可燃冰资源进行新一轮精确调查。调查的重点是在南海北部前期勘探的基础上圈定重点勘探区域，为下一步更加精确的勘探工作做准备。除了承担可燃冰勘探任务外，“海洋六号”还承担了多次国际科考任务。例如2017年6月26日，“海洋六号”从广州东江口海洋地质专用码头启航，远赴太平洋，执行中国地质调查局2017年深海地质调查航次和中国大洋41B航次科学考察任务。本航次亦首次为来自加纳、墨西哥等国家的青年科学家提供国际培训，履行大国责任，促进世界深海大洋事业的发展。

可燃冰试采目标确定后，环境评价项目组充分调研、咨询各方专家，就可燃冰试采的环境问题展开讨论。从试采区地层稳定性、储层稳定性、井口稳定性和井壁完整性等多方面充分论证，确保试采井口及地层的安全性，防止试采对海洋环境造成负面影响。

试采作业前，广州海洋地质调查局对试采区进行了精细勘查，获取了试采区详细的地质、地球物理、地球化学及工程地质资料。通过对这些资料的综合研究发现，本次可燃冰试采的储层为粉砂质黏土储层，虽然开采难度大，但是其胶结性更强，可燃冰分解后对上覆地层土力学特征影响不大，不会发生层间蠕动、砂土液化等沉积物骨架流动的现象。所以，我国海域可燃冰试采不会造成区域内地层沉降、塌陷等海底灾害问题。再加上可靠的固井质量，试采不会引起甲烷泄漏，能够避免相应的环境问题。通过综合研究试采区海底地形地貌、工程地质和可燃冰储层等特征，最终将试采井位定在海底地形相对平缓区域，防止试采过程的扰动引起人为的地质灾害。为防止试采过程中发生甲烷泄漏，广州海洋地质调查局在固井组织方案实施等方面下了非常大的功夫，确保固井质量可靠后再进行试采。在试采过程中，科技人员对产出的水、砂等副产品全部回收，并运回陆地进行净化处理后再排放。

为科学准确评价可燃冰试采的环境问题，在可燃冰试采前，广州海洋地质调查局就在试采井口周边布设了海底环境长期监测系统，对试采井海底环境进行长期监测。试采过程中，利用 ROV 携带甲烷传感器探头，对试采井口周边海水进行测量及观察井口地层沉降情况；同时利用甲烷传感器、二氧化碳传感器对试采平台周边大气及表层海水中的甲烷及二氧化碳含量进行实时监测，形成大气、海水、海底和井下四位一体监测体系，实现了对整个试采过程的实时监测。

更重要的是，当前的钻井技术、固井技术、井控技术、完井技术、监测技术等已相对成熟，且不断发展。试采前进行了细致的井场工程地质调查，制定科学的开采技术方案，优化设备最佳组合，完善安全保障措施等，这些都是有效避免因工程重大事故导致甲烷气体泄漏的措施，目前我国对于可燃冰试采的环境领域的保护手段和技术已经可以满足环保要求。

如今，我国通过长期的室内试采模拟实验，已自主研制了试采技术装备、工艺流程和防砂堵等关键技术，在环境监测方面则运用了多学科多手段环境评价、立体环境监测和井下原位实时测量技术。本次可燃冰试采监测结果表明，试采井周边海水和大气甲烷含量均在正常范围内，表明试采没有引起甲烷泄漏以及海底滑坡等环境问题，可燃冰试采未发现空气、海面、表层海水有甲烷污染。

由于可燃冰开采的环境问题是一个需要长期关注和解决的重大问题，首次试采结束后，还将继续进行全方位的立体环境监测，获取海洋环境参数，评价可燃冰环境效应，为制定可燃冰开采的环境保护方案提供科学依据。同时，围绕环境保护问题将进一步完善理论技术方法体系，为安全可控的资源开发创造条件；加强环境保护与安全生产技术研发，实现可燃冰资源的绿色开发，未来 2 至 3 年内广州海洋地质调查局还将继续组织 5 至 6 个航次以长期监测为主的野外调查，跟踪评估可燃冰开采潜在的环境影响，为可燃冰资源开发提供科学依据。

在当前试采和未来商业开发进程中，只要我们高度重视环境问题，加强开采安全与环境评价，建立相应的动态监测、灾害预警和控制技术体系，可燃冰将成为可大规模开发利用的清洁环保能源，从而造福人类。我们要更多地关心和支持我国可燃冰试采关键技术攻关事业，推进可燃冰高效快速分解技术发展，不断突破大规模商业化生产利用技术难关，进一步提高产量、降低成本，加快商业化开发进程，为海洋生态文明建设和经济社会可持续发展提供有力保障！

可燃冰是公认的最清洁环保能源，虽然它的开采过程也存在一定的环境风险，但是如果做好预防和控制，完全可以实现安全、绿色环保开发。梁前勇给我们介绍说：“可燃冰在海底的赋存状态也并不是一成不变的，受自然环境和地质构造变化等影响，原本稳定存在的可燃冰也可能处于不稳定的状态。在此情况下，如能优先开发利用自然中已处于不稳定的可燃冰矿藏为人类服务，避免其以自然灾害的形式给人类带来灾难，对人类和环境也不失为一种益处。”

中国在使用传统能源的过程中，在快速推进现代工业化的进程中，雾霾污染的治理已更加迫切，只有降低污染能源的使用，代之以清洁环保能源才能从根本上解决我国的大气污染问题，才能从根本上解决雾霾产生及污染空气的问题。当前世界很多国家和地区一直饱受环境污染和温室效应影响，清洁环保能源的使用可以减少二氧化碳排放，防止全球气候变暖。而清洁环保能源除了天然气、太阳能、风能、潮汐能之外，储量最大的就是可燃冰，只要科学合理开发利用，可燃冰一定是造福人类的清洁环保能源。

# 第九章　钢铁团队

在非洲的草原上如果见到一群羚羊在奔逃，那一定是狮子来了；如果狮子在躲避，那就是象群发怒了；如果成百上千的狮子和大象集体逃命的悲壮景象出现，那一定是蚂蚁军团来了！一滴水飘不起树叶，而小溪汇集而成的大海能航行轮船；一棵孤树不成林，而一片树林能挡狂风；一根筷子很容易被折断，一把筷子就难以折断。这就是团队的力量。团队合作可以实现“资源的优化重组”，群策群力，让每个人的聪明才智得以展示。

团队合作可以完成个人无法单独完成的工作。团队可以凝聚力量，让团队成员心往一处想，劲往一处使；团队可以做到分工协作，优势互补。总之，团队可以做到团结友爱，关怀帮助，风雨同舟，共同奋进。从而战胜各种艰难险阻，砥砺前行。

## 一　叶建良：领头羊的魅力

刘邦在一次庆功会上，曾向群臣解释说：“夫运筹帷幄之中，决胜千里之外，吾不如子房（张良）；镇国家，抚百姓，给饷馈，不绝粮道，吾不如萧何；连百万之众，战必胜，攻必取，吾不如韩信。三者皆人杰，吾能用之。”这就是团队中领头羊的魅力。

叶建良，54 岁，汉族，中共党员，博士，研究员，浙江海宁人。现任自然资源部中国地质调查局副总工程师，广州海洋地质调查局局长、党委副书记。他是国内早期开展可燃冰地质工程研究的学者之一。早在 2003 年，他在博士论文中就系统地阐述了关于可燃冰地质工程研究成果和思路，这为他履职试采现场指挥部指挥长职责打下了深厚的理论基础。在中国地质调查局科技外事部工作期间，他组织领导了我国陆域冻土带可燃冰勘查试采工作，2008 年在青海木里地区首次钻获陆域可燃冰实物样品，并实施了试采工程。

在多年的地质工作中，叶建良积累了广博的业务知识和管理工作经验，视野宽阔，思考问题缜密，不论在地质科技和工程技术的具体运用和把控决策，还是在中国地质调查局陆域可燃冰勘查开发、汶川地震救灾、油气中心建设、地调局油气调查发现等重大工程推进中，都显示出了卓越的领导才能和业务能力。2016 年，中国地质调查局决定广州海洋地质调查局作为可燃冰试采工程项目承担单位后，任命叶建良担任广州海洋地质调查局局长，并兼任试采现场指挥部指挥长。正是他发挥了团队中领头羊作用，从而确保中国地质调查局 2017 年六大科技战役之首的一号工程取得成功。

可燃冰试采成功得到了社会的广泛认可和关注。叶建良作为领军人物，为这一重大成果的取得作出了卓越贡献，先后被评选为中国地质调查局“李四光学者”（卓越地质人才）、当选“2017 年度海洋人物”。

2018 年 5 月 29 日，自然资源部高层次创新型科技人才培养工程结出累累硕果，叶建良带领的可燃冰试采团队入选自然资源部科技创新团队。团队中的梁金强、谢文卫入选“自然资源部科技领军人才”，80 后的匡增桂入选“自然资源部杰出青年科技人才”行列。

2018 年 7 月，全国能源化学工会授予叶建良“大国工匠——能源化学地质篇”荣誉称号。

2018 年 8 月，《科学与中国人》发起的年度人物评选结果揭晓，叶建良被授予“能源矿业领域年度人物”称号。

作为可燃冰试采团队的“领头羊”，叶建良可谓是整个团队的灵魂。他是一位讲党性、有智慧、有胆量、善决策、懂专业、有魄力的现场总指挥。主要体现在四个方面：

### 一是忠诚担当，挑起试采重任

为破解国家能源资源瓶颈，中国地质调查局将可燃冰试采列为2017年一号工程和六大科技战役之首，并将试采目标由初期的日产3000方提升为“日产万方、持续试采7天，获取完整有效科学数据”，这意味着试采难度大幅增加，任务之艰巨可想而知。在这一重大挑战面前，叶建良及广州海洋地质调查局领导班子以对党高度忠诚的政治品格，毅然接下重任。

作为试采现场指挥部指挥长，他首先着眼于迅速组建试采工程团队，到任3个月即组建起水合物工程技术中心。在试采经费尚未落实的情况下，从广州海洋地质调查局抽调近50人组织开展试采攻关，创新研发试采关键技术和装备体系，积极准备试采工程实施方案和物资采购相关服务，强力推动试采工程的总体进度。

为确保试采成功，叶建良带领团队对南海近10年的海况和台风气候条件进行仔细分析研判后，果断提出将原定的2017年10月启动试采提前至3月的建议，得到中国地质调查局党组的支持。这一决定为试采抢出了海上作业黄金窗口期，但同时也意味着，试采工程实施的准备时间由原来的一年半减少为一年，试采工程组织难度进一步加大！

面对工期紧、海况复杂、海水深、地层软、储层差等一系列挑战，叶建良带领试采团队反复论证、仔细甄别各种信息，做出了新的井位部署。从工程设计、施工方案、试采材料到现场各个环节严密审查、层层把关，确保中国首次海域可燃冰试采准备工作迈出的每一步，都踏实而稳健。

可燃冰试采是一项复杂的系统工程，包括3大模块、16项任务、32项工作、2400多个环节。从地质设计、工程方案、平台选型、长线采购到人员磨合、战前桌面推演等，集聚起一支来自50多家参研参试单位的800多人的试采队伍。叶建良指挥长以身作则，集思广益，全程坚守，带领试采团队通力合作，精诚团结，形成高效协调的模块化运作模式，为圆满完成各项试采任务提供了坚强保障。

经过紧张准备，2017年3月，试采平台“蓝鲸Ⅰ号”抵达试采目标区——南海神狐海域。3月28日，试采工程正式开钻。整个试采期间，叶建良全程坚守在平台一线，每晚召集技术研讨，结合现场获取的各类信息，引导地质、测试、工程、模拟人员精细刻画和认识储层特征，聚焦目标并对关键环节反复推演直至深夜，尤其是在试采储层钻进和完井的关键阶段，他常常是深夜两三点回到宿舍，短暂休息两三个小时，凌晨五点又准时赶到指挥部现场，仔细询问夜间生产动态，确保试采点火顺利成功。

试采期间，平台遭遇台风“苗柏”的正面袭击，海况异常恶劣，最大风力达到11级，对“蓝鲸Ⅰ号”来说是一次严峻的考验。为确保平台人员设备安全，保障试采工作持续进行，叶建良与平台各部门充分沟通，对台风影响和避台风措施进行综合评估，经请示中国地质调查局党组同意后，决定平台原位坚守维持试采，并提前做好各项安全防范措施。他要求试采各部门固定好仪器，台风期间暂停一切室外工作，全体人员值守岗位，发现问题及时处理。叶建良沉着冷静地指挥各项工作，试采团队众志成城、奋勇顽强抵抗台风，经过精准分析和精心部署，台风未对平台安全及试采工作造成影响，平台人员及设备安全，平台平稳持续产气直至7月9日，全面完成试采工程目标任务。

试采工程实施后，叶建良更是全身心投入到试采工作中，在平台上一待就是60多天，常常是深夜才能休息，而一大早就到指挥部办公室开始新的一天。

他始终心无旁骛地坚守在平台上，为整个团队营造了一个勇往直前，勇攀世界科技高峰的氛围。领头羊的带病坚守或许是一种悲壮，却给团队注入了奋进的动力，从他的目标指向看，他是要在团队中创造一种崭新而宽松的工作机制。他说：“在可燃冰试采这个新领域，我不追求四平八稳，那样什么事也干不成，要把管理者、科学工作者、学者的优势有机结合，要大胆创新，大胆启用年轻人。”于是我们在可燃冰试采团队里看到青春在绽放、热血在沸腾、激情在燃烧的氛围。

叶建良和试采团队以对党忠诚、对事业忠诚，不畏艰难的拼搏精神，实现了首次试采连续产气 60 天，创造了产气时长和总量大两项世界纪录，将我国可燃冰勘探开发和能力水平推向世界科技高峰。

### 二是大胆创新，攻克世界难题

可燃冰试采过程中处处有创新，可以说没有创新就没有世界纪录的诞生。在资料应用上，采用新技术新方法对原有地震资料进行重新处理，结果证明这样做对准确选择井位非常有效。在如何提高产气量问题上，通过创新打井方法，达到了提升可燃冰试采出气量的效果。由于此前没有任何经验，叶建良挂帅的可燃冰试采团队邀请了一些和油气行业不相关的桩基处理专家参加到团队里，并大胆地把油气开采工艺中的“孔、渗、饱”的理论和方法引进可燃冰试采中，取得了很好的效果。

为解决出砂堵气管的世界性难题，试采团队到中石油、中海油、青海油田等地公司进行广泛调研，对采油的防砂技术进行创新，叶建良将其复杂的工艺简洁形象地比喻为“打个孔，插个管子”，举重若轻取得了非常好的成果。

叶建良常说：“新技术不试，怎么知道有没有用，面对挑战，要敢于担当、勇于创新、无畏艰险，要有无私奉献的精神，只要坚持不懈，理想就会实现。”他常常鼓励技术人员放手去干、去闯、去创新，“排除一切干扰，大胆创新”。

可燃冰是潜力巨大的高效清洁能源，是未来能源的制高点，但其开采是一项世界性难题。泥质粉砂型储层是我国主要的可燃冰储集类型，具有特低孔隙度、特低渗透率等特点，2017 年我国首次海域可燃冰试采，则成功实现了资源量占全球 90% 以上、开采难度最大的泥质粉砂型可燃冰的安全可控开采。

试采的深水区浅部未固结，地层松软易垮塌，钻探风险极高，近千吨的钻具在这种地层上面作业犹如“在豆腐上打钻，用金钢钻绣花”，随时有出砂堵塞和地层塌陷的可能，开采难度极大。

面对这一世界性难题，叶建良带领团队大胆创新试采工艺，实施储层改造，把陆地软土地基改造技术大胆应用到了海洋深水勘探开发之中。同时，试采团队大胆创新防砂技术，经过对方案反复推演完善和现场精心组织，克服了施工中的一个又一个技术难题，在松软的海底沉积层，一次性成功完成了极其复杂的井下试采系统的安装，实现了海洋工程技术在可燃冰开发领域的创新之举。

降压方案的选择对试采持续时间及产量的影响至关重要。在使用电泵排水降压过程中，电机温度一度上升至 90℃，而电机一旦因高温而烧毁，将会失去保持生产压差的唯一工程手段。在电泵的供电电缆出现问题时，叶建良果断决策，采用另一口井的备用氮气气举方案，从而保持了稳定的生产压差，确保试采井持续产气。

### 三是无私奉献，点燃新能源曙光

2016 年 3 月，叶建良调广州海洋地质调查局，主持全局工作。为推进业务发展，他深入到可燃冰试采各项准备工作中。由于工作强度大，短短 2 年多的时间，他因工作过度劳累，两度生病住院治疗。

2017 年 3 月至 7 月，是我国首次海域可燃冰试采的关键时期，而恰恰此时也正是叶建良女儿高考的人生关键阶段。在事业和家庭的天平上，作为指挥长的叶建良选择了大海，他在大海的平台上遥祝女儿高考顺利。

试采期间，海上极度潮湿的环境导致他的风湿病时常复发，以至于海上平台室外高温40℃，他还穿着秋裤以缓解膝盖疼痛。有一次，他的风湿病又复发了，疼痛难忍，止疼药也用完，一时又无法返回陆地治疗，叶建良只能在同事搀扶下一瘸一拐地到平台医务室拔罐，以暂时缓解疼痛，如此连续数日。即便如此，却丝毫没有影响他指挥试采工作，在大家面前依然泰然处之，毫不在意，以对党忠诚、为国奉献的革命乐观主义精神，倾情倾力指挥着试采工程攻坚战的进行。

采访中，随着我们对叶建良的了解不断深入，常被他的品格和能力所感动。中国地质调查局决定将可燃冰试采工作目标由原来的日产3000立方提高到1万立方后，他顶着压力，率领试采团队欣然领命，通过深入调研，严密论证，将优化创新试采工艺、开展储层改造等关键环节作为突破口。从2016年4月开始，叶建良和他的试采团队连续作战，经过反复论证、仔细甄别各种信息，确立了新的井位。从工程设计、施工方案、试采材料到现场各个环节工序进行严密审查、层层把关，在不到9个月的时间内将试采准备工作做到了极致。

“中国的地质学家是最有福气的，中国地质构造非常复杂，传统和基础深厚。这次试采成功得益于我原来做了几年油气工作，合作伙伴又是中石油，通过借鉴石油方面的理论技术，创新探索出可燃冰试采的理论、技术和方法。”叶建良自信地说。

### 四是重视人才，营造特有的科研环境

在用人上，叶建良果断放手让年轻人去干、去闯、去创新。他非常重视和提携年轻人，关注年轻科技工作者的真实想法。自他担任指挥长之后，他让更多年轻人挑起重担，试采现场指挥部各个组的组长、副组长和一些技术领域的主任、副主任大部分都是年轻的80后。经过这次锻炼，这些年轻人很快成长为这一领域内各类专业的技术领军人才。

在他的影响下，提携、爱护年轻人，关心年轻人的成长，形成了一种独

特的“平台氛围”，起到了非常好的正面激励效果。我国培养的第一批深水平台总监、在中海油981平台担任过总监的35岁的寇贝贝，国外一家石油公司承诺给他年薪80万，且可以干一个月休息一个月，但他选择了可燃冰试采工程。他说：“还是在广州海洋地质调查局这个团队里干得有劲。”

水合物室的徐梦婕说，2016年刚来的时候，对这里的人和事都不熟悉，虽然她之前有两年石油工作的经验，但是对可燃冰的了解甚少。工作中面临的挑战和全新的人际关系，曾一度令徐梦婕无所适从。在她初到水合物室的那段时间，可燃冰试采工程开始进入紧张的准备阶段，水合物室的工作量大大增加，人手严重不足，但经过一段时间的磨砺，徐梦婕发现一切远没有想象的那么困难。在重压环境中自己还能有宽松心情，其根本的原因是领导的包容、关怀和前辈的指导、引领。徐梦婕在工作中很快就相信自己能“上手”了，同时也很快就与身边的同事熟络起来并融为一体。

陆红锋作为测试组组长，在平台甲板上负责取样测试工作。在陆地工作时，从没有这么长的时间一直待在野外测试样品，而在海上，不仅是工作时间长，而且现场采样振动筛非常嘈杂，巨大的机器声震耳欲聋。到了夏季，甲板在烈日烘烤下，如同一个大蒸箱，不要说进行取样测试，仅是穿着厚厚的安全服在甲板上溜达一圈，就会浑身湿透。测试组最多时有9个人在现场，大家分组轮流取样品，没有一个人叫苦叫累。

“国外再好，没有自己的家好。”这是很多在国外留学回来建设祖国的学子共同的心声。1984年出生的尉建功从德国不莱梅大学博士毕业后，于2015年加入可燃冰试采团队。当时他可以在广州海洋地质调查局、中科院、青岛海洋地质研究所三个单位选择，经过认真对比分析和思考，他认为广州海洋地质调查局的地缘优势好，有丰富的可燃冰勘查研究经验，是个适合自己干事的单位，他毅然选择了广州海洋地质调查局。

这个团队让他充分感受到了什么叫科研氛围，同事们对自己拿手的技术没有藏着掖着的，都愿意跟他分享。作为新人，当他有不懂的问题，只要去问总会得到想要的答案。他认为自己在广州海洋地质调查局短短的一年多时间学到的知识、学习效率和积累的经验远远超过了学校累积的总和。

尉建功在德国学习的时候就一直关注祖国可燃冰事业的发展。他说："在能源领域实现突破也是实现伟大的中国梦的组成部分，可燃冰是未来最具潜力的能源，我在德国时就怀有这样的梦想，希望能有机会参与祖国的可燃冰研发开采工作。现在自己的梦想实现了，这就是团队给予我的力量。"

对于这支团队的凝聚力，同样给许多外聘的中外专家留下了深刻印象。钻探专家崔允说："我原来在私企干过，也在中海油、中石化工作过，一般在海上，都是正常工作 12 个小时，下班了，交接完就休息了。我在以前公司的习惯，就是工作不能牺牲个人生活，我不要求加班，给我钱我也不愿意，但是在这里，大家撵都撵不走。我在平台上待了 120 天，制度规定海上工作不能超过一个月，因为超过一个月人的免疫力就会降下来。而我上岸一天稍微调整后，就立刻赶回南海试采平台。没有人要求我这样做，是这个团队、这里的领导非常好，非常有魅力。从领导到普通技术人员，一天干十七八个小时很正常，这种高强度的工作，如果干得不顺心，我早就走了。团队里的同事素质也高，有非常好的开放环境，每个人都可以各抒己见，如果大家认为你的方案正确就执行，氛围非常好。正因为这个团队有凝聚力，领导有魅力，我在这里找到了一种感觉，体会到了一种精神。"

可燃冰第一次试采成功后，叶建良对可燃冰的未来进行了更深入的思考，广州海洋地质调查局的可燃冰研究平台对外要更加开放，要把全国研究可燃冰的力量都聚集在一起，无论是大学、科研单位，还是政府机构。

叶建良说："国家给我们这么好一个平台，围绕国家重大需求，把大家聚集在一起研究可燃冰，包括我们的船大家都可以搭载，要把我们的平台不断对外开放，有钱没钱后面再说。"

在做好国内可燃冰平台开放的同时，叶建良说，要做好请进来走出去的工作，把国外可燃冰方面做得比较好的英国、德国科学家请进来，加强交流。同时，我们也走出去参加加拿大等国家召开的可燃冰国际会议。通过走出去和请进来，能够进一步全面了解和紧跟可燃冰全球研究的最新进展，做到知己知彼。

中国地质调查局一直非常重视重点研发计划的实施。对于重点研发计划，叶建良要求科技处从征求意见稿时就要开始部署，提高项目负责人的待遇。同时严格遴选重点研发计划项目负责人，在项目负责人向中国地质调查局正式汇报项目前，首先在广州海洋地质调查局进行预汇报，层层把关。为了做好国家重点研发项目，广州海洋地质调查局成立了国家重点研发项目重点小组，叶建良亲自担任组长。如果广州海洋地质调查局承担了重点研发项目，叶建良也积极协调外部力量参与，把国内优势单位都聚在一起。

可燃冰试采成功离不开科技人才。试采成功后，叶建良积极引进尖端人才、学科带头人，在 3 年内引进 100 个博士，改变现有人才结构比例。

谈起广州海洋地质调查局科技人才建设培养，科技处副处长吴庐山深感责任重大："叶局对人才管理非常重视，一般工程类的科研人员接触领导机会比较多一些，其他技术所因为工作性质的原因很少和领导有接触的机会。所以科技处一定要把有想法有能力的优秀年轻人发掘出来，推荐给局领导，否则很容易导致人才流失。"

"叶局对人才重视的程度对我们触动特别大，平时他找我们开会，只用几张 PPT 就可以，省去了很多繁文缛节。"匡增桂经常听到叶建良说"我不要正式的汇报，哪怕拿出一个点子过来讲一讲都行". 叶建良在开会时都要听每个人的意见，要求每个人都要发言，就是担心有些人没有机会发表自己的观点，导致意见被错过。为了激发大家的创新思维，叶建良还喜欢找来各个专业的人就同一问题发表自己的看法，哪怕没有做过可燃冰工作的人都叫来一起讨论。

正是这样开放、公平、让专业技术人员各抒己见的氛围，让广州海洋地质调查局的优秀人才不断涌现出来。

2018 年 1 月 23 日，全国地质调查工作会议在北京召开，会议公布了中国地质调查局第三批“李四光学者”（卓越地质人才）、“杰出地质人才”和第二批“优秀地质人才”入选名单。在可燃冰团队里，叶建良、邱海峻、陆敬安、谢文卫入选第三批“李四光学者”，匡增桂、陆红锋、李彦龙入选第三批“杰出地质人才”。尉建功、寇贝贝、夏真、张如伟入选“优秀地质人才”。其中第三批“李四光学者”人员一共 6 名，广州海洋地质调查局为主体组建的可燃冰团队里就有 4 名科学家光荣入选。

其实，不仅仅在可燃冰试采这个阶段，20 年来，广州海洋地质调查局为打开新能源之门作出了突出贡献，培养博士、硕士等专业人才上百位，也收获了一系列成果、荣誉。可燃冰团队入选部科技创新团队，2 人入选“新世纪百千万人才工程”国家级人选，3 人享受国务院特殊津贴；培养出国家“863”计划领域专家 2 人，“973”计划首席科学家 1 人；4 人入选中国地质调查局“李四光学者”（卓越地质人才），4 人入选“杰出地质人才”，4 人入选“优秀地质人才”；1 人荣获青年地质科技奖金锤奖；15 人被中国地质调查局授予天然气水合物试采“先进个人”称号。

可燃冰团队积极践行新时代地质文化“忠诚、创新、拼搏、团结”。他们对党对祖国对事业的忠诚，求真务实创新的科学态度，团结合作拼搏的奉献精神。这是他们在可燃冰的试采中，创造了让世界惊叹国人为之自豪的业绩的精神源泉。

试采结束后，叶建良并没有停下奋进的脚步，他积极推动可燃冰成为我国第 173 个矿种，积极推进可燃冰钻采船建造立项和先导试验区建设，积极推进和落实广州南沙深海科技创新基地建设，加速试采技术成果转化和推广应用，积极组织筹备第二次海域可燃冰试采工程的各项准备工作。

正如中共中央、国务院在可燃冰试采成功的贺电中所说，“海域可燃冰试采成功只是万里长征迈出的关键一步，后续任务依然艰巨繁重”。面对各种接踵而来的赞誉，叶建良清醒而淡定，他说：“我们只是推开了可燃冰研究的一道门缝而已，还有很多工作需要加倍努力、不断探索。”追逐胜利时的奋勇拼搏，成功后的泰然处之，这就是领头羊叶建良所传递出的工作态度、工作标准，这是对新时代地质文化的最好诠释。而今，在中国地质调查局党组的坚强领导下，叶建良正带领广州海洋地质调查局全体干部职工为推动可燃冰能源“从钻台走到灶台”而不懈奋斗。

## 二　忠诚创新合作奉献铸造伟大奇迹

当狂风夹带着沙尘从西北吹来，一排排傲然挺立的防护树林挡住了沙尘的肆虐；当洪水袭来，一群群钢铁战士手挽着手用自己的身躯筑成铜墙铁壁使我们的美丽家园安然无恙；一只狼是弱小的，但是组织起来的狼群其力量是强大的。一项伟大的事业都不可能由一个人完成，尤其是在现代化大生产的背景下，必须有一个强大的团队在支撑，做保障。可燃冰的研究和试采工程就是有这样一支强大的团队。他们抱着对祖国对事业的忠诚，通力合作，勇于创新，不断拼搏，创造了我国可燃冰能源领域的奇迹。

中国百年地质史，就是每一代地质人不断合作和奉献的历史，无论在一穷二白的艰苦创业年代，还是地质技术和装备日新月异的当代。在回望中国地质调查百年历史的时候，我们都能看到一代又一代地质工作者始终以报效祖国、服务人民为己任，为祖国的现代化建设和地质事业的发展立下了不朽的历史功勋。可燃冰试采工程的成功实施并创下多项领航世界的纪录，在中国科技发展和地质找矿史册上浓墨重彩地刻记下了光辉璀璨的一章。

2016年，由广州海洋地质调查局作为我国首次海域可燃冰试采工程的主体承担单位，在不到一年的时间里，就全面推进了试采各项工作，一批高端科技人才脱颖而出，邱海峻、卢海龙、吴能友、陆敬安、谢文卫、梁金强等不辱使命，敢于担当，成为可燃冰试采工程的中流砥柱；中国地质调查局各直属单位抽调的一批80后优秀人才，加入可燃冰试采团队，为试采的顺利推进奠定了坚实基础。

叶建良在总结首次海域可燃冰试采成功经验的时候说，可燃冰试采工程从筹备到实施的500多个日日夜夜里，整个团队在没有成功经验可循，没有专用设备材料的境况下，摸索前行、攻坚克难、大胆创新，创造了海域可燃冰连续采气60天的世界纪录！实现了理论、技术、工程、装备的自主创新和历史性突破，成为攀登世界科技高峰的又一标志性成就！其中，“忠诚、创新、合作、奉献”，这8个字就是对团队精神的高度概括。

中国地质调查局始终坚持，国家需求就是中国地质调查工作的目标和方向。可燃冰试采，就是落实国土资源部关于“攻克海域可燃冰试采关键技术和装备，实现试采”的总体目标。蓝图绘就，方向明确，试采团队成员自觉将自己的梦想实现与国家需求紧密联系，始终坚持以目标为导向，瞄准总目标，执着奋力前行！

中国地质调查局将试采工程列为全局的一号工程可谓重中之重。为此，先后召开20多次会议，确定了“以出气为目标，与工程相协调”的总体思路，明确了“四轮驱动”和“四性统一”的工作原则，并迅速成立了试采协调领导小组、试采现场指挥部和技术攻关组，在人、财、物上举全局之力予以保障，在每个关键节点审时度势、统筹部署和坚定不移的决心，给了试采团队巨大的物质支持和精神鼓舞。

我国首次海域可燃冰试采工程是一项前人没有做过的事业，其试采过程也不是一帆风顺的，前后经历了三次重大的目标调整，每一次调整对试采团队来说都是巨大的挑战。但试采团队始终坚持以目标为导向，牢固树立政治意识、大局意识，坚决贯彻落实国土资源部、中国地质调查局工作部署，不折不扣地将部、局党组有关决策落地生根。

试采目标调整后，李金发多次深入现场，反复强调和鼓励大家要解放思想，不要受任何条条框框限制，包括以往的一些理论。叶建良说，中国地质调查局党组站位高，把目标定得高一点，虽然有难度，甚至难度特别大，但对试采团队来说压力越大，动力也越大，眼光也就放得越远，就更有利于取得突破。而且我们面对的是泥质粉砂型储层，比日本开采难度更高。这就是当时的压力。但是冲锋号已经吹响了，团队全体人员义无反顾地冲了上去。海况复杂、海水深、地层软、储层差，哪一个都是世界性难题。怎么办？靠的就是“忠诚、创新、合作和奉献”的精神。优质矿体在哪里？厚度多大、埋藏多深？地质组陆敬安、匡增桂、张如伟、康冬菊和郭依群等，从试采 1 井至试采 5 井，精挑细选若干个井位，矿体描述精度每个都是达到米级，实现三维动态刻画，最终确定了 SHSC－4 井，结果证明这一井位的选择非常科学准确。

在技术方面，试采团队对可燃冰的试采技术和方法有了新的创新内容。日本科学家只关注可燃冰本身，而试采团队把油气开采的方法借鉴过来，在认识和处理可燃冰试采中出现的问题时，就有了明确的指向和多角度的思考。国际上在这方面关注不够，因为这些国家搞可燃冰研究的专家，很少是搞油气出生的，他们大多是在实验室里做，而中国的可燃冰试采团队很多都是从油气田做起，具有天然的优势。

有了油气田领域工作的经验，在解决储层差问题时优势就显示出来了。叶建良提出应用陆地上软土地基改造技术。工程组谢文卫、寇贝贝、黄芳飞、卢秋平、于彦江和梁前勇等心领神会，把试验从陆上一步步做到了海上。实践证明，改造后的储层成果是试采创造世界纪录的重要因素。不仅仅在技术上，而且在团队文化理念上，叶建良坚持做到公平、公正和谦让，鼓励个人全面发展的理念。他说，作为团队的领队本身不能有私心，要带头做好各项工作。比如在申报有关奖项或者相关论文时，作为领导要做好表率，不要跟职工去争。只有带头人做到无私，大家才会从心里认同这个团队。在具体工作中要责任明确，团队成员晋升要看业绩，看成果，有奖有罚，不能和稀泥，更不能搞山头主义。不盲目相信权威，要拓展思维、遇到问题多讨论，多听一线技术人员、工程师的意见。对于一个新领域，虽然说一定程度上有运气的偶然成分，但是偶然中有必然，可燃冰试采前期做了很多基础工作，而科学决策就是建立在大量的基础工作上做出的。

在他的影响下，可燃冰试采团队的所有成员几乎都是多面手。叶建良说，广州海洋地质调查局对可燃冰研究有得天独厚的条件，可燃冰作为新能源，没有技术标准，其渗透率也没有标准。由于没有技术规范，做出来数据也无法对比，但广州海洋地质调查局有大量的样品，可以把以前采集的样品拿出来做实验。在可燃冰试采前期准备阶段，可燃冰试采团队做了大量实验，在此基础上才开始试采。我国可燃冰试采之所以能够取得成功，是建立在前期很多准备工作基础上。

我国可燃冰试采工程能够取得成功可不是一朝一夕的事，从试采第一天起就历经了种种困难。

试采点火时能不能点着？在最艰难的第一个 24 小时里，出气如果只有 500 方怎么办？ 5000 方呢？达不到 1 万方怎么办？带着这些问题，模拟组的陆程、李占钊，夜以继日地开展钻前产能模拟，工作实行 24 小时运转，人员三班倒。他们清楚，不同的降压路线模拟只是为工程提供一个参考依据，但是每一组数据的获得都饱含他们的辛苦和细心。广州海洋地质调查局更是豁出去了，把所有的可燃冰重要样品都拿到南岗实验室新研发的实验仪器上去测试，以获取一组组支撑产能模拟的新参数。我们现在看到的防砂精度选择的精确的微米数值，其数据的背后也是经过了大量的模拟和实验。在可燃冰试采工程的实施中，彻底打破了钻井、设备、开发等专业限制，打破了内部和外部合作单位之间的行业限制，从而保证了可燃冰持续试采60天的胜利收官。

在可燃冰试采期间，中国地质调查局根据实际情况决定将试采时间由7天延长至30天，再延长至60天，就是要创造世界第一，并获取更多的科学数据，创造让中国人引以为傲的奇迹来。将陆地上技术改造后用于深水海洋工程，对任何人来说都是第一次，谁也不敢说有绝对的把握，这既需要巨大的勇气、毅力和胆略，也需要如履薄冰的谨慎和细致。面对激烈竞争的世界可燃冰勘查格局，整个团队都在与时间赛跑、与困难抗衡。没有经验，他们边工作边学习，边调研边改进，在摸索中总结完善；工期紧迫，他们夜以继日，争分夺秒，加班加点，节假无休；工作千头万绪，他们统筹规划、协调管理、分工协作、督促跟进；困难面前，他们全力以赴、反复研讨、群策群力、攻坚克难。

台风“苗柏”来袭时，5米多高的巨大海浪拍打在“蓝鲸I号”支柱上，雷声轰鸣，但团队全体人员没有一人后退，共同经历了20多个小时的风雨侵袭，最大风力11级时，试采井仍以5000至6000立方的产能生产！确保了试采时间由33天延伸到60天的创新之举。

可燃冰试采团队全体成员是值得我们敬佩的，他们没有辜负党和人民的期望，他们在南海神狐海域上用自己的实际行动竖起了让祖国和人民为之骄傲的里程碑，他们用忠诚、创新、合作、奉献的精神让世界看到了伟大的中国奇迹。

## 三　指挥部办公室——试采团队中枢

对大海的敬畏，是早期人类共同的记忆，群居陆地而远离海洋，已经是很久很久以前的故事了。在中国南海，每当夜幕降临，在没有月光的夜晚，这片人迹罕至的浩瀚海域漆黑一片，只有大海掀起的浪涛声不停地传向远方。但在 2017 年 3 月的一天，这片海域的宁静被打破了，白天总是充满轰鸣的钻井声、来来往往运送物资的船舶的汽笛声和天空不时传来的直升机降落和升起的引擎声。即使在夜晚，这里也灯火通明，人头攒动，可燃冰试采指挥部办公室的人员经常忙碌到深夜。

可燃冰试采工程启动后，擅于用人的叶建良果断地把邱海峻调配到了广州，任现场试采指挥部办公室主任。邱海峻，这位 2003 年毕业于吉林大学、专业为构造地质学的博士，是国家专业技术三级研究员，先后在国土资源部油气资源战略研究中心、中国地质调查局油气资源调查中心从事地质调查工作，在加入可燃冰试采团队前任中国地质调查局基础部天然气水合物处处长。近年来，邱海峻主要承担了塔里木盆地油气资源战略选区等调查项目，担任过天山兴蒙构造带油气基础调查工程的首席专家。无论找油找气的路途有多远，他前进的方向始终未曾改变，他始终坚持理论与地质实践相结合，并以高度的责任感，尽最大的努力，克服了人员不足、野外作业条件差、外部环境制约等不利因素，出色地完成各个调查项目。同时，邱海峻作为多个地质项目负责人，带领所在团队的科技工作者开拓创新，创先争优，他领导组织技术讲座、技术交流、技术培训，组织学术交流研讨会、报告会，为年轻人的成长搭建平台，提高了团队的科技创新能力。

作为试采现场指挥部办公室主任，邱海峻十分清晰地谈起到试采指挥部工作时的情景。他说："跟油气地质打了 20 多年交道，突然接到去组织可燃冰试采工作的任务，心里没底，深知此次‘出海探冰’必定困难重重。"但天下无难事，只怕有心人。到任后，他就带领指挥部办公室的30余名精兵强将，心无旁骛地投入到可燃冰试采工作中！

为祖国争光，为时代添彩的梦想始终鼓舞鞭策着团队的每一位成员。他们废寝忘食地投入工作。邱海峻家在北京，却长期驻扎广州，全面负责试采各项工作的具体推进。海上作业开始，他就搬到了平台上，一年多来，他煞费苦心，熬白了头发，长期作息不规律和巨大的精神压力，导致他的胃病愈发严重。而像他这样工作的，在整个团队是100%。

我国首次海域可燃冰试采工程，从前期地质设计，工程设计，到现场实施，一环扣一环，牵一发而动全身，任何一个环节出现的失误都会影响试采工程的顺利实施。尤其是面对分布于泥质粉砂储层中的扩散型可燃冰资源，储层埋藏浅、厚度薄、饱和度低、渗透性差的现实，面对“日产 1 万方天然气、持续产气一周以上”的目标任务，他们首先从井位选取入手。

在接到召开试采井位论证会通知后，负责井位选取的地质组在短短 10 天内，就成功锁定神狐海域两个矿体，优选了 4 口试采井，对目标层段进行了重点描绘刻画，并创新性地提出了可燃冰二次成藏模式，这种效率是建立在多年深厚积累的技术实力和奉献海洋地质事业的敬业精神之上的结果。

有关井位选取关乎试采成败，地质组承受的巨大压力可想而知。他们先后到东方物探、CGG、中海油湛江分公司、中石油浙江分公司、南京大学等单位调研，并多次邀请钻探专家，组织召开专题研讨会，反复论证优化井位选择方案。井位的精准选定，为后期工程实施提供了充分的地质依据，也为最终的试采成功奠定了坚实基础。

地质设计作为钻井工程设计的主要依据，包括井位，地层与构造，地质录井、取芯、测井及中途测试的内容与要求，井身结构等信息。为此，地质组的技术人员利用半个月的时间，与测试技术人员分析了大量可燃冰样品，最终确认了试采区可燃冰类型主要为 I 型，随后仅用一个星期的时间，就完成了2016年度3口钻探井测井资料的综合解释，并对以往20余口井的测井资料进行了重新分析，从纵向上对可燃冰及其下部气层进行了划分，计算了储层厚度、孔隙度、渗透率、可燃冰及含气饱和度，确保工程施工及数值模拟所需地质参数的准确性。

有了地质数据及目标，制定科学的可燃冰试采方案就成为关键。中石油海洋工程公司作为本次可燃冰试采方案的设计和施工方，整合公司优势资源成立了水合物项目部，按计划提前高质量完成可燃冰试采工程基本设计，并于2016年6月25日顺利通过由院士、专家组成的评审组的审查。

在工程技术及装备的详细设计研究过程中，指挥部办公室广邀国内知名专家学者，对分析论证的每一个工程难点都坚持做到精益求精，不放弃每一个技术细节。2016年5月至6月，指挥部办公室先后组织专业会议20余次，与中油海、北京大学、中科院力学所、斯伦贝谢、贝克休斯、思达斯易等多家国内外知名公司和科研院所交流完井防砂、流动保障、人工举升等关键技术。

叶建良以指挥长名义邀请国内知名专家出谋划策，与中油海团队研究讨论多次，反复推敲后确定改造储层以提高渗透性，为后期工程实施做好了技术储备。同时，提出“稳步降压，小步慢跑”的降压思想，确定了“以防为主，防排结合”的防砂原则，为工程设计提供指导。

我国首次海域试采的可燃冰类型为泥质粉砂型，因此，掌握储层特性就显得特别重要。在试采现场指挥部组织下，模拟组负责开展样品开发渗流特性实验研究的技术人员，长期驻守实验仪器制造厂家，一边设计制造实验装置，一边开展实验和改进，从各个角度研究泥质粉砂地层样品的渗流特征；测试组的同志则通过分析矿物、粒度数据，精细刻画井位可燃冰相图特征。团队首次提出的天然气水合物“三相控制”开采理论和地层流体抽取技术，为试采工程方案和降压方案制定打下坚实基础。

储层渗透率极低、孔隙度极小的特征对工程技术实施提出巨大挑战。为了克服钻完井、防砂、人工举升及流动性保障等难关，可燃冰团队创造性地引入水井和软弱地基处理技术改造储层，工程组在寒冬腊月跑遍大半个中国进行调研论证，研发的未固结储层钻完井技术、双层套管完井技术、储层改造技术、综合测试和实时调控系统、高精度防砂等关键技术，一举攻克多项世界难题，有力保障试采工程的顺利实施。在实践中创建的大气、海水、海底、井下“四位一体”监测技术，为实现可燃冰的绿色开发提供了重要技术储备。

2016 年 10 月至 12 月是工程设计及平台建造的关键阶段，指挥部办公室的工程组人员兵分几路，分别跟踪平台生产作业准备、钻井技术、人工举升和完井防砂、现场测试等，40 多天时间里，他们冒着严寒，足迹遍及北京、天津、烟台和敦煌，舟车劳顿，实地掌握了试采工程各项准备工作的最新进展，顺利完成了工程详细设计的优化，保证了平台的按时交付。

在工程设计稳步推进的同时，测试人员用近一个月的时间，分析了上千组来自试采站位的沉积物样品，完整获得工作区域第一手数据，并提前整理出可燃冰储层温、层压数据资料，通过研究试采井可燃冰相图特征，确定了可燃冰降压分解临界点。为确定储层多孔介质渗透率对流速的敏感性，模拟人员开展了现场速敏实验，驻工厂 1 个多月，取得了储层速敏发生的临界压力梯度，结合测试组提供的可燃冰相图，为降压方案的设计提供了理论依据。他们还创新性地建立了一套适用于泥质粉砂储层可燃冰系统的产能动态评价体系，以多孔介质流速敏感性特性为重要参考，将地质需求与工程实现结合起来，在可燃冰产能模拟中，开展了 50 余套降压方案的模拟工作，为试采降压提供了重要参考。

2017 年 3 月 28 日我国首次海域可燃冰试采工程在完成了各项准备工作的前提下正式开钻。钟自然、李金发登上平台为大家鼓劲加油。钟自然鼓励大家说：“以前在所有的矿产资源领域我们都是跟在欧美国家后面跑，没有一个是中国领先的。唯有在天然气水合物领域，我们在起步比日本、美国、加拿大晚的情况下，奋起直追，现在和他们站在同一起跑线。我们能不能让外国人跟在我们后面，中国人举旗帜，让外国人跟着我们跑。虽然我们自然条件不如他们，但是我们要有志在必胜的勇气。”

随着钻探进尺一米一米向海底深部可燃冰储层延伸，叶建良带领试采团队分析试采井录井、测井资料，确定割缝层位、评价改造效果，主持研讨各类技术方案。经过 50 余天连续作战，5 月 10 日，可燃冰试采点火成功，产量最高的一天达 3 万多立方。

初战告捷，人们兴高采烈、欢欣鼓舞，而作为指挥长的叶建良却告诫大家要瞄准最终目标，不能出现一丝疏忽。随即，指挥部办公室与中油海、贝克休斯公司组成现场生产控制小组，监控电泵的工作状态，提示电泵工作的风险点，结合井况以及产量需求，及时调整技术参数，确保安全稳定生产。由于现场缺乏足够的分析测试人员，地质组、模拟组人员也加入了测试组，他们克服了分析场地狭小、分析时间紧的困难，分秒必争，仔细观察和记录钻井过程中的返出样品，及时捞取地层砂样，第一时间提供测试数据。尤其是在台风“苗柏”正面袭击时，曾一度造成电泵电缆损坏，失去排液途径，井下随时可能因出水问题导致生产停产。由于事前应急措施周密，及时启动了气举排液备用方案，在井下大量积液之前，成功衔接了连续油管及制氧设备，确保了生产的连续平稳。

在试采平台现场，测试组的主要工作是对井筒中产出的气、水、砂物化数据进行实时监测，动态掌握物化数据的变化，从而为试采工作程序的修正、现场决策及后续可燃冰的理论研究提供数据支持。现场获取了气、水、砂样品共 1943 个宝贵的测试数据，科学严谨地获取了完整现场数据。现场测试 9 人小组自工程开钻伊始，在平台上连续工作超过 60 天，全体测试组人员精诚合作、夜以继日，在仅能同时容纳 3 人的空间里完成了所有测试任务。

测试组组长陆红锋博士说，回想测试组组建过程，真可谓时间紧迫、任务艰巨、困难重重。组建初期面临的首要难点就是仪器的运输安装调试。在接到指挥部指令后，测试组争分夺秒进行设备功能确认、耗材和配件采购，然后从广州，经陆运、水运，辗转千里，运送到烟台锚地的“蓝鲸I号”平台上，确保平台动员前完成所有安装调试。在平台上，仪器的安装调试也遇到挑战，“蓝鲸I号”平台没有专门的实验室，仪器的安装面临场地问题。但任务已迫在眉睫，没有足够的时间来重建实验场地。经过多方磋商，决定由平台录井方腾出一块面积不到6平方米的场地。即使这样，仪器安装仍是捉襟见肘。最后全体人员集思广益，对有限的使用空间进行扩展，终于将所有测试仪器安装调试完毕。

试采指挥部办公室成员大都是80后的年轻人，一年多来，他们经历着与亲人两地分居的煎熬，带着无法照顾家人的愧疚，坚守在自己的工作岗位上。邱海峻这样表述他在平台上工作的心情：

“2004年，我在加拿大一个天然气水合物（可燃冰）实验室工作，第一次见到了可燃冰实物样品。那时，我从来没有想过，十几年之后，我们会通过自己的工作，使祖国成为世界上首个实现可燃冰安全试采的国家。”

## 四　工程组——在一波三折的创新中攀登科技高峰

在科技工程领域里，要取得突破不是一件轻而易举的事情，各种艰难险阻接踵而来，一个又一个的难关需要科技工作者去攻克。在可燃冰试采这一重大科技工程中，尤其需要团队成员众志成城、通力合作。在现场工程实施阶段，指挥部办公室工程组的工作更像是厨师，把准备好的各种食材，变成一桌盛宴。但“烹饪”过程一波三折，遇到了种种困难和问题，而且每一个困难和问题如解决不及时都会直接影响可燃冰试采工程的最终结果。

我们知道，可燃冰试采设定的最初目标是日均产气 3000 立方，经过科学论证，中国地质调查局将目标提高到了 1 万立方，并且要持续 7 天。当时很多人认为这个目标太高，脱离实际，无法完成，因为从理论上计算，产量一天最多只能达到 5000 方。为了增加出气量，叶建良带领团队人员创造性地引入了地基处理技术对可燃冰储层进行改造。

对储层改造这确实是一个世界性难题，但这一创新性思维是破解世界性难题的有效途径。为此，卢秋平被派到中油海曹妃甸码头，先进行陆地试验。那时候北方已经是数九寒冬，这个南方的小伙子忍受着刺骨的寒风，一遍一遍地拆卸和调整钻具、测量试验结果，每天工作在 10 个小时以上，按计划完成了试验任务。

当时，储层改造技术虽然在陆地钻井上已有先例，但在深海运用，在世界范围内却是首次。实施效果怎样，工程组的科技人员心里也没底，感觉到处是未知数，到处是看不见的困难，谁也不知道最终的效果会怎么样。为此，他们用了 10 多天的时间，顶着摄氏 40℃酷暑，24 小时不间断地收集海底各类信息，仍然无法对海底深处井筒周围的变化情况进行准确判断，此时他们所承受的心理压力可想而知。每天在平台上，各个组的技术讨论会都会进行到很晚。可燃冰点火前一天的 5 月 9 日晚上，完井方案虽然已经觉得无可挑剔了，但大家还是感觉不踏实，一直反复论证到凌晨，并又一次检查了备用方案，才稍稍地眯了一会儿眼。但储层改造的最终效果到底会怎么样，依然像一块巨石压在他们的心头。

直到 5 月 18 日，火炬臂上的火焰熊熊燃烧到了第 8 天，所有参试人员心头的那块巨石才被搬掉。

他们赢了！

事实证明，这次储层改造效果不但很好，而且超越了预期，顺利突破了第一道难关。要知道，我国首次海域可燃冰试采的难度要远远大于日本，在泥质粉砂地层中作业，就像在豆腐上打钻，既要保证近千吨的钻探井口和井下系统可靠地安放，还不能破坏如豆腐一样软弱的地层。

由于粉砂储层松软未成岩，且含有大量的黏土矿物，试采过程中容易造成防砂筛管和储层渗流通道的堵塞。为解决这个问题，试采团队成员跳出了传统油气开发的局限，对防砂技术进行大胆创新，经过对方案的反复推演完善和现场精心组织，克服了施工中多个环节的技术问题，最终完成了整套井下试采系统的安装，经受住了60天试采的考验，有惊无险地跨过了第二个难关。

可燃冰试采的第三个难关是降压方案的选择与实施，这决定了可燃冰试采可持续的时间和产量。如果压差给得太大，地层就可能垮塌、出砂、堵塞井筒。压差如果给得太小，则形成不了足够的产能。为了获取完整的试采数据和满足产能目标，他们就一步一步地增大压差。而每增加一次压差，他们的心似乎都提了起来，因为他们不知道其结果会是怎么样。他们心里明白，在降压的关键节点，哪怕走错一步，就可能导致试采工作不可逆转的失败！

谢文卫记得很清楚，当压差第一次达到预测储层微量出砂点的时候，大家的神经立刻就紧张起来了；等上升到试采前预测的主力层大量出砂压差点的时候，大家都神情严肃默不作声地盯着数据和曲线的变化；而最终到了预测的地层坍塌点时，大家就都坐不住了，纷纷围绕数据的一些变化对即将出现的问题和措施发表个人意见。谢文卫当时因为长时间精神高度紧张和疲惫，只是看着同事们的嘴唇在动，已然听不见他们在说什么。最后还是在叶建良的引导下，大家统一了认识，做好了直面最坏结果的准备。就这样，一个个压差上升的风险关口在异常紧张的气氛中一个个通过，最终他们将压差提升到了系统所能达到的最高值，观察到了地层压力充分释放时的数据。他们的研究和成功实践，让中国的科学家在世界上首次获得了可燃冰分解及二次生成现象的宝贵经验和数据。

在可燃冰的试采过程中，试采团队经历无数个惊心动魄的考验，每一次考验都是在检验科学家和工程技术人员的能力、智慧和国家的工业化水平。我们欣喜地看到可燃冰试采工程组的同志们，在困难面前没有退缩，他们凭借着自己的熟练技术和聪明智慧，有惊无险地战胜了一个又一个困难，和其他组的同志一道，全力保证了到可燃冰试采工程的顺利进行。

## 五 地质组——青春筑就成功阶梯

2018 年 5 月 3 日，共青团广东省第十四次代表大会在广州隆重召开，天然气水合物试采团队荣膺“广东青年五四奖章集体”荣誉称号。同时，天然气水合物工程技术中心团支部被共青团中央授予 2017 年度“全国五四红旗团支部”荣誉称号。5 月 7 日，广州海洋地质调查局工程师王静丽应邀参加共青团全国“两红两优”获奖代表座谈会，共青团中央书记处书记徐晓给天然气水合物工程技术中心团支部颁发了奖牌。

中国地质调查局天然气水合物工程技术中心于 2016 年在广州海洋地质调查局成立。水合物工程技术中心有职工 60 人，其中 35 岁以下青年科技人员 47 名，占 78%，是一个充满朝气和活力的青年集体。在我国首次海域可燃冰试采工程实施中，这些洋溢着青春活力的年轻科技人员充分发挥了在“急、难、险、重”时冲锋在前的生力军和突击队作用。

“不渴望光辉璀璨的人生，只求激情的青春永远定格在那天真无邪的童年里，不渴望陶醉于与世无争的岁月，只求快乐的青春永远在流年里回旋。”

在可燃冰试采团队年轻人的学习笔记中，时常能见到类似的青春格言。他们认为，是海洋给了他们奉献青春的机会，并让他们在若干年后，因为自己为国家为民族的辛勤付出，没有留下一丝遗憾。这是参加我国首次海域可燃冰试采的青年科技人员的共同愿望。

地质组成员大多由80后、90后年轻人组成。他们就像工程组的眼睛，担负着试采井位选取、储层参数确认、为工程方案设计提供储层产能模拟和现场测试等重任。他们是一支朝气蓬勃、吃苦耐劳的科技攻坚团队。

在平台上的施工期间，地质组的现场测试人员，在噪音如雷的振动筛前连续观察和记录钻井返出水，捞取地层沉积物砂样，往返测试房与取样区之间。遭遇烈日高温、狂风暴雨是常有的事；在狭小的测试房里，测试人员在37℃至38℃的高温下，科学严谨地开展分析作业。有时候，在现场生产工序变动、产出水增大时，需要以一分钟间隔加密取样，此时全体测试人员都坚守在甲板测试区，科学分工，有序取样，不辞劳苦。在测试现场，更换测试使用的纯净水和高压气瓶是一件非常困难的事，测试组青年人扛起几十公斤重的高压钢瓶、水桶，一次一次完成更换工作。尽管如此，艰苦的条件和高强度的分析工作，都无法减弱他们的工作热情。他们在大海上挥汗如雨，只为取齐试采数据，体现了地质野战军特别能吃苦特别能战斗的优秀品质。

现场测试小组是一支快速反应、技术过硬的队伍。试采期间，粒度分析仪出现故障。他们一边保持取样的不间断，一边快速从岸上调来新设备，仅仅一天时间，就恢复了粒度分析工作。气相色谱仪分析异常，测试组成员杨天邦通过仔细检查，很快找到是色谱柱进样口的问题，通过就地取材，仅用几个小时就修好仪器，保证了测试分析的正常进行。测试组成员刘纪勇针对试采产出水情况，制定了产出水样的处理手段及特殊的离子色谱分析方法，极大提高了现场分析的效率，保证了试采现场分析的需求。还有匡增桂、方允鑫、陆程、尉建功、李占钊、卢秋平、张如伟等等，他们都是现场测试的尖兵，为试采工程的现场分析及时提交资料数据，作出了贡献。

在产气量由3000立方提高到1万立方之后，需要地质组中的模拟小组提供证据。而如何将不同的节点协调好，保证产量最大化，是其中一项关键任务。比如，在确定降压方案时，怎样防止二次可燃冰生成等各种不利因素都必须考虑到。在现场当形成降压时大家心里很忐忑，不到10分钟就汇报一次，中午的时候压力上升较快，到晚上，产气量一度上升到1万至2万立方，当时觉得每天持续达到1万立方的目标不可能实现了。可是大家硬是憋着一股劲，叶建良带头提出各种问题，与大家一起讨论想办法，终于攻克了难关。

可燃冰试采是国家工程，不仅参加的人员多，而且投入的资金也很大，每个环节都要仔细考虑好、设计好。因此，做好可燃冰试采的前期准备工作至关重要。

可燃冰试采井位的选取，仅是地质组在整个试采工作的开始。应该说，整个可燃冰工程设计，处处都离不开地质数据的支撑，无论是工程基本设计、详细设计，还是防砂筛管的设计，都必须建立在准确无误的地质参数基础上。因此，自从钻井平台开赴神狐海域试采井位后，地质组人员就持续工作在海上生产一线，全面参与现场的各项工作。

平台空间有限，而地质组人员的工作范围是无限的，哪里有需要，哪里就有他们的身影。试采工程启动时，现场指挥长叶建良看得更远。他提出了地质组成员不能仅仅局限于本次试采，在完成试采任务后，对普通钻探船触及不到的、有较好可燃冰地质前景的超深水区，也要开展钻探勘查的设想。

地质组接到任务后，没有片刻停息，迅速付诸行动，通过综合分析前期地质调查资料以及可燃冰成矿条件，很快就优选出一块可供勘查钻探的区域。由于之前本区域的调查资料相对较少，为了获取更为确定的地质资料，他们提出了在该区域补充地质取样和热流调查的想法。为此，地质组成员迅速与广州海洋地质调查局调度处刘方兰取得联系，得到了正在海上作业的“海洋四号”地质调查船的支持。在海况恶劣和时间紧迫的情况下，“海洋四号”船以最快的速度采集到了样品，然后又迅速由守护钻井平台的中油海“281”船专程开赴“海洋四号”作业地点，进行海上接力，及时将样品送往深圳陆地。而此时，他们已在深圳约定地点做好了接应准备，样品一到岸，即送往分析地，没有耽误一分钟。由此形成了快速响应和全流程无缝接力，顺利完成了预定任务。

人非草木，孰能无情。地质组的成员大部分在30岁左右，正是恋爱或刚组建家庭没几年的年龄。承担模拟工作的陆程一走就是100多天，有的人家里的父母没人照顾，有的处于恋爱中的对象长时间见不到面而决然分手。李占钊出海期间把母亲接来带孩子，但来家没多久，母亲眼睛因突然失明而住院手术，妻子只好请假，在家和医院之间来回奔波照顾老人和孩子。获得青年地质科技金锤奖的80后工程师匡增桂，将年幼的孩子送回老家，一头扑进可燃冰井位优选、细划储层的工作中。负责采样分析与温压监测数据分析的尉建功博士，孩子很小，他从平台上回到家里后，孩对他子说："爸爸，你再不陪我玩，我就长大了。"

青春是短暂的，也是美丽的，可燃冰试采现场指挥部办公室地质组的这群年轻人，在最美好的年华里，为了共同的理想，用他们的青春和汗水，谱写了不负重托、不辱使命的新时代地质之歌！

## 六　综合组——甘为人梯默默耕耘

科学研究要出成果，一是科学家要力戒浮躁，刻苦钻研，耐得住寂寞；二是要有力戒名利，为他人、为团队甘当人梯的行政技术管理人员。有幸能够参加可燃冰科学研究和试采这一国家重点工程的人，首先就要有无私奉献、甘为人梯的品质和精神。可燃冰试采团队中的综合组全体成员，他们在可燃冰试采工程实施前后，倾力尽心做好保障工作。他们或许没有浓墨重彩的人生，没有鲜花满地铺就的荣誉，但是他们凭着执着寻找可燃冰为祖国争光的坚定信念，爱岗敬业默默耕耘，用实际行动诠释了科技工作者的使命和担当。他们心中有责任有梦想，在艰苦的可燃冰试采过程中虽然遇到挫折有烦恼，但更多的是收获了成功的喜悦。

2016年5月，王静丽从广州海洋地质调查局水合物室来到刚刚成立的试采指挥部办公室综合组任组长，成为指挥部的最早成员之一。王静丽到指挥部报到时，指挥部只有三台电脑三个人。就连寇贝贝让王静丽找个地方帮他打印一份表格的条件都不具备。那时的王静丽就纳闷，这号称国家重点工程的试采指挥部，条件怎么这么简陋，连个打印机都没有，办公用品更是要啥没啥。

指挥部办公室成立之初，缺人缺物，而井位论证、地质设计、试采选人等重要工作的开展又迫在眉睫，仅有的几个人都是身兼数职，每天到办公室，把当天要做的事梳理排号，几乎天天都要忙碌到半夜一两点。当时的综合组同志最期盼的事情就是赶快增加人手。

在叶建良的协调下，广州海洋地质调查局各业务所的精兵强将迅速到位，工作职责也一一明晰。人手多了，但工作却没有变得轻松，随着试采日子的临近，时间显得越来越紧，任务也越来越重，大家的压力也越来越大。所有人好像都在拼命与时间赛跑、与困难抗衡，夜以继日，加班加点，节假日无休成为常态。

5月落实工程经费；6月完成地质、工程基本设计；7月统一地质参数、启动物资采购；8月签约平台并提出试采创新方案；9月平台第一次海试、优化工程实施方案；10月确定出航日期并分组督办，关键环节梳理、落实；11月操控平台的队伍到位、第二次海试、完成工程详细设计；12月平台交付、第三方合同全部签约；1月备料到位、施工前总调试；2月工程正式启动，平台出航；3月开钻；5月点火。整个时间节点卡得非常紧，一环扣一环，要求他们无缝衔接好每一个工序，保证可燃冰试采工程按时实施。

在开钻前的10个月时间里，他们组织各类技术研讨会70余次，发出工作函件100余份，赴各地工作调研30余次，提交了数不清的调研报告和技术论证方案。

这一系列数字的背后，是可燃冰试采现场指挥部成员牺牲休息时间，用青春和汗水堆积出来的。他们放弃周末、节假日，披星戴月，只为论证最优的目标井位；他们跑遍了小半个中国，只为寻求更好的增产技术手段；他们在寒冬腊月的室外、没有暖气的厂房里坚守，只为取得第一手实验数据，为改进技术方案提供支撑。最终他们完成了目标井位优选，实现了多项工程增产技术的创新，顺利按期完成了各项工程准备工作。

王静丽清楚记得，2016 年 10 月的一天，指挥部办公室主任邱海峻的胃溃疡犯了，王静丽去到他办公室的时候，他正蜷曲在沙发上，脸色发黑，嘴唇没有血色，豆大的汗珠不停地从脸上滚下来，虚弱无力的他跟王静丽说，请帮找辆车送他回宿舍，实在是起不来了。可是第二天一早，他又准时来到办公室。几天后，他半夜再次病情发作，被同事送进医院，打吊瓶一夜，稍微好转一点，又坐到了办公桌前。而像邱海峻这么拼命工作的，在指挥部绝不是个例。负责工程技术准备工作的谢文卫，他的拼命三郎式工作方式让年轻人都为之汗颜，指挥部里的每个人都收到过他凌晨两三点回复的工作邮件，大家都为他旺盛的精力而赞叹不已。王静丽却看到他在去往烟台的大巴上，双手撑着扶手站了一路，长期的伏案工作使他的腰椎病又复发了，疼得无法坐下，他却默不作声，和大家一起来回奔波。

3 月 28 日，钟自然在平台宣布正式开钻后，叶建良坐镇平台，现场工作人员开始实行两班倒，早 6 点对晚 6 点。为了将施工方案优化再优化，每晚 8 点全体成员一遍一遍地推演论证，常常要到深夜。大家每天的工作时间都超过 16 个小时。而每天清晨，第一个来到现场指挥部的肯定是指挥长叶建良。

在储层改造作业期间，37℃的桑拿天，他们 24 小时驻扎现场。在狭小的作业中心，在闷热嘈杂的振动筛旁，实时跟踪工程参数，采集分析水样、砂样，及时判断改造效果并反馈指挥部，以便进行适时的方案调整。

试采成功了，全世界都看到了中国在可燃冰领域取得的成就，而王静丽看到的是这个以80后为主力的年轻团队无私奉献、同舟共济走向成熟的艰难的每一步。每一个参与试采的人心里都深藏着对家庭的愧疚。盛堰、梁前勇等，妻子工作也十分繁忙，年幼的孩子时常出现无人照顾的情况。寇贝贝、黄芳飞和家人长期两地分居，几个月不回家，无法顾及家庭。于彦江家中孩子生病，因为工作无法回家，妻子独自一人带着孩子辗转医院诊断治疗。卢秋平家中妻子刚刚怀孕，独自在上海，他也无法照顾。更多的在后方做保障工作的同事则早出晚归，家里人常说，人虽回家但却见不到面。

每次提起电话想安慰亲人，可话到嘴边却说不出口，因为大家知道，自己对家人的愧疚，无法用话语去弥补。想起对妻子的承诺，对儿女许诺的去游乐场，更是没有勇气拿起电话。尽管内心备受煎熬，可是为国争光的使命感和责任感，使他们选择了坚守岗位。这种甘于奉献的精神，在21世纪的今天，在年轻人中显得更加弥足珍贵。

有一句话是这样说的，如果你觉得你活得很舒服，那是因为有很多人在默默地为你付出，有人在为你负重前行。如果你觉得很安全，那是有很多人在为你承担风险。这些人中就有为我国未来能源无私奉献的可燃冰试采团队的科技工作者们。

## 七　后勤补给——强大的后援保障

三军未动，粮草先行。说到粮草先行，人们想到的就是行军作战的后勤补给，这是一场战斗或战役能否取胜的重要因素！没有强大的后勤补给，就不可能有胜利的希望。在战场上，所有的战斗部署也都会有保护补给线的安排，后勤补给的成败关系到整个战场的成败。如果把可燃冰试采工程比喻为一场海上战役，那么后勤补给就是在后方给予海上作战的团队提供及时有效的补给和各种物质上的保障。可燃冰试采是个涉及面很广的系统工程，除了几百人在平台上工作生活之外，还涉及可燃冰试采装备的各种补给和维修。尤其是突发事件发生时，如果没有充足及时的后勤保障，前方试采工作就不可能顺利进行。

在采访中我们了解到，为保障前方平台上科技人员正常的工作生活，小到话筒、扩音器，大到桌椅板凳这种细小零碎用品，只要平台上需要，就马上会魔术般地出现在平台上。试采任务完成后，运回广州的物品整整装满了两个集装箱。

叶建良说："后勤上，不管什么事，只要找雷局就行了。"他所说的"雷局"就是广州海洋地质调查局负责后勤补给的雷勇副局长。说起雷勇，这可是一个有才能的人。雷勇的大学可是整整读了 5 年，在同济大学读海洋地质专业，1988 年毕业后，他进入南海地质调查指挥部第二海洋地质调查大队工作（即广州海洋地质调查局前身）。所以说，雷勇也是与海洋打了 30 年交道的海洋通。他先后负责生产调度和经营管理，可燃冰试采工程前期的很多商务谈判以及与外国公司的合作谈判雷勇都曾参与。从 2007 年到 2018 年广州海洋地质调查局组织实施的 5 次可燃冰钻探，所有合同他都参加了商业谈判并完成签约工作。在谈到这次可燃冰试采工程项目时，雷勇说，广州海洋地质调查局完成国家任务绝不含糊，这是我们局几十年来的一贯作风。虽然这次试采工作难度非常大，但这么多年来积累了海上生产组织经验，对海上作业管理很熟悉。而且中国地质调查局果断把叶建良从北京油气中心调到广州海洋地质调查局领导开展试采工作，大家都知道他在油气中心 3 年多时间就打出了页岩气，非常厉害。

对于负责这次后勤补给工作，雷勇说，不管多难，多麻烦，后勤部门都会尽心尽力解决，这次可燃冰试采后勤保障要求更快，平台上要什么设备第二天就能到达。根据多年的海上管理经验，雷勇说只要是海上要的，肯定都是很急的。而最让他记忆犹新的是一次平台上急需一台激光粒度仪。

当时已经临近试采对外发布消息的时间，但是试采平台上的激光粒度仪却突然坏了，这个仪器对测试海底是否出砂非常重要。大海平台空间有限，各种设备多，所以需要一台轻便的激光粒度仪。得知信息后，雷勇就发动所有测试人员，联系中国地质调查局的基础所、测试所，海洋三所和一些理事单位一起参与寻找，但他们找来的仪器都比较大，不符合轻便的要求。最后总算在测试所发现有一台轻便而且符合要求的仪器，但型号上还是有点差别。因为是进口设备，只能通过进口设备的厂家解决，而厂家又无法上平台（上平台开展工作需要一定的培训和办理相关证件），于是雷勇就请厂家到单位现场指导测试所技术人员现场学。厂家来的人一边拆一边教，测试所技术人员一边学习一边拆，并安装好，就这样来回几次，他们就掌握了。当天晚上设备就装箱连夜启运，第二天就由直升机运到海上平台，因为飞机舱里空间有限，放不上去，干脆就绑在直升机的走道上运送过去。但是对于这么重要的设备光会拆和安装依然不行，平台上没人知道这台进口仪器怎么使用，当时正是周日，就派人到湛江学习，周一就从珠海直接赶回到平台上进行实际操作，最终没有耽误向外发布试采成功消息的时间。

充分的后勤保障，让可燃冰试采前线冲锋陷阵的将士们心无旁骛地在大海的试采平台上努力攻坚克难，不断刷新我国可燃冰试采的记录。后勤保障工作虽然不像大海里那团火焰那样被人知晓，但他们却是在默默无闻地为我国可燃冰试采事业，为中国的能源事业默默贡献着自己的一份力量。

# 第十章　共同目标

20年来，可燃冰的研究调查勘查的工作进展动态，无时不为广州海洋地质调查局全体职工所关注。工作中遇到挫折大家出主意、想办法，取得成果大家高兴、欢呼，为祖国寻找可燃冰资源，成为全局上下共同的责任和目标。全局各部门通力合作、齐心协力，全力保障可燃冰的研究和勘查工作的开展。海洋地质勘查技术方法所承担海洋地震勘探、海洋重力测量、海洋磁力测量、海洋地质取样等可燃冰项目的海上资料采集任务、技术装备更新以及相关的技术方法研究；船舶大队承担科考船管理、使用、维护、保养等；资料处理研究所负责水合物调查的多道地震、OBS、单道地震、浅剖、重力、磁力、导航定位、水深、多波束测量等数据处理及研究；实验测试所承担水合物样品保存、地质实验及测试工作；海洋矿产地质调查所水合物中心负责海底天然气水合物资源调查评价；海洋环境地质和工程地质调查所负责可燃冰调查中老百姓比较关心也是非常重要的环境测试和评价……在共同目标的引领下，广州海洋地质调查局各部门相互配合、同心协力，共同完成了可燃冰的调查、钻探和试采工程的各项任务。

## 一　跑海人

海边，码头，空气中夹带着潮湿的咸味，一阵粗犷的轮船鸣笛声远送着一批又一批常年跑海的人。与海洋地质科技人员口中的“出海”“出大洋”不同，常年跟海洋打交道的广州海洋地质调查局船舶大队更喜欢用“跑海”这个带着浓浓生活气息的词汇，船员们称自己为“跑海人”。

我们经常看到这样的场景，一批又一批短暂在陆地上停留的“跑海人”，迎着海风，向着碧波万顷的大海深处驶去，而岸上不停挥舞着双臂、凝重的脸上挤出笑容的家人们，此刻的心情也如海浪一样起起伏伏。

从20世纪90年代后期广州海洋地质调查局开展可燃冰资源的调查开始，就离不开这群“跑海人”驾驶着“奋斗五号”船、“探宝号”船、“海洋四号”“海洋六号”将一批又一批的科技工作者送至茫茫大海上的目的地。

曾经在广州海洋地质调查局的“探宝号”“海洋四号”担任大副，现为船舶大队综合科科长的高方朝清楚地记得，很多跑海人远在大洋，即使是几年前，他们在没有网络、没有信号的科考船上，短则半个月，长则三四个月无法与家人联系，一旦出海只有回到岸上方知家中事。

“有个同事出海回来才知道，年迈的老父亲已经去世，他只能在父亲的墓碑前，磕几个响头，一肚子的话再也不能当面向老人诉说了。”1998年参加工作的高方朝在接受我们采访时动情地说。

为了祖国的海洋事业，年轻的小伙子撇下挺着大肚子的妻子，出海了。当他上岸时，迎接他的已经不是妻子一个人了——他们的孩子在他跑海途中来到了这个世界。但是谁能知道，独自生活的妻子，是如何克服怀孕时的呕吐，迈着不灵活的步伐独自一次又一次到医院排队产检，常常想喝杯水都没有人给递送，想吃口热饭都得费一番周折。

高方朝和我们谈到年轻人一个人经常在海上，把船当作家，不经意间就脱离了社会，有许多年轻船员都没有时间谈情说爱，有些有孩子的年轻人也经常丢下感冒发烧的孩子，自己一个人出海。以前，大家都生活在一个院子里，哪家遇到困难可以相互帮助，现在的跑海人都是来自五湖四海，各自也住在城里的不同小区，邻里之间交往很少，所以现在的年轻人一切只能依靠自己。尤其是父母无法到城里给自己带孩子的年轻人，一旦出去跑海，家里的重担都会压在妻子一个人身上。要知道当家庭最需要男人的时候，男人却在海上，那种滋味只能是有切身感受的人才能体会到。

高方朝和我们聊起，他刚跑海的时候，尤其是出远洋，很长时间才能回趟家，最让他挂念的就是两三岁的小孩。

“那时候就是特别特别想小孩。一旦我们的船靠港补给，即使我们已经很久没吃到新鲜的蔬菜水果，但第一时间要做的事，就是通过船舶代理公司找家里人给他们捎来的家书。这时，能读上那一页书信，比什么都重要。那个时候船上没有微信，没有电话，当时我的工资只有600多块钱，在港口打远洋电话很贵，一次电话就能打掉我300多块的工资。但是没有办法，还是得打。有时候，在港口我们骑着单车去买菜，半路会不自觉地直接绕到邮局给家里打电话。那时候不像现在可以轮休，都是一个萝卜一个坑，很难有时间下船在家里待上一段时间。”

思念妻儿、牵挂父母是人之常情。很多跑海人，闲暇时经常在甲板上仰望着天上的星星，遥盼着亲人的平安。在跑海船员中，很多人因为出海导致了风湿等职业病，但在高方朝眼中，这些都是小事。

“最可怕的不是身体出现什么毛病，而是长时间的大海作业，让人心理出现了问题，就是我们常说的抑郁症。不过现在好了，我们船上有了网络，有了微信，大家随时可以和家人、朋友沟通，只要多沟通，大家心里就好受多了。”

孩子永远是跑海的父亲绕不开的话题，只有当了父母之后才能感觉到这难以割舍的血脉深情。但父爱的常年缺乏，也让很多跑海的父亲心里亏欠万分，尤其是因为父亲教育的缺失，对孩子疏于管教，一些荒废学业的跑海人子弟，让这些脸上被海风划上一道道年轮的汉子愈发显得苍老。

我们在采访“海洋四号”船长黄世来的时候，他也提到他这辈子最遗憾的是对家庭照顾不周，对爱人对小孩亏欠很多。一旦出海就难以顾及家庭，有什么事只能靠爱人一个人自己解决。尤其以前通讯不发达，他最长一次出远洋有 180 多天无法和家里联系。

有些跑海人对大海，对国家的海洋事业有割舍不开的感情，在他们退休后，由于他们经验丰富，很多单位花高价聘用他们，但只要工作需要，他们会不加思索地选择他们干了几十年的船舶大队。“因为他们对单位有感情，对他们一直操作的船很熟悉，回到这里干，他们心里比较踏实。”在我们聊到关于返聘船员的一些情形时高方朝说。

船舶大队是个特别的单位。它坐落在东莞市麻涌镇海洋地质码头，临江而建，有 200 多人，是广州海洋地质调查局职工最多的单位。船舶大队成立于 2004 年 10 月，承担了广州海洋地质调查局所有调查船以及调查船船员的管理、调配，船舶设备维修、保养，船舶物资、配件供应，船舶安全生产、调度、通讯、值班和码头管理任务。海洋地质专用码头是 2003 年投入使用。码头全长 250 米，宽 12 米，设置 2 个 5000 吨级的调查船专用泊位，水深 6 米，码头区域陆地面积近 8000 平方米。

我们乘车从广州一路南行，向着东莞海边出发，没多久，“海洋地质码头”几个字镶嵌在蓝天下像翅膀一样的大门左侧，右侧是白底黑字的“广州海洋地质调查局船舶大队”牌子。进入院子，两层棕色的办公楼伫立在珠江边上，港口停着“海洋四号”和“探宝号”两艘元老级海洋科考船，而“海洋四号”甲板上，船员们正忙着为第二天的出海做最后的准备工作。

我们来得很巧，在“海洋四号”即将奔赴深海作业的时刻采访到了这艘船的黄世来船长。

这位广州航运学校毕业，从船队“奋斗五号”起航，如今已年近半百的跑海人跟大海已经打了 27 年交道。刚进“奋斗五号”时担任三副，1993 年升为二副；1996 年进入“奋斗四号”；1997 年升为大副，进入“海洋四号”；1998 年回到“奋斗五号”；2000 年转入“奋斗四号”；2006 年成为“奋斗四号”船长；2016 底开始操盘“探宝号”；2018 年 8 月再次回到“海洋四号”当船长。他把广州海洋地质调查局的“老船”来来回回跑了个遍。

我们从办公楼下来时，黄世来已经在“海洋四号”停靠的码头迎接我们，他穿着红色工作服，中等身材，黝黑脸庞。常年在蓝天碧海的环境里工作，锻造了他精瘦又精神的船长形象，那是大海给他的烙印，是跑海人身上透出的那种别样气质。

我们踩着围栏和安全网搭建好的“桥”，两步三晃地登上“海洋四号”甲板，在黄世来引导下，一路沿着船舱走进了他的办公室。办公室其实就是一个 5 平方的船舱，有一张桌子，桌子上放着一台电脑，还有一张椅子和一张约 1 米宽的单人小床。

“海洋四号”是艘功勋船，黄世来对他刚掌舵的“海洋四号”充满了信心。“明天我们就要奔向大海，欢迎你们来“海四”做客，我们先去感受一下这艘荣誉满身的科考船。”

在喝了一口黄世来在船上给我们沏泡的功夫茶之后，我们戴上安全帽，起身先去“海洋四号”的前方船头，也就是驾驶室的甲板。

穿行在长长的船舱间的“小道”，两边是船员和科学家们休息的小卧室，一床一桌一椅子是标配。很快我们来到船头驾驶舱。与电影上看到的不同，前面没有那种可以用来像转盘一样转来转去掌控全船方向的大圆舵，而是电子化的操控台，一个小得只有两个手掌大的小圆舵。倒是为船长专配的高椅子很有特点，因为即使一米八的身高都得踮着脚才能坐上去。

黄世来一路向我们介绍，“海洋四号”是一艘国内比较早、调查方式比较齐全的海洋地质综合调查船，于 1978 年由上海沪东船厂建造，1980 年交付使用，目前已经服役 38 年，是中国参加大洋科学考察最早、执行航次任务最多的“英雄科考船”，满载排水量 3300 吨。

与岸上上班的人不同，这些跑海人一整天的吃穿住都在船上。我们看到了食堂炒菜用的大锅，比农村的 8 张大锅还要大很多，餐厅收拾得非常干净，长长的木质条凳让我们想起了在学校的日子。餐厅一侧的墙上挂着电视，两边是整面墙的书柜。书柜里有《国家的常识》《地球传》《发现之旅》《爱默生散文精选》等书。餐厅也是跑海人平时开展文化生活的地方。在餐厅一角，跑步机赫然在列，而象棋、魔方、毽子等也整齐地排列在柜子里，“墙上”挂着一幅中国山水画。

黄世来说，跑海工作整天待在船上也比较单调，毕竟船的空间比较小，平时大家只能自娱自乐，去跑步机上跑跑步，晚饭后围绕甲板散散步，打打牌，下下棋，看看书。他说他比较喜欢踢毽子和打乒乓球，年轻时候喜欢打篮球。尤其这几年，广州海洋地质调查局对跑海的条件进行了较大幅度的改善，现在船上也有网络了，年轻人可以上上网、刷刷朋友圈。现在出去与家里也能联系上了，紧急情况可以直接用卫星电话，解决了大家的相思之情。

下了一层船梯，我们向船的心脏走去。“这里是轮机操作的地方，和甲板上不同，这里的温度特别高，能达到五六十度，所以轮机作业非常辛苦。”一进入舱内，我们就感觉到扑面而来的热浪。

回到黄世来办公室，这位祖籍广东潮汕的南方人跟我们聊起了他参加工作，来到广州海洋地质调查局前身第二海洋地质调查大队时的往事。

“我来船队是被当时人事处处长陈庆南感动的，当时陈庆南亲自到学校接我，我的同学都很羡慕，因为很少有领导去学校接一个刚毕业的学生。当年我在学校成绩是全校第一，这个单位必须是我自已选的。相对于商船运输船来说，科研单位的船很有前途。”黄世来笑着跟我们讲他来广州海洋地质调查局的初衷。

当时黄世来觉得科研单位出海应该不多，但恰恰相反，进入21世纪后，科考任务多，尤其是近几年，随着国家海洋强国战略的实施，出海科考的任务一批接着一批。他由衷惊叹这几年我们国家海洋事业发展的迅速。

在我们问及跑海是否辛苦时，黄世来说他常年跑海也习惯了，感觉不到辛苦，也谈不上辛苦，他说这几年跑海条件比以前好得不是一点半点，船舶大队领导班子也十分有魄力，公平公正给船员争取了不少福利。今年连临时工的公积金也都给解决了。我在上个航次突发尿结石疾病，疼痛难忍，领导得知后，认为船上医疗条件简陋，马上安排人从茫茫大海里不计成本地把我往岸上医院送，辗转几次终于到了三亚得到了很好的治疗。

“现在局领导对大家的健康和生活都很关心，我这首船已经多次接送很多突发疾病的人。‘奋斗四号’船在中沙海域作业期间，大副王磊得了急性阑尾炎，局领导立即要求停止施工，花了两天连夜赶回码头，而救护车已经在码头等待了，船一靠码头，立刻把他送进医院做手术。医生说幸亏送得及时，否则有生命危险。王磊住院后，我就顶他的班既当大副也当船长。扎扎实实把那个航次任务完成了。”黄世来对这些年广州海洋地质调查局对船员的关心体贴充满了感激。

在近30年的跑海生涯中，黄世来在变化莫测的大海上遭遇到了很多风险，他说科考船在海上一般遇到六级风时可以勉强作业，到了七级一般要避风，八级时必须避风。

他还清楚地记得2015年10月，作为船长，他带领大家去西沙海域作业，回来的时候遭遇“彩虹”超强台风，大浪卷起来有四五米高，硕大的船身在巨浪里面犹如一只萤火虫。在海浪里，整个船都看不见前方，滔天大浪直接打击到驾驶台上。整个船头的围油井都全被淹没了。好在全员平安地度过了这次超强台风。

往前回忆，在1993年，黄世来刚参加工作不久，他们在北部湾附近莺歌海作业过程中遇到超强台风，只能在附近海域抛锚，所有人都穿着救生衣，感觉就像背水一战。当时的老船长给大家鼓励说：不要怕，一切没问题，不要担心。

“我刚来没多久，当时心里是比较害怕的。听老船长这么一鼓励，心里就淡定了很多。后来跑海次数多了，经历多了，也就有了经验，就不害怕了，就算台风来了，怎么操船都轻车熟路。比如在三亚抗击台风的时候，我们开着双机抛双锚全速顶着。船顶着大浪开，避开横浪，心里一点都不感觉到害怕。”

“我们每次出去，安全都是首要的，新上人员要进行安全教育，船长召开全船安全会，开展救生消防演习，学习规章制度。”黄世来说现在非常重视跑海中的安全工作，安全是第一的。

潮起潮落，后浪总是撵着前浪跑，黄世来说现在船上年轻人比较多，像他这样年龄的不多了。轮机长也在今年8月刚退休返聘，工龄差不多40年了，兢兢业业地为海洋事业贡献了一生。这艘船上除了还有两个干轮机的年龄大些，其他都是年轻人。

“大风大浪都遇见过，习惯了，我从16岁开始跑海，对单位，对大海都是很有感情的，我比较热爱这个工作，不热爱不可能干这么久。明天我们即将再次跑海，去两个地方，一个是我们可燃冰试采的神狐海域，一个是曾经钻探出块状可见可燃冰的琼东南海域。我们加起来“海洋四号”船上共有27个船员，根据科考航次需要，科学家和技术人员加起来大概是55~56个人。明天这个航次是满员58个人，所以这个航次任务不少。”

作为广州海洋地质调查局的功勋船、元老船，黄世来对今年调入这艘船当船长很有自豪感。他说：“‘海洋四号’船已经连续几年跑海，都是每年两百多天，最高一年跑海达到了252天。这条船虽然比较老，但是任务安排还是比较繁忙，今年任务比较多，估计也得两百多天。现在已经是9月底，对于台风，我们遇到了就可以避开，但到年底寒潮就难以避开，两三米的浪高，作业比较辛苦。因为冬天的时候，风浪大，船摇摆比较厉害，施工难度大，人的休息也无法保障。休息不好影响工作。同时气候也比较寒冷，设备也不安全。到11月份，南海就很少出去了，但是只要任务需要，我们依然会克服一切困难去跑海。”

9月的广州还处于夏天。在采访将要结束时，我们一起来到甲板上，吹着海风，看着蓝天白云，一种海洋情结从心底油然而生。黄世来斩钉截铁地说：“27年了，时间真快，现在我既然当这个船长，我就要把这个岗位的工作做好。建设海洋强国，我们都希望对海洋事业多作点自己微薄的贡献。”

从“海洋四号”船上下来，我们遇到了黄世来提及的在海上突发急性阑尾炎被送到陆地进行手术的王磊。1998年毕业于南京航运学校的王磊也是一位跑海人，不仅仅在国内海域跑，而且经常进入大洋进行科学考察。同时他也担任过“海洋四号”船的船长，一直到2013年5月调入船舶大队机务科担任副科长，负责船舶日常维修，并在次年9月兼任船舶大队团总支书记。

我们在会议室对王磊进行了采访。他说他自己虽然好几年没有长时间跑海了，但以前跑海留下的职业习惯依然存在，比如放在我们面前会议桌上的水杯，他总想去把它给固定住，因为无论多大的科考船在大海里都是渺小的，大的海浪涌来，科考船就会东倒西歪，那些船上的瓶瓶罐罐如果不固定好就会被摔在地上。

王磊出生在长江边上的小城——江苏镇江，常年看着蜿蜒东去的长江，他很想看看大海是什么样子。同刚开始跑海的年轻人一样，王磊刚工作时候也是个愣头青，充满了对大海的好奇，对跑海工作也充满了憧憬。他之所以选择航海专业是因为通过跑海可以到处走一走，看一看外面的世界。

“去看看大海，去全球看看大海这个理想算是实现了。”王磊跟我们说。

1998年，王磊登上“奋斗四号”科考船，迎着风浪比较大的西南季风进入我国琼东南海域。他说当时科考船整天摇摇晃晃，在船舷上能看到两三米的浪在不停地翻滚。他晕船，晕得天昏地暗，躺不住，坐不住，吃不下，睡不着，5天之后终于适应了。一个多月之后，船靠岸边，适应了船上，又开始在地面上晕陆地了，晕得天昏地暗。“以前在陆地看到昆虫会飞，小鸟会飞，到了海上看到会飞的鱼，以前认为飞鱼仅是跃出海面的瞬间，实际上飞鱼可以贴着水面飞翔。”王磊谈起了在大海上的见闻。

随着出海时间的加长，他也逐渐熟悉了自己的工作，对海洋的认识也一步一步加深，尤其是广州海洋地质调查局20年的可燃冰调查让他找到了一种使命感。

“既然从事海洋事业，就要有一种使命感。既然在这个跑海的岗位上，就要对这份工作产生一种责任感。对于我来说，跑海出去完成一个科学考察项目，比如可燃冰，我就特别有成就感和荣誉感。”王磊说。

几年跑海下来，王磊不再是当年那个理想主义愣头青。他说跟着“海洋四号”船去南沙调查，船上都是老同志，大多是从部队转业的退伍军人，艰苦奋斗作风特别好。当时生活条件比较差，没有改造前的“海洋四号”船也比较小，几个人住一间。船上生活用的淡水也有限，一天只有一桶。为了节约用水，大家都剃成光头，在船上也少运动，少出汗，减少洗澡次数。那时候船上还没有淡化海水的能力，都依靠自身带的淡水。而且娱乐设施也比较少，一跑海就仿佛与世隔绝。

为了提高“海洋四号”的科考能力，更好配合可燃冰科考研究，广州海洋地质调查局对这艘功勋科考船进行了大修改造。原来的“海洋四号”船后甲板作业面积特别小，船上作业设备也多，对船舶稳性有影响，也限制了作业空间。改造时对“海洋四号”船整个后甲板进行了更换，把船舶调查设备埋舱，增加了甲板的作业空间，增加了调查手段。此外，“海洋四号”船的船桨和船舵也进行了改造，由原来的单桨单舵，改成了双桨双舵。改造完成的“海洋四号”不但船的稳定性提高了而且操作性能也改善了，延长了船舶的使用寿命。

从事船舶修理和维护的王磊，对我国海洋设备的发展有着切身的体会。20 年来，他见证了海洋科技突飞猛进发展的历程。比如老式雷达，需要把头埋进设备里才能看见，现在采用了自动标绘雷达。原来多是纸质海图，现在都换成了电子海图。船舶自动设备系统可以识别 24 海里其他船的信息，包括渔船，便于船舶之间联系沟通。以前是靠雷达捕捉后进行呼叫了解对方的船位，航向航速，导航依靠磁罗经雷达进行天文定位，现在不论是 GPS 还是我们的北斗导航，都轻松解决了这个问题。海洋设备的技术越来越先进，同时海洋作业的工作条件也越来越好。

“‘海洋六号’‘海洋地质八号’‘海洋地质十号’船大都是一个人一个房间，要知道以前我们跑海可是三四个人住一个房间，同时饮食也有很大改变，以前是分餐，现在是自助了。”王磊说，“当然，海上保鲜条件有限，青菜到了半个月已经不叫青菜，瓜果土豆、肉类储藏时间长一点。在海上时间长了，吃不到新鲜蔬菜，心理、生理就不爽。一般一个航次一个月左右，回来休息调整四五天就得继续跑海。所以跑海还是很艰苦的。”

“跑海人”都有一种特有的精神。王磊讲起最令他记忆深刻的 2012 年春节，他体会到了大家身上那种令人感动的精神。

2012 年农历新年前几天，大家都在为过年做准备，心情很放松，外面处处洋溢着过节的气氛，船员们整个身心也都圈在还有几天的新年节日气氛中。有的已经出发回家过年，即使没有走的也已经买好了车票。王磊也做好了新年计划。但一个电话打断了他的行程：上级通知，春节期间赴南海执行海洋调查任务。而此刻的船上只留下了很少的一些值班人员。

“接到领导通知，我心里特别纠结。作为船长，我得打电话一个一个把他们叫回来，我都不知道怎么跟船员们说。”

刀枪入库马放南山，新年出海过去是从来没有过的。所以，大家接到任务很意外，一些人开始不理解，心情落差很大，有一些抵触情绪。虽然心里不舒服，家里人也依依不舍，但大家还是以大局为重，没有人说不去。在电话一个个通知后，那些回到家的船员立刻赶了回来，走在半路上的也立刻调头，有的刚进家门还来不及和家里人说上几句话就立即往回赶。所有人都在指定的时间内赶回船舶大队，大年初一顺利出航。

“大年初一出海本身就是一件有意义的事。春节期间出海天气好，海况也好，十分有利于生产作业，我们顺利地完成任务，到了初七就回来了。”王磊说这次任务的完成实现了2012年开年红，那一年其他海洋调查任务也完成得非常顺利。

王磊提到的“海洋四号”大改造工程对“海洋四号”来说具有历史性意义，船舶大队主持工作的副大队长冼伟伦全程参与了“海洋四号”的改造工程。

在冼伟伦办公室，我们看到了两张地图，一张是中国海域图，一张是世界大洋海域图。冼伟伦指着地图向我们介绍，中国海域，尤其是中国南海海域，他们船舶大队都去考察过了，包括最南部的曾母暗沙，他们1995年就去过了。去年到南极进行科考，包括春节都是在那冰天雪地气候十分恶劣的极地度过的。中国地质调查局提出了振奋人心的目标：“突出南海，深化黄东渤海，加强太平洋，拓展印度洋，经略大西洋，进入南北极。”

冼伟伦于1996年从大连海事学校毕业，学的是轮机专业。他参加了南沙群岛调查95–1最长航次。在“探宝号”上工作时最早接触了海洋地震勘探，他从普通轮机员成长为船上领导再竞选进入船队领导岗位。工作22年来，冼伟伦往返于跑海、造船、修船和预算多个工作岗位。

他印象最为深刻的就是“海洋四号”船的改造。

冼伟伦介绍说，“海洋四号”船的成功改造是我们花小钱办大事的一个事例，如果要重新建造一艘船，从立项开始，报发改委审批，进行可研报告研究，设计院设计，落实资金，一切准备完毕才能进入船厂建造，进了船厂还要18个月，花费更是以亿为单位。没有个五六年功夫下不来。“海洋四号”船改造工程2013年开始立项，到2015年改造完成，只用了两年，而且真正进入船厂改造的时间，只有90来天。在不影响生产的情况下增加了很多功能，费用只相当于一次修船的经费。

虽然冒着一定风险对“海洋四号”船进行了改造，但所有过程都严格按照科学方法实施。当时改造“海洋四号”船由局领导主持，装备处牵头，船队和方法所参与具体实施。装备处认为他有丰富的船舶建造经验，于是让他从立项开始全程参与“海洋四号”的改造。

2014年9月，广州海洋地质调查局第九次局长办公会决定对“海洋四号”进行正式改造，按照方案要直接把船切断拓宽后甲板面积，使科考作业区域增加300多平方米，从而具备更多的海洋调查手段。

“光纤绞车、水下摄像抓斗、可视抓斗、CTD温度深度绞车，以前这艘船不能做的现在都能做了。还增加了超短基限水下定位功能。更换了浅剖、多波速科考设备。提高了船舶稳定性、安全性。原来的船身很窄很瘦，改造后的船身变胖了，遇到了大风也更加稳定。”冼伟伦向我们介绍说，科学考察船和商业运输船不同，科考船要求低速行驶，要求方向性能好，尤其在取样时只需要一到两节的航速。

船舶改造风险很大，要防止震动、共振，尤其在新旧分段的结合点强度上，旧的钢板是20世纪70年代的，如果结合的强度不够就会给船体带来非常大的安全问题。为了解决新材料和旧材料焊结的强度，两种材料的冲压试验先做成分化验，再做强度试验，需要反反复复去试，直到没问题了再施工，每一步都听取各个行业专家意见，然后大会小会论证不停地开。最后试航，直到各项指标都达到要求才交付使用。船舵的改造也积累了经验，把原来的常规舵改成襟翼舵，后来这种方法还用在了“奋斗四号”和“奋斗五号”的改造上，节约了大量的资金。

冼伟伦在1999年我国可燃冰调查研究初期就参与了可燃冰调查航次，他说可燃冰起步阶段的调查都是船舶大队具体负责。“奋斗四号”船进行了二维和准三维地震勘探，“奋斗五号”船具体负责可燃冰打钻和取样。船舶大队为可燃冰全程勘探提供航行保障、物资备件供应、科考安全制度建设等。

“我们虽然是跑海操船的，不像那些科学家一样直接和可燃冰接触，但我们尽心尽力地做好航行服务，而且我们也不断向国外同行学习取经，更好地参与可燃冰勘查和钻探工作。在同荷兰合作的时候，我们的船员也派去跟辉固公司学习人家丰富的航海经验。从2005年到现在，我们一直沿用ISM体系，我们有将近180个制度来管理船舶。”冼伟伦，说用国际标准要求船舶大队的每一艘船是他们自己要求的，按照国际惯例，科考船不是公务船，可以不加入ISM体系。

广州海洋地质调查局现有的7艘船中，有4艘船的船龄超过30年，随着服役时间的增加，出现设备故障的概率也在增加，尤其是出现故障一般都要进船坞修理，一旦进入船坞就得花费很长时间和资金，又费钱又耽误生产。为解决这些问题，船舶大队的工程人员进行了很多创新，比如“奋斗五号”船桨轴经常因为出现故障而被拖进船坞，他们请示苏州生产厂家，按照正常的操作程序，从船尾把船桨轴拿出来。

“船进船坞修理，和汽车进厂修理不一样，首先要联系修理厂的船期进行排队，要全面清理船上的各种设备，比如吊船设备、钻杆绞机等，把船整个减负后才能进厂，前后起码得半个月。我们自己研究了以后，把船固定好，从船里面把桨轴拿出来修理，不用进船坞也可以解决问题，不但节约了时间，而且可以节约经费上百万，一举两得。”冼伟伦拿出好几篇他发表在期刊上的修船创新论文给我们介绍，那几年广州海洋地质调查局工会举行的创新成果评选，他三次获得一等奖。

船舶大队的人员主要是以熟悉航海、轮机和船工为主，他们常年在海上操控船只，为海洋地质事业保驾护航。海洋地质调查由于远离陆地，成本很高，所以经常是一出海就面临任务多、时间紧的局面。和其他勘探行业一样，船舶大队也面临着出海开展野外勘探工作时如何加强党建工作的难题。为此，我们采访了船舶大队的党总支书记黎子荣。

黎子荣，1985 年毕业于广州市海洋专科学校，一毕业就来到南海地质调查指挥部第二海洋地质调查大队（广州海洋地质调查局前身）。因为当时驾驶员非常紧缺，他进入工作岗位后就顶二副跑海，而且一年时间就在当时大队的全部四艘船工作过。对于刚从学校毕业的黎子荣来说，刚工作那会儿真是非常不适应。晕船特别厉害，他一边吐一边顶岗驾驶船舶。1989 年他调到船舶管理科，负责船员证书管理。也许是对大海有割舍不了的感情，1994 年回到“探宝号”，并于 1998 年成为“探宝号”船长，一直跟着这艘船跑海到 2002 年进入生产调度处。在 2004 年成立船舶大队的时候成为主管生产安全的副大队长，2012 年任船舶大队总支部书记。

“最近，我们局党委解决了我们船舶大队合同工的公积金问题，解决了船上网络问题，让职工更加有归属感，不用说逢年过节，平时也可以跟家里随时联系。这些温暖的举措，让我们的党建工作更好开展，毕竟普通职工更关注党建工作给予他们实实在在的帮助。尤其是当一名职工和一名职工家属得了比较大的病，我们党委和工会一起组织了捐款，一个捐款 7 万多，一个捐款 3 万多，让他们切实地在具体的事情中感受到党组织的关怀。”黎子荣深有感触地说。

他跟我们讲起了大海上开展党建工作的重要性和体会。他说，对这些海洋地质调查一线跑海的人来讲，党建工作不能死板，不能照本宣科，这样的党建工作很难在跑海人中开展。党建一定要有温度，时代不同了，党建工作也要紧跟时代。船舶大队以年轻人为主，新生代的年轻人看到跑海比较辛苦，挣了些钱就不想跑海了，所以要让他们建立信心，把职业当成事业做。平时做好思想工作，关键时候解决他们的一些实际问题，这样才能对他们有凝聚力和向心力。当代年轻人吃不了苦也很正常，时代总是向前发展，以前我们一直在船上可以连续值班二十几天，现在年轻人值几天班就会有意见。黎子荣说他很理解现在的年轻人，他们很多都是独生子女，要想让他们和单位保持一条心，就要在关心职工方面多花些功夫，不能干巴巴讲大道理。要让船舶大队年轻队伍稳定，除了从思想上、职业道德上教育引导，平时还要通过党支部、团支部举办些类似于英语口语比赛、青年篮球赛的活动，加强大家互相之间的交流，寓教于乐。

船舶大队一般是 3 月份出去跑海，到 11 月或者 12 月才能回来，一回来还要开始修船。为了做好党建工作，党支部就分批组织大家到外面学习，把活动经费直接发到每艘船上，结合每艘船的实际，各个支部开展党建活动。科考过程中如果停泊港口就组织大家到附近的党员教育基地参观学习，在码头闭航期间就组织到东莞开展党建活动，去年还统一组织大家去江西南昌红色教育基地参观学习。

黎子荣说，目前船舶大队有 210 名职工，其中党员占三分之一，共有 70 多名。不仅如此，船舶大队虽然船多、人多，但机构十分健全，有 8 个党支部，除了机关支部，每条船上也都有党支部。船上支部书记一般由工龄时间长，职务比较高的大副大管等高级船员担任。这样有利于承担起在船上管理党员、教育党员、凝聚群众、服务群众的工作。

“年轻职工的婚姻大事也是我们的工作重点，他们的婚姻问题不解决，思想就不稳定，也说明我们的工作不到位。”黎子荣对跑海这个有别于陆地工作的特殊环境深有感受。

经常跑海的年轻人，一直在大海里漂泊，他们与社会接触非常少，所以找对象机会也少。为此，给年轻人找对象创造条件，就成了党建工作中的一项任务。为了加强年轻人与外界的交流，党委和团委联合中海电信、东莞女子监狱职工开展联谊活动。

“党建工作要做得具体，做得有感情，感情留人非常重要。除了解决年轻人的婚姻大事，我们还有选择地为优秀船员办理临时工转正，让他们的归属感大大增强。”黎子荣介绍道。

在船舶大队，党员队伍也是一个特别能战斗的群体，关键时候能体现出党员的先锋模范作用。遇到自然灾害，党员也冲在前面。2018 年 9 月 16 日，号称史上最强台风“山竹”在广州登陆。其实从 9 月 6 号开始，船舶大队的调度室就开始关注“山竹”，到 10 号就开始部署所有船只的防台风工作，13 号更是连续开了几次防台风会议。考虑到“探宝号”船和“奋斗五号”船在码头比较危险，就决定让这两艘船到锚地避风。到台风来临前的 14 号和 15 号连续两个晚上，冼伟伦和机关人员都到船上去，防台风应急小组坐镇指挥，带领大家坚守岗位。

说到抗击台风，黎子荣说：“1994 年执行海上勘探任务，在长崎的时候遇到十几级的台风。日本的港口不安排中国勘探船进港，我们就在港口外面抗击台风，最终有惊无险没有发生任何安全事故。如今，随着‘海洋六号’‘海洋地质八号’‘海洋地质十号’的入列，我们广州海洋地质调查局科考船的能力提高到了国际水平。”

的确如此，除了我们采访黄世来口中说的老船“奋斗四号”“奋斗五号”“海洋四号”“探宝号”之外，海洋地质码头不断迎来了更加现代化的“海洋六号”“海洋地质八号”和“海洋地质十号”船。

## 二、离陆地最近的人

如果说船舶大队是与大船大海打交道的话，那么广州海洋地质调查局的海洋环境地质与工程地质调查所面对的都是小船。在可燃冰试采中人们最为关心的环境监测问题就是由海洋环境地质与工程地质调查所负责。

海洋环境地质与工程地质调查所为什么使用的都是小船呢？因为他们主要承担国家沿岸及近海的基础性、公益性和战略性的海洋地质工作，包括近岸海洋地质环境与地质灾害调查与研究、海洋环境调查与研究、近岸固体矿产资源调查与研究、海岸生态地质调查与研究，海洋灾害地质、工程地质及潜在矿产资源的调查研究，对近岸的港口、码头以及其他工程建设项目选址等开展工程地球物理勘查、工程地质勘查以及海洋环境评估等工作，为沿海海洋经济建设、国防建设、国土资源规划提供系统的资料和科学依据。

在“十五”和“十一五”期间完成了国家“863”课题——“海底土体原位静动态探测技术”和“天然气水合物开发环境影响评价方法预研”。可以说可燃冰从研究到试采整个流程中，一直有环境方面的研究和监测，为可燃冰的试采奠定了环境方面的基础。

我们在南岗基地办公楼采访了海洋环境地质与工程地质调查所的夏真副所长和工程地质室的石要红教授、地球物理室的马胜中教授。

广州海洋地质调查局南岗基地位于黄埔区南岗街广海路188号大院，是集办公、科学研究、实验测试、施工生产、后勤服务于一体的综合性科研基地，广州海洋地质调查局的主要业务所和水合物工程技术中心都在这个基地办公，办公区域总建筑面积10300平方米。

南岗基地已经有近40年的历史。我国南海蕴藏有丰富的油气资源，被国内外地质学家誉为“第二个波斯湾”。为破解我国南方能源短缺难题，1970年9月，原国家计委地质局决定将位于南京的海洋地质科学研究所南迁到广东省湛江市，更名为第二海洋地质调查大队，承担南海油气资源调查任务。1976年，地质部第二海洋调查大队迁到广州，更名为地质部南海地质调查部，也就是广州海洋地质调查局的前身，此时南岗基地也正式组建。

南岗基地环境非常优美，我们采访的时候正值南方的夏末初秋，早晨基地内鸟语花香，路过食堂，布告栏上贴着当天采购蔬菜的农药残留检测数据和肉制品检疫证明，所有厨房工作人员健康证都整齐地贴在布告栏上方。而海洋环境地质与工程地质调查所所在位置需要向西穿过食堂，位于南岗办公大楼第五层和第六层，八大业务所办公区的东北。全所共有职工40多人。其中教授级高级工程师4人，高级工程师7人，工程师5人，具有博士学历的4人，具有硕士学位的9人。

2009年环境地质与工程地质调查所和中海油合作一个国家自然基金项目，就是可燃冰评价和预研究。

说起与可燃冰的渊源，在2013年到2017年期间，广州海洋地质调查局在我国南海的神狐海域、琼东南海域进行了多次钻探工作，环境地质与工程地质调查所主要通过卫星遥感、大气测量、海水环境、海底环境、海底地质工程环境监测多种手段，在不同年份，多参数地持续监测可燃冰研究过程中对环境的影响。每年也选几个靶区，研究可燃冰钻探过程中大气甲烷、海水甲烷、海底甲烷的变化以及海底地形、地壳的形变。

尤其在2017年5月可燃冰试采前夕，环境地质与工程地质调查所专门为可燃冰试采做了大量环境调查。这次监测靶区比较明确，手段也更加多样化，主要采用基站多方面多参数监测，把现场测试和室内测试集合起来，同时抽取海水空气对其含量进行测试，获得现场适时的数据，并加强了卫星遥感方面的工作，从海面环境、波浪、潮流入手研究可燃冰试采对环境的影响，也监测大气甲烷气体二氧化碳、水温海流盐度等海面的一些信息。

在对可燃冰环境评价的同时，也对海洋生物进行调查，在此过程中他们还发现了几个新品种，因为可燃冰在海底溢出来后会有喜欢甲烷的生物出现，这些生物对可燃冰的存在有指示作用。

工程地质室的主任石要红教授，是一位精干的女科学家。她说环境地质与工程地质调查所刚组建的时候大家都没有这方面的经验，规模也不大，“联合国珠江口海洋地质工程地质调查”项目，是他们承担的第一个海洋地质工程地质调查项目，从那时候开始逐步培养了很多环境地质与工程地质调查人才。但让她印象比较深刻，取得成果比较大的是2011年开展的可燃冰国家项目中的环境调查。当时她是南海可燃冰环境效益评价、水合物地层工程力学研究的课题负责人。2011年以前对可燃冰的环境研究手段比较单一。可燃冰列为国家项目之后，他们开始着手研究土力学方面的变化，研究可燃冰钻探以及将来的试采会不会产生自然灾害。主要通过取样和钻探来了解可燃冰力学性质，通过实验室还原自然环境下产生的地质灾害。环境地质与工程地质调查所还联合了中科院力学所等国内专业研究队伍，重点研究可燃冰分解过程中是否发生破坏现象，导出了一些数学模型，再通过取样完善这些数学模型。当时他们还做了井洞内和可燃冰区的研究，建立了试采效益评价模型和环境效应的评估模型，研究可燃冰试采过程中是否会发生形变。2017年我国首次海域可燃冰试采成功后，还专门打了四口井用来对环境进行监测。他们研究可燃冰储层变化和海洋可燃冰稳定性的评估方法还申请了国家专利。

“我们一共申请了5项专利，大小尺度的评估模型已经完善。但我们不会局限于此，可燃冰商业开采后我们还将进行大规模的环境研究。”石要红说。她告诉我们，可燃冰的环境监测研究起步时最大困难就是当年租用辉固公司的船，给他们的样品比较少，研究工作无法做到全面深入，后来国家在可燃冰调查研究方面的投入大了，开始去南海钻探，可燃冰的各种样品也越来越多，我们在室内开展模拟实验，真实性也越强。现在通过不断向国外学习，并根据我们国家的实际情况，建立了中国人自己的南海可燃冰评价模型。毕竟中国南海具有不同性质的可燃冰储层，不能照搬国外现有模型。

谈到国家部委对可燃冰环境研究的支持，夏真说，最初中国地质调查局给可燃冰环境研究项目的资金是 600 万，在和中国地质调查局沟通后，资金追加到 1200 万，翻了倍。我们完成了我国可燃冰初步环境评价后，中国地质调查局后续项目经费达到了 3500 万，对环境项目投入越来越多了，说明国家对环境也越来越重视。在国家资金的支持下，我们利用大数据建模，反复多次调查，基本完成了数据库建设，2017 年我国可燃冰试采的很多数据也为我们的环境研究提供了有力的支撑。

除了建立模型，环境地质与工程地质调查所还做场地的工程地质调查工作。地球物理室主任马胜中说，每次可燃冰钻探，包括 2017 年 5 月的试采工作取样后，都要进行场地的工程地质调查。平时我们做浅层物探工程地质调查，相对于石油深海物探来说，我们近岸可以达到分辨率 0.5 米，但不局限于此。2016 年“海马”号 ROV 水下机器人进行前期调查，环境地质与工程地质调查所也都参与其中。

谈起合作开放研究时，夏真说，2009 年我们和德国波罗的海合作一个研究项目，研究海水里的物质、生物、污染物。为了完成这次任务，还专门对“奋斗五号”船进行了改造。“奋斗五号”以物探为主，改造时在船上加了钻机。这对我们环境地质与工程地质调查所来说已经是条“大船”了，但对德国科学家来讲条件还是有些艰苦。他们用帆布在船上搭了个帐篷，作为临时试验室。帐篷实验室只能挡海上的小风，一点也不防雨。当时德国一个小姑娘在里面做实验，夏天太阳晒得相当厉害，其间还遭遇了台风。条件当然差一些，但是氛围特别好，大家非常团结。

“现在我们的远洋科考船更加先进。2018 年 8 月，‘海洋地质十号’船入列承担中德合作项目。当年的德国科学家也参与了，回忆起当时合作的场景，德国科学家说‘奋斗五号’的帆布试验室最令他们难以忘怀。”夏真说。

其实对环境地质与工程地质调查所来说，能用“奋斗五号”船已经是很不错了，因为近海作业，平时他们基本是租用一些小渔船或运输船出海。

夏真说：“小船一般都没有篷，即使租借了一些运输船，也不到100吨，我们把设备尽量往船舱里放，出一次海，各种调查手段也比较多，所以上船的人也很多，大家都在外面干活、休息，把船舱留给各种仪器。不仅仅我们男同志，很多女同志也要上船做研究，我们所的石教授不但能做科学研究，还能上船操舵，也当过我们船上压舱的‘石头’。”没等夏真说完，石要红就笑了起来。

“我经常当他们的压舱石。出海打钻有柴油机，我受不了柴油的味道，就晕船，这时候船长就叫我出来开船，说开船转移下注意力就不晕了。如果开船还解决不了，就只能在船舱躺着，就成了压舱石，他们还叫我船长。”石要红说：“我晕船特别厉害，不仅仅是闻到油味晕，船只要摇一摇，我就开始晕船，胆汁都吐出来了，有时候吃的面条都从鼻孔喷出来。”

其实船舱里也好不到哪里去，那都是船长用来放杂物的地方，有时候养狗养鸡，躺在船舱里的石要红还要与各种气味做斗争。

出海的人其实很多人都晕船。有一次，夏真完成科考任务从台湾海峡回广州时，遇到了台风，他躺在床上，饭也吃不下。连常年掌舵的船长这次也晕船，没办法就直接放个桶在脚下，一边开船一边吐。那时的天气预报没有那么准确，无法对台风进行精准预测。

在德国太阳号上，经过菲律宾时，夏真因为晕船三天都没有上岸。德国首席科学家问他好几次要不要吃饭吃药，他当时觉得自己比较结实一直说没事。一位女科学家看他两三天没好就一直再问。船上的德国医生只讲德语，旁边有英文翻译，然后再翻译成中文，最后实在不好意思，同时自己吐得也快顶不住了，才吃了药。“他们给了我几粒药，一吃就管用，解决了我晕船的问题。德国的药确实管用。”夏真说。

“他们是晕船，我是恐高。”谈起出海时马胜中说。科考船停靠码头时会搭上一块木板，大概一尺宽，人们就是通过这块小木板搭建路桥。为了解决恐高问题，马胜中只好趴在上面以克服恐高。

近岸作业非常辛苦，有时为了持续测试，晚上船只也无法靠岸。由于船上空间有限，不能睡觉，他们就坐在船上，连续一天一夜做海流观测。尤其到了晚上，他们更要仔细地盯着，防止渔船打鱼时不小心把他们研究测试用的设备拖走。在海边，经常遇到晚上下雨的情况，雨大风大，几个人只能一起拥挤在船舱。因为人实在太多，渔船卫生条件太差，很多人憋不住就跑到舱外雨中。因为设备铅坠比较重，平时一般由专门的人取设备，但遇到连续作战的大雨夜，他们等不及了就自己直接去取设备，因为只有取完设备才能靠岸休息。

有时候为了采样方便，把船开到只有两米左右水深的地方，一退潮船就搁浅了，他们只得等到晚上七八点钟涨潮了才能走。因为是小船，上面也没有冰箱，没有储存新鲜食品的地方，就算是好一点的运输船，肉也被冻得硬邦邦的，蔬菜黄黄的。中午他们把面包吃完后，只能弄些米做点稀饭填一下肚子，回到岸上经常是晚上 10 点以后，第二天一早还得出海。

大船出海科考，人员配备齐全，大家都各司其职。但小船出海调查，什么事都要自己操心，大到仪器设备架设，码头选择，小到买菜吃饭，靠岸住宿，都要自己解决。到了比较偏僻的地方没有旅馆，也没有吃的，只能找个民房，男男女女住在一起，中间用帘子隔开。一次在珠江口船又搁浅，他们租了一个废弃的房子，环顾四周也没找到可以吃饭的地方，只能回来自己煮点凑合着吃。

“几天没吃饭，回到靠近的港口，弄了几条黄瓜吃，真是美味啊。”石要红说。

除了饮食，船上休息也成问题。因为没有像样的船舱，有时候他们只能随地一躺，而且男女都一样，女同志有时候不方便就住在柴油机马达声特别响的驾驶舱里，一直坚持把工作干完。

生活的艰辛，工作环境的艰苦，以及无处不在的风险，是 20 世纪 90 年代海洋地质勘查的真实写照。

“有一次差点把命丢了。”夏真说。

那是在 20 世纪 90 年代，他们做南澳港的跨海大桥项目，为了打钻租借了一条渔船。打钻打了一天时间，船上 4 个锚都抛下去。天有不测风云，当时遇到了涨潮，风向也变了，抛下的锚抓不住海底，船体开始跑位。如果位移大了，就会把在水底下面工作的钻杆和套管拧断，一旦取不上来，就很危险。为了把水下的钻具取上来，他们就拼命地用手往上拉锚绳，因为风浪太大，一下没拉动，巨大的轮毂就开始反转，连胳膊粗的锚把手都打断了，把夏真抛了起来，又重重地摔下。每当想起这件事他都有点后怕。

在加夏真微信的时候，我发现他的微信名叫做“金刚”。他说虽然南方人要有点诗意，但跑海的人更需要点阳刚之气。

海洋勘查工作是辛苦，但也有他们自己的生活乐趣。由于租的是渔船，返航时抛拖网下去，然后小鱼小虾一锅煮，大家都非常开心，也算是有苦有乐。平时家里有事，所里都给安排好，大家都是同事，互相帮助。毕竟十年修得同船渡，同舟共济。在中秋节定点海流观测，他们也曾一起躺在船上看星星，一起唱着《军港之夜》。避台风的时候大家也会到附近岛屿脚踏实地逛逛，喝喝啤酒。“看看星辰，听听大海的涛声，地质工作者，也要有革命浪漫主义的情怀嘛。”石要红说。

## 三 深海号脉

如果说海洋环境地质和工程地质调查所是给近海岸号脉的话，实验测试所大多时候是在给深海号脉。

实验测试所现有人员 31 人，大专以上学历 26 人，其中，博士 2 人，硕士 10 人，本科 9 人；专业技术人员中，教授级高级工程师 2 人，高级工程师 11 人，工程师 13 人。全所有用于化学分析、岩石矿物和古生物鉴定、土工试验等实验测试设备 100 余台套。一眼望不到边的样品库，各种现代化仪器整齐地排列在实验室里。

从我国可燃冰研究出海钻探调查开始，实验测试所作为必不可少的业务支撑单位，在我国海域天然气水合物（可燃冰）的资源调查与评价中，从测试业务方面参与可燃冰报告的撰写，主要涉及流体地球化学研究海底沉积物孔隙水、底层水和地球化学异常，还有一部分生物地球化学沉积学异常，为可燃冰调查提供地球化学方面的依据。

海底听诊器——给海底可燃冰号脉

在实验测试所，程思海长期在海上工作，具有丰富的海洋测试经验。他说可燃冰现场测试分生产和科研两个部分，科研主要是对现场测试的手段进行研发。

程思海说传统测试方法比较简单，把海底沉积物捞上来，在甲板和陆地上，压榨抽取进行测试。因为已经脱离了原来的环境，必然要丧失一些重要的信息，甚至性质都发生了变化。如果能在海底原位进行测试，样品的保真可以不会泄露。同样，以前海上测试也不是保气，无法对立面气体进行测试。如进行原位测试，保气效果会比较好，总之就是要还原原位的真实状况，于是实验测试所开始研发原位保真设备。这是国际首创，能够在工作水深 4000 米以下的海底沉积物采样深度达到 8 米的情况下，采集样品达到 100 毫升。要知道原来采集 30 毫升压榨难度就很大，更不用说翻了 3 倍多。所以海底原位测试具有快速、量大和信息完整的优点。经过多年的努力，实验测试所形成了自己的测试体系。

“现在的测试体系都是从空白做起，以前都是矿产所采样我们测试，现在采样我们参与，化被动为主动。”实验测试所副所长陈道华说。

钻探船在似海底反射 BSR 区域取样品，实验测试所进行现场测试，确定是否有可燃冰存在。这就涉及原位孔隙水测试，只有原位测试才更加接近真实的可燃冰环境。原创孔隙水测试的设备也是测试所原创的，当时备受外界怀疑。大家压力也特别大，毕竟国外也没有经验可循，到底行不行他们自己心里也没底。由于在海底进行原位测试，和地上不同的是下面的海水有 400 兆帕的压力，各种沉积物颗粒很容易把设备通道堵死。所以，在前期试验阶段的每次汇报，很多专家都一直质疑，认为测试的样品是半路渗透进去。但实验测试所认为海水和半路渗透进去的样品不一样。当时他们觉得不可能出水，试了很多次也没成功，以往将海底沉积物弄到岸上来都很难处理，更不用说在海底进行原位测试了，所以专家质疑也很正常。起初自己也不自信，是不是设计有问题，但从理论上讲，既然陆地试验证明是可行的，海底也应该可行。在他们的坚持下，终于出水了。

“出水啦！”全船人员围上来，一下子打消了所有人的质疑。

现场试验的成功，让他们信心倍增，继续优化设备。2017 年 4 月 6 日，“可燃冰流体地球化学现场快速探测技术”荣获 2016 年海洋工程科学技术一等奖。该奖项是为表彰在海洋经济社会发展和海洋工程科技进步作出重要贡献者而设的。他们的创新成果终于获得了外界的认可。目前这套设备可以实现现场甲烷硫化氢二氧化碳的快速检测，已获得 11 个发明专利。

陈道华，1984 年就参加工作，已经是实验测试方面的老资格了。他对早先测试所在海上工作的情景记忆犹新。他说在 1994 年他登上科考船出大洋的时候虽然比较艰苦，但为国家作贡献的使命感让他感到无比光荣。他说每年实验测试所都有一两个人在船上从事测试工作，他参加的主要是多金属结核测试，比如测试多金属结核的含量，跟大陆的比较有什么不同，价值在哪里等。

1986年，陈道华跟随861航次出海，预备在东太平洋测试多金属，但他们发现了在合同区的西区，金属品味更高，有更好的开采前景，于是861和871航次合并，这样出大洋的时间就大幅度延长，他们整整在海上待了一年。那时候出海人员都不轮换，一个单次出去一般都是半年。在船上没有网络，只能通过写信的方式，船靠港的时候托别人带回去。当时的国际电话也很难打，在夏威夷靠港，投十几枚硬币才能打通，而且因为时差问题他们都在下半夜打电话，一打就是两三个小时，光接通费就是5美元。

不仅如此，在大洋上补充淡水也很困难，经常在没有水的时候，看到前方下雨，就将船开过去，把雨水接到水舱。那些年海洋上开展工作条件是非常艰苦的。直到现在老船员都还保持将洗衣服后剩下的水收藏起来的习惯，年轻人和老同志一起住的话就很不适应。以前条件差，在船上吃的菜主要是豆腐豆芽，因为一般在大洋里要四五十天才能靠港，带去的大白菜刚开始全吃，然后三分之一不要了，然后二分之一不要了，后面只剩下一个白菜心。那时候大家普遍收入低，国外蔬菜很贵，所以出海回来大部分同志脸上都浮肿，主要是缺乏运动和维生素。船上娱乐生活也很少，早期船上只有春节晚会的录像带，一个航次几十天一直都在看晚会，开始的时候遇到精彩的节目大家就异口同声地喊“倒带，倒带”，过了几天再看，还是那几个节目，现场就安静多了，直到1998年有了VCD片源才多了不少。

2008年5月12日，震惊全球的汶川大地震发生时，陈道华他们正在海上进行测试。海上没有信号，都不知道中国发生了这么大的事。出生在汶川附近的同志在西沙避风的时候，从手机上看到了汶川大地震新闻，才知道老家地震了。可是，船在海上回不去，电话也打不通，心急如焚，大家只得跟着在甲板上走来走去。

海底宝石——大洋稀土

2013 年毕业就来到广州海洋地质调查局工作的中国地质大学（北京）硕士邓义楠，在实验所主要从事多金属结核、富钴结壳、深海稀土等大洋资源勘探研究，测试矿产资源元素的含量，为海洋勘查矿产资源提供品位测试。

稀土资源有工业“黄金”之称，由于其具有优良的光电磁等物理特性，能与其他材料组成性能各异、品种繁多的新型材料，其最显著的功能就是大幅度提高其他产品的质量和性能。比如大幅度提高用于制造坦克、飞机、导弹的钢材、铝合金、镁合金、钛合金的战术性能。稀土同样是电子、激光、核工业、超导等诸多高科技的润滑剂。稀土资源一旦用于军事，必然带来军事科技的跃升。从一定意义上说，美国军队能够在冷战后几次局部战争中取得压倒性胜利，正缘于稀土科技领域的超人一等。所以各个国家都在不断地勘查稀土矿产。日本最先报道在大洋深海具有稀土资源储藏，但我们国家一直没找到。2014 年，广州海洋地质调查局“海洋六号”船在西太平洋发现了品位非常高的稀土资源，是我国发现含量最高的深海资源，与日本发现的稀土资源能形成有效对应。刚参加工作一年的邓义楠参加了那次科考航次。

“这次发现海洋稀土矿非常意外，因为当时取样箱上来完全没有稀土矿的征兆。”邓义南说。

当时科考船上现场测试条件比较简陋，在大洋中航行，风浪也比较大，船体一直在摇晃，各种精密设备无法在上面使用。最后大家商定在船上使用现场快速测试，通过原来室内形成的一个经验公式，来推断稀土的含量，然后通过现场采用压片法等对稀土资源进行测试，这样有效地解决保真度这个问题。要知道原来都是样品上岸再测试，效率很低，也容易失真，如果能在现场快速测试出异常，就能有效地指导现场作业。

然而，在科考船上要把想法变成现实，这中间差距还是很大的。当时在西太平洋采用的是箱式采样，邓义楠在后甲板上看到，取样箱从海底吊上来后有很多泥。正常情况下，稀土含量高的颜色呈褐色。这些泥看上去却颜色浅，呈现黄褐色，当时他觉得即使有稀土含量也比较低，他并没有抱多大希望，后来想着先测试一下看看结果如何。等现场测试出来后，看到一个元素钇含量上千 PPM。

“简直高得离谱，是大洋正常沉积物的三到四倍。”邓义楠当时非常惊讶，于是告诉船上的其他人，大家都以为他测错了。他返回去又反复测了 10 次，都得到了同样的结果，这时候才引起大家的重视。在科考船靠岸之后，他们马上把样品送回国，在实验室用精密仪器又测了 3 次，完全证实了这次科考航次获取的是高含量稀土资源，而且是当时国内发现含量最高的海洋稀土资源，完全可以与日本 2013 年发现的高稀土资源相媲美。

“稀土矿产太重要了，其成果当年就被列入国土资源部第二大新闻。”邓义楠说。

实验测试所之前对海水和孔隙水研究非常薄弱，但结核、结壳、稀土矿产资源的来源都是海底，所以在大洋稀土资源被发现后，实验测试所就逐步开始做海水和孔隙水特征的研究。这项工作对研究大洋资源的来源起到了非常重要的作用，因为难度非常大，在国内很少有单位去做。其中最大的困难在于缺乏高端精密设备，海水盐度高，用普通的淡水设备检测，容易损伤仪器，而且测试结果也不准确。为了解决这个问题，实验测试所引进了国际上先进的 SEA-FAST 海水快速测试仪器，专门用于海水和孔隙水测试，可以去盐度，做元素预富集测试，快速测量海水主要微量元素。目前广州海洋地质调查局实验测试所的海水和孔隙水特征研究处于世界领先地位，可以解决大洋勘探中多金属结核结壳、土成矿物质来源问题，这对大洋资源勘探起到非常重要的作用。

由于实验测试所做大洋稀土的勘探，在成矿机制研究方面起步比较晚，但他们从来没有放弃，提出了稀土资源主要来自海水和孔隙水的猜测。为了验证这一猜想，他们开展这方面的科研攻关，还去申请国家自然科学基金。评审专家认为在海水和孔隙水中进行稀土元素的测试一直是个国际性难题，像他们这种生产单位根本不可能实现，认为他们研究的可靠性不足，第一次申请没有通过。面对外界质疑，实验测试所不但没有放弃他们的猜想，反而信心更加坚定，因为他们不是凭空猜测稀土资源的来源问题，而是做了很多试验和基础研究，并在一年内发表了多篇高水平的文章，取得了开创性的成果。2018 年再次申请国家自然科学基金时，他们用实例说服了评委专家，得到了一致认可。申报项目最终获得批准，进一步提高了实验测试所在深海资源研究方面的能力。

### 小化石，大作为——有孔虫

在茫茫大海中，寻找可燃冰各种指示生物并研究一直是实验测试所陈芳团队的重点工作。

不了解的人，很难想象可燃冰和古生物之间有什么大的联系。就像地球物理勘探手段发现的 BSR 一样，古生物中的有孔虫也是寻找可燃冰的重要标志物。

陈芳长期从事基础地质研究，在可燃冰 20 年的研究过程中，她主要负责寻找可燃冰分解的证据和“冷泉”研究。陈芳从 1998 年就开始涉及可燃冰领域，当时可燃冰在国内还是一片空白，她首先从外文参考资料入手，参与了 2000 年金庆焕院士的基金项目，完成了第一个项目《水合物的生物学和矿物学研究》。

紧接着就开始了她的第二个课题《可燃冰成矿的沉积研究》。她和中国地质大学的苏新教授一起，在南海圈定了一些可燃冰研究区域，后来经过钻探证实了有可燃冰的存在。

此后，她的研究方向定在了海底古生物——有孔虫。

“有孔虫，小化石，大用途。”陈芳这样形容有孔虫对可燃冰研究的重要性。

有孔虫是一类古老的原生动物，5 亿多年前就产生在海洋中，死后就成了海底沉积物的主要组成，里面碳同位素的含量可以用来识别可燃冰存在与否，是可燃冰存在的重要证据。

2008 年她的团队申请了国家自然基金，专门研究南海北部底栖有孔虫。这一年，陈芳承担了科技部“973”子课题，发现了有孔虫的新的作用——可燃冰含量高的层位和有孔虫含量成正比。

有孔虫在南海底部都有，以前没有“海马”号，只能泛泛地研究，现在可以直接取到冷泉口。

“最高兴的是在南海发现有孔虫两位数负偏，与可燃冰存在层位对应特别好，我们前期做了很多样，正常不超过 –2，最偏的不到 –6，为 2013 年琼东南海域的可燃冰钻探提供了很多参考。”陈芳说。在研究很小的有孔虫的同时，他们也在研究可燃冰曾经活跃过的重要标志物——冷泉。

2017 年以后，陈芳团队的研究方向定位在冷泉生物。陈芳说，开展冷泉生物研究对她们是一个巨大的挑战，因为团队以前多是研究微体生物，现在要做大的冷泉生物，而且主要研究古冷泉生物，要对生物多样性门类属种进行测定。研究冷泉生物最大的困难就是定年，而且目前我国一些测年技术还不够成熟，现在主要通过测试冷泉伴生的碳酸盐矿物岩石用来标定冷泉的年代。

通过冷泉生物研究，他们认为可燃冰释放是低海平面期，而以前都认为是高海平面期，以前认为可燃冰赋存在一个层位，现在发现赋存在很多层位，而且每个层位的机理还不一样。作为冷泉直接证据的碳酸盐，每层的大小成分也都不太一样。

为了进一步给可燃冰钻探提供有利靶区，2014 年陈芳的团队以可燃冰分解释放的地质记录作为创新点，申请国家科研基金项目，通过研究发现了可燃冰强烈渗漏的新的指标——钼异常，并首次在南海晚第四系发现了碳十四的值达到两位数，为可燃冰古海洋研究提供了新的思路，解决了以前一些悬而未决的疑难问题。

## 四　深海利器

陈芳带领的古生物团队在研究有孔虫时最大的问题之一，就是有孔虫太小，难以展开精细化研究，而“海马”号的诞生就解决了这个问题。可燃冰曾经活动过的“海马冷泉”的发现，得益于“海马”号的诞生。

而“海马”号这个海洋利器的研发离不开广州海洋地质调查局海洋地质勘查技术方法所。技术方法所现有 95 人，是一个从事地勘、科研、地质市场的海上资料采集部门，也是一个从事海洋地质、地球物理勘探等多种调查手段的技术方法研究专业队伍。主要承担海上导航定位、大地测量、海洋地震勘探、海洋重力测量、海洋磁力测量、测深、深海探查、海洋地质、海洋工程地质调查等项目的海上资料采集任务、技术装备更新以及相关的技术方法研究工作。此外还承担多个海洋高新技术领域科研课题的任务。在设备选型和技术改造方面做了大量富有成效的工作。

海洋地质勘查技术方法所的陶军教授向我们介绍，从 1999 年开始，可燃冰调查是继南海油气项目后广州海洋地质调查局的另一个工作重点，作为海洋勘探工作需要配套的科研，主要分为三类，第一类是同国内相关单位合作的科研项目及地勘专项配套科研，第二类是科技部的科研项目，可燃冰申请了好几项科技部的相关科研投入，第三类是国内其他基金项目。而海洋地质勘查技术方法所一直参与可燃冰领域相关技术方法和设备创新工作，无论是单类型到多类型，深部还是到表层，很多可燃冰研究的设备创新都离不开海洋地质勘查技术方法所的努力，他们研发的调查设备和技术方法，为野外可燃冰勘探提供了有力的技术支撑。

科研是解决实际问题的重要牵引力，而广州海洋地质调查局海洋地质勘查技术方法所承担的科研项目主要以装备为主，以解决海洋科研和生产中的实际问题为导向。

“2016 年至 2018 年，广州海洋地质调查局一共有 9 个重点研发计划，研发资金两亿元，其中有 6 个重点研发项目的牵头工作在技术方法所，科研资金达到 1.5 亿，占研发资金的三分之二。”海洋地质勘查技术方法所赵庆献教授总结道。

在参与研发可燃冰勘探设备过程中，2015 年可控源电磁调查方法正式应用，两年后在可燃冰调查勘探深度和精度上进行了较大改进。技术方法所研制的 OBS 海底地震仪，虽然技术方法不是新的，但如果购买国外产品，一是资金耗费巨大，二是国外核心技术对中国是封锁的，所以低频设备中国很难买到，最终 OBS 海底地震仪的研发也落在了技术方法所身上。海域可燃冰试采成功后就很快应用到可燃冰调查中。形成了可燃冰海面、海中、海底的立体调查。2015 年水中垂直缆的研发也解决了很多以前解决不了的问题。在环境监测方面，技术方法所在研发一套设备和技术方法，提交给水合物工程中心使用。

技术方法所除了编写施工设计，负责施工，还参与一部分数据处理工作。

陶军说，海洋地质勘查技术方法所起源于地震勘探海上导航设备的研发，20 世纪八九十年代广州海洋地质调查局都在做油气调查，有两艘专业地震勘探船，主要勘探油气储藏构造。但那时候按照国家要求，广州海洋地质调查局只负责寻找油气资源，不负责资源的开发利用。所以当时就形成了以海洋地震为主业，由于地震勘探施工急切需要海上导航定位设备，以确定具体的资源位置，海洋地质勘查技术方法所就应运而生。

技术方法所的肖波教授提到2007至2016年广州海洋地质调查局进行了四次可燃冰钻探，每次出海钻探也都是由技术方法所负责施工，而最让他们感到自豪的就是由技术方法所承担研制的“海马”号对发现“海马冷泉”的重大贡献。

说到“海马冷泉”就不得不提中国科学家和德国科学家的合作，就是在那次合作中我们看到了德国连续海底摄像系统。“当时我们照了5000多张照片，德国科学家在海底照了相，只有底片，船上无法冲印出来，所以船一靠岸我就去上海找柯达冲印点，照片出来后我们看到了非常清晰的古冷泉碳酸盐和菌席照片。”陶军回忆了他在中德合作现场看到的古冷泉照片。

与德国的合作结束后，广州海洋地质调查局就决定自己研制一套海底ROV系统，这个任务也交给了技术方法所。

研制“海马”号首先要向科技部提出申请。2008年，科技部立项研究4500米深的ROV时，主要跟我们竞争的是中科院，他们有“科学号”科考船。但当时具备了深海遥控平台的广州海洋地质调查局“海洋六号”船已经开始建造，而且做了大量的ROV调研，中科院的“科学号”还没正式开始。于是广州海洋地质调查局顺利申请到了“海马”号项目。

“正因为研发‘海马’号，在机构改革时我被调进了技术方法所，组建深海摄像系统‘海马号研发团队’，我一点不谦虚，在ROV系统研发领域，我们团队是国内取得成果最好的团队。”陶军笑着说。

经过7年的努力，终于把“海马”号研制出来，到南海顺利通过了验收。目前“海龙二号”“大洋一号”只能到3200米深度，4500米的“海马”号依然是国产ROV比较先进的。自从有了“海马”号之后再也不会出现因为进口ROV不好用，就连一些小改动都要受制于国外的局面。

“中国自己研制的ROV想怎么动就怎么动，想怎么用就怎么用。”陶军说，2014年‘海马’号通过验收后，2015上半年第一次在南海北部海域就首战告捷。当时为了找可燃冰标志物，广州海洋地质调查局一直在找冷泉，虽然中德合作的时候就发现了古冷泉，但那已经是死冷泉，一直没找到活的冷泉。2015 年 3 月，‘海马’号第一次下水就找到了活的冷泉。

“海马”号上装有高清摄像机，在看到活动冷泉时，陶军拍了在现场的同事胡波肩膀：“弟兄们，我们找了十几年，今天终于找到了活的冷泉啦。”陶军知道他看到的东西意味着什么。当时陶军问上级领导能不能把发现的这个冷泉叫“海马冷泉”，得到的回答是“可以”，于是大家就把中国南海第一次发现的活冷泉——“海马冷泉”——叫开了。

2018 年 5 月，中国首次大深度作业型潜水器联合科学考察在南海启动，中国地质调查局广州海洋地质调查局 4500 米级深海遥控潜水器“海马”号和中国科学院深海科学与工程研究所载人潜水器“深海勇士”号开展协同作业，“海马”号和“深海勇士”号还进行了经典的海底握手——共同握着一面五星红旗，共同对南海海域的“海马冷泉”区开展了科学考察。“海马”号 4500 米级深海遥控潜水器和作业能力达到水下 4500 米的“深海勇士”号载人潜水器，成为中国掌握深海探测关键技术、科研成果快速转化和国产化高新技术装备实际应用方面的典范。

## 五　地质人的眼睛

走进广州海洋地质调查局南岗基地的资料处理研究所，我们明显感觉和其他所不一样，浓厚的科技氛围让人惊叹动容。在会议室落座，仰头就是一面类似于工作站的大屏幕。资料处理研究所所长冯震宇给我们介绍了资料处理所承担的职能和在我国可燃冰研究到试采阶段作为后台支持的故事。

资料处理研究所成立于 2000 年底，前身是 1979 年成立的二海计算站、1995 年更名为计算解释中心（资料处理部分）。主要从事各种物探资料处理及技术方法研究，为海洋矿产资源调查与评价、海洋区域地质调查等提供基础数据及计算机领域的服务。承担海洋地质调查的多道地震、OBS、单道地震、浅剖、重力、磁力、导航定位、水深、多波束测量等数据处理及研究工作。现有职工 50 人，其中教授级高级工程师 6 人、高级工程师 10 人，研究生以上学历占 76%，40 岁以下的职工占 70%。共设地震处理一室、地震处理二室、测绘研究室、系统设备部和综合管理办公室 5 个部门。

冯震宇介绍，在全国数据处理这方面虽然同中石化、中石油、中海油处理中心没法比，但在系统内无论是数据处理设备还是数据处理水平，我们已经进入一流行列。数据处理所已经配备了 300 多台计算服务器，其浮点运算能力达每秒 310 万亿次；配备了总存储容量达 4PB 的集群存储系统。CPU 核数为 7200 核，2010 年以来二维地震 101890 公里，准三维地震 60678 公里，单道地震 93434 公里。先后完成了我国海域油气资源勘查、专属经济区与大陆架勘测、可燃冰资源调查、海洋区域地质调查及大洋科学考察等项目的资料处理工作，累计处理地震资料约 25 万公里、多波束测深资料约 60 万公里及重力、磁力和水深资料各约 40 万公里。是中国最早处理可燃冰地震资料的数据处理所，积累了丰富的可燃冰地震数据处理经验。

不仅如此，作为后台数据处理支持，资料处理所不局限于资料处理工作，还不断进行创新，自主研发水体回声数据处理与显示软件，拥有自主版权的广州海洋地质调查局磁带库管理系统、区域地震速度模型分析与应用系统，水平缆地震数据的鬼波压制方法及其应用、重磁深数据处理系统，高保真多域叠前地震去燥技术、自主研发模块、软件有效解决目标地址成像的问题。“尤其是多波速水体异常快速识别，为海底可燃冰标志物冷泉探测提供了有力证据。”冯震宇向我们介绍说。

总是带着笑容的冯震宇，50 多岁，1980 年就进入广州海洋地质调查局工作，他十分好学，工作后也不断在充实更新自己的知识。冯震宇在大学学的是计算机专业，1987 年从合肥工业大学毕业后，在资料处理所前身计算站的各个业务岗位都工作过。

冯震宇是从船员开始一步一步走上科研岗位的所长。他是一位地质子弟，受家庭影响，在1980年广州海洋地质调查局前身“二海”招工的时候，16岁的他通过考试，在船上干了4年。那时候船上条件差，因为是学徒工，没有床位，他只能睡在乒乓球室里。

冯震宇刚工作的时候在船上担任实习轮机员。一次，在大冷的冬天，对船上的两台主机进行检修，需要清洗18个气缸，因为他比较瘦也灵活，他就钻进直径只有43厘米的气缸中，一个人就洗了其中的16个气缸的扫气口。改革开放不久物资匮乏，船上发的工作服都是平时穿，干脏活时舍不得，就找一些破旧衣服穿着，干完工作全身都是油渍。那时候船上比较简陋，即使在冬天也没有热水，他只能把满是黑油的外套脱了扔掉，扑通一头扎进珠江里。刚工作在船上上班，他对船上管路这一块非常感兴趣，一个人拿着电筒在机舱底部折腾了几天，把整个船舶管路都手绘了一遍，实习完后考核名列第一。

1984年冯震宇参加单位的高中补习班。20世纪80年代改革开放初期，教育主管部门有个“回炉”规定：60年代后期到70年代后期毕业的、参加工作的初中生、高中生，必须经过补习，参加统考合格后发给证书。他这个初中毕业生，硬是拿到了广州市职工高中补习证书。然后又读了两年半大专，于1988年踏进了南岗基地的计算楼。

“一个人只要专注，就会把事情做好。一件事做好一定要专注。我从1988年开始，就一直在这栋楼上，几乎坐遍了二楼的每个办公室。”冯震宇说。

从普通船员一路走来的冯震宇在资料处理所营造了一种非常轻松自由的工作氛围。

承担数据处理任务的年轻技术人员徐云霞说，她特别能感受到冯震宇所长营造出来的身心愉悦的工作氛围。

“这是我们年轻人平时聊天的共识。”徐云霞说，“在我们所，所长的办公室是常年敞开的，想什么时候进就什么时候进，我们可以随时找所长聊天，无论是工作的，还是生活上遇到的难题或者不顺心，都随时可以和所长聊聊。”

资料处理所的一位职工，家属在深圳工作，广州和深圳两地分居一直是这位职工心头的一个结。冯震宇通过了解得知，这位职工的家属所学的专业也是南岗基地其他所亟须引进的，于是在他的积极推荐帮助下，解决了这位职工夫妻两地分居的难题，而且这位职工家属的工作特别出色，已成为技术骨干。

“一举两得。”徐云霞说，“这样的情况不止一次，只要职工遇到了难题就可以找冯震宇所长一起想办法。”

“我的办公室，随时欢迎你们进来。”冯震宇笑着说，“只要在关键时候大家拉出去可以打硬仗，个个能顶得上去，我给大家做好服务是应该的。”

海洋地质工作是十分辛苦的，尤其是出海，经常要在海上待好几个月。薛花 2011 年毕业于成都理工大学，专业为地球探测与信息技术专业。张如伟 2009 年毕业于中国石油大学（北京），专业为地质资源与地质工程地球物理勘探方向。薛花和张如伟同时谈到，在他们所只要有出海的职工，冯震宇所长都会开着车送他们到码头现场，项目结束后再到码头把他们接回来。“调查船每次返航靠近码头时基本是下午两点钟左右，如果坐班车要等到五点钟才能走。船上其他单位的人对我说你们所长肯定又会来接你，给我也预定一个座位。我那时候真是很自豪啊。”张如伟谈到之前出海回来时的一次经历说。

徐云霞也深有体会，她说因为出海时间长，尤其是女同志要带很多东西。一次出海回来，在船靠近珠江口有信号时，她就收到冯震宇和文鹏飞发来的短信说，因为冯所长那天有事，安排了文鹏飞主任去码头接她。“一种温馨感扑面而来。”徐云霞谈到当时的感受依然记忆犹新。徐云霞从海上返回的时候，恰逢冯震宇母亲和爱人生病住院，于是他委托文鹏飞开车去码头接她。

冯震宇不仅仅在职工工作学习生活上关心他们，职工遇到的难题他也积极帮助解决，而且在改革发展上他和所领导班子带领大家不断向前，不断开创新的局面。

张如伟向我们介绍，2017 年广州海洋地质调查局领导班子开始在全局进行创新改革，要把以前是重生产轻科研的生产队形象扭转过来。资料处理所积极响应，在第一时间成立科技创新部门，负责成果的提炼转化总结。以前数据处理完了就递交给别人，工作就算结束了，而现在不仅仅提供数据，而且是成果的服务者，这是资料处理所这两年的第一个改革。

第二个改革，就是成立各个技术攻关小组。他们把地震资料处理划分不同环节，对每个环节进行攻关突破，大胆用年轻人担任组长，把每个步骤和程序做细做精。所有组长都是 80 后。2017 年改革之前他们所提交专利为零，改革后的第二年他们提交的专利受理将近 10 个，申请的软件著作权也有 5 个。

资料处理所经过改革，让很多年轻的“新人”当项目负责人，老同志在背后当技术负责。通过内部改革，很多经验丰富的主任做了幕后指导。这种不断促进年轻人成长的改革举措得到了广州海洋地质调查局领导的认可和表扬。尤其是在可燃冰重大工程上，中国地质调查局、广州海洋地质调查局举全局之力，资料处理所也举全所之力，全力以赴地参与可燃冰资料处理工作。在试采期间，坐镇现场指挥的叶建良发现一个区域比较好，考虑再找个优质的储层，但是地质资料比较早，需要重新精细处理。接到这个任务后，冯震宇立刻召开会议，动员全所职工努力把这个任务保质保量尽快完成。从前期处理到深度偏移，他们只用了两个星期就全部搞定。

“广州海洋地质调查局的团队精神在我们所能够充分体现。”年轻的技术人员薛花说。

不论是在生活中还是在工作中遇到棘手的难题，大家都互相帮助、出谋划策。薛花介绍说，徐云霞做常规时会尽量把时间压缩，给后面做深度偏移的同事多一点时间，这样遇到问题就可以有时间解决。

在可燃冰数据处理攻坚战中，他们遇到了可燃冰数据处理中深度采样的一个问题，折腾了很久，刚开始他们按油气的方法处理，出现了很多假频，常规 5 米的深度采样在可燃冰中不合适，需要调整这个间隔，然后他们群策群力更改各种参数，即使在周末也有很多人自觉地来到办公室加班。大家坐在一起讨论，进行思想碰撞，很多难题就这样给解决了。“当时可燃冰试采时间已定，可燃冰数据处理给我们的时间只有 40 天，中间出任何差错，都会耽误整个项目进度。邱海峻给我们定好了总的处理时间，很多流程都精确到几天。一个人的力量是有限的，我们需要团队的力量，我们需要有志同道合的小伙伴们来助力。”

薛花还提到，可燃冰试采作为一项国家重大工程，当时他们和中石油合作。中石油下面的一个数据处理公司说可以免费提供可燃冰资料的处理工作，但当他们看到那么大的数据量后说至少要三到四个月时间。而可燃冰试采时间已确定，根本等不及，广州海洋地质调查局的资料处理所最后用了 39 天完成。薛花清楚地记得完成数据处理的那天是 2016 年 7 月 1 日，党的生日，星期五，他们全所当天晚上有三分之一的同事在加班。

谈到可燃冰的数据处理，不能不提到一位经验丰富的处理“老人”——文鹏飞。

“文鹏飞，关键时候绝对不给你掉链子。”冯震宇口中的文鹏飞脸上充满阳光，他带领着一帮年轻的技术人员攻克了各种数据处理难题。

薛花说，他们能够信心十足地在仅有 40 天的情况下，把可燃冰地震资料处理完得益于文鹏飞主任平时的传帮带和以身作则的精神。她说文鹏飞给他们分配处理项目的时候，给予这群年轻人充分信任和自由发挥的空间，从来不按部就班地设计各种数据处理的固定流程，而是让这些年轻人轻松自由地发挥自己的工作风格，不断摸索尝试各种数据处理参数，一个流程下来他们很快熟悉了处理软件。其间无论遇到什么问题都可以随时和文鹏飞讨论，即使是到了下班时间，文鹏飞也常常同大家一起解决遇到的问题。

为了最大限度发挥年轻人思维活跃的优势，帮助他们积累地震数据处理经验，2013 年大剖面地球深部构造研究数据记录达到了 16 秒。以前他们处理过同样一个区地质资料，徐云霞理所当然地觉得处理流程应该相似，压制多次波突出深部有效波成了重中之重，处理的难度也是至工作以来遇到的难度之最，是文鹏飞的全力帮助和支持，才得以最终顺利完成。

“当时文主任对我说，他相信我能顺利完成任务。要知道海底深度到了五六秒，多次波压制突出有效信息就很困难。我试验了很多流程和参数。管理机房的一位大哥总是惊讶我天天加班，那时候我压力也非常大，回家后就跟我丈夫说，我做不下去了。丈夫鼓励我说这是个挫折，过了就有提升，最终在文主任的帮助和家人的鼓励下，我顺利完成这个任务，正因为有了这次经历，后面才可以从容地打赢可燃冰 40 天数据处理的战斗。”徐云霞说文鹏飞培养了很多年轻人，他带领的业务团队，以他特有的培养艺术帮助他们完成了从学生到社会工作者的角色转变。

“在具体业务上，我们也有一个宽松自由的氛围。我们的技术都是从文主任那里学的。”徐云霞补充说，文鹏飞是他们在可燃冰数据处理的引路人，是他详细处理出第一批水合物地震剖面，处理结果可以和国外的公司媲美。在 OBS 处理中，文鹏飞打破了常规，打消了外界的质疑。

文鹏飞，1989 年从成都地质学院毕业，专业为应用地球物理。他在“奋斗四号”从事地震资料野外采集工作 3 年后，调入地震解释部门参加地质解释工作。成立计算机中心后，又从事地震数据处理工作，跟海洋地震勘探数据工作已经打交道快 30 年。

1999 年广州海洋地质调查局开启南海天然气水合物（可燃冰）地震调查，当时安排文鹏飞数据处理团队负责对我国第一批南海可燃冰地震数据开展处理攻关。

“那时候搞数据处理的人很少，只有 3 个人，出海是他们，处理也是他们，在海上看到初步处理出来的地震资料疑似可燃冰 BSR 也不知道是什么东西，就找国际上对比，发现和国际上的 BSR 相似，于是我们就觉得这可能就是 BSR，再查找其他的文献也觉得非常像，后期证实了这次确实是 BSR。”文鹏飞说。

针对可燃冰这个陌生领域，广州海洋地质调查局使用了“十八般”类似于医学仪器的武器对海洋可能赋存可燃冰的重点区域进行了体检，以详细了解这些区域海水物理和化学性质、海底沉积特征及海底以下地层结构，如果说热流测量是“量体温”，海水取样是“抽验血”，多道地震是“做 CT”，地质取样是“组织化验”，那么资料处理所刘胜旋教授研究的多波束水体影像测量、多波速水体测量则是不折不扣的由表及里的“三维彩色 B 超”，能够快速查找与识别海水中的目标物，并对目标物进行非常精准的定位。

在采访资料处理所的时候，我们不仅从巨大的显示屏幕上看到了一条条地震剖面和多姿多彩的海底面貌，还听到了刘胜旋教授针对《利用多波速探测技术给海洋做三维立体探测》图文并茂的讲解，无论是“多波束水体影像图”还是“海底地形图上羽状流”都能清楚形象地看到海水里的一些异常体。

刘胜旋 1996 年毕业于河北地质学院，专业为物探。毕业后的头两年，主要参加了重磁资料的处理与解释工作。自 1998 年开始，我国开展了大规模的国家专属经济区调查，根据工作需要，他与一批具有多波束零基础的年轻人开始组建了多波束资料处理团队。此后的 20 年里，他主持或参加了我国很多与多波束测量资料有关的处理项目，例如大洋多金属结核结壳调查、油气资源调查、可燃冰资源调查、海洋区域地质调查、海岸带环境地质调查、联合勘探区调查、中越北部湾湾口共同勘探区调查，以及众多的海底光缆路由调查、海底石油管线路由调查、平台井场调查等等。负责承担了“863”计划中的多波束水体影像资料处理子项目，开发了国内首套多波束水体影像资料软件。由于多年深耕于多波束资料处理，因此成果丰硕，积累了丰富的经验，他善于解决多波束资料中存在的各种异常问题，也培养了一批年轻优秀的多波束资料处理技术骨干。

“刘教授用最不擅长的编程软件编写了一个处理程序，处理出了第一条多波束水体影像剖面，他还通过编程把我们的电话号码和照片合起来，用他自己的话说就是要不断勇于尝试不会的领域。”冯震宇向我们介绍刘胜旋时说，“他是处理所一位多才多艺的专家。他在多波束测深、多波束水体影像、多波束海底底质分类等高频声学研究方面多有深耕建树。自1999年就实现了对几公里水深的海底地形地貌进行高精度探测，完成高分辨海底地形地貌图像的测绘，为寻找海底麻坑提供了支持，助力可燃冰研究工作作出了贡献。因为麻坑也是可燃冰存在的迹象之一。”

为了验证麻坑和可燃冰的关联度，刘胜旋找了一些地震剖面来比对，他惊奇地发现海底底层结构和上面通道能够结合起来，这样又增加了一种物探手段来寻找可燃冰的存在，给后续可燃冰研究提供了基础数据。

“茫茫大海，寻找可燃冰谈何容易，通过多波束给海洋做B超，有利于对重点区域进行准确定位。”刘胜旋介绍说。多波束测量相对于传统海洋地震勘探还具有成本较低，效率较高的优势，还可以根据多波束成果布置地震测线。地震勘探在做设计的时候就可以根据前期的多波束资料有针对性地进行测线布置。

在中国，20世纪90年代，多波束因为手段限制，当时没有采集水体影像数据。为了配合可燃冰研究，2011年，广州海洋地质调查局首次开始记录水体资料，并首次探测到活动冷泉的标志“羽状流”，这也是可燃冰存在的一种标志。

在利用商业的多波束水体影像数据处理模块时，发现存在诸多缺陷，例如速度慢、成像质量差等，刘胜旋就萌发了自己开发一套多波束水体影像快速处理系统的想法。因为他不是学计算机专业的，所以在软件开发过程中遇到了很多难题，例如水体影像原始数据的解析、数据结构的定义、图像的显示、算法的实现等等。“我们可以想象，在将一个规则的矩形数据布展为矩形结构时，那么在海底水深的地方，数据点的距离将变大，数据是发散的，而在海面水浅的地方，数据点的距离将变小，数据是汇聚的。但在计算机平面显示扇形的水体影像时则需要等间距的，因此，必须通过插值才能实现。”但这只是他脑子里的一个想法而已，具体需要通过什么样的算法来实现，他自己都不清楚。于是他就到网上求助，通过 QQ 群找到了一些能够帮他实现这种想法的编程爱好者，但对方开价至少一千元以上，想到这只是能够显示一帧图像需要的投入，后面还要实现连续图像显示呢？其他问题的解决呢？这种路子何时才能走到尽头？于是他自己通过搜索下载相关文献，模仿医学 B 超图像显示的算法，研究如何把多波束水体影像快速显示出来。通过不断摸索与尝试，图像终于显示出来了。但他还不满足，因为 3 个航次的资料采集下来，将会得到几十万甚至上百万帧水体影像，如果是一帧一帧地显示处理的话，那效率是很低的。为了提高处理效率，他在家里不断地调试程序，使程序既有多帧水体影像的纵向叠加功能，也有整体测线的水体影像的横向叠加功能，能够像地震剖面一样显示出整条测线的水体影像，资料处理效率提高了几十倍。“刘教授平时是骑自行车上下班的，通常是我们所最晚下班的一个。他不但在办公室经常加班，也经常在家里加班。”冯震宇说。

刘胜旋笑着说：“在家里编写程序的时候，刚上初一的女儿每次进房间都看到我在捣鼓这些水体图像，就问我在干什么，我说我是在搞科学研究，她只是不屑一顾地‘哦’了一声。直到 2015 年我荣获了广州海洋地质调查局的技术创新奖以及拿到软件著作权登记证书时，她对老爸的看法与态度才由一声‘哦’换成了‘666’。”

# 第十一章 海的儿女

在广袤无垠的大海上，每天太阳从海面上冉冉升起，鲜艳的霞光把海水染成金色。傍晚，太阳西下，柔和的暮光把海水再染成红色。在波光粼粼的中国南海神狐海域，因可燃冰试采工程的实施，“蓝鲸I号”平台的驻扎，直升机的起降，来来往往的补给船机器隆隆声，人们大声的喧哗声，往日的宁静已不复存在。而在这片不平静、神奇的大海上发生了很多感人的故事。

而在这支近50人的可燃冰试采团队中，包括叶建良、邱海峻、谢文卫在内，年龄在45岁以上的科技人员只有6名，其余都是80后年轻人。在环绕360° 都是大海的环境中，这支团队的每个成员把忠诚、创新、奉献、合作精神发扬得淋漓尽致。他们没有激情豪迈的口号，却干出了惊天动地的事业。

他们宛如一朵朵浪花，点缀在深邃神秘的大海上。

## 一 游子归来

“落叶归根”是很多海外游子的心愿。身在他乡为异客的游子，总有一股深沉而割舍不掉的情感在内心深处荡漾，祖国的发展，亲情的牵挂，时时在呼唤他们。祖国就像母亲一样，期待着远足他乡的游子归来。

卢海龙就是其中的一员，是国家“千人计划”召唤回来的科学家。

“千人计划”是海外高层次人才引进计划的简称。2008 年 12 月 23 日，中共中央办公厅转发《中央人才工作协调小组关于实施海外高层次人才引进计划的意见》，旨在为国家重点创新项目、学科、实验室以及中央企业和国有商业金融机构、以高新技术产业开发区为主的各类园区等，引进 2000 名左右人才，并有重点地支持一批能够突破关键技术、发展高新产业、带动新兴学科的战略科学家和领军人才回国创新创业，推进产学研紧密结合，探索实行国际通行的科学研究和科技开发、创业机制，集聚一批海外高层次创新创业人才和团队。

以留学人才为主体的海外人才历来是我国高层次人才队伍的重要来源之一。新中国成立之初，以钱学森、李四光、邓稼先、吴文俊等杰出科学家为代表的海外留学人才回到祖国，为发展新中国的工业、科研、教育和国防建设事业建立了卓越功勋。

“我从小就读过《地质之光》这篇报告文学，李四光执着、坚毅、创新、踏实的科学精神，非常值得我们学习。”谈及我国第一任地质部部长、地质学家李四光前辈一心报国的科学精神，卢海龙充满敬意。他说：“1999 年在日本南部海域开展可燃冰钻探工作，作为中国人，我以技术负责身份参与了日本这个国家项目，心里是不太痛快的。我这一生，已经过去了大半，我还想为祖国多做点事情。”于是在 2014 年，为了可燃冰试采工程，他毅然回到祖国，虽然之前在日本又辗转加拿大，但是他跟中国可燃冰研究团队一直保持联系，他说中国可燃冰做得很好，能够回国和他们一起报效祖国，从事自己喜欢的研究，发挥自己的专长，是他的愿望所在。虽然卢海龙早已适应多年的海外工作和生活，且日本和加拿大都给予他非常优厚的待遇，导师也极力挽留，但他最终还是在爱人的支持下，回国投身于祖国的可燃冰研究事业。

在异国他乡工作了23年的他，再次回到祖国，卢海龙的目的很明确。他说：“我研究了一辈子可燃冰，就是想为国家做点事，这次试采可燃冰让我有了报效祖国的机会。”

搭载着“千人计划”的列车回国后，对卢海龙来说，当时有三个地方可以去：中国科学院能源研究所、中国石油大学和北京大学。最后他选择了北京大学，与中国地质调查局一起合作，从事他擅长的可燃冰研究工作。卢海龙在北京大学组建了一支由地球化学、地质学、地球物理、微生物学等专业人员组成的可燃冰研究团队。这支团队在开展可燃冰勘查和开发有关的基础物理、化学性质方面发挥着重要作用，为我国在南海神狐海域试采可燃冰提供了有力的技术支持。

我国海域虽然可燃冰资源储量丰富，但储层条件并不好。卢海龙和他的科研团队，从试采前的勘查准备到提出地层流体抽取试采法，再到试采中可能出现问题的预案，都做了充分的准备。科研事业需要源源不断的新鲜血液，年过五旬的卢海龙深知为国家培养人才的紧迫性，对待学生毫无保留，悉心培养。

“卢老师非常希望把学生培养成独当一面的科研工作者，他特别注重培养学生独立思考、解决问题的能力。”在博士生滕益华眼中，卢海龙对学生的成长充满了父辈般的关爱。

2015年10月25日，北京大学海洋研究院教授卢海龙，作为紧缺的高层次人才，被授予首批“李四光学者”称号。同事们纷纷向他表示祝贺，他为此感慨万千：“这对我不仅仅是一份荣誉，更是一份沉甸甸的责任！”

这份责任，彰显了他在可燃冰研究领域中所担负的使命。他和我们谈起他的留学经历时用了“阴差阳错”四个字。1981年，他报考大学的成绩比较好，当时报的是化学系，而录取时变成了地质系，后来就跟中国地质科学院白歌老师学习稀有金属专业。总之，他刚开始选的不是地质专业，所学的化学专业与可燃冰也没有直接的关联。

“这就是命运。”谈及后来出国去日本学习，卢海龙说。在日本再次改换专业方向学的是海洋专业，因为在日本读书是自己的事，他开始在环境方面做研究。由于没有钱去采集样品，就从国内带了很多样品过去，但终究还是不够用。那时候可燃冰研究刚刚开始，全球也没几个人关注，而在日本，政府可以资助，不用他自己拿钱，于是他就转到可燃冰领域，成为当时第一个毕业的可燃冰研究领域的研究生。

研究可燃冰的过程也不是一帆风顺，卢海龙谈起他第一次出海的情景记忆犹新：“当时最强烈的感觉，就是不想干了。”那时出海的船只非常小，海况也不好，上船后没过多久就开始晕船，不断地呕吐。因为晕船只能靠喝糖水来补充体力，一个星期后才慢慢适应了船上的生活。

此后，卢海龙便心无旁骛，执着于可燃冰科学研究：出海，取样，实验，研究日复一日，年复一年。终于，一块指甲般大小的透明冰晶，让卢海龙在业界崭露头角。卢海龙与科研团队取到了可燃冰的样品，证明了可燃冰在日本海域的真实存在，他的名字从此蜚声海外。

随后，卢海龙移居加拿大。从日本海到北极冰架，从马尔马拉海到秘鲁，卢海龙在全球不知疲倦地探寻着可燃冰的踪迹。

经过多年的努力，卢海龙创造了许多个世界性“首次”：首次发现多成分可燃冰成分分布的不均匀性；首次提出“地层流体抽取法”的试开采原理与方法。这些研究成果有力地推动了可燃冰的理论研究工作，他本人也得到日本和加拿大政府及科技界的充分肯定。

海外漂泊的日子里，卢海龙虽然常住日本，但他一直心系祖国，想着中国什么时候也能进行可燃冰的研究，那他就可以回国参与了。日本在可燃冰方面的研究和勘探比中国起步早，掐指算来，它在 20 世纪 90 年代初就开始深入地进行了，而我国直到90年代末期才实质性地进入可燃冰领域。1995年，当卢海龙得知中国地质科学院地质研究所吴必豪教授一直在关注可燃冰时，两人就进行了联系。

“我国这次试采难度相对于日本更高，因为我们在更难的储层中试采。但我们有自己的优势，粉砂储层以前不考虑开发，但它占据可燃冰的比重大，我国这次在粉砂储层上的开发、技术、工艺方面都有创新，这点毫无疑问走在了世界前列，领跑于世界其他一直在做可燃冰的国家。”谈到我国可燃冰理论技术水平，卢海龙不无自豪地说。

卢海龙对我国政府集中力量办大事的制度优势非常有感触，他说，放在其他国家这次可燃冰试采就不一定能取得成功，所以将来实现可燃冰开发产业化肯定没问题。他认为，中国这次可燃冰试采肯定是为了未来产业化，是从中国能源对经济社会的长远发展考虑而进行的一次重要探索。

作为一名科学家，他认为目前在可燃冰试采过程中出现的困难都很正常。在试采中遇到的事先没有预知的困难，实际上就是必然会出现的困难，面对一种崭新的探索，我们不可能做到完全预知。比如台风导致电潜泵无法使用，当时就有可能停止试采，最后启用气举的方式解决了困难。这是一个经验，试验中碰到的困难也是一种经验。碰到的困难越多，经验就越多，对以后就越有好处。所以，他对中国未来的可燃冰研究和开发充满了信心。

“这次试采后，我下一步要做的工作就是更有针对性总结分析技术，为可燃冰开发提供基础研究支持。未来产业化，可燃冰要研发技术、降低成本、提高产量，我们已经在这方面开始做准备。目前，可燃冰作为一种能源正在申请中国第173种矿种，相信在不长的时间里一定会批下来。”在谈及下一步他的研究计划和可燃冰新矿种申请时，卢海龙认真地说。

不仅如此，他还对我国这些年取得的科学成就和科研制度建设充满了信心。他说相比他20年前出国的科研环境，现在进步非常大，科研经费、硬件环境都很好。目前发达国家对可燃冰这个领域，日本更重视一些，但日本的科研项目管理和中国不太一样，他们是把项目分割开的，管理上很简单，但系统性不强，没有形成自己的核心技术，也没有自己的知识产权。我国这次可燃冰试采形成了自己的核心技术和知识产权，这是中国能够领跑的关键所在。同时说明中国地质调查局和广州海洋地质调查局非常有超前意识。

像卢海龙这样的海外游子有很多，他们曾经带着希冀的翅膀朝着理想的殿堂飞去。很多时候，他们在异国他乡即使事业上如日中天，鹏程万里，但最根深蒂固的情结，依然顽强地占据在内心深处，那就是他们魂牵梦萦的故乡——中国。

故乡就像一幅简单的山水画，没有霓虹灯下的纷繁复杂、灯红酒绿，有的只是简单如一的淡蓝的湖，宁静而深远。或许原因正如艾青所说：“因为我对这片土地爱得深沉。”

## 二　首批“李四光学者”的可燃冰之旅

科学研究有时犹如在一间看不到出口的屋子里寻找通向外面世界的出口一样。能否找到、何时找到出口是不确定的。作为科学家应当具有安于“板凳坐得十年冷”的心理准备。在科技领域，一些冷门的学科总是需要有人去开拓，而冷门学科的最大风险就是可能不会有成果，即使有成果也难以为人们所关注。20 年前的可燃冰研究就是这样，谁也不知道可燃冰是什么，其研究成果能否运用于生产实践中。但就是有一批开拓者涉入这一领域。正是因为有了这些默默无闻的开拓者铺垫的基础，我国可燃冰的研究开发才能在前人的肩膀上取得举世瞩目的成功，而梁金强就是将前期可燃冰研究成果与当下的可燃冰试开采实践有机结合的科学家之一。

采访梁金强的时候，我们被他脸上时刻绽放的笑容和谦和所吸引。这位大学本科学石油与天然气地质专业，硕士研究生专攻能源地质工程的教授级高级工程师，其年龄也就50多岁。但早在20世纪末，他就以其睿智的远见，率先参与到中国南海可燃冰这一新资源的调查研究工作中，首次在南海北部西沙海域解释发现了天然气水合物地震反射波找矿标志（BSR）——似海底反射。他为了点燃神秘的海底冰火，潜心攻关，执着追求，带领团队经过长期的理论研究和勘探实践，取得了中国南海可燃冰资源勘查的一系列突破性成果。他和他的团队历时十几载，发现了两个超千亿方级的可燃冰巨大矿藏，为破解中国能源紧缺难题，寻找新能源基地奠定了基础。

1999年，中国首次投入资金开展可燃冰资源的前期调查。梁金强受命负责该项目的工作，他深知作为可燃冰调查研究的先行者将会面临的种种困难，为了掌握相关技术，他一心扑向可燃冰事业。作为三级教授级高级工程师的梁金强是我国海域可燃冰资源勘查评价先行者，负责或参与完成了国家水合物专项项目、国家“863”“973”课题、国土资源部公益基金项目以及国家自然科学等40余项可燃冰地勘和科研项目，合作撰写出版专著6部，获得部级科技成果一等奖1项、二等奖5项，独立和合作发表论文50余篇，获得国家计算机软件著作权5项。他在可燃冰资源综合评价、目标预测及成矿地质理论等方面取得重大创新成果，对我国海域可燃冰资源勘查具有重要指导意义，在南海可燃冰找矿突破中发挥了关键作用。2015年梁金强入选中国地质调查局首批卓越地质人才，并被授予“李四光学者”称号。

作为可燃冰领域专家，梁金强带领团队创建了适用南海地质条件特点的可燃冰资源勘查、评价和预测技术体系。主导创立了海域可燃冰资源评价方法，建立分级勘探评价标准，形成了基于模糊数学的勘探目标优选方法和基于概率论的可燃冰资源量计算方法，在南海可燃冰资源勘查中得到了广泛应用。

特别是由他所主持完成的《南海北部东沙海域天然气水合物资源调查及钻探井位建议报告》《南海北部神狐海域天然气水合物钻探井位建议报告》《南海北部天然气水合物钻探目标评价与钻前预测》等项目，在国家水合物调查与评价专项中发挥了重要作用，为我国可燃冰钻探目标和钻探井位的确立奠定了坚实的基础。其中，他主持编写的第一份天然气水合物资源调查报告，首次在我国南海解释发现天然气水合物存在的地震反射证据——似海底反射界面（BSR），取得了具有开拓意义的调查成果。

2007 年，中国海域可燃冰资源调查工作进入第 9 个春秋，随着勘探研究工作的深入，人们对中国可燃冰这种未来的新能源的关注度越来越高。为尽快推进可燃冰的实物取样工作，3 月初，广州海洋地质调查局与荷兰辉固公司正式签订了租用该公司钻探船在南海进行可燃冰钻探取样的合同。

2007 年 4 月 21 日至 6 月 12 日，中国首次在南海北部实施可燃冰钻探取样工作，梁金强全程参加了这次钻探工作，并负责井位设计和分析工作，在船上度过了艰难而又难忘的 52 天。可燃冰采样是公认的世界性难题，在中国实施钻探之前，仅有美国、日本等少数国家通过钻探获得过可燃冰实物样品，其中最关键的一个环节是优选出钻探目标，确定钻井位置。尽管上船之前就已经确定了钻探井位和钻探方案，但由于可燃冰钻探又具有一定的灵活性，钻探位置需要根据现场情况做出调整，他深知自己肩上的责任重大，不敢有丝毫懈怠。在钻探过程中，通过大量的现场分析工作，确定了最佳的钻探井位。

2007 年 5 月 1 日凌晨，中国在南海神狐海域成功钻获可燃冰实物样品，从而成为继美国、日本、印度之后第 4 个通过国家级研发计划采到可燃冰实物样品的国家。钻探结果表明，在所钻探的 8 口井中，有 3 口发现并取到了可燃冰样品，钻探成功率达 37.5%，比印度等国可燃冰钻探成功率高得多，直接证实了以梁金强为首的项目组多年工作的有效性、正确性，为成功获取可燃冰样品作出了突出贡献。

作为广州海洋地质调查局海洋矿产地质调查所副所长，他建立了一支海洋可燃冰调查研究团队，团队核心成员达30余人，全部为研究生学历，其中博士后2人，教授级高工12人。其学科领域涵盖地质、地球物理、地球化学、储层预测和资源评价等。

来自贵州省贵阳市的林霖，2011年从上海同济大学硕士毕业后，来到广州海洋地质调查局后也加入到了可燃冰团队。他在2012年第一次出海时，是梁金强亲自开车把他送上船。“梁所这个团队像师傅们一样带着我从学生角色转变为社会角色。”林霖对他刚到团队的经历记忆犹新。

梁金强团队先后承担了“西沙海槽区天然气水合物资源调查与评价”“我国海域天然气水合物资源调查与评价”以及“我国海域天然气水合物资源勘查与试采工程”等项目，先后承担完成多项国家“863”“973”计划以及自然科学基金等项目（课题），形成了一支具有国际水准的海洋可燃冰勘查研究团队。为尽早开发利用可燃冰，国家有关部门批准继续开展这一资源的勘查与试采工作。2013年，调查工作进入新的阶段，梁金强主持编写了《南海北部珠江口盆地东部海域天然气水合物钻探井位建议报告》，全程参与钻探现场工作。钻探获取了大量的层状、块状、脉状及分散状等多种类型可燃冰样品。

“十一五”期间，围绕可燃冰资源勘查重大技术需求，梁金强带领团队创新性开展可燃冰储层预测及建模技术、可燃冰地球物理测井评价技术、可燃冰成矿数值模拟技术等方面研究，建立了多学科融合、多信息叠合和关联分析技术，开发集成具有当今世界先进水平的可燃冰找矿预测系统，为南海可燃冰矿体目标预测提供了有效指导，在可燃冰钻探井位确定中发挥了关键作用。

辛勤的付出必然结出丰硕的成果。人们兴许看见的是科学家们在取得成果后的光芒，却看不到他们在科学领域里苦苦探索的艰辛。很多科学家经历了多少次失败才取得成功，而有的科学家即使终其一生地艰辛付出也没有取得突破，但是他们的努力却为后继者夯实了前行的路基。

## 三　台风中的火焰守护者

2017 年 7 月 29 日，南海神狐海域“蓝鲸 I 号”巍然挺立在碧波万顷的大海上，这是它完成我国首次海域可燃冰试采后即将返航前在这片海域上的最后留影。

80 后的寇贝贝描述了他在试采平台上最后一刻的场景：“试采结束了，大家都走了，大海上只剩下我和谢文卫主任。晚上，坐在空荡荡的办公室，回忆着过去的一幕幕，从试采前的紧张、忐忑、焦虑到现在的释然、欣喜、期待，在自己的岗位上圆满完成领导交给的任务，做到问心无愧，今晚应该会是自己在平台上睡得最踏实的一觉。”他口中的谢文卫，就是这次可燃冰试采团队中的钻探技术专家。

1970 年出生的谢文卫，1992 年毕业于成都地质学院，专业为探矿工程。毕业后就从事地质工作，2010 年 12 月，在中国地质大学（武汉）毕业，获地质工程专业工学博士学位。主要从事探矿工艺技术和器具研究、科学钻探工程、探矿工程新技术综合研究与推广、国际合作与交流及科技管理等领域的工作。

来可燃冰试采指挥部之前，谢文卫在中国地质调查局勘探技术研究所任科技处处长、高级工程师。他主持和参加地质大调查、公益性科研专项、国家“863”等各类项目 20 余项。在液动锤钻具及工艺、孔底动力钻具研究、复杂地层取芯技术、地质钻探事故处理技术、钻探技术综合研究与应用技术等方面取得大量成果。主持完成了 YZX 系列液动潜孔锤的研究与开发，实现了液动锤技术的更新换代，并在我国科钻一井及地质钻探施工领域中发挥了重要作用，成为我国大陆科学钻探工程的技术特色。2006 年谢文卫荣获“中国地质学会第十届青年地质科技奖”银锤奖；2009 年他又获“国土资源部优秀青年科技人才”称号。谢文卫是工程领域的技术专家，他所在的勘探技术研究所的钻探技术在全国乃至国际上都非常有名，该所的钻探工程技术在中东的土耳其扎根十多年，每年创汇上千万。他曾经参加过东海我国第一口大陆科学深钻工作，具有丰富的钻探工程技术经验。

2016 年 4 月，他和同事秦如雷一起加入可燃冰试采团队，担任试采指挥部办公室副主任、工程组组长。

作为工程组组长，谢文卫和工程组成员围绕试采工作的目标，全面搜集工程技术信息，结合地质模拟分析及测试工作需求，提供工程技术支撑服务，协调落实可燃冰试采现场指挥部的试采工程技术方案，完成试采工程的监督与管理，并及时提交工程技术总结。

我们分别在神狐海域的试采平台、广州南岗基地和一个技术交流会上三次采访谢文卫，每次采访时他都很谦虚地说其实自己没有做什么，都是叶建良指挥长带领大家一起干，邱海峻主任在平台上付出了很多，应该多采访一下邱主任。他说在 2016 年水合物工程中心成立之初，试采团队缺少熟悉海工的工程技术人员，他也仅在陆地做过岩心钻探和科学钻探工程，对海工领域的专业术语和工程设备也是一头雾水，而且对可燃冰的储层性质也是知之甚少，主要是抱着学习的态度与中油海的人员加强沟通，在邱海峻的领导下逐步上手做些力所能及的工作。

谢文卫说话有个特点，说完后的一瞬间停顿，他脸上会露出经典的笑容。47 岁的他也许是因为可燃冰试采这段日子一直在海上操劳，所以我们能够清楚看到他那沧桑的脸庞上被海风吹出来的沟壑，但温和坚定的笑容，让我们也看到一位工程技术人员对我国首次海域可燃冰试采中，工程技术创新运用并取得成功的自豪与骄傲。

其实在可燃冰试采过程中，工程组的压力是很大的，遭遇的挫折也非常多、遇到的问题也非常复杂，施工期间他们的心情就像南海的海面一样，时而处于翻滚状态，时而处于平静状态。但最终我国可燃冰试采攀登上了世界科技高峰，创造了纪录，应当说工程组劳苦功高。

我国可燃冰试采工程虽然进入现场实施阶段，但依然有很多无法预料的问题，海上这套系统，这种方法，到底会是什么结果，工程组的同志心里也没底，就算点火出气了，会不会就只冒一会儿又没了，大家心里也没数。

所有人员承受着极大的压力，那段时间谢文卫仿佛能感觉到，自己的血压就像试采平台上的半气锁状态下的电潜泵一样，压力数值经常忽上忽下。为了及时获得现场储层改造资料，工程组 24 小时驻扎现场，平台甲板上温度已经达到 37℃，四周都是火辣辣的感觉，由于电路匹配问题，作业中心空调无法使用。工程组成员坚守在狭小的作业中心配合中油海团队实时跟踪工程参数，大家调侃说这是“穿衣戴帽拿着对讲机蒸桑拿”。

可燃冰试采降压方案的选择与实施，决定了可燃冰试采可持续时间和产量。如果压差给得太大，地层就可能出现垮塌和出砂堵塞出气通道；压差给得太小又形成不了足够的产能。为了获取完整的试采数据满足产能目标，他们一步一步地增大压差。每次增加压差，都不能确定它的实际结果会怎么样，但他们心里很明白，在降压的关键节点哪怕走错一步，就可能导致试采工作不可逆转的失败！

因为粉砂储层松软未成岩，且含有大量的黏土矿物，试采过程中容易造成防砂筛管和储层渗流通道的堵塞。为解决这个问题，工程组成员曾经到中石油、中海油、青海油田、浙江油田进行广泛调研，同时跳出了传统油气开发的局限，对防砂技术进行大胆创新，经过对方案的反复推演完善和现场精心组织，克服了施工中多个环节的技术问题，最终完成了整套井下试采系统的安装，经受住了 60 天试采的考验，有惊无险地跨过了这个难关。

世界上还没有成功实施可燃冰试采工程的先例，谢文卫提到在 2016 年 9 月初，叶建良指挥长在一次技术交流会之后，对他说：“你我都是探矿工程专业，应该知道我们对软弱地层的加固和处理手段还是有的，对于地层的防砂，在水井施工中也有不同的处理手段。在这种常规油气领域不会涉及的特殊环境，需要开拓我们的思路！为了加快工作的进度，需要立即找部分专家以专题研讨会的方式，让中油海工程技术人员一同参与，这样才能加深了解和沟通，形成具体的方案。需要在国内工程施工单位邀请几位在粉砂质软弱地层处理有经验的人员，你来负责落实会议准备。”按照叶建良指挥长的要求，谢文卫立即行动起来，初步确立了围绕相关问题的解决方案，落实了专家名单，在会前做好了充分的沟通，确保会议取得实效，促进我国多领域交流合作解决棘手的可燃冰地层问题进入实质性实施阶段，为后续可燃冰储层改造奠定了基础。

6 月 12 日，台风“苗柏”正面狂扑而来，而且强度不断增加，最高风力达到了 12 级，台风轨迹也在试采平台附近发生了变化，不是先前预报的东南面，而是直接横扫过来，穿过风力中心时，试采平台风力达到最高。当时由于台风的影响，平台在摇晃，人根本就站不住，感觉随时会被吹走，现场一位工作人员的眼镜，在三人合力推开舱门的瞬间就无影无踪了。为了确保平台井口的安全，工程组人员顶着风雨去检查，当时的强台风把人吹顶在栏杆上无法移动，每一个雨点打在脸上都是生疼的。

台风袭来时，他们遇到了一个难题——高达 11 级的台风将正在燃烧的火焰吹灭了。由于风向不对，电子点火系统无法正常启动。为了防止可燃气体引起的安全事故，他们只能暂时将井口关小。等待台风中心离去时，再打开点火。但是台风的逗留时间超出了人们的想象，时间被拉长了。如果时间太长，在二次可燃冰生成的危险区域，会造成井筒的彻底堵塞，此次试采便会被迫中止，结果就会使本应创造出的奇迹付之东流。

必须到点火现场去打开阀门。但现场的风力过大，操作人员连门都推不开，人出去后又太冒险，一旦失手，就可能坠落大海。怎么办？为保证试采工作的持续顺利实施，谢文卫和邱海峻两人一起从下甲板舱门出去观察。幸运的是，这时候台风中心已穿越平台。经过努力，他们在火炬臂前将火焰重新点燃，使得这一次降压试采没有在第 33 天戛然而止，从而坚持到最终的 60 天，创造了可燃冰试采的世界奇迹。

正是有了他们的辛勤耕耘，燃烧在大海上的火炬，不仅让我们看到了它燃烧时发出的光芒，更让我们还看到了一种精神力量。这种力量是可燃冰试采团队很多像谢文卫这样的科技工作者的艰辛付出，甚至冒着生命危险排除障碍保证试采工作正常进行凝结而成的力量，他们也是蓝色大海平台上那一束动人而耀眼的火焰。

## 四　老骥伏枥，主动请缨

“老骥伏枥，志在千里”。在可燃冰试采团队中有几位几十年如一日，坚持不懈、勇攀高峰的科技工作者。他们虽然年过半百，但始终不忘初心，知难而行，不懈努力，用自己的专业知识浇灌我国科技的长青之树。

1963 年出生的叶成明，是来自中国地质调查局水文地质环境地质调查中心的专家。他 1987 年 7 月毕业于长春地质学院，专业为探矿工程系钻探工程。主要从事水工环地质钻探、成井工艺与材料的研究与应用，在水工防砂方面颇有造诣。

2016 年 4 月 10 日，在北京召开的中国地质调查局安全生产工作会现场，叶建良邀请他参加 4 月 12 日在广州召开的关于我国海域可燃冰试采方面的会议。那次会开了整整 5 天。也就是在这次会议上，让叶成明对南海神狐海域可燃冰储层岩性及其试采工艺方面的情况有了一些了解。

多年从事水文水井防砂研究与应用的经验告诉他，像南海神狐海域这样的可燃冰储层岩性，试采过程中的防砂技术是一个世界性难题。对于是否加入可燃冰试采团队他也曾犹豫过，但不服输的他具有喜欢挑战的性格，不甘心失去这个千载难逢的机会。在会议临近结束的时候，他主动向邱海峻、卢海龙谈了自己想在试采防砂方面做一些工作的想法，邱海峻、卢海龙当场表示支持。就这样，在会议现场，叶成明就把这项艰难的任务接了下来。然而，到了真正开始着手实施具体工作时才发现，原来的想法太简单了，解决可燃冰防砂堵塞通道的问题犹如搬一座大山那么难。

其一，无理论可依、无经验可鉴。我国南海神狐可燃冰储层为泥质粉细砂地层。在油气开采防砂领域，经过近 90 年的发展，虽然形成了各种物理的、化学的防砂理论及防砂技术方法，研究对象却主要是针对 40um 以上的颗粒，40um 以下尚处于分析研究的盲区。加之海域可燃冰储层岩石力学性质、流体特性等与油气藏的巨大差异，目前已有的油气开采防砂理论、防砂技术对本次试采防砂几乎没有借鉴意义。

其二，无可参考的试验方法和适合的试验设备。开展泥质粉砂类型可燃冰试采防砂研究，不但无理论可依、无经验可鉴，而且还没有可参考的试验方法和适合的试验设备，特别是没有与海域可燃冰试采条件相近的气、液、固三相耦合作用的高压试验方法与设备。

其三，对海域油气勘探和可燃冰开采都不熟悉。以前叶成明虽然在防砂研究与应用方面做过一些工作，但都是针对陆域的供水管井，对于陆域、海域的油气开采防砂技术和方法只是有所了解，而对于海域可燃冰这一新领域，一切都得从零开始。

其四，时间紧、任务重。从 2016 年 4 月底接受任务到 2017 年 3 月可燃冰试采，只有不到一年的时间，要完成从材料准备、试验方案设计与试验器具研制、防砂措施初选，到物理模型试验、数值模拟与验证、提出防砂方案，要在这么短的时间完成难度如此之大的工作，几乎是一项不可能完成的任务。

叶成明不曾想到干了近30年的钻探专业，如今竟然成了海域可燃冰勘探、钻探、试采方面的门外汉。但既然接了这个任务，就一切从零开始吧。在书本资料中学习，在实践中探索，不断挑战自己。

从接受任务后，叶成明便从书店、图书馆买来或借来大量的书籍、资料，“恶补”可燃冰勘查开发以及油气领域的防砂知识。白天一有时间就在办公室看书、做笔记，晚上下班后，在食堂匆匆吃完饭，回到办公室继续看书到夜里十一二点。出差时他也是书不离身，对于重点文献、资料里的重点内容反复看、反复琢磨，直至弄明白为止。

试验方案设计出来后，苦于没有试验设备和器具，无法开展相关试验工作。项目组成员走访、调研了多家试验设备提供商，试图购买相关成熟的试验设备，得到的答复都是“没有这种设备”或者“没听说过这种试验设备”，看来只能靠自己了。叶成明和团队成员开始摸索着设计、加工相关试验器具和设备。第一套试验器具加工出来后，拿到实验室测试，因精度不符合要求，只能放弃！改进之后，又加工了第二套试验器具，拿到实验室，因密封性不达标，依然不行！如此反复多次，在经历数次修改完善后，他们终于开发出了一套可满足可燃冰试采防砂试验要求的气、液、固三相耦合作用的高压试验方法与设备。

由于无前人经验可鉴，试采中的防砂技术，只能通过大量的物理模型试验与数值模拟观察、记录、分析，计算不同粒径、不同厚度滤料以及不同浓度仿真储层情况下出水量、出砂量、出气量，分析总结防砂效果，提出防砂措施。

比如，他们在改变粒径、厚度、浓度的任一参数为一组物理模型试验时，从早上8点开始加上压力，一直持续到深夜两三点才能结束。为了保证试验数据记录的完整性和可靠性，不错过任何一个试验过程中的异常现象，试验人员必须一直盯着。有时为获取一个可靠的数值模拟参数，少则三四个小时，多则 12 个小时以上，才能获得。

2016年6月至9月近4个月的时间里，物理模型试验组成员吃住在实验室，每天从早上 8 点开始到深夜两三点为一个试验日程，待收拾试验器具、准备好第二天的试验材料时，已是凌晨 4 点左右了，匆匆在实验室的行军床上躺一会儿，第二天的试验便又开始。120 多个日日夜夜，叶成明带领团队成员就是这样度过的。物理模型试验争分夺秒，数值模拟也分秒必争。那段时间有一台服务器、二台移动工作站同时工作，参与物理模型试验和数值模拟的人员几乎就是连轴转。

2017 年 3 月，为验证试采降压方案的可行性，预测试采开始后的 24 小时内的出砂量、出水量及产气量，可燃冰试采现场指挥部要求他们在 7 天内完成可燃冰真实储层防砂试验，并拿出试验数据和成果报告。

天哪！可燃冰试采工程开钻在即，7 天拿出数据和报告，能做到吗？

“任务下达了，我们不做谁做！”作为项目负责人，叶成明身先士卒，带领团队义无反顾往前冲。那些天，项目组成员不分昼夜，晚上实在困得不行了，就设好闹钟，利用试验间隙在行军床上休息一会儿。闹铃一响，马上爬起来继续做实验。日复一日，连续作战，同志们的眼睛肿了，就连数值模拟计算用的电脑也“累”坏了，何况人呢！由于计算量大，连续高速运算，烧坏了 2 台移动工作站。“换台电脑继续！”第 5 天，实验数据终于出来了！第 6 天，试验报告出来了！终于圆满完成了指挥部下达的艰巨任务。

谦逊的叶成明在带领团队跋涉科技创新的路上，沧桑的脸庞印证了他所付出的艰辛与努力，也展露出他多年经验沉淀而成的专家气质，在可燃冰防砂的科技攻关上，我们能够深刻感受到一位科研工作者执着坚毅的性格特点，辛勤不辍、知难而进的工作态度和一往无前、勇于创新进取的精神。

## 五 从三尺讲台到广袤大海

在可燃冰试采团队中，有一位从大学讲台走进海洋地质调查一线的科学家，我们在试采平台、广州海洋地质调查局南岗基地、中国地质调查局机关看到他时，他的脸上总是充满笑容，声音温和，说话简明扼要且干练。他就是广州海洋地质调查局的陆敬安博士，十几年来他一直从事着可燃冰的研究工作。

2018 年初，在全国地质调查工作会议上，中国地质调查局公布了第三批“李四光学者”名单，陆敬安赫然在列。

陆敬安 1992 年本科毕业于长春地质学院，专业为应用地球物理，1999 年获得长春科技大学地球探测与信息技术专业博士学位，2003 年从吉林大学副教授岗位上调到广州海洋地质调查局工作。长期从事海域可燃冰资源勘查与研究的他，先后担任过“南海天然气水合物资源勘查”“南海天然气水合物资源钻探”“天然气水合物勘查技术研发”“天然气水合物钻探技术研发”以及“海域天然气水合物资源试采实施”等多个地质勘查或配套研究项目的负责人。他承担的科技部“十一五“到“十三五”的“863”课题和国家专项全部都与可燃冰有关。他在天然气水合物的地震地球物理特征、测井标志等方面研究深入，提出水合物测井解释模型成果，在 2007 年我国首次钻探中开展钻探井位选取、测井数据现场解释、判别储层，为可燃冰实物样品的钻获发挥了重要作用。分别荣获过国土资源部科学技术奖一等奖和中国地质调查局科学技术奖特等奖和一等奖。

在从事可燃冰研究工作中，陆敬安共发表科研论文 30 余篇；参加可燃冰有关的国际会议 4 次，其中 2 次做口头报告；获国家发明专利 1 项、实用新型专利 1 项。2011 年 7 月 19 日，陆敬安作为中国地质调查局代表团成员，参加了在英国爱丁堡召开的“第七届国际天然气水合物大会”，见证了中国成功申请到“第八届国际天然气水合物大会”主办权的过程。他清楚地记得，在中国地质调查局申办小组的答辩会上，中国代表团舌战群儒，理由充分、优势明显，顶住了多方刁难，最终让来自发达国家的评委抛弃偏见，从而获得了在北京举行第八届国际天然气水合物大会的主办权。这是第一次在发展中国家举办此类会议，说明中国的影响力日益强大，同时表明中国的天然气水合物调查与研究在国际上占有了一席之地。

2013 年 6 月至 9 月，来自中国、美国、英国等 19 个国家的科学家，先后三次进入珠江口盆地东部海域，考察了解中国南海珠江口盆地东部海域赋存的层状、块状、脉状等多种形式的可视可燃冰。

当时陆敬安和梁金强作为钻探航次首席科学家助理接受了记者采访，在采访中，他们提到开放的可燃冰研究平台大大提升了中国在可燃冰开发利用领域的追赶速度，并以更短的时间竖起了第二块里程碑。利用这一开放平台，中国可燃冰成矿理论、成矿预测技术取得了新的突破，调查评价成果更加成熟可靠；海底地震探测技术、可控源电磁、水下机器人、浅层剖面、微生物取样等一批新方法新技术，在钻探工程中得到了成功应用，提高了勘查成效，也为今后试开采积累了经验。

为解决远海海域地磁测量的日变观测问题，将观测设备放置在深海海底，用潜标方式进行定期观测，以获得观测点的地磁场的日变资料。陆敬安团队申请了国家“十一五”“863”课题计划海洋技术领域 2006AA09Z345 项目研究课题。作为项目负责人，他带领团队经过三年半的努力，克服重重困难，提出了“对观测传感器设计制作采用全向性方案，地磁观测系统在海底不受观测方向限制”“用低功耗电路设计理念，实现在高压低温极端环境下设备连续观测能力可达 30 天以上”“在国内首次用非金属的、无磁性的、高分子材料加工制作适用于深海的耐压密封舱”3 个关键技术问题。该项研究中传感器、测量与控制、设备供电、设备封装技术全都属于自主设计与加工制造，部件国产化率百分之百。该课题的研发技术还可拓展到海洋磁测、近海底深拖磁测、陆地地磁台网的地磁日变观测等项目之中，研究成果将服务于我国海域的海洋地球物理调查项目和基础研究之中。

2017 年，陆敬安作为“水合物试采实施”项目负责人，以水合物系统成藏理论为指导，精心选取试采井位，为我国首次海域可燃冰试采成功奠定了坚实的地质基础。他与团队成员一起，解决了深水浅层泥质粉砂地层可燃冰试采的系列技术难题，为可燃冰资源的产业化商业化开发积累了经验。

为保持扩大我国在可燃冰研究理论、技术方法的优势，陆敬安还积极参与可燃冰相关的调查方法和技术研究，跟踪和追赶国际先进技术，协同国内科研院校研发调查设备，推动了深海磁日变观测、海底可控源电磁调查设备、海底 OBS 调查等新技术的研制和生产应用，组织开展可燃冰钻探保压取芯及井中地层原位测试设备研发，为我国的可燃冰钻探储备了一系列具有自主知识产权的技术。

科学家们就像大海里的水珠，一颗水珠的分量是渺小的，但是无数的水珠却可以汇集成浩瀚的海洋。在我国像陆敬安这样的科学家很多，他们就像夜晚的路灯，静静地耸立在路旁，为行人照明指路。

## 六　金锤闪耀

戈壁森林草莽，沙漠高山湖海，尤其在人迹罕至的地方，常常能看见地质队员的身影，他们披星戴月跋涉在祖国辽阔的大地上，用自己的专业知识、智慧和奉献的精神唤醒了一座座沉睡的能源宝库，给人们送去光和热。而开展野外地质工作的三大件之一——地质锤成为一代又一代的地质工作者翻山越岭敲击大地的标准配备，地质锤在他们的手中发出了金色的光芒。如今，这闪着金色光芒的地质锤传递到了一位 80 后科技工作者手中。

在可燃冰试采团队中，有卢海龙这样干了几十年地质工作的老专家，也有步入而立之年的青年工程师。2017 年 9 月，秋高气爽之时，备受全国地质界瞩目的第十六届青年地质科技奖金银锤奖对外公布。

创办于 1989 年的“青年地质科技奖”是我国地质界青年的最高荣誉奖，旨在表彰在地质科技领域取得突出成绩、思想和科学道德俱优、在青年同行中具有榜样影响的优秀青年地质科技工作者。“第十六届青年地质科技奖”（金、银锤奖）获奖者共 50 名，他们是从全国地勘行业推荐的 292 名候选人中评选产生出来的。其中，金锤奖获得者 10 名、银锤奖获得者 40 名。南海可燃冰试采现场指挥部办公室地质组副组长匡增桂的名字列在 10 名金锤奖名单之中。

具有湖南人爽朗性格的匡增桂，生于 1983 年，自 2010 年从中国地质大学（武汉）矿产普查与勘探专业硕士研究生毕业后，就在广州海洋地质调查局从事可燃冰勘探及深水沉积的研究工作。先后主持承担国家可燃冰专项中的项目年度调查报告、南海可燃冰资源勘查子项目、南海水合物先导试验区二级项目、国家自然科学基金青年基金、国土资源部重点实验室开放基金等各类勘查、科研项目 6 项，参加编写报告 50 余份，公开发表论文 19 篇（其中 SCI/EI 检索 6 篇）。他提出的“地貌—地质—地球物理相结合”的水合物勘查新方法，对我国在琼东南海域首次成功发现活跃的“海马冷泉”起到了助力作用。

匡增桂记得很清楚，2016 年 6 月，执行海上工作任务的他，刚回到广州，就接到通知去参加试采指挥部办公室主任邱海峻主持的会议，主要议题就是确定试采指挥部的工作框架和任务分工。在这次会议上，匡增桂被任命为地质组副组长，全面负责试采工程的地质工作，包括储层描述、矿体评价、试采站位选取以及地质设计方案的修改完善等。

接到这个任务后，他是既兴奋又倍感压力大。兴奋的是他能有机会参与这么一项伟大的工程，发挥自己所长，这个机会太难得。同时他又感到压力巨大，特别是涉及试采井位的选取，这可是直接关系到整个试采工程成败的大事啊！一想到这些他就战战兢兢、如履薄冰。当时距离开钻的日期仅剩下9个月，要完成上述的目标任务，对他来说无疑是一次严峻的考验！

只有奋斗，努力奋斗，才能将目标变成现实。在明确了具体工作任务之后，他与地质组成员分工，明确任务，合作有序推进工作。为了更好更快地解决关键地质问题，需要联合国内一流的可燃冰研究同行进行合作交流，有时候一出差就是一个星期，熬夜、加班也成了他的家常便饭，周末更是很少能陪伴妻儿。

经过5个多月的艰苦奋战，到11月份，他带领的地质组完成了4100km地震资料的重新处理及精细解释，500余米可燃冰岩心描述，1000余个样品的测试分析，25口井的测井资料及储层参数的精细评价，11个可燃冰矿体的储量评价，2个矿体的储层参数建模，3口井的产能及防砂模拟，制作各类地质图件100余幅。至此，在地质组全体成员的共同努力下，他们按进度保质保量完成了大部分的地质基础资料的解释及模拟工作，修改完善了地质设计，并于2016年11月15日通过了专家组的评审论证。

在地质组中，匡增桂主要是负责地震资料的精细解释，研究可燃冰成矿过程，综合评价可燃冰矿体，提出试采井位。他在获得最新处理的地震资料之后，一些原本模糊的反射特征变得更为清晰，对沉积构造的演化有了更为清楚的认识。在深入细致的研究中，他在可燃冰试采区发现了一条隐伏断层，这条隐伏断层的发现，解决了先前诸多看似相互矛盾无法解决的问题，也推翻了先前认为可燃冰是一次成藏的观点，于是他提出了“构造控制下水合物系统二次聚集”的成藏模式。正是在这个成藏模式的指导下，再结合前期的勘查成果，他顺利提出了试采井位，完成了地质组在可燃冰试采工作中承担的光荣而艰巨的定井位的任务。

2017年3月20日，他惴惴不安地踏上了钻井平台。虽然前期已经做了大量的工作，成藏模式看起来也很合理，画出来的图也很漂亮，试采井位也顺利通过了专家论证，但是作为地质人员，总要面对一个“有”还是“没有”的问题，丑媳妇终归要见公婆，试采井一开钻就知道到底有还是没有，如果没有的话，前面的工作做得再漂亮，也会变得毫无意义。

3月28日，神狐海域可燃冰试采工程正式开钻，匡增桂站在甲板上仰望“蓝鲸I号”巍峨的钻塔，复杂的各种液压管线，先进的自动化设备，以及在炽热的阳光下忙碌的人群，精神亢奋。然而，随着钻杆一根又一根连接着钻具向深海底部可燃冰储层挺进，他却开始失眠了，即使偶尔睡着，也会被各种噩梦惊醒。虽然平台试采工作一切顺利，但他的压力反而越来越大，越是临近可燃冰标层位，他失眠得就越厉害，整夜整夜地无法安睡，巨大的心理压力几乎让他喘不过气来。

他常在深夜里坐在床上反问自己，选择的井位究竟有没有试采价值，国家已经投入了如此巨大的人力、物力、财力，万一打下去什么都没有，自己该如何面对？每每想到这些，他的内心就翻涌出一阵阵似乎令自己都难以控制的惶恐。

“小匡，精神要放松，心理不要有负担，这次也仅仅是试采，我们中国第一次做这样的事，就是失败了，也没人会怪罪你，有什么事大家会一起承担，我们始终是一个团队。”

邱海峻观察到他的状态，给他及时疏导释压，让他的不安心绪有所缓解。

4月13日，钻探工作即将进入到可燃冰储层层位，录井和测井作业同时展开，终于到了要揭开神秘的红盖头的时刻。4月14日晚上22点，钻具已经到达他预测的储层上面3m的位置，气测录井显示存在5%的烃类气体，工程实施方中国石油集团海洋工程有限公司的同事过来提醒他们，说已经见到了天然气。他虽然有一点兴奋，毕竟有了气体显示，但是心里面依然犯着嘀咕。

因为匡增桂明白，5% 的烃类气体含量并不能证明什么，只是开始，最多是证明有天然气，而不一定有可燃冰存在。

4 月 15 日 16 点 25 分，气测录井显示的烃类气体含量达到了钻探以来的最高值，超过了 50%，有着 20 年录井经验的李晨脱口说道："好层。"这两个字深深触动了他。匡增桂当时觉得，任何的千言万语也抵不过这两个字。

此时的他终于可以放下一直压抑在心中的包袱，甜甜地睡上一个好觉了！但是他心里还是悬着一个问题：虽然录井的结果显示不错，但是降压试采的时候会出现什么情况，产量能不能达到既定的目标——这一切的一切，都要等到开泵试采点火的那一天。

5 月 10 日上午 9 点 20 分，终于迎来了开泵降压的时刻，到中午时气路管线压力上升，指挥长于 14 时 52 分下达点火指令。刹那间，火焰冲天而起，匡增桂站在燃烧臂前，见证了这一历史时刻，心里默念着：我们终于点燃了中国可燃冰试采的第一把火。

在可燃冰试采工作中，匡增桂虽然压力特别大，但他的综合能力提升也特别大，无论是学术水平，组织协调能力，团队协同作战能力都有很大提升。"对我来说感受最大的就是压力大，领导压力大，我们底下的人压力才会大，家里的事情很难顾得上，早上出门时，小孩还在睡觉，晚上回家时，小孩睡着了。看孩子一眼，又继续工作。"

匡增桂回想他参与试采工程这一年多的工作，虽然觉得一路艰辛地奔跑，但梦想就是在这奔跑中一步步变成现实呈现在眼前，看着自己为之努力、为之奋斗的事业，终有长成参天大树的一天，匡增桂的内心装满了自豪和喜悦！同时，他的心里也充满了对叶建良、邱海峻、梁金强、陆敬安、郭依群等专家的感激，正是有了他们的支持、信任和鼓励，才让他有机会、有信心加入到这一伟大工程之中。

## 七 80后的担当

实现中华民族伟大复兴，需要一代有理想、有才能、有担当的青年学子。青年兴则国家兴，青年强则国家强。80后是什么？ 80后是人生充满生机生长成才的最美好的季节。他们手握着走向成熟的钥匙，拥有着人生中最美好的年华，他们在科技领域茁壮成长的同时，也承担着为祖国作出贡献的重大责任。

寇贝贝忘不了2006年4月15日，西南石油学院更名为西南石油大学的揭牌仪式暨庆祝大会。四川省对此非常重视，不但省委副书记亲临现场，而且中石化、中石油、中海油的领导悉数到场。当时还是石油工程学院2003级学生、学生会副主席的寇贝贝，代表全校师生，激情澎湃地面对400多位嘉宾表达了要投入国家能源建设的理想。11年后他践行了自己的诺言，不但成长为一名能源领域的青年技术骨干，而且作为可燃冰试采现场指挥部工程组副组长，全程参与了国家可燃冰试采重大工程，将所学的专业知识与多年工程经验融入试采项目中。

1983年出生的寇贝贝从小生长在中原油田，受父母熏陶，2003年他报考西南石油大学石油工程专业。2007年毕业后通过五轮答辩、考试，以优异的成绩进入中海油主攻深水钻完井方向，先后参与多家大型国际石油公司在南中国海多口深水井钻完井设计和现场作业。

2012年，国内领先的HYSY981平台下水后，他作为主要成员，参与了中海油在南海40余口深水井钻完井设计并担任现场钻井总监，组织钻井作业实施。至2013年，他已经成长为我国自主培养的第一批12名深水钻完井总监中的一员，具备了扎实的深水钻完井技术和丰富的项目管理经验。

寇贝贝说，2016年4月25日是他人生的转折点。在广州海洋地质调查局南岗基地召开的有关可燃冰的会议上，当时，两个“第一次”令他印象特别深刻：第一次见到叶建良，就被叶建良特有的亲和力和感召力所深深地吸引，让他产生了加入广州海洋地质调查局团队的想法；第一次接触可燃冰试采这一深水工程项目，感觉非常有挑战性，有了想投身这种具有历史意义事业的冲动。正是在这次会上，他对试采方案技术细节和经费报价的看法得到了与会领导专家的认可，也让他找到了自己奋斗的方向，毅然放弃了国外石油公司年薪 80 万的邀请，随后以“急需人才引进”的方式，来到广州海洋地质调查局，成为可燃冰试采团队的一员。

当时可燃冰试采团队刚组建，面临人手短缺尤其是深水工程人员严重缺乏的情况，他咬紧牙关迎难而上。不久，他被任命为可燃冰试采现场指挥部工程组副组长，主要承担试采前期技术方案和现场技术管理工作。

零磨合、零适应，从报到第一天他便开始顶岗工作。可燃冰试采团队领导交给他的第一项任务就是优化试采经费，这是一项非常复杂的系统性工程。由多达 50 多项费用板块、上千项明细组成的试采经费，如：钻完井液、固井、定向井、下套管、水下井口、拖轮、直升机、套管钻头采购、ROV、钻完井设计、人工举升服务费等等，专业性极强。如何做到有理有据，杜绝浪费，需要进行大量的市场调研。在近一个月的时间里，他和团队成员对国内石油行业市场进行全面摸底调查，最终显著优化了 2017 年试采经费方案，并在后期优化了商务合同技术条款，为项目的顺利开展奠定了商务技术基础。

试采工程筹备期间，他带领工程组成员多次前往北京、天津、烟台及敦煌等地的油气勘查现场，对浅层井口稳定性、井筒完整性、完井防砂方案、生产测试方案及平台建造等几个板块进行跟踪调研和综合论证。

在长达 4 个月的时间里，他没有周末和节假日，每天都加班到凌晨三四点，中午也没有休息时间，长时间的熬夜、来回奔波，加之巨大的心理压力，致使他的身体出现了状况。

2016年8月，他到医院检查时发现身体出现多项指标异常，拿到检验报告那天，他在宾馆里不停地抽烟来麻痹自己，第一次在广州这个既熟悉又陌生的城市感觉到孤独。

他想家了！

广州海洋地质调查局领导考虑到他的身体状况，动员他回家乡去治疗调整一段时间。他拖着疲惫的身躯回到成都，回到亲人身旁。原计划在医院住一个月进行治疗调整的他，躺在病床上，心里却惦记着可燃冰，惦记着工程组的同事们，又提前两周出院，回到了可燃冰试采团队。

在繁忙的工作中，他多次带领工程组与中油海技术团队联合办公，就落实一井多芯、表层批钻等优快钻完井方式和大量技术细节沟通讨论，加快推进试采方案详细设计的编写工作，将4口试采井作业步骤进行分解，根据每口井不同井身结构及完井测试方式，分为一级、二级、三级和四级作业，尤其四级作业时间精确到15分钟为一个计算单元，对后期作业起到重要指导作用。在短短10个月时间内，他们便完成4口井的基本设计、详细设计和施工设计技术论证和专家评审工作。

可燃冰试采的前期准备工作非常重要，可以说前期陆地准备阶段占据项目总时间的70%，但进入海上实施阶段的30%的时间，将在短时间内花费项目总经费的90%。而且，工程所面临的风险也要比深水油气工程大很多，如：可燃冰储层埋藏浅，地层未固结，颗粒细，防砂困难，稍有不慎就会导致大量地层砂进入试采管道，造成管道堵塞，导致试采失败。在深水作业区，地层松软易垮塌、易漏失，技术套管下深受限，且只有一层套管固井，超过400吨的防喷器安装在水下井口，对井口稳定性提出了极高要求。如何规避作业风险确保作业安全开展，如何做好作业衔接缩短工期节省费用，作为指挥部办公室工程技术代表的寇贝贝，负责与中油海讨论并细化完善作业方案及指令，这就是他在海上最主要的工作内容。因为每天都会经历很多作业工序，每一个环节都需要跟合作方反复沟通确认，时刻要高度关注井下情况，压力之大可想而知。同时，在作业后期，他又组织实施 SHSC 至 4 井、监测井和平台复原作业，确保试采项目海上施工作业圆满收官。

在平台工作的一百多天里，寇贝贝每天的工作时间都不低于 18 小时。长时间的高强度工作，让他身心极度疲惫，压力大，导致经常失眠，整个试采作业期间体重整整掉了 12 斤。邱海峻常常安慰他，以减缓他的心理压力："贝贝，没事，放开手脚，你们还年轻，干错了也没关系，允许年轻人犯点错误。"这些话让他倍感温暖。

他还特别感谢叶建良。他说叶建良是一位良师益友。通过这次试采项目，让每个人都找到了今后努力的方向。他热爱这个团队。秦绪文、雷勇、邱海峻、谢文卫、陆敬安等，让他敢于承担重任，锻炼了他迎难而上的品质，培养了他严谨的科学态度，帮助他很快地完成了从深水油气工作者向可燃冰科研人员角色转变的步伐。

试采结束，寇贝贝又开始在心里默默规划着下一步工作计划。为确保我国在可燃冰试采技术方面的领先地位，寇贝贝将继续开展技术工艺研究和专有设备研发等工作，发展适合我国南海天然气水合物储层特色的钻井、完井、测试技术及配套工具，为实现今后可燃冰产业化奉献力量。

2018 年 7 月 13 日，我们在广州海洋地质调查局南岗基地采访时，又与寇贝贝见面了。他兴奋地向我们透露两个好消息：一个是 2017 年 12 月 30 日，他的小家庭又添了一个女儿；另一个是广州海洋地质调查局已启动将他妻子从成都调到广州的程序。听到这两个消息，我们由衷地祝贺他，为他们的小家庭祝福！今后不用再成都和广州来回跑了。

"青年人是早上八九点钟的太阳"，这群 80 后和 90 后充满朝气的年轻人，在试采平台上展示了他们的聪明才智，全方位多角度地发挥着他们的光与热，为我国可燃冰能源的研究和试采增添了活力，且储备了后备力量。让我们共同期待，期盼这群年轻的科技工作者在为实现中华民族的伟大复兴中国梦的征程中，向祖国向人民交出一份又一份满意的答卷。

## 八　靓丽的三朵浪花

2017 年 7 月 19 日，我们在茫茫大海上的可燃冰试采平台上采访时，遇到了两位女地质队员——于哲和康冬菊。邱海峻介绍说："这是我们试采团队的三朵金花中的两朵，一个在综合组负责测试和办公室文件处理工作，一个在地质组做测试工作。女同志在海洋地质研究工作中不仅仅是稀有金属，简直就是贵金属啊。"平台上传来几个同事一阵爽朗的笑声。

在我们结束当天采访，乘直升机回到珠海九洲机场时，看到了上午送我们上直升机的那位女性，这时我们才知道，她是另外一朵金花——综合组的组长王静丽。

王静丽、于哲、康冬菊，三位美丽的女年轻工程师。巧合的是她们都是 1987 年出生，而且都在差不多的时候来到广州海洋地质调查局工作，都出过海，我们称她们是大海中"靓丽的三朵浪花"。

### 一步跨入成熟行列的王静丽

2013 年来到广州海洋地质调查局工作的王静丽，本科毕业于中国石油大学（华东），然后又到中国石油大学（北京）读完研究生，专业是石油地质矿产普查与勘探油气藏形成与分布方向。

王静丽的脸上总是带着淡淡的温暖的笑容，从我们第一次去试采平台开始，一直到第三次去广州采访，她一直为我们的采访工作忙前忙后。她是与邱海俊、寇贝贝等最早进入现场指挥部的科技人员，对试采现场指挥部的成立和工作流程非常熟悉。那时候可燃冰试采平台“蓝鲸I号”在烟台还没建好，王静丽就上去过3次，还是踩着脚手架上去的。“第一次爬30多层楼那么高，在脚手架上腿都哆嗦。”王静丽回想起当时的情况依然有点后怕。

她跟我们聊起了指挥部刚在广州海洋地质调查局南岗基地成立时的寒碜。她说，当时指挥部只有三台电脑三个人和404、405两间办公室，连最简单的纸和笔都没有，就是从这两间简陋的办公室开始，我国的可燃冰试采工程进入了倒计时。她和综合组的王偲、于哲三个人，在试采期间下发了100余件函件和计划，还有数不清的日报、周报、月报、技术研讨，加上接待、后勤、财务报账等，总之，由她带领的3人综合组，实际上已经综合了办公室、科技处、总工室的部分职能，成了试采工程内外协调联络的纽带。

当我们问起，为什么选择来广州海洋地质调查局工作，她说，当时大学里学她们这个专业的所有人，几乎都面向油田找工作。她从研一到研三也都是跟导师在中海油做油田项目，总觉得自己不是很适应那里的工作氛围，于是在网上搜索了一下招聘信息，发现广州海洋地质调查局正在招人。当时她首先想到的是到广州海洋地质调查局所属的区调所工作，所以在投递简历时就写了区调所，但她等来的却是矿产所的电话，通知她2012年底来广州面试，于是就这样来到了广州海洋地质调查局。

在矿产所，免不了和海洋打交道。她第一次出海就参加了我国可燃冰研究实施的第二次钻探工作，而且还取到了肉眼可见的可燃冰样品。那是一次里程碑式的南海钻探。

在这次科考的航行中，她印象深刻的是神狐海域的第二航段，她的同事杨承志一上去就晕船，一天到晚起不来，每天都晕乎乎的，在船上躺了两周。水合物二室郭依群主任每天逼迫自己吃一个苹果，依靠饮料麦片度日，船上的外国人吃饭都吃成肉球，而她和几个同事回来时瘦了一大圈。船上做的西餐都是东南亚西餐，厨师不会炒菜，蔬菜也只有花菜，大家都吃不习惯。好在上船时买了四五箱方便面，外加五六十包榨菜，便成了他们的美味。但半个月就吃完了，最后通过小船补给的时候，特地给他们送来饺子和馄饨。当时来自中油海在船上的钻井监督员兼职大厨，在晚上 12 点后给他们做饭，做的就是很普通的西红柿炒鸡蛋。为了吃到这个家常菜，他们经常一天不吃就等半夜那一顿。

2014 年 12 月，王静丽开始筹备终身大事——结婚。当时正值水合物室为试采井位选取而准备钻探航次前的工作，她请了 15 天婚假，但前后只过了 5 天就“逃了”回来。这 5 天其实是处于筹办举行婚礼的时间。回单位后，她就直接投入到神狐海域钻探井位选取的建议报告中去。这一晃结婚将近 3 年了。

结婚到了第 3 个年头，孩子成为绕不开的话题，父母老是问怎么不要孩子，公婆也问，还隔三差五地催。她只能说实在没时间。好在丈夫万庭辉也同在一个单位工作，了解她，也非常支持她。这小两口，虽然在一个单位，但都是干的地质工作，出野外、出海的时候都特别多，两人也就很难在家里照面。

“我在综合组，万庭辉在工程组，综合组的事情太多，我们经常因为工作上的事在家吵架，他总说综合组老是催他们工程组要资料。”王静丽谈到丈夫如同进入了工作状态，有诸多挥之不去的情绪。

王静丽担任综合组组长时，她以为只是和资料打交道，后来发现需要不断地和人打交道，与之前从事纯技术工作相比，整个工作模式都变了。最令她苦恼的，就是给不熟悉的专家领导打电话联系工作。她清楚地记得，第一次给一个不认识的专家打电话时，拿起话筒，心里就发怵，想好的词都忘了，沉默了半天不知道怎么开口。好在指挥部的领导和同事，尤其是邱海峻主任，在各个方面给了她很大帮助，使她很快就适应了新的工作环境。在她的带领下，综合组高效快速地发挥了连接上下左右、内部、外部的桥梁作用。可燃冰试采工程启动以来，她和全组人员先后顺利完成了四百多人的接待任务。

2019 年儿童节的前一天，王静丽告诉我们，她的女儿已经满 100 天了！我们对她升级成为妈妈，有了可爱的小棉袄表示热烈的祝贺。

### 多才多艺的于哲

2017 年 10 月 25 日至 10 月 27 日，来自全国 300 名选手参加角逐的第二届全国国土资源科普讲解大赛总决赛在合肥落下帷幕。广州海洋地质调查局选派的于哲，作为一名业余讲解员，以深入浅出、妙趣横生的讲解感动了所有评委和观众，以总分 97.12 分的优异成绩，从众多专业讲解员中脱颖而出，荣获总决赛第一名。她讲解的题目是：《未来新能源——可燃冰》。

“我喜欢打乒乓球，羽毛球，看书，业余爱好中最好的是唱歌，大概能有七八十分，至于画画嘛，大概只有三四十分。”多才多艺的她，脸上总是挂着微笑。我们乘坐的直升飞机降落在试采平台上，走出舱门遇到的第一个人就是她——于哲。

和王静丽一样，于哲也是 2013 年到广州海洋地质调查局工作的，说起与可燃冰的缘分，还颇有戏剧性。因为她刚开始从事的工作与可燃冰不怎么沾边。机缘还要从 2016 年 4 月可燃冰试采现场指挥部在北京成立说起。

可燃冰试采现场指挥部成立后，2016 年 5 月 6 日便在广州海洋地质调查局成立试采指挥部办公室，下设地质组、综合组、工程组三个组。于哲是在 2016 年 7 月 11 日加入可燃冰团队的，而此前她一直在广州海洋地质调查局所属的试验测试所从事化学分析工作。

7 月 11 日中午，正在忙碌的于哲接到科技处副处长吴庐山的电话，接电话时她手里还有一堆事正在忙着，她就在电话里说，能不能下午自己去他办公室，但吴庐山说有急事。于是她放下手里活，饭都没来得及吃，就去了吴庐山办公室。当听到吴庐山说推荐她加入可燃冰试采团队后，她的第一反应就是："懵了——找错人了吧？"她解释说，自己在华南理工学的专业是化学，可不是地质啊，这两个工作有点不搭边！

"小于，其实我在 2013 年海洋地质论坛上就关注到你了，这次让你去可燃冰试采指挥部，也可以发挥你的特长，做一些文字方面的工作。"吴庐山说。

这时候于哲才想起她刚上班的时候确实参加过一个地质论坛。当时团委书记找到她，问她对海洋地质事业改革有什么建议，让她写个材料交上去。初生牛犊不怕虎的她就写了非主流报告——关于建立一个科普基地的建议，最后还得了奖。而当时得奖的都是学术报告，她觉得她连当时地质论坛的主题是什么都记不清楚了。但那时并不认识于哲的吴庐山不这么看，他在看了于哲写的材料后觉得很精彩，对她这篇报告印象十分深刻，所以可燃冰试采团队综合组需要人时，他第一个想到了于哲。

于哲不但全力做好综合组的分内工作，还认真学习了可燃冰的各种技术资料，对于可燃冰的环境保护问题，她也如数家珍："可燃冰试采中可能出现的环境保护问题，我们国家一直非常重视，也是普通老百姓关心的问题。群众主要担心甲烷大范围泄漏引起温室效应和海底地质灾害。但是海底向下 100 米至 200 米都是可燃冰稳定的地层，一搅动后立刻又形成二次可燃冰，通过人工改变可燃冰赋存状态，降压变成气体出来，因为是从颗粒的骨架里抽出气体，骨架还在，所以地层不会垮塌。新华社关于环境问题的采访稿件都改了七八遍，就是为了让老百姓更能通俗易懂地消除环境方面的顾虑，消除公众的恐慌。"

于哲天生就是为大海而生的精灵，从来不知道晕船是啥滋味。2014 年 11 月，在我国南海海域进行可燃冰调查，遇到寒流，海况不好，在海上将近一个月时间，很多人因为晕船需要打饭回舱里吃，她却一点事也没有。2015 年 8 月她参加了大洋科考，在海上漂了足足 80 多天，从第一天开始一直到返航竟然没有晕过一次船，让一起参加科考的科研人员羡慕不已。

而她一个化学专业的毕业生之所以到广州海洋地质调查局工作，则是缘于当时一个技术人员因为不愿意出海而辞职，空出了一个名额，恰好她在这时也抱着试试看的心态投了广州海洋地质调查局的档。虽然她学的是水化专业，但是与广州海洋地质调查局的试验工作在很多方面相通，于是在面试之后，就被录取了。

与刚出海的人总会晕船，时间长了容易烦躁不同，于哲很会享受海上的时光。出大洋后在船上将近 3 个月，她从航行的过程里寻找欢乐，从来没感觉到在四周雷同的海面上，翻来覆去的海水令人疲倦、烦闷。“我挺喜欢出海啊！”这句话成了她回答同事们好奇的经典语。她就是大海里的一朵金色浪花啊！

在我国首次海域可燃冰试采过程中，于哲在平台上待了将近两个月。我们问她看了几次日出。她说工作太忙了，一次也没看过。晚上睡得非常晚，经常要到下半夜，早上就很难起得来。可在大海上这么多天，怎么能不饱览一次海上日出呢！这可是很多人一辈子都遇不见的机会。于是一天晚上她就和瞌睡顶上牛了，硬是坚持了一夜没合眼，哪想天公不作美，第二天一早天边放开了鱼肚白时，竟然下雨了，唯一的一次看海上日出计划终于以细雨茫茫而告吹。

和王静丽一样，结婚后的于哲和丈夫也是聚少离多，她笑着说她总是错过和丈夫一起在家里的时间。于哲丈夫在德国一家公司做销售，以前是她丈夫出差多，经常一走就是一周，回家就像住旅馆。可自从她参加到可燃冰试采工作后，她也把家变成了旅馆。尤其是到了深圳，一个月见一次面，她忙得连家里的电费都没交过一次。而组长王静丽对她的评价是："于哲现在可是地质和工程相结合的专家。"

虽然是半路出家，但是经过她自身的勤奋努力，很快就熟悉了工作业务。

我们采访她时，她跟我们说，对于这个新领域，其实刚开始的时候她确实是什么都不懂，也只能两眼一抹黑地去干，当时吴庐山带着于哲去找邱海峻，问她有没有信心，她虽然口头上说有，但心里并没有什么底。邱海峻安慰她说刚开始不懂也没关系，就算一张白纸也可以，如果综合组不适合，其他组也可以。于是她从最简单的写周报入手，而她撰写的第一份周报交给邱海峻时，邱海峻赞不绝口："一个外行写成这样是下了功夫的呀，很不错啊！"得到了领导的肯定，于哲欢欣鼓舞，更是加倍努力地去熟悉自己的工作。

从 2016 年 7 月，她刚进入指挥部的时候邱海峻具体给她下令交任务，到了 2017 年邱海峻听完她的汇报后就说："好的，你去处理。"实际就是邱海峻信任她，放手让她代表自己去直接处理一些事情。所以，仅一年多的时间，她就增添了地质和工程两项"才艺"。

### 躲着孩子出门的康冬菊

爱打乒乓球的康冬菊是 2015 年加入广州海洋地质调查局这个大家庭的。她从中国地质大学（武汉）油气田开发专业研究生毕业后，因丈夫在广州海洋地质调查局工作，她就近选择了在中海油研究院工作。而中海油的研究院要从广州搬迁到深圳，为了避免夫妻两地分居，2014 年 8 月，她向广州海洋地质调查局投递简历。面试通过后，2015 年 4 月正式报到上班。

从外表上看，还真看不出康冬菊有一手凌厉的乒乓球球技。在南海神狐海域可燃冰试采平台见到她的时候，这个腼腆文静的女地质队员，主要从事地质组的测试工作。

在地质组的工作，压力是很大的，前期地质工作是基础，如果做不好，后续工作再努力难见成效。为了培养年轻人处理具体问题的能力，邱海峻告诉他们，年轻人一定要做实际工作，不要怕做错，错了有领导给担着。

谈到邱海峻，康冬菊赞叹不已："他是个很能鼓舞人心的领导，每次周一例会开完，大家都会备受鼓舞，干劲十足。邱主任很有鼓动人心的演说能力，无论什么困难的事，经过邱主任一讲，就会豁然开朗。"

康冬菊在平台上待了一个月，从事测试工作的时候，经常看到令她感动的事情。记得一次在平台上，她们组有一位叫杨天邦的合同工，他不仅承担取样工作还承担了测试工作。一次在取测试样的时候，他在夜里 11 点多让同事回去休息，自己一个晚上没有睡觉，隔一个小时取一次样，就这样一个人坚守在岗位上。直到第二天于哲跟邱海峻主任说了之后大家才知道。而他自己觉得这不是什么大事。

连合同工都这么拼，更别说正式工了。可以说，整个可燃冰试采团队成员为了试采投入了全部的时间和精力。康冬菊在她小孩 9 个月时就强忍着给断了奶。在小孩一岁的时候因为得了疝气要去医院做手术，她没有跟任何人说，只请了四五天假。之后，为了不影响工作，她又把孩子送回老家。当孩子送回来时，她去机场接机。一见到孩子，她就迫不及待地要抱，孩子却一把将妈妈推开了，哄了半小时，才让妈妈抱。母子俩在家里刚刚熟悉了一阵，她却在孩子熟睡的时候，又悄悄地离开了家门。前后陪伴孩子的时间总共不到 10 个小时。

孩子只有一岁多。接到通知上平台的这天晚上，她和孩子都感冒发烧了，她担心孩子知道她走会哭喊，就让母亲把孩子带到另一个房间，自己一个人悄悄地收拾了行李，便溜出家门，奔赴海上平台。

试采工程结束后，康冬菊心里既有不舍又有激动。不舍：平台上结识的很多朋友都将回到各自的单位，不能再朝夕畅谈。激动：不用再天天通过视频联系家人了，终于可以回家与宝贝儿子团聚了，可以有更多的时间陪伴孩子成长。

我国首次海域可燃冰试采工程已经圆满结束，但是试采中发生的动人故事，结下的深厚友谊，在下一次的试采中一定会延续下去。

在各条战线上从事科技工作的女性，她们犹如绿色原野里绽放的红玫瑰。她们的艰辛付出为祖国科技事业的发展增添了光芒，同时也证明了女性的力量所在。尤其是在海洋地质勘探行业，将会有越来越多的女地质队员参与到海洋地质科技工作中来。

# 第十二章　中国创新

习近平总书记在十九大报告中指出："实践没有止境，理论创新也没有止境。世界每时每刻都在发生变化，中国也每时每刻都在发生变化，我们必须在理论上跟上时代，不断认识规律，不断推进理论创新、实践创新、制度创新、文化创新以及其他各方面创新。"

不积跬步，无以至千里。创新是人类社会发展的永恒主题。科技创新是中国科技事业发展的动力，新时代中国科技事业要有新作为，要在世界科技领域占有一席之地，就必须放眼全球，了解和分析世界科技发展现状和未来发展趋势，梳理出我国在世界科技领域中，处于前沿领先和追赶超越的项目，制定中长期的赶超和领先规划，依靠制度优势，持之以恒地坚持下去，久久为功必成大器。

## 一　执可燃冰创新之"牛耳"

中国地质调查的百年历史，就是一部地质科技进步与创新的历史。创新精神是地质人深入骨髓的基因。我国首次海域可燃冰试采的成功，使我国在可燃冰领域的研究开发处于全球领先地位，而这些都是不断开拓创新的结果。当下，在世界科技发展日新月异的背景下，中国地质事业的发展，必须抓住可燃冰勘查开采产业化、深部地热资源调查与利用、地球深部探测、深海探测和深空对地探测“五大”战略科技问题，自觉运用地球系统科学的规律和行为方式，充分发挥基础地质研究作为科技创新源泉的关键作用，用科技人才勇执创新之“牛耳”，用科技创新的新机制为中国地质事业发展注入强劲动力，力争在世界范围内实现更多项目的领跑。

我国实施海域可燃冰试采是一项复杂的系统性、创新性工程，之前，在国际上还没有成功的范例。特别是我国南海的可燃冰均赋存于泥质粉砂储层中，与日本的砂质储层相比，渗透率低，开采条件差，是地质科学界公认的世界性难题；同时作业区水深、储层埋藏浅，地层松软，钻井风险极高，工程实施面临极大的挑战。而可燃冰试采团队就是在一无成功经验可循、二无专用设备材料的情况下，实现了我国可燃冰研究、勘查在世界上由“跟跑”“并行”到“领跑”的历史性跨越，而这历史性跨越的过程就是科技创新的过程。

正如中国地质调查局局长钟自然 2016 年 7 月 7 日在《地调百年传薪火砥砺奋进谱新篇》一文中谈到：“百年地调因创新而兴。科技创新的引领和支撑作用在实践中得到实现和验证。从陆相生油理论，到成矿模式，再到成矿系列；从燕山运动，到中国特色的几大构造学派，再到大陆动力学、岩溶动力学和地球系统科学；从传统的地质调查，到星空地一体化地质调查探测技术体系，再到深地勘测、深海探测和深空观测，地质人在科技创新中追赶跨越，屡写新篇。”

那么，科技创新在可燃冰研究开发中的作用如何体现呢?

概括说来，我国首次海域可燃冰试采成功，主要实现了三项重大理论、六大技术体系、二十项关键技术、三项重大工程管理系统和七项重大技术装备的自主创新。这一系列的创新驱动，解决了试采工程中遇到的多重难题。即可燃冰试采团队将创新驱动作为推进各项工作的动力，在试采过程中实现了地质理论、技术、工程、装备四大领域的全面创新。

据李金发介绍，在三项自主创新的重大理论指导下，我国在南海海域准确圈定了找矿靶区，科学制定了试采实施方案，精准确定试采降压区间和路径，并完成“海马”号、可燃冰保温保压取样器等七大技术装备的自主创新。

广州海洋地质调查局党委书记温宁对我国首次海域可燃冰试采形成的六大技术体系进行了解读：“一是防砂技术，包括地层流体抽取、未成岩超细储层防砂和可燃冰二次生成预防技术。二是储层改造技术，包括储层快速精细评价、产能动态评价等技术。三是钻完井技术，包括窄密度窗口平衡钻井、井口稳定性增强和井中测试系统集成技术。四是勘查技术，包括 4500 米级无人遥控潜水器探测、保压取样、海洋高分辨率地震探测和海洋可控源电磁探测技术。五是测试与模拟实验技术，包括微观测试、开采现场测试、地球物理与地球化学参数模拟实验和开采模拟实验技术。六是环境监测技术，包括多学科多手段环境评价、立体环境监测和井下原位实时测量技术。”

一批拥有自主知识产权的装备成功应用，表明我国已具有深水工艺及设备研发能力，如钻完井与测试系统集成装备，结合海域可燃冰试采工程开发与科研需求，为我国海域可燃冰开发研究和未来产业化、商业化提供了科学数据。

李金发认为，尽管此次试采中，我国实现了海域可燃冰勘查开发理论、技术、工程和装备的自主创新，但只是万里长征迈出关键一步。下一步，将开展不同类型可燃冰试采，研发适应不同类型特点的试采工艺和技术装备，建立适合我国资源特点的开发技术体系，并进一步加强科技平台建设，提高海洋科技创新能力。

2017 年 11 月 17 日，以广州海洋地质调查局为依托单位的“国家天然气水合物技术创新平台培育基地”建设培育方案，顺利通过由国土资源部科技与国际合作司和中国地质调查局组织的专家组评估。专家们认为，培育基地面向国家重大需求，以海域可燃冰资源勘查和试采为核心，开展工程技术研发和工程化建设，工程化研发方向明确、特色鲜明，符合国家深海探测战略技术发展趋势，且在建设期内取得了我国海域首次可燃冰试采成功，初步形成海域可燃冰目标靶区高精度勘探技术方法体系等突破性成就。

在党的十九大召开之际，中共中央宣传部、中央电视台联合重磅推出六集大型电视纪录片《辉煌中国》，通过航拍展现了现场，我国首次海域可燃冰试采成果在《辉煌中国》的第二集《创新活力》中隆重推出。

毋庸置疑，这是一次历史性突破和标志性成就。正如中共中央、国务院在贺电中所指出："经过近 20 年不懈努力，我国取得了天然气水合物勘查开发理论、技术、工程、装备的自主创新，实现了历史性突破；在掌握深海进入、深海探测、深海开发等关键技术方面取得重大成果。这是中国人民勇攀世界科技高峰的又一标志性成就。"

我国首次海域可燃冰的成功是中国理论、中国技术、中国装备自主创新成果的凝结，也是中国智慧、中国制造、中国力量的彰显。试采成功不仅验证了我国首次可燃冰勘查和开发的核心技术，也标志着我国在这一领域的综合实力达到了世界顶尖水平。那么，支撑起"首次"成功试采、提振国人信心的自主创新和关键技术是什么？试采过程中，形成了哪些技术体系，又有哪些自主研发装备？

## 二　一流设备"中国制造"

在我国首次海域可燃冰试采工程中，人们通过电视画面看到了一些重量级的设备登场——由我国自主研发的首台 4500 米作业级无人遥控探测潜水器"海马"号、可燃冰保温保压取样装置、海底可控源电磁探测系统、可燃冰试采大型模拟实验装置、适合试采储层特点的防砂筛管、用于实时监测海底形变的地震监测仪以及我国自主设计建造的超深水半潜式钻井平台"蓝鲸Ⅰ号"。

## 海底神器“海马”号

工欲善其事，必先利其器。可燃冰勘查离不开先进的装备，而4500米级深海遥控潜水器“海马”号就是中国可燃冰研究勘查的一大利器。它历时6年研发而成，实现了一批关键技术突破，包括本体结构、浮力材料、液压动力和推进、作业机械手和工具、观通导航、控制软硬件、升沉补偿装置等。该潜水器研发成功后迅速投入应用，在南海北部陆坡发现了海底活动性“冷泉”，实现了南海可燃冰资源调查领域的突破性进展。

“海马”号是我国迄今国产化率最高的大型无人遥控潜水器作业系统，它的问世，实现了我国在深海无人遥控潜水器自主研发领域“零的突破”。其研制涉及诸多技术层面，装备有水下摄像照相系统、声呐、作业工具、多功能机械手，并有可更换的、不同功能的水下作业底盘，还具有辅助海底观测网布放维护的功能，为我国深海资源探查与开发、深海科学研究提供了高新技术探查手段。

国土资源部是“海马”号研发项目的主持部门，广州海洋地质调查局作为业主牵头单位，联合上海交通大学、浙江大学、青岛海洋化工研究院、同济大学和哈尔滨工程大学等国内科研院校共同协作研制。

“海马”号深海遥控潜水器（ROV）是我国“863”计划“十二五”海洋技术领域的标志性成果，它是我国第一套具有自主知识产权的4500米作业级深海ROV系统，也是迄今为止，我国已经投入应用的系统规模大、水下作业最深、国产化率最高的深海遥控潜水器。

“海马”号其身长4米、宽2.1米、高2.6米、重5吨，系科技部通过的“863”计划支持的重点项目。经过近6年的研发攻关，研制人员突破了本体结构、浮力材料、液压动力、作业机械手等关键技术，实现了我国在大深度无人遥控潜水器自主研发领域的突破。

2014 年 2 月 20 日至 4 月 22 日，“海马”号分 3 个航段进行了海试，其间完成了 17 次下潜，3 次到达南海中央海盆底部进行作业试验，最大下潜深度 4502 米，完成了水下布缆、沉积物取样、热流探针试验、海底地震仪布放等任务，成功实现与水下升降装置联合作业，通过了定向、定高、定深航行等 91 项技术指标的现场考核。

吴庐山说，“海马”号研制成功后，发现了“海马冷泉”，证实了可燃冰的存在。而在此之前，广州海洋地质调查局通过一些课题和大学合作一起研究保真取样器，保真取样器刚研制完成就在“海洋四号”船上使用，仅安装就花费了一两个小时。2013 年，装好的保真取样器在曾经取到可燃冰样品的地方取样，那时正值七八月份，天气非常炎热，每次操作取样器都要七八个小时。在可燃冰存在的海域折腾了半个月，大家都很辛苦，就是想通过取样器把可燃冰给取出来，但直到最后也没有成功。现在为什么有那么多实物样品？是因为“海马”号的研制成功，并且在 2015 年首次出航就发现了“海马冷泉”，这就是设备创新的力量。

在无人遥控潜水器领域，从 20 世纪 50 年代几个美国人把摄像机密封起来送到海底开始，世界上对其研发使用已有了半个多世纪的历程，而我国才刚刚起步。为了打破这一海洋探查和资源开发关键技术装备被少数发达国家垄断的局面，国家“863”计划海洋技术领域于 2008 年启动了“4500 米级深海作业系统”重点项目，主要任务就是研发实用化的作业型 4500 米无人遥控潜水器。海底 4500 米的深度可以覆盖我国 98% 的海域，以及绝大部分国际海域多种资源富集区。

“海马”号这套系统的国产化率超过了 90%，突破了 4500 米作业级无人遥控潜水器控制系统、重型升沉补偿器、4500 米级浮力材料、4500 米级升降装置和系列化作业工具等核心技术，不仅打破了国外的垄断，达到了国际同类产品的先进水平，还有多项技术解决了国外同类技术的难题。

“海马”号具有国际上所有无人遥控潜水器的常规功能，能够应用于海洋工程、救助、打捞、考古和海洋观测、科学考察作业等领域。它于 2014 年 4 月顺利通过科技部海试后，先后于 2015 年 3 月、6 月和 2016 年 3 月执行了南海北部陆坡可燃冰资源调查、大洋第 36 航次、可燃冰资源详查和冷泉生态环境调查工作。尤其是针对南海可燃冰有利区详查任务的实际需要，“海马”号进行了量体改造。2015 年 3 月，“海马”号随母船“海洋六号”开赴南海，受命搜寻海底“冷泉”活动和与可燃冰赋存相关的微地貌特征。

“海马”号不负众望，第一次下潜就在我国南海北部陆坡西部海底首次发现了双壳类生物群、甲烷生物化学礁、碳酸盐结壳、菌席和气体渗漏等活动性“冷泉”标志，获取了高清视频记录和实物样品，同时记录了海底低温异常和超高甲烷含量异常，即赫赫有名的以“海马”号命名的“海马冷泉”。

在“冷泉”调查中，“海马”号精确、精准、精细的作业功能特长得到了充分发挥。科学家们开展“冷泉”研究工作时，要求对海底特定目标进行探测和取样，这是在水面调查船上采用传统探查取样手段无法做到的。

“海马冷泉”的发现是在我国管辖海域内第一个由我国自主研发的深海高科技探查装备发现的海底活动性“冷泉”，这不仅证明了“海马”号的总体运行状态良好，各项性能满足“冷泉”探查的技术要求，而且取得了国产化深海技术设备应用和地勘调查成果的双丰收。

冷泉就像荒漠海底中的一片绿洲，在这片绿洲里生存着大量的海底生物，看上去很像我们常见的海鲜产品——贻贝，而且这些生物在深海底部生存，依靠的不是光合作用，而是海底不断渗出的甲烷、硫化氢等还原性化学物质自养，这完全是不同于平常的另一套生命体系，这就具有了生命科学的价值，是开展地球生命起源和冷泉生态环境等前沿科学研究的重要窗口。同时，在冷泉所在的海底极有可能存在可燃冰，这一点，被该海区后续调查获取的海底样品中含有可燃冰所证实，并成为 2015 年度我国南海可燃冰资源调查的一个重大突破性进展。

2015年6月，“海马”号在西太平洋海山区险峻复杂的地形环境下，完成了全部站位的预定探查任务，填补了我国在海山区应用ROV进行海底探查的空白，提升了我国富钴结壳矿产资源探查的技术装备水平。

2017年“海洋六号”在大洋科学考察中，“海马”号在西太平洋富钴结壳矿区的6次下潜作业中大显身手，取得了包括海底微地形、结壳类型、原位结壳厚度、水文动力学和生物多样性等多领域探查的丰硕成果，累计获取结壳样品336公斤，并创造了中国第一个ROV搭载钻机作业，第一个富钴结壳厚度在线声学原位探测等多项新纪录。“海马”号在维嘉平顶海山富钴结壳矿区的调查应用，发挥了深海遥控潜水器精确、精准、精细的功能特长，取得了多任务、多手段、多学科的丰硕成果，开创了我国在海山区富钴结壳调查领域的新时代，使我国在该领域的技术水平迈入国际先进行列。

可燃冰试采的成功，还得力于我国研发的第一套可燃冰重力活塞式保真取样器，开创了海域可燃冰自主保压取样的新时代。目前，该设备已经实现全系列海洋地质取样关键技术装备国产化，并成为可燃冰资源勘查的重要地质取样技术装备。

同时，我国还研制了海底冷泉声学快速探测设备，这种设备能够清晰探测到海底冷泉形成的声学图像，它曾为南海北部陆坡活动冷泉的发现立下了汗马功劳，为渗漏型可燃冰的勘查提供了有效手段。此外，50千焦超大能量脉冲等离子体震源系统的研制成功，能在可燃冰目标靶区获得最大地层穿透深度超过1000米的地震剖面，且清楚地显示低速度异常，这对判断可燃冰是否存在提供了重要依据，提高了可燃冰识别的可靠性。

“海马”号及重力活塞式保真取样器等设备的研发是我国科技领域的一大创新，并不断助力我国海洋勘探工作，是我国科技在海工领域的突破，让人类不仅能够看到我们过去到不了的深海海底世界，也可以在海底进行勘查和研究，发掘海底深藏的可燃冰能源，这就是我国科技创新的力量。

## 海上巨无霸“蓝鲸Ⅰ号”

在我国海域可燃冰试采的那几个月里，在碧波浩渺的中国南海神狐海域，不论狂风暴雨，还是风和日丽，我们都能看到一座犹如航母一般高大的钢铁建筑伫立在海面上。即使在台风迎面呼啸而来的时候，它也岿然不动，这就是我国可燃冰试采平台“蓝鲸Ⅰ号”。它也是我国自主研发制造的目前世界上体量最大、技术最先进的半潜式深海钻井平台。

目前，全球海洋石油工程装备建造商形成了三大阵营。处于第一阵营的公司主要在欧美，它们垄断着海洋工程装备开发、设计、工程总包及关键配套设备供货；第二阵营是韩国和新加坡，它们在总装建造领域快速发展，占据领先地位；我国目前还处于制造低端产品的第三阵营，还有很长的路要走，承认差距才能有目标，才能去追赶。

尽管这样，经历短短十几年的时间，我国就已经取得令世界刮目相看的成就。中国地质科技工作者不断推动可燃冰勘探理论和装备技术的进步，从无到有，逐渐探索建立了适合我国南海可燃冰调查的一整套勘探模式和技术方法体系。

来到我国广袤的南海神狐海域，黄白相间的伫立在蔚蓝大海中的可燃冰试采平台格外醒目，这个像鲸鱼一样的庞然大物就是我国首次海域可燃冰试采的“利器”——蓝鲸Ⅰ号。

“蓝鲸Ⅰ号”钻井平台诞生于山东烟台，是由我国中集来福士集团自主设计建造的超深水半潜式钻井平台，也是目前世界上最先进的钻井平台。

“蓝鲸Ⅰ号”的优势体现在体型大、性能强、效率高、安全系数高四个特点：“蓝鲸Ⅰ号”平台排水量可达7万吨，与“辽宁”号航母满载排水量相当；长117米，宽92.7米，相当于一个标准的足球场面积；高度达118米，几乎是40层楼的高度。

“蓝鲸Ⅰ号”平台最大作业水深可达3658米，最大钻井深度更是达到15240米，其中大钩钩载1250吨，可变载荷1万吨。这是目前全球作业水深、钻井深度最深的半潜式钻井平台，适用于全球深海钻探作业。

“蓝鲸Ⅰ号”装配了全球最先进的液压双钻塔和2个井口，两台钻机可同时在2个井口实现钻井、连接套管、下放防喷器等主副线作业，有效减少了钻井辅助时间，使深水钻井作业效率比传统的单井口作业平台提高了30%。

同时配备了全球领先的闭环动力系统，可比同类作业平台燃油消耗降低10%。

“蓝鲸Ⅰ号”配备了主副两套15000psi压力级别的水下防喷器，每套防喷器配备三组剪切闸板，而剪切闸板是井喷控制的最后一道屏障。如此配置，大大提升了常规井下压力控制设备的能力，保证了试采作业安全。同时，该平台配备了目前世界上最先进的DP3动力定位系统，最精确的定位测量误差达到0.1米，通过8台全回转式6034马力的推进器实时定位，作业期间经历了11级台风的袭击依然保持“岿然不动”。

2016年8月，“蓝鲸Ⅰ号”平台定为我国海域首次可燃冰试采工程平台的技术服务合同签订。此时，距可燃冰试采预定开工时间只有7个月，中集来福士集团将平台建造与可燃冰试采适应性改造同时进行，大大缩短了建造和改造工期，试采指挥部多次派技术人员驻厂调研、跟踪进度，协调解决遇到的问题，共同推动平台于2017年2月13日如期交付。

3月6日，“蓝鲸Ⅰ号”平台从烟台启航，自航奔赴南海工区。平台航行总行程约2263公里，共航行7.1天，平均航速达8.27节，动力功率仅占平台功率的70%左右，动力之强大，远超同类平台。

7月9日，我国首次海域可燃冰试采安全生产满60天后主动关井。此次试采，不仅标志着我国深海进入、深海探测、深海开发等技术取得重大成果，也充分证实，“蓝鲸Ⅰ号”平台凭借自身强大的功能，为我国首次海域可燃冰试采工程的成功实施提供了坚实保障。

大国利器，复兴中的中国正向世界证明我国的科技力量和现代工业化水平，我国有能力研究建造大型机械。“蓝鲸Ⅰ号”的制造和其本身具有的科技含量，是我国海洋工程领域的一面旗帜，让世人对我国近年来的科技进步取得的骄人成绩刮目相看。

如今，“蓝鲸Ⅰ号”已经从中国南海神狐海域重新回到了它的诞生地——山东烟台港口，中国南海神狐海域也恢复了往日的宁静。中国科技工作者虽然在世界海洋里打开了一个水桶一样大小的窗口，但从这片海底深处探获的可燃冰资源，为人类在使用清洁环保新能源方面迈出了坚实的一步。

相信不久的将来，像“蓝鲸Ⅰ号”“蓝鲸Ⅱ号”“蓝鲸Ⅲ号”这样的大国重器会不断地出现在我国现代化建设的各个领域。

## 三　一流技术创新成果

科技是国家强盛之基，创新是民族进步之魂，科技创新是一个国家兴旺发达的不竭动力。进入新世纪，知识经济与全球一体化进程加快，科技创新已经成为各个国家和各行各业竞争与发展的重要战略，科技创新能力已经越来越成为综合国力提高的决定性因素。面对激烈的国际竞争，如果我们拥有自主知识产权的核心技术不多，一味靠技术引进，就难以摆脱技术落后的制约。尤其在能源领域，每一次能源格局的变革都是建立在各种新技术新方法推广运用的基础上。

我国海域试采的可燃冰是泥质粉砂型储存地层类型，开采这种类型的可燃冰资源是世界性难题。叶建良对此有过这样的分析，他说，2002 年加拿大陆域可燃冰试采和 2013 年日本海域可燃冰试采的地质条件与我国的地质条件相比较差异大，其做法不能照搬，无成熟经验可循。像我国南海神狐海域可燃冰储集类型的资源量在世界上占比超过 90%，且是我国主要的储集类型。日本、美国、加拿大、韩国等瞄准的可燃冰试采均为砂质类型，其孔隙条件、稳定条件较好，而我国的储集类型具有特低孔隙度、特低渗透率等特点，同时深水区浅部地层松软易垮塌，易发生井漏，钻井风险极高，开发难度极大。

经过几十年的研究，国际上公认的海域可燃冰试采主要有 3 种方法，即热解、置换和降压。其中，热解和置换两种方法成本高昂，降压法被视为是人类利用可燃冰资源最有前景的方法。

我国可燃冰的试采就是用的降压法，即将海底原本稳定的压力降低，从而打破可燃冰储层的成藏条件，之后再将分散在类似海绵空隙中的可燃冰聚集，利用我国自主研发的一套水、砂、气分离核心技术，最终将天然气取出。叶建良向我们详细介绍了试采中实现的六大技术体系和 20 项关键技术的自主创新。

实验和开采模拟实验 4 项测试与模拟实验技术；多学科多手段环境评价、立体环境监测和井下原位实时测量 3 项环境监测技术；尤其是在防砂技术方面，按照“适度防砂、以排为主、防排结合”的思路，依靠“地层流体抽取”、未成岩超细储层防砂等技术，成功破解困扰日本两次试采的出砂难题；在储层改造方面，通过储层快速精细评价、产能动态评价等技术，成功实现增产目标；钻完井技术方面，通过实施窄密度窗口平衡钻井和井口稳定性增强技术，突破松软地层钻探、固井难题，确保施工安全；勘查技术方面，综合利用“海马”号 ROV、保压取样、海洋高分辨率地震探测等技术，有效识别可燃冰矿藏；测试与模拟实验技术方面，依靠微观测试、现场测试、数值模拟和实验模拟，为试采决策提供数据支撑；此外，在环境监测技术方面，实现试采环境安全防控的重大突破——一是建立了可燃冰环境影响效应评价技术方法，获得试采前环境本底数据；二是构建大气、海水、海底、井下“四位一体”的立体环境监测网，实现了对温度、压力、甲烷浓度及海底稳定性参数实时监测及安全预警；三是综合评价结果显示，试采未对周边大气和海洋环境造成影响，确保了环境安全。

经过近 20 年的努力，我国在可燃冰领域的研究开发不仅做到了与世界技术先进的国家同步，而且已经开始领先。而在这一切，缘于 1999 年我国科技工作者首次在南海西沙海域发现可燃冰存在的地震反射证据——似海底反射（BSR）。BSR 代表含气水合物（气水合物在海洋环境中是稳定的）的沉积物与下伏不含气水合物之间的声反射界面。南海东北部的 BSR 具有世界大陆边缘 BSR 典型的特征，切穿了沉积层理反射，与海底起伏大体平行，为一强振幅的负极性反射，该 BSR 特征明显，意味着南海东北部地区存在含可燃冰沉积。BSR 的发现是可燃冰存在的证据之一，成为我国可燃冰勘查从此步入快车道的里程碑事件。

广州海洋地质调查局党委书记温宁对我国可燃冰的研究、勘查和试采历程进行了梳理，他认为我国可燃冰的研究、勘查和试采有 6 个里程碑事件：

一是 1999 年首次在南海西沙海域发现可燃冰存在的地震反射证据——似海底反射（BSR）；

二是 2004 年首次在珠江口盆地东部海域发现“九龙甲烷礁”——这是可燃冰存在的重大古冷泉证据；

三是 2007 年首次在南海神狐海域钻探获取扩散型可燃冰实物样品，使我国成为继美国、日本、印度之后第四个通过国家级研发计划在海底钻探获得可燃冰实物样品的国家；

四是 2013 年在南海珠江口盆地东部海域首次钻获可视可燃冰样品；

五是 2015 年在珠江口盆地西部海域利用自主研发的“海马”号无人遥控探测潜水器发现“海马冷泉”，并利用大型重力活塞取样器获取块状可燃冰实物样品；

六是在南海北部神狐海域实现了可燃冰首次试采成功。

在与世界近10个国家在可燃冰能源领域的研究勘查的竞争中，中国从关注、跟跑、并行到领跑，用了20年时间超越了世界发达国家近60年的研究勘查水平。中国科技工作者实现可燃冰勘查开发理论、技术、工程和装备全流程的自主创新，可谓有了自主知识产权的核心技术，站在世界可燃冰研究与试采的最高峰就成为必然。

在理论上，我国科技工作者已经初步建立了“两期三型”成矿理论，在这一理论的指导下，在南海海域准确圈定了找矿靶区；初步创建了天然气水合物成藏系统理论，指导试采实施方案的科学制定；初步创立了“三相控制”开采理论，指导精准确定试采降压区间和路径。

在管理上，实现了三项重大工程管理系统自主创新。包括目标导向的顶层设计系统、“四轮驱动”的协调运行系统和“四性统一”的施工保障系统。在装备上，实现了七项重大技术装备自主创新。

广州海洋地质调查局总工程师杨胜雄认为，可燃冰勘查与试采是国家财政支持的一个重大工程，国家给你的钱是纳税人的钱，要给纳税人交账，没有前瞻性，没有忧患意识就不行，如今我们终于看到了我国可燃冰团队向祖国向人民交出了一份硕果累累的账单。

钟自然提到，可燃冰试采是我国建设海洋强国和科技强国，实施“三深一土”国土资源科技创新战略的关键之举，是检验前期科技创新成果的试金石。实施海洋强国和科技兴国战略需要我国提高深海开发能力，摸清可燃冰资源家底，维护国家海洋主权。可燃冰试采既可以检验我国前期形成的理论技术和装备体系的科学性，又可以通过开展大规模多专业高难度的联合科技攻关迅速掌握深海进入、深海探测和深海开发技术，推进可燃冰资源的产业化商业化开发。

可燃冰的商业性开发必然改变世界能源格局，因为地球海洋面积远远大于陆地面积，同时海域可燃冰的开发可以带动其他海洋能源的研究，因为海洋蕴藏着巨大的能源宝藏。

是的，当你在海边尽情地享受着潮起潮落海浪扑海所带来的刺激时，欣赏着蓝天白云与蓝色大海融为一体的美景时，你可曾意识到海洋还是个巨大的能源宝库？其实，海洋与陆地一样蕴藏着巨大的能量，只要海水不枯竭，其能量就生生不息。

“海洋能”被誉为“蓝色的能源”，在海洋中，真正最有能量的，并不是波涛汹涌的骇浪，而是默默无闻地蕴藏在海水中的热能。目前，我国的“海之梦”逐渐从“海洋大国”走向“海洋强国”。其中，海洋强国是指在开发海洋、利用海洋、保护海洋、管控海洋方面都拥有强大综合实力的国家。世界正面临资源枯竭、能源短缺的严峻现实，海洋将成为人类生存和发展的重要依托。

进入21世纪，人类开发的重点领域正逐渐从陆地移向海洋，而可燃冰作为人类未来的清洁环保能源，将给我们国家，甚至世界带来源源不断的能源动力。

## 四　工程管理创新与理论创新上台阶

一个组织的生存发展、兴衰存亡跟组织决策者息息相关。一个工程的可行性，成功与失败，在很大程度上取决于管理者的决策，特别是高层管理者的战略决策。一项伟大工程的顺利完成，需要决策者，把握客观环境的变化，抓住机遇，有胆有识进行决策并精心策划，组织实施。

在决策者正确组织管理下，我国首次海域可燃冰试采实现了多个领域的创新，而在工程管理和可燃冰技术理论方面的创新是值得认真总结的。

中国地质调查局瞄准国家重大需求，寻找新能源——可燃冰，同时让我国在世界可燃冰勘查开发领域实现领跑目标，科学制订方案，组建以中国地质调查局为核心的专业齐全、结构合理、特色鲜明的科技攻坚团队。在管理制度和理论创新上迈上了一个新台阶。

在管理制度创新方面，实现了三项重大工程管理系统创新。一是目标导向的顶层设计系统，瞄准领跑目标，开展多学科、多尺度、多方法、多手段研究，加强理论和技术创新，科学制定方案，精心组织实施；二是“四轮驱动”的协调运行系统，同步推进试采目标井位优选、试开采技术研发、试开采平台装备工艺、试开采安全与环境监测评估等工作，各环节有序衔接、实现整体最优；三是“四性统一”的施工保障系统，坚持“目的性、系统性、创新性、安全性”相统一，在确保试采安全可控、环境友好前提下，根据现场情况，大胆创新，及时优化、完善施工方案。

党中央、国务院密切关注、高度重视我国可燃冰资源的研究与勘查开采工作。通过实施国家专项，积累了海量调查数据，不断丰富和完善了海域可燃冰成藏地质理论，特别是在南海北部陆坡，先后实施了多次可燃冰钻探取芯，获取了多类型的可燃冰岩心样品。而这与我国海域可燃冰的基础研究和理论创新不无关系。从启动海域可燃冰研究到开展海域可燃冰调查与评价，再到探获和发现海域可燃冰样品与矿藏，都与海域可燃冰成矿理论的研究与创新紧密相关。

据专家介绍，“两期三型”成矿理论提出了地质构造控制下二次聚集成矿，及其扩散型、渗透型和复合型三种成矿模式。而成矿理论的建立完善和南海北部可燃冰富集规律的提出，有效指导了我国海域可燃冰资源的综合调查与评价工作的开展，初步圈定出海域可燃冰资源最有利的重点目标区。

2011 年，为加快南海北部可燃冰资源远景区勘查评价、选择重点靶区实施可燃冰试验性开采为目标的可燃冰钻探专项启动。围绕这一目标，广州海洋地质调查局采用开放式研究的技术路线，在开展分层次多学科综合性勘查评价后，新的钻探靶区被确定在了珠江口盆地东部海域。

2015 年，在神狐海域通过再次钻探发现超千亿方级可燃冰矿藏，为未来可燃冰试采提供了重要参考靶区。伴随着可燃冰专项的实施，我国可燃冰调查在野外取得一系列勘查成果，同时以模拟实验和数值模拟为主要工作手段的可燃冰相关基础理论研究也取得了重大进展。

广州海洋地质调查局作为我国开展海域可燃冰资源调查与评价、可燃冰地质理论研究和勘查技术研发工作的中坚力量，首次提出我国南海可燃冰基础研究系统理论，为南海可燃冰资源调查实现重大突破提供了引领和支撑作用。谈到可燃冰试采中的基础研究和理论创新，中国地质调查局青岛海洋地质研究所所长、海域可燃冰试采现场指挥部副指挥长吴能友也强调“两期三型”成矿理论针对南海地质构造，指导了试采目标的优化，在南海准确圈定了找矿靶区。而创建的可燃冰成藏系统理论，也在实践中非常好地指导了试采实施方案的科学制订。此外，“三相控制”开采理论将流体力学、热力学和可燃冰成矿理论相结合，提出了可燃冰固、液、气三相转化、运动和控制机理，通过多学科不同领域的研究，指导了实践，精准确定了试采降压区间和路径。

据邱海峻介绍，国际上的研究表明，可燃冰在全球主要分布有两类地区：一类是水深300米—3000米的海底，在海底以下0米—1500米的沉积物中产出；另一类是陆上冻土区。成功进行可燃冰勘查，仅靠上述大体模糊的判断显然是不够的，必须探索出适合中国海域和陆域地质特征的探测理论和方法。

青岛海洋地质研究所刘昌岭研究员认为，中国科学家根据可燃冰成矿原因，创新性提出“渗漏型可燃冰”概念，并将可燃冰划分为“扩散型”和“渗漏型”等类型，总结出各自的特点，指出它们在南海北部具有密切的成藏关系，具备形成的地质条件，并揭示出该地区形成了南北成带状的可燃冰富集规律。

在可燃冰成藏理论研究方面，依托中国地质调查局青岛海洋地质研究所建立的国土资源部天然气水合物重点实验室，通过实验模拟和数值模拟，获取了可燃冰形成的微观细节与机理，揭示了南海等典型地区可燃冰成藏过程。这些基础研究和理论创新，不仅在试采靶区准确圈定方面，指导了试采实施方案的科学制订，而且在试采实践中得到了检验和证实。

科技是国家强盛之基，创新是民族进步之魂。与自然经济为特征的农业社会不同，现代工业社会和信息社会，最活跃的生产力因素不再是资源、能源和劳动力，而是发展迅速的科学技术。可燃冰试采的工程管理创新和可燃冰成藏理论创新可以有效地促进我国可燃冰资源产业化商业化的发展进程，并为后期能源开发提供有力的理论支持。

# 第十三章　冰火之光

从炎帝神农氏和黄帝有熊氏初铸华夏民族，到抗日战争中华民族到了最危险的时候，“中华民族”的概念深深扎根于中国人民和海外华侨脑海里。在漫长的中华历史中，由于对海洋的认识有限，早先人们一直怀着敬畏之心将神秘的海洋当作底色。但现在不同了，新的时代在呼唤，新的科技日新月异，我们相信中国这艘巨轮不会再把海洋仅仅当作底色，而是不断劈波斩浪向前航行，努力寻找蕴藏在海洋中的巨大资源。

中国的海洋科技也会在前人的基础上，踏步向前，不断创新，从而推动海洋事业的高质量发展。创新犹如夜晚高空中的星星不断装饰着广袤的夜空。在清洁环保能源领域，可燃冰是未来世界发展必不可少的能源，中国可燃冰试采的成功提振了世界各国开发利用海底能源的信心。面向未来，我们坚信可燃冰的开发利用将成为现实，而且在其他能源领域里也将会不断攀上一个又一个高峰。

## 一　强大合力

我国首次海域可燃冰试采成功，是在以习近平同志为核心的党中央领导下，落实新发展理念，实施创新驱动发展战略，发挥我国社会主义制度可以集中力量办大事的政治优势的必然结果；是国家发改委、财政部、科学技术部等有关部委和广东省政府大力支持、密切配合的结果；是国土资源部有关司局悉心指导和帮助的结果；是中国地质调查局党组坚决贯彻落实中央和部党组部署要求，落实“三深一土”国土资源科技创新战略，聚焦国家重大需求，瞄准世界科技前沿，用科技创新、引领、支撑地质调查工作取得的重要成果；是广州海洋地质调查局领导班子团结协作、精心组织联合科研院所、广大科技人员开拓创新、奋力拼搏的结果。

作为一项涉及国计民生的国家工程，单个单位很难扛起这么大的担子，好在有党和政府做后盾，通过强强联合的方式，攻坚克难，不断推进我国可燃冰的未来产业化发展。强强联合并不是一种力量与另一种力量的简单叠加，而是让各自的优势在整合融合中裂变产生出更加强大的合力。

2017 年 7 月 17 日，为贯彻落实中共中央、国务院对我国首次海域可燃冰试采成功的贺电精神，加快推进可燃冰勘查开采产业化进程，国土资源部、广东省政府和中石油集团在广州市联合召开可燃冰产业化工作座谈会。国土资源部党组书记孙绍骋在会上强调，要进一步做好可燃冰试采成功后的后续工作，全面总结试采理论、技术、工程和装备成果，确保领跑地位。国土资源部将进一步加强与广东省政府、中石油集团合作，尽快签署三方合作协议，启动南海神狐海域可燃冰勘查开采先导示范区建设，推进可燃冰产业化进程，让这一清洁新能源早日服务于经济发展，为保障国家能源安全、推进绿色发展作出新的贡献。

广东省省长马兴瑞表示将全力推动部、省、企的共同合作，广东省相关部门要主动参与、共同协商、完善细化先导试验区建设总体方案，在科学技术创新和研发基地、港口码头、管网等基础设施建设方面给予大力支持，进一步加大力度、加快进度，共同推进可燃冰产业化进程。

中石油海洋工程公司副总经理彭飞表示，中石油集团公司将全力参与可燃冰勘查开采先导试验区建设，加大技术研发力度，为实现产业化发挥应有的作用。

2017 年 8 月 24 日，国土资源部、广东省人民政府、中石油集团在北京共同签署《推进南海神狐海域天然气水合物勘查开采先导试验区建设战略合作协议》，标志着我国南海可燃冰产业化工作正式启动。

国土资源部、广东省人民政府、中国石油集团签署《推进南海神狐海域天然气水合物勘查开采先导试验区建设战略合作协议》，是落实中共中央、国务院对海域天然气水合物试采成功贺电精神的重大举措。推进可燃冰产业化对于保障国家能源安全、促进能源结构优化，支撑海洋强国战略、促进海洋经济发展，实现勘查开发领跑、支撑创新驱动发展战略具有重要意义。通过部、省、企合作的组织领导、可以加快资源管理政策和产业政策研究与制定、发挥各自优势落实各方责任，依靠科技进步，发挥制度优势，加快研发进程，加快推进产业化进程，力争让可燃冰这一新资源早日服务于粤港澳大湾区建设和社会经济发展，为保障国家能源安全作出新的更大贡献。

其实在 2017 年 5 月 18 日，我国首次海域可燃冰试采成功的消息发布后，就在广东省引起了热烈反响。5 月 23 日下午，广东省第十二次党代会期间，省长马兴瑞在参加中直驻粤单位代表团讨论时，对我国海域可燃冰试采成功消息极为关注，对广州海洋地质调查局为本次试采成功所作出的重要贡献给予高度肯定。

马兴瑞还专门向出席省党代会的代表、广州海洋地质调查局教授级高级工程师高红芳询问了我国海域可燃冰试采成功的相关情况。马兴瑞表示，我国首次可燃冰试采成功，为广东地方经济建设带来新的巨大机遇。广东省政府及有关部门将全力以赴，大力支持广州海洋地质调查局工作，进一步推动可燃冰勘查开采产业化进程。发挥广东省海洋资源丰富的优势，坚持科学用海，大力发展海洋经济，加快建设海洋强省。

云山珠水，千年商都，3000 里珠江南下入海，孕育了珠三角富庶繁华之地。在我国可燃冰试采之后，广东省就快速行动起来，大力支持可燃冰能源未来开发。广东作为中国第一经济大省，经济总量连续 28 年蝉联全国第一。珠江母亲河，南海大庭院，海上丝绸之路明珠，广东一直具有改革开放敢为人先的品质。相信在各方通力合作下，在地方政府的大力支持下，我国可燃冰资源的开发利用必将迎来光明的前景。

## 二　扬帆起航

1958 年 9 月 15 日，新中国成立后的第一次大规模海洋普查全面展开。由国家科委海洋局、人民海军、中国科学院、水产部、交通部、中央气象局、山东大学等部门组成的全国海洋普查领导小组，先后组织了 600 多名调查队员参加了普查工作。

这次普查的范围包括我国的渤海、东海、黄海、南海等 4 个近海区域，各区域分别布设了 83 条调查断面，570 个大面积巡航调查观测站和 327 个连续观测站。通过全面系统的综合调查，陆续汇编出海洋物理、海洋化学、海洋生物、海洋地质地貌等图集、图志，编写了调查报告、学术论文；制订了海洋资源开发方案；建立了海洋水文气象预报、渔情预报系统；为国防和海上交通建设提供了大量的基础资料。这次普查翻开了我国海洋科技发展的新篇章，为我国开展一系列海洋调查奠定了基础。

当时的中国以及世界范围内，人们的海洋意识都很原始，在冷战背景下，除了国家安全，没有人在意能从茫茫大海上得到些什么。当时海洋勘查还停留在最原始的战略通道层面上。直到 20 世纪 60 年代，由于世界人口的增加和能源危机的出现，许多国家开始将目光转向海洋，并逐步扩大对海洋资源的研究开发和利用。1960 年，法国总统戴高乐首先提出了向海洋进军的口号。1961 年，美国总统肯尼迪向国会提出“美国必须开发海洋”，要“开辟一个支持海洋学的新纪元”。同时，苏联、日本、英国等国家也纷纷加大了海洋调查的力度。

基于中国海洋管理无序，缺乏统一调度的现状，1963 年春，29 名科学家联名上书党中央和国家科委，建议成立国家海洋局，加强海洋的调查和领导工作。1964 年 9 月 1 日，国家海洋局在北京王府井大街对外挂牌办公。千百年来，中国有人开海、用海、禁海，却无人管海的状况，从此成为历史。我国海洋科学工作者在简陋的条件下，用生命和汗水，一年一年，一点一点地积累海洋调查的资料。

海洋科学发展是一个不断积累的过程，正是有了前辈们默默无闻的奉献，为中华民族走向海洋奠定了基石，才有我们现在对海洋的认识、调查的先进技术和手段。我国海洋可燃冰能源研究调查也是这样。

20 世纪 90 年代末，我国早期科技工作者开始在南海寻找可燃冰资源。2017 年，我国在南海首次海域可燃冰能源试采成功，拉开了我国海洋清洁环保能源产业化的序幕，把我国可燃冰能源的调查开发利用推向了一个新的高度。

钟自然在海域可燃冰试采总结研讨会上谈到海洋的重要性时说："从全球历史上看，凡是全球大国都是海洋强国。15 世纪的教皇子午线将全球分为两半，一半给葡萄牙一半给西班牙，葡萄牙向东航行，西班牙向西发现美洲大陆，这两个伊比利亚半岛的小国将全球瓜分为两半。后来的荷兰、英国、美国都是海洋强国。如今国家战略、海洋强国战略、国防战略、能源安全战略，还有大国外交战略以及海洋通道、战略通道、海洋能源等，对我们海洋地质、海洋探测提出了新的要求，经略海洋需要高科技。"

"百尺竿头，更进一步"，在前人工作的基础上，我国可燃冰团队对未来清洁环保能源探求的脚步一直没有停息。可燃冰试采结束后，这个科技团队立即对已经完成的可燃冰试采中取得的各种科研数据和技术方法进行总结，同时与相关部门、企业联合开启了可燃冰能源向产业化进军的步伐。

2017年5月17日晚，前来南海神狐海域参加试采现场会的中石油海洋公司总经理刘圣志、“蓝鲸Ⅰ号”制造商中集集团公司副总裁于亚兴奋异常。“商业化开采的矿区准备好了吗？什么时候组织区块招拍挂？”一见面，刘圣志就向广州海洋地质调查局副局长秦绪文抛出了自己思考已久的问题。而于亚则向他们说出了今后的打算：“要根据这次试采形成的相关参数，组织人员进行自主设计的研究工作，形成完全自主知识产权的适合我国海域可燃冰赋存特点的钻井平台。”

与两位企业高管的热情相反，秦绪文则冷静表示，试采虽然成功，但仍面临许多难题需要攻克，市场化之路还有很多坎要过。“美国页岩气革命从试验成功到商业化开发利用，前后走了20多年时间。”秦绪文说，“可燃冰专用钻井平台的研制一定要尽快进行，目前大马拉小车的情况结束得越早越好。这样，我们就可以在相同投入的情况下，对更多海域进行不同储层可燃冰的试采，为商业化开发积累更多的经验。”

秦绪文，1977年4月出生，籍贯山东金乡。2000年毕业于武汉测绘科技大学，专业为信息工程学院摄影测量与遥感，是广州海洋地质调查局最年轻的副局长，主要负责基地建设和水合物中心等具体工作，经常在北京广州两地跑。尤其是在项目实施中出现了项目组解决不了的问题时，与外部协调沟通遇到的困难，都是秦绪文来解决。

“秦绪文是个实干家，作为技术型的领导，他对业务很精通。有个外资企业CGG前来交流技术方法理论，在沟通过程中秦绪文对野外采集船上的采集参数了然于胸。要知道采集专业分得很细，我们学地质的都不怎么懂。”匡增桂补充道。

可燃冰试采结束后，由秦绪文具体分管水合物中心日常工作，他非常关心水合物中心的每一位职工。为了加强可燃冰研究，水合物中心招了20个硕士博士，他们的未来职业定位，发展和需求都是秦绪文关心的问题。

秦绪文对水合物中心的人才培养也有自己的一套方法。水合物中心 2018 年新招进一个博士，之前在大学里做了很多中海油的项目，尤其是气源方面很有想法。他没来几个月就提出了一个很好的技术方案，秦绪文知道后特别给予支持，建议他申报广州市科技局的一个 800 万的项目。正常情况下一般刚参加工作的人要锻炼好几年才能去申报项目，但秦绪文认为只要他们有想法，只要拿出方案，他就给予支持。

我国首次海域可燃冰试采工程已经顺利结束，但秦绪文具体分管的水合物中心却一直在忙碌。谢文卫也从河北勘探技术所调到了广州海洋地质调查局水合物中心，谈起可燃冰试采工程结束后的接续工作，谢文卫说：

“一口井到底降压范围有多大？海底井口封堵装备是不是适应所有海域等，都需要我们今后不断试验才能得出结论。”

如其他类型的新能源一样，可燃冰试采工程虽然结束了，但可燃冰的开发需要假以时日。叶建良再次举了美国页岩气开发的例子：20 世纪八十年代至九十年代初，水平井、水力压裂技术的应用使得页岩气的开发具有经济可行性，直到 2003 年开始商业化开采，其间经历了约 15 年。他认为，可燃冰商业性开发，还需要在关键技术上进一步攻坚克难，包括有效提高泥质粉砂储层的渗透性、提高产能、长期持续开采、防砂、举升等，有必要开展第二次开采试验。

“我们需要建造更加灵活、机动、可靠的可燃冰专用钻采船，以降低科学试验成本，构建更加符合实际的研究平台和大型模拟装置；制定可燃冰开发的相关国家政策，以促进企业和社会资金的投入，提高企业对可燃冰开发的积极性，从而加快可燃冰商业化开采的步伐。”叶建良说。

2017 年 12 月 19 日，科技部印发了批准依托中海油研究总院建设天然气水合物国家重点实验室的通知。科技部在通知中指出，企业国家重点实验室是国家创新体系的重要组成部分，主要任务是面向战略性新兴产业和行业发展需求，以提升企业自主创新能力和核心竞争力为目标，开展基础和应用研究及共性关键技术研发，研究制定国际标准、国家和行业标准、聚集培养优秀人才，引领和带动行业技术进步。

2018 年 1 月 23 日，在北京召开的全国地质调查工作会议提出，我国将加快推进可燃冰产业化进程、加快推进海洋地质调查重大装备建造等 10 项重点工作。

中国地质调查局党组副书记、副局长王研表示，2018 年我国将加快推进可燃冰产业化进程，加强与相关部门合作，大力推进我国南海神狐海域等可燃冰先导试验区建设，同时将加强可燃冰资源评价和环境调查，开展关键技术研发。

可燃冰被认为是未来能源的重要潜在来源，2017 年试采成功后，我国已经再次启动对该资源的近海勘查。2018 年 2 月，广州海洋地质调查局与辉固公司签署了一份计划在南海北部陆坡进行可燃冰勘查的合同。这是辉固公司自 2007 年开始与广州海洋地质调查局进行合作的第 5 个可燃冰领域的调查项目。该项目已于 2018 年第二季度开始实施。广州海洋地质调查局将依据项目取得的成果，为我国开展第二次可燃冰海洋生产测试制订方案。

为加速我国可燃冰产业化商业化进程，2018 年 7 月，由广州海洋地质调查局建设的“深海科技创新中心”正式选址在广州市南沙区。南沙区龙穴岛是广州港的深水港区，紧邻珠江出海主航道。“深海科技创新中心”的建设是广州海洋地质调查局全面提升开展国家基础性公益性海洋地质调查，天然气水合物、天然气等战略性矿产资源勘查，以及大洋和极地地质矿产综合调查和科学研究等工作能力，提升深海科技创新能力的重大举措。“深海科技创新中心”具有三大功能：一是建设工作基地；二是建设岩心库，为我国可燃冰资源勘查与试采工程、深海油气勘查、“一带一路”等重大科学任务提供支持；三是建设深水码头。目前，基地和码头项目的前期工作正在推进，计划将在2021年建成投入使用。

能源是一个国家发展的动力所在，在生态和环境保护越来越受重视的今天，对清洁环保能源的迫切需求不断提到相关部门的决策议事日程。可燃冰试采成功后，我国可燃冰未来产业化的步伐也将迈得铿锵有力。

## 三　可燃冰定会“进入寻常百姓家”

“党的十九大描绘了我国从全面建成小康社会到建成社会主义现代化强国的宏伟蓝图。”我国百年地质工作孕育了“三光荣”传统和李四光精神等宝贵精神财富，新时代形成的“责任、创新、合作、奉献、清廉”的地质工作者核心价值观，为地质事业的发展注入新的精神内涵，优秀地质文化建设正在成为新时代地质调查事业的精神支柱，在一脉相承的地质文化传承中创造地质工作芳华，是新时代中国地质事业的主旋律。2017年，在我国能源领域是个不平凡的年份，湖北宜昌鄂宜页1井、青海共和盆地干热岩、新疆温宿新温地1井等陆域能源调查取得重大突破，尤其是我国海域可燃冰试采实现“领跑”世界，获得了多方赞誉。

2017年12月31日，“我国首次海域可燃冰试开采”和国产大型客机C919首飞、世界首台超越早期经典计算机的光量子计算机诞生、中国“人造太阳”装置创造世界新纪录等入选中国科学院院士和中国工程院院士投票评选的2017年中国十大科技进展新闻、世界十大科技进展新闻，也被中国地质学会评选为2017年度十大地质科技进展。2018年1月3日，新华社发布2017年中国十大新科技的消息，我国南海可燃冰试采成功位列其中。

2018年1月18日，“我国首次海域可燃冰试采成功”和“习近平总书记对黄大年先进事迹做出重要指示”等顺利入选由中国矿业联合会组织相关协会及媒体共同评选的“2017年中国矿业十大新闻”。

2018年1月23日，在北京召开的全国地质调查工作会议上，孙绍骋指出，党的十八大以来，中国地质调查局党组认真贯彻中央精神和部党组部署，主动对接国家需求，强化问题导向，深入推进地质调查战略性结构调整，取得了一批重大成果，为党和国家事业发展取得历史性成就、实现历史性变革作出了积极贡献。南海神狐海域可燃冰成功试采是能源资源调查取得新突破领域之一。可燃冰作为新的清洁环保能源，符合国土资源工作总体目标，是加快建设安全、绿色、高效、法治、和谐的美丽国土的重要工作。

同日，中国海油天然气水合物战略研究启动会暨企校共建联合研究院成立大会在北京召开，天然气水合物国家重点实验室、天然气水合物技术创新联盟正式挂牌运作。中海油董事长、党组书记杨华表示中海油将深入贯彻落实党的十九大精神，坚持创新驱动发展和海洋强国战略，开创海洋资源战略研究的新局面，立足于天然气水合物国家重点实验室基础性、前瞻性的定位，协同创新，攻坚克难，充分发挥好国家级研发平台的作用；努力将天然气水合物技术创新战略联盟建成天然气水合物技术交流和协作的平台，实现跨行业、跨领域，涵盖基础研究、应用基础研究和颠覆性技术创新在内的创新机制，持续推动我国天然气水合物事业不断推陈出新。

“十三五”规划纲要明确将推进可燃冰源勘查与商业化试采列入能源发展重大工程。实施海域可燃冰试采，是服务国家重大战略需求，保障国家能源安全的重大举措，也是确保“十三五”目标任务全面完成的关键环节。中国地质调查局将海域可燃冰资源勘查试采列为六大地质科技攻坚战的“1号工程”，并为此制定了相关政策和经费支持。

可燃冰试采结束后，中国地质调查局提出了下一阶段可燃冰勘查开发产业化的五大目标：一是开展远景区预查、有利区普查和目标区详查，提供2至4个可供开采的大型资源基地，为产业化提供资源保障的同时，开展不同区域、不同类型可燃冰试采和经济技术评价工作，降低商业勘查开发风险，拉动企业积极参与；二是加强富集规律、成藏机理及其开采的基础研究，为勘查试采和环境安全提供理论基础，为产业化提供理论指导；三是加强优化储层改造、钻完井、防砂等关键技术和系列装备的研发，为产业化提供技术支撑，推动可燃冰产业化进程；四是进一步开展环境监测技术体系与应用智能化研究，研发具有自主知识产权的环境监测装备，建立以环境影响参数为决策依据的生产动态控制系统，为产业化提供绿色开发基础；五是研究制定勘查开发管理的规范性文件，为产业化提供政策支持。

解决这些问题或者达到上述目标还需要一定的时间，经济学的成本效益分析理论认为，针对某一产业，只有当规模效益大于成本支出时，开发者和投资者才会着手进行工作。这一理论同样可以从市场经济的角度分析海域可燃冰的产业化进程。

依据产业化的概念，某种产业必须在市场经济条件下，以行业需求为导向，以实现效益为目标，依靠专业服务和质量管理，形成系列化和品牌化的经营方式和组织形式，其形成发展过程可以细分为导入阶段、发展阶段、稳定阶段和动荡阶段。

因此，在市场经济条件下，要对海域可燃冰进行产业开发的直接原因就是其作为矿产资源的经济价值，但当这种经济价值所带来的经济效益无法达到市场预期，甚至无法满足成本需求时，就会出现两种结果：要么就是可燃冰不适合作为商品进行开采，要么就是开采出来的可燃冰因价格昂贵而无法被人们接受。

对于矿产资源的产业化开发，既要对其储存的地质状况进行分析，还要根据开发所需的经济投资和技术水平进行衡量，只有这样才能决定是否开发、开发规模的大小、开发年限等问题。

在谈到2017年试采成功后的产业化开发时，杨胜雄总工程师以专业技术人员特有的谨慎说，我们虽然具备了试采可燃冰的技术能力，但以后产业化、商业化，还需要从技术、环境、经济、商业、政治等领域多方面考虑。要尊重科学规律，要有前瞻性。他认为广州海洋地质调查局在理论和技术的结合方面在国内是领先的，在找矿、解决地质灾害、环境监测等领域已经实现调查和研究一体化，所以肯定能完成这次可燃冰试采任务。

杨胜雄说："这20年来做可燃冰工作在一定程度上也是被逼出来的，因为外界不断质疑，所以我们更要扎实地做好可燃冰技术工作，去验证可燃冰的存在，不断给外界释疑，所以我一直自信地认为这次试采成功是必然的。"

杨胜雄还从科学技术创新层面谈到对可燃冰产业化的认识。他认为，我国可燃冰领域实现了从跟跑、并跑到领跑的飞跃，站在了全球科学技术的高峰，以后在产业化的进程中依然要从全球科学技术的角度，不断进取，积极地去解决全球性科学问题，以发展我国科学技术为出发点，提出自己的大科学计划，如果一直停留在这里，再好的技术都会被别人超越。

李金发向我们介绍了下一步推进可燃冰产业化的工作思考。新组建的自然资源部和中国地质调查局高度重视可燃冰产业化工作。主要工作部署是加大勘查力度，为产业化提供资源基础，摸清中国可燃冰资源准确家底。按照党中央、国务院贺电关于加快推进天然气水合物勘查开采产业化的要求，创建两个天然气水合物开采先导试验区。优先设立神狐海域先导试验区，择机设立西沙海域先导试验区，最终能够达到工业产能。加大可燃冰资源调查力度，按照需求的轻重缓急和工作程度进行部署，首先是神狐海域，其次是西沙海域、琼东南海域，再次是其他海域。在2017年可燃冰成功试采基础上，不断加大试采开采理论、技术、装备的研发，牢牢掌握可燃冰理论、技术、工程、装备等核心科学技术，为产业化提供技术储备。积极研究产业化政策，设立新的矿种，设立先导试验区，加强环境保护，保证产业化绿色开发。

为了可燃冰后续产业化，广州海洋地质调查局已经首先在内部所有部门，实现资料共享，把可燃冰产业化团队进一步建好，加大对可燃冰技术研究，把基础地质、油气地质、可燃冰储存层底下水层做成一个系统，形成整体认识，总结出理论，支撑可燃冰未来产业化发展。

卢海龙对我国实现可燃冰产业化非常自信。他说，10 年前没人认为页岩气可以作为能源，但美国人没有放弃，而且可燃冰能量密度比页岩气还高，属于非常规能源。可燃冰现在看起来虽然成本那么高，但在技术上和研发上都有个过程，相信在未来，可燃冰一定能像页岩气一样给中国能源提供一个新的渠道。

任何领域的突破，都会遇到重重困难，就像人们进入一个没有人烟的原始森林一样，从开始的陌生、困惑到逐渐熟悉，逐渐克服行进中遇到的各种艰难险阻，终于在披荆斩棘之后看到了原始森林的原貌。可燃冰能源也是这样，经过中国科技工作者近 20 年的研究调查，并成功进行首次试采，我们坚信在不久的将来，人们定会看到可燃冰作为清洁环保的新能源进入寻常百姓家。

## 四　点亮光明的未来

早期的人类薪柴燃火，通过火得到能量和温暖。虽然火能够给人类带来光明和温暖，但毕竟普通薪火的能量是微弱的，满足不了人类社会发展的需要。于是在 200 年前，人类步入工业文明，是煤炭的利用使蒸汽机得以大面积推广，人类社会从而开始在能源的保障下实现快速发展，发生了翻天覆地的变化。再后来，发现了石油天然气等能源，再次使人类得以更加高效地在地球上来往穿梭。这些能源的利用，给人类文明进程提供了源源不断的动力，也让人类社会不断地向更高更广的领域发展。

然而，随着能源的消耗，人类在地球上探明大油田的机率在不断下降，人类赖以生存的生态环境遭到破坏，地球已经无法承受了。人类急需要找到一种可替代传统能源的清洁新能源，所以只能向极地、深海这些开采难度大的地方寻求，或者以更高的成本开采深海石油、油砂、油页岩等非常规能源。传统能源未来的渐趋匮乏和环境保护的严格要求将是工业社会面临的最为严峻的考验。

从理论上讲，作为天然气的一种能源，可燃冰能量值高，使用又很方便，可以通过冷却、压缩处理成液化天然气，所占空间小，无论是管道运输还是移动交通运输都很方便。加上其储量巨大和污染小，在某种程度上，可燃冰如能实现经济规模有效开采，应用前景非常广阔。

在能源历史上，《廉价石油的终结》和《沙漠黄昏》的印刷发行曾在世界范围内引起巨大反响。其中，最引人注目的观点，即是宣称石油消费将至顶峰，未来人类将面临石油资源枯竭。也正是在这样的背景之下，石油价格曾在 2008 年 7 月一度冲至 150 多美元一桶的历史最高纪录。

目前，全球已发现的可燃冰分布区超过 200 多处。据科学家们估计，可燃冰的储量至少够人类使用 1000 年。为此，各国都将其视为石油天然气的替代能源。

“中国可燃冰资源一样丰富。”中国地质调查局局长钟自然说，“除陆地冻土区外，经过近 20 年的勘查，我国南海可燃冰地质资源量约为 800 亿吨油当量。”这意味着，如果全部开采出来，可稳定供应我国消费 200 年。

而我国这次试采的神狐海域可燃冰储量还只是我国可燃冰蕴藏量的“冰山一角”。在西沙海槽，科考人员已初步圈出可燃冰分布面积达 5242 平方公里；在南海其他海域，同样也有可燃冰存在的必备条件。

据相关研究，未来几十年，要实现我国的经济转型升级、能源结构优化和空气质量改善，仍须回到能源需求控制和能源供给优化两个基本路径上来。一是要推进能源消费革命，控制不合理能源消费增长。二是推进能源供应革命，引领能源结构向绿色转型。党中央、国务院在祝贺我国首次海域可燃冰试采成功的贺电中指出，“试采成功只是万里长征迈出的关键一步，后续任务依然艰巨繁重。”因此，在系统总结我国首次海域可燃冰试采经验、优化试采技术工艺的基础上，在更多的海域、陆域开展更多类型可燃冰试采，建立适合我国资源特点的开发利用技术体系，同时创建国家重点实验室、工程技术中心等创新平台，进一步提高可燃冰勘查开发和深海科技创新能力具有重要战略意义。

将可燃冰能源的研究开发上升为国家战略的意义非常重大，不仅仅中国作为能源消费大国需要可燃冰，可燃冰资源未来的开发也对全球能源格局产生深远影响。同时，我国可燃冰试采成功，也改变了总是引进国外技术，跟跑国外技术的格局，中国可以做到掌握可燃冰试采核心技术，并在将来可以对国外进行技术输出。

南海神狐海域天然气水合物试采成功的现场会上，国土资源部地质勘查司司长于海峰在回答人民网记者关于试采成功对我国能源发展有什么意义时说，我国海域天然气水合物资源潜力巨大，天然气水合物开发利用将会大大提升我国能源安全保障程度，降低对外依存度，进一步优化能源消费结构。

同时，可燃冰是一种低碳清洁环保能源，甲烷含量高，且使用起来比常规天然气所含的杂质更少，燃烧后几乎不产生任何残渣，是未来理想的煤、石油等化石燃料的替代能源。

当记者问道，试采成功是第一步，促进产业化进程有何考虑？于海峰说，借鉴页岩气开发经验，将天然气水合物纳入新兴战略产业目录，制定相关产业政策，鼓励和引导企业参与勘查开发，推动可燃冰开发利用进程。

人类寻求能源的脚步不会停息，随着现代工业文明进程的不断推进，传统能源的储量在下降，而且传统能源对环境造成的污染，也引起世界各国的重视。进入新世纪以后，人类文明的发展开始不断关注人类本身的生存环境。所以，未来人类对清洁环保能源的追求将会越来越迫切，可燃冰能源的发现和试采以及未来开发无疑给人类使用清洁环保能源的使用找出了一条光明的大道。

# 结束语

2018年6月12日上午，习近平总书记在出席上海合作组织青岛峰会后，来到青岛海洋科学与技术试点国家实验室考察，详细了解实验室研究重大前沿科学问题、系统布局和自主研发海洋高端装备、推进海洋军民融合等情况。

习近平总书记说他一直有这样一个信念，就是建设海洋强国，发展海洋经济、海洋科研是推动强国战略很重要的一个方面。关键的技术要靠中国自主来研发，海洋经济的发展前途无量。

其实，早在2013年7月30日，中央政治局就以建设海洋强国为主题举行集体学习。在集体学习时，习近平总书记指出，21世纪，人类进入了大规模开发利用海洋的时期。推进海洋强国建设，必须提高海洋资源开发能力，保护海洋生态环境，发展海洋科学技术，维护国家海洋权益。

21世纪是海洋的世纪，古今中外的历史表明，海洋在一定程度上来说，主宰着一个国家的兴衰，凡是大力发展海洋的国家，其实力会迅速增强，纵观中华民族五千年文明历史，向海开放的朝代往往兴旺发达，闭关锁海的朝代，则会落后挨打。

如今，陆地资源日益枯竭，海洋资源的争夺战硝烟四起。世界上临近海洋的国家，甚至远离海洋的大陆国家都在制定海洋经济发展战略规划，除了在渔业资源、石油、天然气、锰矿之外，还有关系到一个国家可持续发展的清洁新能源——可燃冰。

目前，全世界对清洁环保能源的需求非常迫切，很多发达国家都在寻找替代传统能源的新能源。相对于风能、潮汐能、太阳能等新能源，可燃冰具有储量大、不受季节时间气候影响、可持续等特点。如果可燃冰在不久的未来得到开发，将会改变目前全球的能源格局。

当然我们也应该看到，在我国的清洁新能源领域里不仅仅只有可燃冰一种。

经过地质工作者多年勘查开发，我国页岩气勘查开发取得重大突破。四川盆地及周边的海相地层，累计探明页岩气地质储量 7643 亿立方米。其中，重庆涪陵页岩气田累计探明地质储量 6008 亿立方米，成为北美之外最大的页岩气田。

我国页岩气从 2009 年开始启动，自从国务院正式将页岩气列为独立矿种以来，我国地质工作者苦战攻关，短短几年走过北美 30 多年所走过的路程。2017 年我国页岩气产量接近 100 亿立方米，仅次于美国、加拿大，位居世界第三。预计 2020 年我国页岩气产量将达到 300 亿立方米。

当下，在各方共同努力下，通过技术引进、消化吸收和技术攻关，我国已掌握页岩气地球物理、钻井、压裂改造等技术，具备 3500 米以浅（部分地区已达 4000 米）水平井钻井及分段压裂能力，初步形成适合我国地质条件的页岩气勘查开发技术体系。

2017 年 9 月 6 日，国土资源部中国地质调查局在我国青海正式宣布：我国科学家，在青海共和盆地 3705 米深处，钻获 236℃的高温干热岩体。

这是我国首次钻获温度最高的干热岩体，实现了我国干热岩勘查的重大突破。西方国家做梦都想要发现的有一定规模的新能源，竟然被中国突破了，干热岩能源，是国际社会公认的高效低碳清洁环保能源，可广泛用于发电、供暖、强化石油开采等。“干热岩”也是新能源领域中的当家人！根据初步测算，地壳中 3 公里到 10 公里深处干热岩所蕴含的能量极其可观，相当于全球石油、天然气和煤炭所蕴藏能量的数十倍。

2016 年，众多汽车工业巨头的母国——德国的联邦参议院，德国的主要连续权力机构，通过了一个可以说让车迷骇人听闻的法案。该法案要求 2030 年在德国禁止销售所有采用内燃机的新车。从此往后，德国人只能选择购买零排放车型，如纯电动车或者氢燃料电池车！对于德国这个超级汽车大国来说，这听起来让人颇为迷惑。2030 年听起来遥远，实际也就 10 多年时间，还不够一般车型两代车的换代时间（一般 8 年一次换代），拥有百年内燃机汽车工业积淀的国家要在 10 多年内彻底淘汰这种非常成熟的工业体系，已经不仅仅是涉及汽车厂商本身，更涉及能源工业等领域。虽然目前这项决议还没有法律约束效力，不过德国联邦参议院确实是动真格的，他们甚至已经要求欧盟委员会将这项对内燃机的禁令实施到整个欧盟。由此看来，涉及新能源产业这项决议最终实施的可能性是存在的。

2017 年 10 月 9 日美国媒体报道，通用公司宣布他们正在致力于实现一个全电动、零排放的未来。一个多世纪以来，通用汽车公司销售的都是会排放大气污染物的汽车，但如今它正在与汽油和柴油渐行渐远。越来越多的汽车制造商已经宣布承诺逐渐停止制造汽油和柴油驱动的汽车。

近两年来，根据中央对能源资源和生态环境建设方面的要求，我国地质调查工作加大了对页岩气、天然气水合物、煤层气还有北方地区商业性用途铀资源的地质调查和矿产勘查力度，并取得了一些突破性的进展。

越来越多的迹象表明，传统的高污染石化能源终有一天会走向消亡，未来全球能源是清洁环保能源的天下。张洪涛说：“美国页岩气改变了世界能源结构，中国可燃冰开采也是利用清洁环保能源、升华能源的里程碑事件，一旦进入商业化也将改变世界能源格局。”

可燃冰是21世纪最具潜力的接替煤炭、石油和天然气的新型清洁环保能源之一，具有巨大的开发前景和商业价值。可燃冰已经引起世界各国尤其是发达国家和能源短缺国家的高度重视，美国政府顾问迈克尔·马科斯甚至预言：“可燃冰一旦开发利用，现存的世界能源市场将彻底改变。”

在我们普通公众心目当中，包括中学甚至大学生中，他们对我国疆域的面积的概念，往往停留在960万平方公里的陆域国土面积上，却不知道我们拥有1.8万公里的海岸线，拥有300万平方公里的主张管辖海域。

我国广阔的管辖海域，有着巨大的可燃冰资源前景，可燃冰预测资源量是常规油气资源的3倍。对于我国资源短缺、对外依存度高的现实情况来说，可燃冰的产业化、商业化开发是满足我国能源供给、保障国家能源安全的有效途径。

中国，一直是一个海洋大国，海洋面积相当于陆地面积的三分之一，从古代开始，我们就有“舟楫为舆马，巨海化夷庚”的海洋战略和“观于海者难为水，游于圣人之门者难为言”的海洋意识。现在，海洋仍然是我们赖以生存的“第二疆土”和“蓝色粮仓”。

2017年11月16日，国土资源部在北京召开新闻发布会，经国务院批准，天然气水合物成为我国第173个矿种，发现单位为中国地质调查局。通过设立天然气水合物新矿种，确立其法律地位，可燃冰作为一种战略性绿色能源，将极大促进我国天然气水合物勘查开发工作进入新的发展阶段，也必将在勘查和开发利用方面迎来新的发展机遇。

2018年6月8日，是第十个世界海洋日和第十一个全国海洋宣传日，新组建的自然资源部明确提出2018年世界海洋日活动主题为“奋进新时代，扬帆新海洋”，呼吁全社会在习近平生态文明思想的指引下，结合新时代自然资源工作的新要求，围绕“加快建设安全、绿色、高效、法治、和谐的美丽国土”总目标，进一步营造关心海洋、关注海洋、关爱海洋的氛围，推动实现海洋事业共赢共享的高质量发展。

新故相推，初心不改。面对新时代的新挑战、新征程上的新难题，在从跟跑向并跑、从并跑向领跑的迈进中，百尺竿头更进一步的压力一点也不亚于从前。习近平总书记在党的十九大报告中指出：“这个新时代，是承前启后、继往开来、在新的历史条件下继续夺取中国特色社会主义伟大胜利的时代，是决胜全面建成小康社会、进而全面建设社会主义现代化强国的时代，是全国各族人民团结奋斗、不断创造美好生活、逐步实现全体人民共同富裕的时代，是全体中华儿女勠力同心、奋力实现中华民族伟大复兴中国梦的时代。”

习近平总书记在纪念长征胜利80周年大会上指出：“每一代人有每一代人的长征路，每一代人都要走好自己的长征路。”我国可燃冰试采成功只是万里长征迈出的关键一步，后续任务依然艰巨繁重。我们坚信“中国科技工作者在实现可燃冰的产业化、商业化的长征路上，将不忘初心，牢记使命，继续前进，为推进绿色发展、保障国家能源安全而不懈奋斗！”

我们坚信中国科技工作者将会认真学习领会，贯彻中共中央、国务院贺电精神，在“坚持陆海统筹，加快建设海洋强国”，推进能源生产和消费革命，构建清洁低碳、安全高效的能源体系中，加大可燃冰资源的勘查力度，为产业化商业化提供资源基础；加大理论、技术、工程、装备研究力度，为产业化提供技术准备；依靠科技进步保护海洋生态，为产业化提供绿色开发基础；研究勘探开发管理规范性文件和产业政策，为产业化提供相关保障；依靠科技创新，促进可燃冰勘查开采产业化、商业化进程，为推进绿色发展、保障国家能源安全，实现“两个一百年”奋斗目标、实现中华民族伟大复兴的中国梦再立新功！

中华民族伟大复兴中国梦的实现不是一蹴而就敲锣打鼓就能迎来的，其间必然会出现很多艰难险阻。到 2020 年，中国人口将达到 14.2 亿，据专家估算：按照可供储量静态计算，中国 45 种主要矿产资源中，有 21 种难以满足需求，有 5 种将面临严重短缺。早在 2006 年，全国 18 亿亩耕地的红线就已经划定，水、煤、电、石油、土地资源短缺危机扑面而来，而海洋蕴藏很多资源，能够支撑人类未来的生存和社会的发展，包括水资源、能源、矿产资源等。

古代罗马政治家西塞罗说过：“谁控制了海洋，谁就控制了一切。”大国争霸世界的近代史昭示我们，在这个 71% 的地表被海水覆盖的星球上，所有大国的兴衰都取决于海洋。正因为如此，当年丘吉尔当选英国首相后，还经常身着海军制服；也正因为此，每当世界发生危机时，美国总统想到的第一个问题总是：“我们的航空母舰在哪里。”因为大海里有人类取之不尽的能源。海洋蕴藏着全球超过 70% 的油气资源，海底的各种资源犹如各种珍宝一样，等待人类去发现去挖掘。

蓝色孕育梦想，海洋承载希望！海洋是中华民族的未来！海运兴，则国兴。人类数千年的历史证明，一个没有海洋战略意识的民族，注定是一个没有希望的民族。

如今，海，还是那片海，熟悉而又陌生的大海，但是，可燃冰试采成功后，当我们再次想到中国南海神狐那片海域，面对她却分明能听到她向我们——勤劳勇敢的炎黄子孙发出的急切呼唤。

新时代新征程，实现中华民族伟大复兴的中国梦，建设社会主义现代化强国是中国共产党和中国人民矢志不移努力奋斗的目标，我们坚信这一目标一定能够实现。

我国首次海域可燃冰试采已经圆满结束了，而开展第二次可燃冰试采的各项工作已经开始。我们相信，在不久的未来，中国人一定能够实现可燃冰能源“从钻台走向灶台”的梦想。我们期盼着！

# 附录一　国际天然气水合物（可燃冰）发展大事记

1810 年，英国学者 Humphery Davy 首次在伦敦皇家研究院实验室发现氯的水合物。

1811 年，英国学者 Humphery Davy 著作中正式提出气水合物一词。

1888 年，Villard 在实验室合成 $CH_4$、$C_2H_6$、$C_2H_4$、$C_2H_2$ 等水合物。

1934 年，苏联在被堵塞的天然气输气管道里发现了天然气水合物。由于水合物的形成，输气管道被堵塞。这一发现引起苏联对天然气水合物的重视。

1934 年，美国 Hammerschmidt 发表了水合物造成输气管道堵塞的有关数据。

1946 年，苏联学者 N.H. 斯特里诺夫从理论上做出结论：自然界可能存在气水合物矿藏。

1951 年，由 Claussen 提出，Von Stackelberg 证实了 II 型水合物结构。

1952 年，Claussen 等确定了 I 型水合物结构。

1960 至 1970 年，苏联科学家 A.A. 特罗费姆克等发现天然气可以以固态形式存在于地壳中并形成气水合物矿藏的特性。

1965 年，苏联首次在西西伯利亚永久冻土带发现天然气水合物矿藏，并引起多国科学家的注意。

1968 年，苏联在西西伯利亚发现包含天然气水合物矿藏的麦索雅哈气田。

1968 年，以美国为首的深海钻探计划（DSDP，大洋钻探计划前身之一）开始实施。

1970 年，苏联开始对麦索雅哈天然气水合物矿床进行商业开采，并于 1971 年从麦索雅哈气田含气水合物层中开采天然气。

1970 年，国际深海钻探计划（DSDP）在美国东部大陆边缘的布莱克海台实施深海钻探，在海底沉积物取芯过程中，发现冰冷的沉积物岩心嘶嘶地冒着气泡，并达数小时。当时的海洋地质学家非常不解。后来才知道，气泡是水合物分解引起的，他们在海底取到的沉积物岩心其实含有水合物。

1971 年，美国学者 Stoll 等人在深海钻探岩心中首次发现海洋天然气水合物，并正式提出“天然气水合物”概念。

1972 年，美国在阿拉斯加北部利用加压桶首次从冻土层中取出包含气水合物的岩心。

1973 至 1975 年，特罗费姆克等预测了世界海洋气水合物的资源量并提出了评价方法。

1974 年，苏联在黑海 1950 米水深处发现了天然气水合物的冰状晶体样品。

1974 年，R.Stoll 等许多科学家在分析海底地震反射剖面图时发现了似海底反射（BSR）。

1974 年，Bily 和 Dick 报道在加拿大的 MacKenzie Delta 发现天然气水合物。

1975 年，国际大洋钻探项目（IDDP 大洋钻探计划前身之一）开始实施。

1976 年，Holder 开始研究 I、II 型水合物结构共存的问题。

1979 年，DSDP 第 66 和 67 航次在墨西哥湾实施深海钻探，从海底获得 91.24 米的天然气水合物岩心，首次验证了海底天然气水合物矿藏的存在。

1980 年，“戈洛马挑战者号”在布莱克外海岭发现了白色天然气水合物碎块。

1981 年，DSDP 计划利用“格罗玛挑战者号”钻探船也从海底取上了 3 英尺长的水合物岩心。

1982至1986年，DSDP第66航次、84航次、96航次在太平洋大陆边缘、南墨西哥滨海带、中美洲海槽、危地马拉滨海带等地发现数处气水合物。

1983年，荷兰科学家E.Berecz和M.Balla-Achs合著出版*Gas Hydrate*一书。

1983年，美国地质调查局和美国能源部实施了阿拉斯加北部斜坡气水合物研究项目。

1985年，大洋钻探计划（ODP）正式实施。

1987年，Ripmeester等发现H型水合物结构。

1988年，苏联出版《1983至1988年天然气水合物文献索引》一书。

1989年，中国地质科学院吴必豪研究员等发表《南海表层沉积物稀土元素的地球化学》一文。

1989年，第28届国际地质大会会议论文集收录气水合物文献。

1990年，联合国召开的“石油地质与地球化学：发展中国家的问题与前景”国际讨论会，气水合物被列为一个讨论专题。

1990年，中国科学院兰州冰川冻土研究所在实验室合成气水合物。

1991至1993年，ODP在太平洋西岸活动陆缘、美国西海岸、日本滨海、南海海沟等地发现气水合物。

1992年，大洋钻探计划（ODP）第146航次在美国俄勒冈州西部大陆边缘Cascadia海台取得了天然气水合物岩心。

1992年，中国科学院兰州文献情报中心出版了《国外天然气水合物研究进展》，系统介绍了国内外有关研究工作情况。

1993年，第一届国际天然气水合物会议（IGGH-1）在美国新帕尔茨举行。

1993年3至4月，加拿大地质调查局在Mackenzie三角洲发现冰胶结永冻层的气水合物。

1993年6月，美国使用海底取样器在墨西哥湾发现H型结构气水合物。

1995 年 11 月至 12 月，ODP 第 164 航次在美国东部海域布莱克海台实施了一系列深海钻探，取得了大量水合物岩心，首次证明该矿藏具有商业开发价值。

1995 年，日本成立甲烷水合物开发促进委员会，开始实施水合物研究与开发五年计划。

1996 年，第二届国际天然气水合物会议（IGGH-2）在法国图卢兹举行，郭天民教授参加会议，并报告了 CHEN-GUO 水合物模型。

1997 年，大洋钻探计划考察队利用潜水艇在美国南卡罗来纳海上的布莱克海台首次完成了水合物的直接测量和海底观察。同年，ODP 在加拿大西海岸胡安至德夫卡洋中脊陆坡区实施了深海钻探，取得了天然气水合物岩心。至此，以美国为首的 DSDP 及其后继的 ODP 在 10 个深海地区发现了大规模天然气水合物聚集：秘鲁海沟陆坡、中美洲海沟陆坡（哥斯达黎加、危地马拉、墨西哥）、美国东南大西洋海域、美洲西部太平洋海域、日本的两个海域、阿拉斯加近海和墨西哥湾等海域。

1996 年和 1999 年期间，德国和美国科学家通过深潜观察和抓斗取样，在美国俄勒冈州岸外 Cascadia 海台的海底沉积物中取到嘶嘶冒着气泡的白色水合物块状样品，该水合物块可以被点燃，并发出火焰。

1997 年，大洋钻探计划考察队利用潜水艇在美国南卡罗来纳海上的布莱克海台首次完成了水合物的直接测量和海底观察。

1997 年，ODP 在加拿大西海岸胡安至德夫卡洋中脊陆坡区实施了深海钻探，取得了天然气水合物岩心。

1997 年，印度实施气水合物勘探计划。

1998 年 4 月，中国正式成为成员国加入大洋钻探计划。

1998 年 5 月，美国参议院能源委员会通过“天然气水合物研究与资源开发计划”议案。

1998 年 6 月，中国科学院科技政策局组织召开以“中国天然气水合物的研究开发前景”为主题的 21 世纪能源科学发展战略研讨会；中国科学院兰州冰川冻土研究所提出开展“青藏高原永久冻土层的天然气水合物”的研究工作。

1998 年，日本通过与加拿大合作，在加拿大西北 Mackenzie 三角洲进行了水合物钻探，在 890 至 952 米深处获得 37 米水合物岩心。该钻井深 1150 米，是高纬度地区永冻土带研究气体水合物的第一口井。

1999 年，日本在其静冈县御前崎近海挖掘出外观看起来像湿润雪团一样的天然气水合物。

1999 年，美国制定了勘探开发天然气水合物的法律条文。

1999 年，第三届国际天然气水合物会议（IGGH-3）在美国盐湖城举行。中国代表参加会议，报告水合法分离氢气进展。

1999 至 2001 年，中国地质调查局科技人员首次在南海西沙海槽发现了显示天然气水合物存在的地震异常信息（“BSR”似海底地震发射波）。

1999 年在国家发改委、财政部等大力支持下，国土资源部正式启动天然气水合物资源调查，包括在珠江口盆地开展天然气水合物综合调查 40 个航次，完成高分辨率多道地震测量 45800 公里、多波束测量 36800 公里、浅地层剖面测量 7100 公里、海底地质取样 1480 个站位、海底热流测量 222 个站位等调查工作。

2000 年，N.B.Kakvnov 等评价提交了俄罗斯欧洲东北部乌拉尔山以西永久冻土带地区的天然气水合物含甲烷资源量 $100\times10^9m^3$（3.5TCF）。

2000 年开始，可燃冰的研究与勘探进入高峰期，世界上至少有 30 多个国家和地区参与。其中以美国的计划最为完善——总统科学技术委员会建议研究开发可燃冰。为开发这种新能源，国际上成立了由 19 个国家参与的地层深处海洋地质取样研究联合机构。

2001 年，加拿大对其全国天然气水合物进行了资源评价，保守估算加拿大天然气水合物含甲烷资源为（0.44~8.1）$\times10^{14}m^3$。

2002 年，中国地质调查局组织专家科学论证，设立“海域天然气水合物”国家专项，全面部署中国海域天然气水合物资源调查工作，先后设立了多个调查研究项目。

2002 年中国政府批准设立海域天然气水合物专项。

2002 年起，中国地质调查局对中国冻土区特别是青藏高原冻土区开展了地质、地球物理、地球化学和遥感调查，发现中国冻土区具备较好的天然气水合物成矿条件和找矿前景，其中羌塘盆地为Ⅰ级远景区，祁连山、漠河盆地和风火山—乌丽地区为Ⅱ级远景区。

2002 年，美国、日本、加拿大、德国、印度等 5 国合作对加拿大马更些冻土区 Mallik5L 至 38 井的天然气水合物进行了试验性开发，通过注入约 80℃的钻探泥浆，成功地从 1200m 深的水合物层中分离出甲烷并予以回收，同时进行的减压法试验也获得了成功。2007 年进行第二次陆上试采，采用“降压法”实现连续 12.5 小时从水合物层中产出天然气，总产气量 850 立方米。2008 年进行第三次陆上试采，采用“降压法”实现连续 5 天从水合物层中产出天然气，总产气量 1.3 万立方米。

2002 年 5 月，第四届国际天然气水合物会议（IGGH-4）在日本大阪举行。

2004 年，中国科学院广州能源所、广州地化所及南海海洋所，以跨研究所、跨学科的优势研究力量组建了“中国科学院广州天然气水合物研究中心”。

2004 年 6 月至 7 月，广州海洋地质调查局与德国基尔大学 Leibniz 海洋科学研究所（GEOMAR）组织了“南海北部陆坡甲烷和天然气水合物分布、形成及其对环境的影响研究”合作项目，中德两国 10 个单位 26 名科学家开展了为期 42 天的 SO 至 177 航次的联合调查，发现了世界上最大的冷泉碳酸盐岩——九龙甲烷礁（总面积近 430km$^2$）。

2004 年，国际上首个水合物法分离气体混合物的中试实验装置在中国石油大学建成并开设成功。

2005 年度的中国科学院南海海洋研究所公共航次中分别在琼东南盆地和东沙群岛西南部地区发现冷泉碳酸盐结核。

2005 年设立了“青藏高原多年冻土区天然气水合物的形成条件探讨”的面上科研项目，中国地质科学院矿产资源研究所等单位对中国冻土区开展探索性调查和评价工作，确立羌塘盆地具备良好的天然气水合物成矿条件和找矿前景，其次是祁连山木里地区、东北漠河盆地和青藏高原的风火山地区等。

2005 年 6 月，第五届国际水合物会议（ICGH-5）在挪威特隆赫姆（Trondheim）举行。

2006 年，日本进行南海海槽水合物钻探。

2007 年 5 月 1 日，由中国地质调查局组织、广州海洋地质调查局实施、辉固国际集团公司“巴弗尼特号”船具体承担的中国天然气水合物钻探工程在南海北部珠江口盆地南部的神狐地区 SH2、SH3、SH7 井位成功钻获了孔隙充填型水合物实物样品，取得了找矿工作的重大突破。位于水深 1230m 至 1245m，初步结果显示水合物样品采自于海底以下 183m 至 225m 处。呈分散浸染状分布，含水合物层段厚 18m 至 34m，水合物饱和度 20% 至 43%，释放出的气体中甲烷含量达 99.7% 至 99.8%。中国在南海北部的首次采样成功，证实了中国南海北部蕴藏丰富的天然气水合物资源，标志着中国天然气水合物调查研究水平已步入世界先进行列，从而成为继美国、日本、印度之后第 4 个通过国家级研发计划采到水合物实物样品的国家。

2008 年，印度大陆边缘水合物钻探，在裂缝泥质沉积物发现了 120m 厚的块体水合物，并在火山灰沉积物中发现最厚 340m 的水合物。

2008 年，中国开始青海祁连山木里盆地三露天天然气水合物调查工作。

2008 年 7 月，第六届国际天然气水合物会议（ICGH-6）在加拿大温哥华召开。

2008 年 11 月，国土资源部中国地质调查局在青海省祁连山木里盆地聚乎更煤矿区三露天（海拔 4062m）井田实施天然气水合物钻探试验井工程，成功钻获中低纬度冻土区天然气水合物实物样品。DK-1、DK-2、DK-3 三个钻孔均见水合物。

2009 年，中国地质调查局组织实施的“祁连山冻土区天然气水合物科学钻探工程”施工完成的 8 个钻井中，有 5 个钻井钻获天然气水合物实物样品。这是全球首次在中低纬度高山冻土区发现天然气水合物实物样品。

2009 年，墨西哥湾深水区的三个区块（分别为 AC21、GC955 和 WR313）联合工业计划第二航段 JIP Ⅱ进行了钻探，实施了包括声波、电阻率在内的整套随钻测井。其中 GC955 站位，共钻探 3 口井，H 井、I 井和 Q 井。I 井水深 2064 m，钻探深度 444mbsf；Q 井位于 1985 m 水深处，于 414mbsf 钻到含水合物的砂层，钻探到达 442mbsf 发现游离气后停钻。H 井水深 2032m，钻探总深度 589 m，在 383~488mbsf 层段出现泥浆侵入，影响密度和孔隙度结果。H 井钻透一个裂隙充填水合物储层（192 至 308mbsf，水合物层Ⅰ）和一个砂岩水合物储层（413 至 453mbsf，水合物层Ⅱ）。

2009 年 9 月中国在青藏高原发现了一种名为可燃冰（又称天然气水合物）的环保新能源，粗略估算，远景资源量至少有 350 亿吨油当量。

2010 年，韩国在郁凌盆地成功钻探到大量水合物样品。

2011 年，第七届国际水合物会议（IGGH-7）于英国爱丁堡举行。

2011 年，国务院批准设立了新的天然气水合物国家专项。中国地质调查局广州海洋地质调查局通过进一步勘查，在珠江口盆地东部海域发现了天然气水合物有利目标区。

2012 年，康菲石油公司等在美国阿拉斯加北部斜坡完成了利用二氧化碳置换可燃冰的开采测试。在整个开采阶段，包括后续 6 天的气体回收，共开采出甲烷约 24210.9 立方米，在固相中实现了甲烷—二氧化碳的置换。

2013 年 3 月，日本成功从爱知县附近深海可燃冰层中提取出甲烷，成为世界上首个掌握海底可燃冰采掘技术的国家。日本希望 2018 年开发出成熟技术，实现大规模商业化生产。

2013年4月28日起，青海省委省政府协调组织由神华集团、青海木里煤业、青海煤炭地质局联合成立神华集团青海能源发展有限责任公司投资实施“青海省天峻县聚乎更煤矿区三露天天然气水合物调查评价”项目。

2013年8月，“祁连山及邻区天然气水合物资源勘查”项目组再次在青海省天峻县木里镇DK至9科学钻探试验井中，成功钻获天然气水合物实物样品，单层厚度超过20米。

2013年，南海北部陆坡东沙海区开展了10口井的钻探取芯，均钻获实物样品，获取了大量天然气水合物实物样品，并首次发现II型水合物。

2013年，日本成功通过减压法试采爱知和三重县海域海底的天然气水合物。水深约1000米，掘进海底沉积物深度330米，产量达400万立方英尺。

2013年6月至9月，由中国地质调查局组织，广州海洋地质调查局实施，在南海北部珠江口盆地东部海域首次钻获高纯度可视天然气水合物样品，并通过钻探获得可观的控制储量。此次发现的天然气水合物样品具有埋藏浅、厚度大、类型多、纯度高4个主要特点。控制储量1000亿立方米 — 1500亿立方米，相当于特大型常规天然气矿规模。

2014年，三露天水合物调查评价项目又在调查研究区中至东部推进，施工10个钻孔，其中仅有DK8至19钻孔钻获了天然气水合物实物样品。

2014年7月，第八届国际水合物会议（IGGH至8）在中国北京成功举行。在大会上中国宣布在2014年进行天然气水合物钻探计划，并计划于2017年在中国海域实施天然气水合物的试采工程，将有力推动中国“可燃冰”勘探与开发的进程，引发中国能源开发利用的“革命”。

2015年，广州海洋地质调查局“南海天然气水合物资源勘查”在南海北部神狐及其邻近海域开展天然气水合物钻探及取样调查。钻探航次共完成19个站位钻探，19个站位均有水合物存在的特征，其中5个站位最为显著。成功发现“海马冷泉”且在2个ROV站位进行了取样调查采获高纯度的可视天然气水合物实物样品。

2015 年 6 月，国土资源部天然气水合物重点实验室成立，吴能友研究员任实验室主任。

2015 年底，祁连山木里盆地三露天水合物调查区资源评价，初步估算水合物烃类气体控制储量仅为 213.85 万立方米，相当于常规小型天然气田，且远小于划分小型天然气田的界线值 $50 \times 10^{8}$ 立方米。

2016 年，青岛海洋地质研究所成功研发 3000m 级声学深拖系统。该系统可以进一步提升深海探测能力和可燃冰海洋地质调查水平。

2016 年 6 月，广州海洋地质调查局通报，继中国在南海发现大面积可燃冰分布后，中国首次在南海北部陆坡西部海域发现规模空前的活动性冷泉“海马冷泉”，分布面积约 618 平方公里。它的发现是中国天然气水合物勘查的重大突破!

2017 年，第九届国际天然气水合物大会（IGGH-9）在美国科勒拉多举行。

2017 年 1 月，经 10 余年技术攻关，吉林大学科研团队研发出陆域天然气水合物冷钻热采关键技术，填补了国内该领域空白，总体达到国际先进水平。

2017 年 5 月，中国在南海神狐海域天然气水合物试采成功。中共中央、国务院向参加这次任务的全体参研参试单位和人员发来贺电，表示热烈祝贺。

# 附录二　中国天然气水合物大事记

## 一、预研究阶段

1985 年，原地质矿产部南海地质调查指挥部（广州海洋地质调查局前身）总工程师金庆焕在学术杂志上发表《海洋油气勘探概况及石油地质动向》，其中第四部分介绍了固态天然气，即可燃冰，成为中国人了解可燃冰启蒙肇始。

1995 年，原地质矿产部设立“西太平洋天然气水合物找矿前景与方法调研”项目。

1998 年 1 月，广州海洋地质调查局副总工程师姚伯初通过对旧资料进行二次开发，从原来寻找油气时所做的物探资料中发现存在可燃冰的标志“似海底反射”（BSR），撰写《南海北部陆缘天然气水合物初探》，发表于《海洋地质与第四纪地质》杂志，这是我国第一篇关于南海可燃冰的学术论文。

1998 年 12 月，全国新一轮国土资源大调查启动，广州海洋地质调查局由主持工作的副局长马申达、总工程师陈邦彦精心策划，提出《南海北部陆坡天然气水合物资源调查与评价》项目建议书，由张光学负责起草。

1999 年，国土资源部中国地质调查局在国土资源大调查经费支持下启动了南海北部陆坡天然气水合物资源调查，中国地质调查局广州海洋地质调查局“奋斗五号”开赴西沙，科技人员首次在南海西沙海槽发现了显示天然气水合物存在的地震异常信息（“BSR”似海底地震反射波）。

2000 年 1 月，根据国土资源部中国地质调查局指示，广州海洋地质调查局由代总工程师黄永样主持，由张光学、姚伯初、吴能友共同参与编写完成《我国海域天然气水合物资源调查与评价》国家专项论证报告。

2000 年 3 月，由国土资源部中国地质调查局在北京组织专家对广州海洋地质调查局提出的《我国海域天然气水合物资源调查与评价》进行初审。陈毓川院士、郝诒纯院士等参加审议，黄永样、姚伯初、周昌范等进行答辩。

2000 年 6 月，中国地质调查局邀请专家对《我国海域天然气水合物资源调查与评价项目可行性研究报告》正式进行论证，黄永样介绍论证报告内容后，中国科学院院士涂光炽、郝诒纯、李廷栋、汪集旸、陈毓川、戴金星、金庆焕以及有关部门专家徐锭明、胡卫平、王国平、黄宗理、吴晓琪、钟自然、叶天竺、张洪涛、孙洪、王达进进行论证。姚伯初、吴能友、周昌范等进行答辩，一致认为：我国南海具有天然气水合物形成条件，应尽快设立国家专项，以加强调查力度。

2000 年 8 月，由国土资源部向国务院正式提出《设立我国海域天然气水合物资源调查专项》请示报告。与此同时，中国地质调查局局长叶天竺多次带领有关人员到国家计划委员会和财政部等部委汇报。

2000 年，国家“863”专项计划启动，资助“天然气水合物地震识别技术”研究，由广州海洋地质调查局、同济大学承担，课题负责人为杨胜雄、耿建华、张光学。

2001 年 1 月，国土资源部副部长寿嘉华带领有关人员到财政部，汇报设立可燃冰国家专项的必要性，财政部领导表态支持，同月，财政部拨出 3000 万专项资金作为前期启动费用。

2001 年 4 月，寿嘉华副部长率团访问德国基尔大学和海洋地质研究中心、波斯坦地学研究中心等研究机构，与德国可燃冰专家休斯教授见面，初步达成合作意向，随团参访人员有：胡华庭（财政部）、王瑞生、李志坚、邹星、李文彬（以上人员来自国土资源部）、黄永样（广州海洋地质调查局）。

2001年8月，中国地质调查局在北京国土资源部十三陵培训中心组织编写“我国海域天然气水合物资源调查与评价”专项实施方案，广州海洋地质调查局黄永样、张光学、吴能友参加。

2001年，在财政部支持下，可燃冰国家专项前期工作启动，与此相配合，国家“863”高科技研究发展计划设立“天然气水合物探测技术”研究课题。由广州海洋地质调查局作为项目依托单位（课题负责人：吴能友），联合教育部、中国科学院、国土资源部、中国石油化工集团公司系统内十三家科研机构，在天然气水合物地震识别、地球化学探测、资源评价、保真取样等四个方面，进行长达五年的技术攻关，初步建立起我国的可燃冰探测技术系列，部分成果达到国际先进水平，为可燃冰后期调查提供了高技术支撑。

## 二、调查评价阶段

2002年1月，国务院批准设立我国海域天然气水合物资源调查专项。专项负责人为黄永样，可燃冰被提升为国家专项，有了国家经费作保证。从此，我国正式踏上大规模、多学科、多手段的天然气水合物资源调查历程。

2002年9月，中国地质调查局编制完成《我国海域天然气水合物资源调查与评价国家专项实施方案》。

2002年9月，可燃冰专项总体设计通过国土资源部组织的专家评审。2002年起，中国地质调查局对中国冻土区特别是青藏高原冻土区开展了地质、地球物理、地球化学和遥感调查，发现中国冻土区具备较好的天然气水合物成矿条件和找矿前景，其中羌塘盆地为Ⅰ级远景区，祁连山、漠河盆地和风火山—乌丽地区为Ⅱ级远景区。

2002年，我国正式开始大规模、多学科、多手段开展天然气水合物资源调查，探明南海资源储量约700亿吨油当量。

2003 年 1 月，德国基尔大学海洋地学研究中心休斯教授应邀到广州，广州海洋地质调查局副总工程师吴能友介绍天然气水合物成果之后，总工程师黄永样与休斯进行座谈，初步达成合作意向。中方参加座谈的有中国地质调查局张海啟、中国地质大学苏新、广州海洋地质调查局吴能友、张光学、杨胜雄、张明、周昌范等。

2003 年 2 月，休斯教授回国后，致函黄永样，再次确认合作诚意，并提出了合作项目申请计划。

2003 年 4 月，由休斯教授作为德方首席科学家，黄永样作为中方首席科学家，联合向德国教育研究部提出了项目合作申请。此前，休斯教授、吴能友副总工程师联合编制了《南海北部陆坡甲烷和天然气水合物分布、形成及其对环境的影响研究中德合作项目建议书》。同时，广州海洋地质调查局向科技部申请的“863”项目“海洋天然气水合物探测技术研究”（项目负责人：吴能友）得到批准。

2003 年 6 月，广州海洋地质调查局向国土资源部、中国地质调查局提交了《关于与德国基尔大学 GEOMAR 海洋地学研究中心开展南海北部陆坡天然气水合物合作调查研究的请示》。

2003 年 9 月，休斯教授应邀来青岛出席天然气水合物国际学术研讨会，借此机会，休斯教授根据德国方面对合作建议书提出的意见，与一同出席研讨会的吴能友对合作建议书进行了最后修改。

2003 年 11 月，受德国有关方面邀请，广州海洋地质调查局总工程师黄永样，副总工程师吴能友等人组成代表团，赴葡萄牙亚速尔群岛考察“太阳号”，并参观访问德国不莱梅公司总部、基尔大学海洋地学研究中心，就中德合作开展可燃冰调查和研究等事做进一步商谈。

2003 年 12 月，中德合作项目“南海北部陆坡甲烷和天然气水合物分布、形成及其对环境的影响研究”得到德国政府批准，拟于 2004 年 6 月 16 日至 7 月 14 日，由德国“太阳号”科考船实施 SO-177 航次。

2004年2月，中国国土资源部以国土资[2004]23号文，正式批准广州海洋地质调查局提出的中德合作项目建议。

2004年2月，广州海洋地质调查局考虑天气等因素，经请示国土资源部和中国地质调查局，拟把德国“太阳号”SO-177航次时间提前到6月2日，除此前利用德国政府资助的航次经费外，另租借“太阳号”14天，至7月15日结束。次日，广州海洋地质调查局向国家海洋局报送《涉外海洋科学研究项目申请书》和《涉外海洋科学研究项目海上船只活动计划申请书》。

2004年3月，休斯教授代表德国基尔海洋研究所，黄永样总工程师代表广州海洋地质调查局分别在中德两国《南海北部陆坡甲烷和天然气水合物分布、形成及其对环境的影响效应研究》合作项目书上签字。广州海洋地质调查局局长马申达、德国RF公司总经理Von Spee博士代表双方在租船协议上签字。中国地质调查局副局长张洪涛出席签字仪式。

2004年4月，国家海洋局同外交部、总参等部门联合发文，批准中德合作开展可燃冰调查的项目计划，国家海洋局以涉外函字[2004]21号文批复了“太阳号”进入中国南海的计划。

2004年6月至7月，德国“太阳号”在中国南海实施SO-177航次。德方首席科学家休斯教授，中方首席科学家黄永样总工程师，吴能友副总工程师为首席科学家助理和航次协调员。SO-177航次分两个航段进行。第一阶段为6月2日至6月22日，历时21天；第二航段自6月23日至7月13日，历时21天。“太阳号”在东沙海域北部发现了大面积自生碳酸盐岩区，并发现了甲烷气体喷溢形成的菌席双壳类生物，还在东沙海域南部获得了大批双壳类生物及与之伴生的管状蠕虫等海底存在可燃冰的重要证据。

2004年12月，德国“太阳号”回国后，为尽快找到可燃冰实物，广州海洋地质调查局提出2005年在东沙海域实施钻探的建议。广州海洋地质调查局副总工程师吴能友编制了《南海北部陆坡天然气水合物钻探技术试验初步方案》和《南海北部陆坡东沙海域天然气水合物钻探技术试验背景材料》，上报中国地质调查局和国土资源部。

2004 年 12 月，中国地质调查局、中国海洋石油总公司联合在广州召开了关于可燃冰钻探技术研讨会。

2004 年，青海煤炭地质 105 勘探队在木里煤田聚乎更矿区一井田勘查，发现强烈涌气现象。泥浆中涌出的大量气体，在井口即可燃烧。指出涌出的气体有可能是可燃冰释放出来的，并要求项目组采集气样进行分析测试。

2004 年，中国组织中国科学院广州能源所、广州地化所及南海海洋所，以跨研究所、跨学科的优势研究力量组建了“中国科学院广州天然气水合物研究中心”。

2005 年 4 月，广州海洋地质调查局首次在东沙海域开展高分辨率三维多道地震调查，并在此基础上分别提出钻探目标和井位建议。

2005 年 5 月，中国台湾地区陈水扁当局派出警船，严重干扰广州海洋地质调查局“奋斗四号”在东沙的调查作业工作，此类干扰持续多日。经向上级有关部门请示，“奋斗四号”暂停在东沙作业，返回广州。

2005 年 9 月，黄永样率团访问美国和加拿大，该团旨在对美国和加拿大两国可燃冰调查和研究情况进行调研，并考察了“决心号”。调研团成员共 7 人，除黄永样外，还有来自中国地质调查局的张海啟、肖桂文；来自广州海洋地质调查局的周昌范、张光学；来自青岛海洋地质研究所的李春和来自中国地质大学的苏新。访问团访问了驻丹佛美国地质调查局“国际大洋钻探计划”（IODP）总部，会见了“决心号”船东，还考察了加拿大地质调查局、国家科学研究院、太平洋研究中心、维多利亚大学等单位。

2005 年 10 月，专项技术专家组第二次会议在广州召开，来自国土资源部、中国地质大学和有关部委的李廷栋、金庆焕、秦蕴珊、汪集旸、曾恒一等院士和国内著名专家充分肯定了可燃冰项目执行以来取得的重大成果，认为发现多种证据。充分说明中国南海北部陆坡具有巨大可燃冰资源前景。同时认为，作为可燃冰国家专项第一阶段的任务已经完成，应该尽快圈定出钻探目标区。

2005 年 10 月，中国地质调查局可燃冰钻探工作小组在北京成立，并举行第一次会议。钻探工作小组王平任组长，张海啟和杨胜雄任副组长，赵洪伟、黄永样、吴能友、张光学、张明、周昌范、苏新、龚建明为成员。张洪涛副局长到会并讲话。会议听取了黄永样关于率团赴美国、加拿大两国调研的汇报，在此基础上确定了钻探工作小组近期工作重点。

2005 年 11 月，广州海洋地质调查局杨胜雄、黄永样、吴能友、张光学与来自香港“辉固”的寥明辉就“巴弗尼特号”钻探船来南海钻探问题进行商谈。廖明辉表达了意向，希望广州海洋地质调查局年底确定下来，以便香港方面给予安排。

2005 年 12 月，钻探工作小组第二次会议在北京府学宾馆召开，与会人员一致认为，我国深海可燃冰钻探既要全速前进，又要慎重选择，要综合考虑各方面因素，以确保第一口钻井的顺利实施，力争获取可燃冰实物样品，以实现可燃冰研究的突破。会议要求加快与承包方沟通，做好承包方评估工作，争取年底前落实承包方。鉴于国家专项的机密性、钻探时间的紧迫性和钻探目标区域的敏感性，认为不适宜采用招标方式选择钻探承包方。

2005 年 12 月，广州海洋地质调查局在该局七楼会议室听取了中海油专家钻探汇报。局总工程师杨胜雄，副总工程师张明、科技处处长周昌范参加。

2005 年 12 月，钻探工程小组第三次会议在广州从化召开。会议对“国际大洋钻探计划”（IODP）及其“决心号”钻探船、香港“辉固”公司及“巴弗尼特号”钻探船进行了分析和评价，对下一步工作安排进行了讨论和研究。一致认为：即将实施的钻探工程其首要目标就是发现可燃冰，并且获取实物样品，实现突破。根据以上两家的技术能力和报价，工作小组倾向于选择性价比较高的香港辉固公司承担天然气水合物钻探工作。同时，围绕深海钻探问题，钻探工作小组详细研究了一系列有关筹备工作，并提出初步方案。

2005 年 12 月，吴能友代表钻探工作小组起草了《关于选择天然气水合物钻探工程承包方的请示》，提交给中国地质调查局。请示提出：根据香港辉固公司的技术能力和建议方案的性价比，选择辉固公司为天然气水合物钻探工程承包方；在随钻测井上，拟建议采用 Schlumberger 公司的随钻测井（MWD/LWD）技术，以弥补其他技术方案的缺陷。该请示还建议尽快组建国内可燃冰钻探实施的航次领导班子和科学家队伍，必要时可以考虑聘请有可燃冰钻探航次经验的外国科学家上船担任顾问。该请示还对两公司的经费问题进行了比较，对如何弥补缺口提出了对策。

2005 年，围绕深海钻探这一目标，广州海洋地质调查局首次在神狐海域一级远景区开展单源单缆三维地震调查试验。同时，在国家“863”计划资金的资助下，启动了“南海北部海域天然气水合物首钻目标优选关键技术”的研发课题。

2005 年，广州海洋地质调查局提出了在东沙海域实施钻探的首批井位。

2005 年设立了“青藏高原多年冻土区天然气水合物的形成条件探讨”的面上科研项目，中国地质科学院矿产资源研究所等单位对中国冻土区开展探索性调查和评价工作，确立羌塘盆地具备良好的天然气水合物成矿条件和找矿前景，其次是祁连山木里地区、东北漠河盆地和青藏高原的风火山地区等。

2006 年 1 月，广州海洋地质调查局在五楼会议室与香港“辉固”公司廖明辉商谈船期安排。杨胜雄、黄永样、吴能友、张光学、张明、周昌范参加。

2006 年 1 月，可燃冰国家专项联席机制会议在北京召开，由中国地质调查局孟宪来主持，杨胜雄、吴能友列席。

2006 年 2 月至 3 月，广州海洋地质调查局先后与香港“辉固”公司方面商谈钻探问题。

2006 年 4 月，中国地质调查局钻探工作小组第四次会议在广州召开。钻探工作小组副组长、广州海洋地质调查局总工程师杨胜雄总结了第三次会议以来的工作进展，介绍了钻探合同草案，副总工程师张明汇报了在新加坡考察“巴弗尼特号”钻探船的情况。会议还听取了广州海洋地质调查局梁金强高级工程师关于钻探目标、钻前预测、钻探关键技术研究初步成果汇报。此外，会议还讨论了中国地质调查局授权广州海洋地质调查局与承包方签订钻探合同，确定出海作业人员，并负责与国家海洋局联系，办理外国船舶进入中国海域作业许可的申报。本次会议还决定，已经提任中国地质调查局基础调查部副主任的张海啟担任钻探工作小组组长。

2006 年 5 月，中国台湾地区科学家黄奇瑜教授应邀来广州，广州海洋地质调查局总工程师杨胜雄、局技术顾问黄永样及副总工程师吴能友、张光学在局五楼会议室与黄奇瑜教授见面。黄奇瑜表达了合作意向。

2006 年 5 月，广州海洋地质调查局与浙江大学在“863”课题中联合研制的“保温保压浅层取样器”试验成功。

2006 年 7 月，中国地质调查局召开局务会议，原来定于 2006 年度开展的钻探工作拟调整到 2007 年进行。中国地质调查局局长孟宪来做出决定：“在不放弃东沙的前提下，工作重点转到神狐海域，神狐海域的工作要达到布钻的程度。”

2006 年 7 月，广州海洋地质调查局开会研究如何落实中国地质调查局 7 月 19 日会议精神，出席会议的人员有杨胜雄、张光学、张明、周昌范、周华、李学杰、王群、郑涛等。

2006 年 7 月，香港“辉固”公司廖明辉到广州，商谈天然气水合物钻探有关事宜。同日，辉固公司向广州海洋地质调查局提供了其他客户签订的协议模板，供作参考。同日，中国地质调查局局长孟宪来主持召开局长办公会，进一步研究南海钻探问题。

2006 年 8 月，根据中国地质调查局局务会议精神以及孟宪来关于“工作重点转到神狐”的指示，广州海洋地质调查局调集“奋斗四号”“海洋四号”到位于西沙海槽与东沙群岛之间的神狐海域。此前的 2003 年，广州海洋地质调查局在神狐海域已经进行了初步地球物理调查，可燃冰存在前景良好。在原有基础上，这次又补充开展了网度为 1000m × 4000m 的二维地震调查、三维地震调查等，据此圈定了钻探目标区。

2006 年 8 月，广州海洋地质调查局吴能友、张光学、周昌范、吴汉雄等，在北京府学宾馆编制完成 2007 年预算。

2006 年 8 月，广州海洋地质调查局组织矿产所、方法所、处理所有关人员，在南岗基地研究测线、测站的补充方案，并由科技处处长周昌范向可燃冰国家专项办公室汇报。

2006 年 8 月，可燃冰国家专项办公室召开会议，听取周昌范汇报。

2006 年 8 月，补充调查设计在广州南岗基地初审，张光学任组长，黄永样、吴能友、李学杰、刘坚、何高文、徐行、严兴华以及相关技术人员出席，14 日审查结束。同日，“海洋四号”进入神狐海域，进行补充取样。

2006 年 8 月，广州海洋地质调查局向中国地质调查局呈报《关于尽快与辉固公司签订协议的请示》。根据中国地质调查局指示，广州海洋地质调查局积极与香港“辉固”公司联系和沟通。经过双方代表多次交换意见，香港“辉固”公司初步同意安排“巴弗尼特号”钻探船于 2007 年 3 月至 5 月到南海实施钻探。经过双方协商，香港“辉固”同意先签订协议，然后于 11 月 15 日前正式签订合同。

2006 年 9 月，中国地质调查局在广州召开“天然气水合物钻探准备工作汇报会”。会议由中国地质调查局基础调查部副主任、钻探工作小组组长张海啟主持。会议邀请了有关部门专家与会。专家听取汇报后，审阅评估了《神狐海域可燃冰钻探目标选区工作进展情况汇报》，并对有关问题提问和听取现场答辩。

2006 年 9 月，中国地质调查局召开局长办公会，对南海钻探事宜进行研究，决定钻探工作拟调整到 2007 年实施，将东沙海域和神狐海域作为钻探备选区域。

2006 年 9 月，广州海洋地质调查局与香港“辉固”公司签订协议书，落实 2007 年可燃冰钻探承包方为香港“辉固”公司，由“巴弗尼特号”实施钻探。由此，可燃冰国家专项进入第二阶段。

2006 年 10 月，广州海洋地质调查局总工程师杨胜雄等人与香港“辉固”公司代表讨论合同文本框架。

2006 年 11 月，由广州海洋地质调查局局长马申达主持，讨论与香港“辉固”公司谈判的准备工作，总工程师杨胜雄等人出席。会议决定成立技术、商务两个谈判组，分别由吴能友、严兴华负责。

2006 年 11 月，广州海洋地质调查局和香港“辉固”公司前期非正式谈判和交流沟通的基础上，召开了第一次商务和技术条款谈判会。

2006 年 11 月至 12 月，广州海洋地质调查局与香港“辉固”公司先后进行了多次商务谈判。此间广州海洋地质调查局总工程师杨胜雄还与来自台湾的黄奇瑜教授商谈合作的可能性。

2006 年 12 月，广州海洋地质调查局和香港“辉固”公司在广州海洋地质调查局七楼大厅正式签订合同。出席签字仪式的有中国地质调查局张海啟、赵洪伟和中国地质大学的苏新等人。同日，中国地质调查局授权广州海洋地质调查局局长马申达，与辉固国际（香港）有限公司董事长何志成在广州签订钻探合同。合同约定：香港“辉固”公司的“巴弗尼特号”钻探船于 2007 年 3 月至 6 月在我国南海海域实施天然气水合物钻探。

2007 年 1 月，按照国家有关规定，广州海洋地质调查局向国家海洋局呈报《南海北部陆坡天然气水合物调查（钻探）涉外海洋科学研究项目申请书》和《海上船只活动计划申请书》。国家海洋局下达国海外字 [2007]181 号文，给予批复。

2007 年 3 月，可燃冰国家专项钻探工作小组第七次会议在广州召开。钻探工作小组副组长、广州海洋地质调查局总工程师杨胜雄通报了工作小组近期工作，尤其是 2016 年 12 月 12 日钻探合同签订以后的工作进展情况。会议对天然气水合物钻井井位、技术准备、出海人员和近期工作进行了讨论。

2007 年 3 月，可燃冰国家专项技术专家委员会第三次扩大会议举行，对广州海洋地质调查局提交的钻探井位进行论证，认为依据充分，井位建议和实施方案合理。

2007 年 3 月，中国地质调查局组团前往新加坡，对“巴弗尼特号”钻探船进行检验。验船结果认为，“巴弗尼特号”有健全的管理体系，待按时结束其设备检修的后期工作后，有望满足中国南海神狐海域可燃冰钻探要求。

2007 年 3 月，可燃冰国家专项部际联席机制会议第五次会议在北京召开，审议批准了中国南海神狐海域可燃冰水合物的钻探方案。

2007 年 4 月，广州海洋地质调查局两次邀请包括美国、加拿大、荷兰、印度在内的科学家召开网络会议，进一步讨论钻探井位和方案。

2007 年 4 月，六位中国科学家在深圳赤湾码头登上香港“辉固”公司“巴弗尼特号”钻探船，开始了中国南海北部天然气水合物钻探航次。该航次分为两个航段，第一航段首席科学家为中国地质调查局基础部副主任、天然气水合物钻探小组组长张海啟担任，成员包括首席助理吴能友、苏新、梁金强、陆敬安、罗俊丰；第二航段首席科学家由广州海洋地质调查局总工程师杨胜雄担任，成员包括首席助理张光学、梁金强、陆敬安、龚建明、罗俊丰。

2007 年 5 月，科学家在施工的第一个钻孔——3 号孔取芯，共取到 3 个样品，其中非保压样品 1 个（14C），保压样品两个（13P、15R），当天对非保压样品（14C）首先进行了红外扫描，接着进行了温度测试。长度为 118 厘米的该样品温度为 14 摄氏度，而其顶板、底板温度在 20 摄氏度以上，相差 6 摄氏度多，是明显的低温异常，符合可燃冰低温特征。为了进一步证明是不是可燃冰，苏新和皮特、梅兰妮夫妇各取出一段样品，分头进行化学分析。虽然样品已经大量挥发，但通过对残余样品的化学分析，证明是可燃冰无疑。初战告捷，但是当时没有点火，在广州的广州海洋地质调查局局长马申达得知发现可燃冰，非常高兴，指示前方的中国科学家，下次一定要点火并拍摄照片，“眼见为实”，才能使人信服。其他两个保压样品因故在当时没有进行处理。

2007 年 5 月，处理 5 月 1 日在 3 号孔取出的两个保压样品，在打开释压阀门取出取芯管的过程中，因为管内岩心膨胀，压力过大，取芯管及其沉积物

“砰——”的一声冲出，大部分岩心被分散冲稀，也就不值得放入液氮罐，但可以再次证明本地区可燃冰的存在。

2007 年 5 月，第一航段实施的第四个钻孔——2 号孔取芯，成功地取得了两个保压样品：12P、15P。按照计划，12P 样品在释放压力后进行了点火，火苗非常漂亮，这是本航次第一次对可燃冰进行点火，并点火成功。按照广州海洋地质调查局马申达局长的说法，这次可以让人们“眼见为实”，令外界信服了。紧接着，按照预先设计的程序，15P 样品中的可燃冰从岩心管取出后，以最快的速度放进了液氮罐内，进行长期保存。同时，被放入液氮罐保留的还有一个非保压样品 17C，这个样品在释放完压力和测试后还有较多残留。张海啟和吴能友、苏新商量后，也将其放入液氮罐保存。至此，可燃冰钻探第一航段获得了胜利。

2007 年 5 月，第二航段首钻 7 号孔，旗开得胜，所取得的成果比第一航段更加辉煌，海底地层沉积物厚度、可燃冰的丰度、气体中的甲烷含量，都大大超过第一航段钻孔；同时成功获取原生态可燃冰样品（编号为 15R），并当场收入液氮罐中保存，成为可以长久保存的实物资料。

2007 年 6 月，国土资源部在京举办新闻发布会，由中国地质调查局副局长兼总工程师张洪涛、第一航段首席科学家张海啟宣布我国在南海北部神狐海域获取天然气水合物样品，成为继美国、日本、印度之后，第四个通过实施国家级研发计划成功钻探获取海底天然气水合物实物样品的国家。

2008 年 11 月，在青海祁连山冻土区成功钻获“可燃冰”样品，证实我国是既有海域“可燃冰”，又有陆域“可燃冰”的少数国家之一。

2008 年至 2010 年，中国地质调查局继续设立地质调查项目《青藏高原冻土带天然气水合物调查评价》，选择祁连山冻土区开展天然气水合物的地质、地球物理、地球化学和钻探调查工作，其间共完成 4 个天然气水合物钻探试验孔，总进尺 2059.13m，成功地钻获了天然气水合物实物样品，取得了找矿工作的重大突破。

2009 年，中国科学院也在重要的方向性项目中设立了相应的项目，支持青藏高原多年冻土区天然气水合物研究。

2009 年，中国地质调查局组织实施的《祁连山冻土区天然气水合物科学钻探工程》施工完成的 8 个钻井中，有 5 个钻井钻获天然气水合物实物样品。这是中国冻土区首次钻获天然气水合物实物样品，也是全球首次在中低纬度高山冻土区发现天然气水合物实物样品。

2009 年，在青海天峻木里盆地发现新类型水合物。水合物中的气体组分以甲烷为主（含量 55% 至 76%），含有较高的乙烷、丙烷、二氧化碳。

2009 年 1 月，启动“南海天然气水合物富集规律与开采基础研究”（“973”计划）项目。

2009 年 9 月在昆仑山垭口盆地开展了钻探调查和地球物理方法研究，并发现了大量的气体异常。气体主要成分为甲烷，含量超过 99%，显示这一地区可能存在天然气水合物。

## 三、勘查试采阶段

2011 年 1 月，在前期工作的基础上，我国批准设立了新的“天然气水合物勘查与试采工程”，启动天然气水合物资源勘查与试采专项，开始着手开发“可燃冰”。

2013 年，广州海洋地质调查局等组成“973 计划”团队，承担《南海天然气水合物富集规律与开采基础研究》，建立起我国南海天然气水合物基础研究系统理论，通过科技部验收。2013 年，南海北部陆坡开展了 10 口井的钻探取芯，均钻获实物样品，获取了大量天然气水合物实物样品，并首次发现 II 型水合物。

2013 年 8 月，《祁连山及邻区天然气水合物资源勘查》项目组再次在青海省天峻县木里镇 DK 至 9 科学钻探试验井中，成功钻获天然气水合物实物样品，单层厚度超过 20 米。

2013年12月17日，国土资源部在京举行新闻发布会，宣布我国在南海珠江口盆地东部海域首次钻获高纯度可视天然气水合物样品，并控制可观的资源储量。珠江口盆地东部海域“可燃冰”，其具有埋藏浅、厚度大、类型多、纯度高4个特点。通过实施23口钻探井，控制“可燃冰”分布面积55平方公里，控制储量相当于1000亿至1500亿立方米天然气。

2014年，西藏羌塘盆地野鸭湖地区发现高压浅层气，由中国地质调查局等单位承担的“青南藏北冻土区天然气水合物资源勘查项目”取得进展，初步证实了羌塘盆地上三叠统土门格拉组和青南上二叠统那益雄组具备较强的生排烃能力，能为天然气水合物成矿提供良好的气源。

2014年，三露天水合物调查评价项目又在调查研究区中至东部推进，施工10个钻孔，其中仅有DK8至19钻孔钻获了天然气水合物实物样品。

2014年6月，习近平总书记在第六次中央财经领导小组会议上要求推进天然气水合物工作。

2014年9月12日，中国地质调查局在海洋地质调查计划中设立海域天然气水合物试采工程，全力推进我国海域天然气水合物试采。

2014年11月，国务院发布《能源发展战略行动计划（2014-2020年）》，明确要求“积极推进天然气水合物资源勘查与评价。加大天然气水合物勘探开发技术攻关力度，培育具有自主知识产权的核心技术，积极推进试采工程。”

2015年，广州海洋地质调查局“南海天然气水合物资源勘查”在南海北部神狐及其邻近海域开展天然气水合物钻探及取样调查。钻探航次共完成19个站位钻探，19个站位均有水合物存在的特征，其中5个站位最为显著。成功发现“海马冷泉”，且在2个ROV站位进行了取样调查，采获高纯度的天然气水合物实物样品。

2015年，在青海南部乌丽地区实施钻探，TK-2井60m至310m多个层段发现岩心气体释放、岩心表面渗水、红外低温、点火助燃等特征，显示了青南藏北冻土区具备良好的天然气水合物找矿前景。

2015 年 3 月，中国地质调查局广州海洋地质调查局利用自主研制的“海马”号 4500 米级深海非载人遥控潜水器在南海发现“海马冷泉”。

2015 年 3 月、9 月，中国地质调查局广州海洋地质调查局在南海珠江口盆地西部海域两次获得海底浅部块状天然气水合物实物样品。

2015 年 6 月 3 日，中国地质调查局与北京大学签署“天然气水合物创新战略联盟合作协议”。

2015 年 12 月 3 日，中国地质调查局和中石油集团签署“海域天然气水合物试开采关键技术研发”项目协议。

2016 年，中国地质调查局广州海洋地质调查局将以获取砂质储层天然气水合物为目标，精心实施南海北部陆坡海域天然气水合物钻探工程，实现新的重大突破。

2016 年 3 月，《国民经济和社会发展第十三个五年规划纲要》提出，要建设现代能源体系，推动能源结构优化升级，将“推进天然气水合物资源勘查与商业试采”列入能源发展重大工程。

2016 年 4 月 26 日，天然气水合物试采目标井位论证报告、粉砂质储层试采可行性论证报告通过专家评审，确定了试采目标。

2016 年 6 月 25 日，中国地质调查局天然气水合物工程技术中心在广州挂牌成立。

2016年6月25日，天然气水合物试采地质设计、工程基本设计通过专家评审。

2016 年 10 月 21 日，国土资源部部长姜大明在青岛出席天然气水合物试采平台建设现场会并发表讲话，对平台建设和试采工作进行了动员和部署。

2016 年 11 月 8 日，在中国地质调查科技创新大会暨纪念中国地质调查百年学术研讨会上提出，将海域天然气水合物勘查试采列为“五大地质科技攻坚战”之一。

2016 年 12 月 23 日，中国地质调查局局务（扩大）会议提出海域天然气水合物试采必须实现“连续产气一周以上、日产超过 1 万方”的目标。

2016 年 12 月 27 日，受国土资源部部长姜大明委托，钟自然局长赴中石油调研协调海域天然气水合物试采工作，进一步加强天然气水合物协调领导小组，由钟自然、汪东进担任组长，并召开第一次领导小组会议。

2017 年 1 月 15 日，“海域天然气水合物试采工程详细设计”通过专家评审。

2017 年 3 月 2 日，天然气水合物试采协调领导小组第二次会议召开。会后，中国地质调查局广州海洋地质调查局与中石油集团海洋工程公司签署“南海天然气水合物试采实施”合同。

2017 年 3 月 28 日，天然气水合物试采协调领导小组第三次会议在蓝鲸 I 号平台上召开，启动我国南海神狐海域天然气水合物第一口试采井钻探。

2017 年 5 月 10 日，我国南海神狐海域天然气水合物试气点火。

2017 年 5 月 18 日，我国南海天然气水合物试采宣告成功。

2017 年 12 月 19 日，“南海天然气水合物勘查与开发”高端论坛在广州举办。

2017 年 12 月 31 日，“我国首次海域天然气水合物试开采”入选中国科学院院士和中国工程院院士投票评选的 2017 年中国十大科技进展新闻、世界十大科技进展新闻。

2018 年 5 月 4 日，中国地质调查局天然气水合物工程技术中心团支部被共青团中央授予 2017 年度“全国五四红旗团支部”荣誉称号。

2018 年 9 月，中国地质调查局油气调查中心青藏项目组开展羌塘盆地外围天然气水合物野外地质调查。

2018 年 9 月 25 日，自然资源部中国地质调查局与巴基斯坦地质调查局在京就天然气水合物勘查与试采、海洋地质调查等内容进行了深入研讨达成合作共识。

2018 年 10 月 10 日至 12 日，自然资源部中国地质调查局青岛海洋地质研究所组织召集的中韩第二届水合物研讨会，作为第九届亚洲海洋地质会议（ICAMG-9）的第一分会场在上海同济大学成功举办，韩国天然气水合物研发组织（GHDO）、韩国矿产资源研究所（KIGAM）以及国内有关高校科研院所的科学家参加了本次会议。

2018 年 11 月 8 日，由自然资源部中国地质调查局广州海洋地质调查局牵头负责的国家重点研发计划“中国海域冷泉系统演变过程及其机制”重点专项在广州正式启动。

2018 年 11 月 26 日，天然气水合物试采成果入选在国家博物馆展出的“伟大的变革——庆祝改革开放 40 周年大型展览”。

2020 年 2 月 17 日至 3 月 18 日，我国第二轮海域天然气水合物试采，在神狐海域取得成功，产气总量 86.14 万立方米，日均产气量 2.87 万立方米。

# 附录三　中国天然气水合物试采工程大事记

2016 年 4 月 26 日，南海北部神狐海域天然气水合物试采井位建议报告和粉砂质储层水合物试采可行性报告通过评审。

2016 年 5 月 6 日，水合物试采现场指挥部办公室在广州海洋地质调查局成立。

2016 年 6 月 25 日，“中国地质调查局天然气水合物工程技术中心”挂牌成立；南海北部神狐海域天然气水合物试采地质设计和工程基本设计通过院士专家评审。

2016 年 8 月 6 日，完成平台选型。

2016 年 8 月 16 日，签订深水钻井平台服务合同。

2016 年 9 月 2 日，在青岛召开 2016 年神狐海域可燃冰钻探第四航段总结报告会。

2016 年 9 月 4 日，平台第一次海试起航。

2016 年 9 月 27 日至 29 日，试采现场指挥部办公室在北京召开“水合物试采关键技术研讨会”，统一了孔、渗、饱等试采关键地质参数。

2016 年 10 月 8 日至 13 日，试采现场指挥部办公室在北京召开“试采 1 井实施方案和试采作业时间研讨会”，议定试采工程实施日期提前至 2 月 28 日。

2016 年 10 月 13 日，成立蓝鲸 I 号平台项目领导协调小组。

2016 年 10 月 28 日，成立蓝鲸 I 号运营项目组。

2016 年 11 月 1 日，在北京召开试采井场地球物理调查总结会暨工程设计、地质设计协调会，指挥部主导确定“小步慢跑、细水长流”的降压方案设计原则。

2016 年 11 月 16 日，完成地质设计终稿。

2016 年 12 月 6 日至 7 日，中油海天津分公司在塘沽组织召开第二阶段试采项目施工桌面推演会议。

2016 年 12 月 14 日，在青岛召开“试采井作业顺序研讨会”，议定四口井作业顺序为 SHSC-4、SHSC-1、SHSC-2、SHSC-3。

2016 年 12 月 16 日，试采现场指挥部组织中油海水合物项目部、钻井事业部在烟台组织召开水合物试采工程钻井程序桌面推演会。

2016 年 12 月 24 日，在烟台组织召开水合物试采工程第二次桌面推演。

2016 年 12 月 27 日，钟自然局长赴中石油调研，联合成立天然气水合物试采协调领导小组，钟自然、汪东进担任组长。

2016 年 12 月 29 日，在烟台组织召开天然气水合物试采工程联合演练。

2017 年 1 月 9 日至 10 日，在河北曹妃甸开展第一次储层改造地面试验。

2017 年 1 月 15 日，广州海洋地质调查局在北京西藏大厦组织召开海域天然气水合物详细设计方案审查会，专家组审议并通过详细设计方案。

2017 年 1 月 16 日至 17 日，在河北曹妃甸开展第二次储层改造地面试验。

2017 年 2 月 10 日，指挥部组织广州海洋地质调查局、青岛海洋地质研究所、北京大学等单位共 55 名技术人员完成五小证（海上石油作业安全救生培训证书）考核取证。

2017 年 2 月 19 日，在广州组织试采实施项目中“2016 年度工作方案”和“2017 年度实施方案”初审会。

2017 年 2 月 15 日至 25 日，平台第二次海试（DSIT），完成各系统调试。

2017 年 2 月 25 日，在广州组织召开中油海“2016 年度工作方案”和“2017 年度实施方案”终审会。

2017 年 3 月 2 日，举行南海天然气水合物试采实施合同签订仪式。

2017 年 3 月 6 日，平台动员，23：00 平台起航。

2017 年 3 月 8 日，指挥部办公室前移至深圳基地开展联合办公。

2017 年 3 月 9 日，广州海洋地质调查局“海洋四号”完成 5 套试采环境长期监测设备（海底潜标）投放。

2017 年 3 月 14 日，凌晨 01：00，平台抵达目标井位；中油海在深圳组织第二次技术交底会。

2017 年 3 月 15 日，完成 SHSC 至 5GENG 井选址。

2017 年 3 月 16 日至 17 日，李金发副局长赴深圳基地、蓝鲸 I 号平台现场调研。

2017 年 3 月 18 日，ROV 顺利布放 SHSC-4 井 8 个信标，完成平台定位。

2017 年 3 月 20 日，平台完成最终验收，正式投产；指挥部成员正式登上平台开展现场工作。

2017 年 3 月 24 日，SHSC-4 井正式开钻。

2017 年 3 月 28 日，在蓝鲸 I 号平台举行南海天然气水合物试采启动仪式，钟自然局长宣布开钻。

2017 年 4 月 21 日，SHSC-4 井正式进入储层改造阶段。

2017 年 4 月 29 日，SHSC-4 井储层改造作业结束。

2017 年 5 月 10 日，9：20 正式启泵试采，14：52 点火成功。

2017 年 5 月 18 日，在蓝鲸 I 号平台举行天然气水合物试采现场会；国土资源部部长姜大明宣布我国海域天然气水合物试采成功；国务院办公厅负责同志宣读了中共中央、国务院贺电；举行南海天然气水合物试采实施合同签订仪式。

2017 年 6 月 2 日，国土资源部召开新闻发布会，李金发副局长向社会公众公布了试采取得的重大成果。

2017 年 6 月 10 日，试采工程“满月”，李金发副局长赴“蓝鲸 I 号”平台调研，部署试采下一阶段工作，提出要坚持目标导向，加强科学测试和环境监测工作，同时要进一步振奋精神，解放思想，将 SHSC-4 井打造成经得起历史和实践检验的精品井。

2017 年 7 月 9 日，由国土资源部中国地质调查局组织、广州海洋地质调查局负责具体实施的南海神狐海域天然气水合物试采工程全面完成了海上作业，实行主动关井，这标志着我国首次海域天然气水合物试采圆满结束。

2017 年 7 月 18 日后，可燃冰试采转入监测井作业，探测地层物性变化，确定水合物分解区域，了解储层改变的情况以及水合物分解波及的地层空间范围。

2017 年 7 月 28 日，我国南海海域可燃冰试采第四口监测井顺利施工完毕，标志着全球第一次泥质粉砂质型可燃冰试采工作正式结束。

# 后　记

2017 年 5 月 18 日，我国在南海神狐海域实施首次海域可燃冰点火试采的第 8 天，国土资源部部长姜大明在试采现场，向新闻媒体正式宣布我国首次海域可燃冰试采取得成功。中国科技工作者历经 20 年的坚持不懈、艰辛努力，取得了让中国人引以为荣的骄人业绩。可燃冰试采是国家专项的重大工程，也是举世瞩目的科技创新工程。可燃冰的试采成功，无论是对于中国还是世界的能源结构、布局都是有重大而现实的意义。

2017 年 6 月 14 日，中国作家协会在北京国二招召开九届二次全委会。会议期间，铁凝主席向我了解可燃冰的试采情况以及作为清洁环保能源实现产业化进入百姓灶台的前景。她当时就鼓励我说：这是一个重大的文学题材，国土资源作家协会组织力量拿出一部高质量作品。为此，中国国土资源作家协会主席办公会决定，由我和驻会作家王晶完成可燃冰题材的报告文学创作工作。

为了更好地全面反映我国可燃冰研究开发从跟跑到并跑到领跑世界 20 年的艰辛历程，展望可燃冰资源的开发利用将给中国和世界能源格局带来的影响，激励正在为实现中华民族伟大复兴的中国梦而努力奋斗的人们，振奋精神，增加自信，我们开始了近两年的采访、创作工作。中国作家协会将可燃冰报告文学创作列为 2018 年度“定点深入生活项目”予以关注和支持。

需要说明的是，在可燃冰预研究阶段和前期勘查阶段，尤其是2007年第一次在中国南海发现可燃冰实物样品之前，我国海域可燃冰研究发展情况，康平、陈惠玲等已有报告文学发表，陆地区域可燃冰勘查研究情况，郭友钊等也有科普专著面世，因此我们这次的可燃冰题材报告文学的采写创作工作，重点放在近几年的可燃冰勘查研究成果，尤其是可燃冰试采工程的准备和试采成功前后所发生的故事。

在我们采访、创作可燃冰报告文学的过程中，得到了国土资源部、自然资源部、中国地质调查局、广州海洋地质调查局、青岛海洋地质研究所、中集集团等有关单位和领导的大力支持。在试采一线的采访过程中，广州海洋地质调查局黎萍、陈惠玲、朱夏和薛俊辉等同志给予了大力协助；中国自然资源报社和中国自然资源作家协会的同仁，对这部报告文学的创作结构，作品编辑修改做了很多具体工作。为了写好这部长篇报告文学，我们先后深入到可燃冰试采现场及相关部门、单位采访了145人，阅读了70多部近2000万字的相关著作资料，搜集了2300余份资料，限于篇幅等原因，在引用一些作者公开发表的作品时难以一一详细列出。在报告文学的创作中，中国报告文学学会给予了高度重视和支持，李炳银常务副会长召开了专题研讨会，邀请了范咏戈、张陵、徐剑、徐忠志、丁晓原、白烨、王国平、彭程、李春雷、李青松、刘秀娟、黄传会等12位知名作家、评论家对作品的结构、人物描述、文学意境等提出了许多中肯直率的意见建议。中国作家协会创联部冯秋子老师、中国青年出版社彭明榜老师对作品的创作及修改提出了很多建设性意见，作品完成后中国报告文学学会常务副会长李炳银老师欣然作序推荐，中国地质调查局、广州海洋地质调查局、金城出版社对可燃冰报告文学的出版给予了大力支持，在此一并表示诚挚的谢意。

在本书即将付印之时，我国海域可燃冰调查评价又传喜讯。2020年2月17日至3月18日，由自然资源部中国地质调查局在我国南海神狐海域组织实施的我国海域天然气水合物第二轮试采取得成功并超额完成目标任务。

第二轮试采创造了“产气总量、日均产气量”两项世界纪录。一是实现了从“探索性试采”向“试验性试采”的重大跨越，1 个月试采产气总量 86.14 万立方米，日均产气量 2.87 万立方米，是第一轮试采 60 天产气总量的 2.8 倍。试采攻克了深海浅软地层水平井钻采核心关键技术，实现产气规模大幅提升，为生产性试采、商业开采奠定了坚实的技术基础。使我国成为全球首个采用水平井钻采技术试采可燃冰的国家。二是自主研发了一套实现可燃冰勘查开采产业化的关键技术装备体系，大大提高了深海探测与开发能力。三是创造了独具特色的环境保护和监测体系，进一步证实了可燃冰绿色开发的可能性。

可燃冰作为一种储量巨大的新型清洁环保能源，在中国南海神狐海域进行第一轮、第二轮的试采并取得成功后，越来越受到世界各国的关注。我们相信，在中国特色社会主义建设的新时代，绿色发展与生态文明建设并重的理念，正在我们伟大祖国的广阔大地上生根、开花、结果。我们坚信，在以习近平同志为核心的党中央领导下，我们国家发展清洁环保能源的道路必将越走越宽广！中华民族对世界科技与发展，对共建人类命运共同体的贡献，必将越来越大！

陈国栋

2020 年 3 月 26 日

**图书在版编目（CIP）数据**

燃烧的冰：我国首次海域可燃冰试采成功纪实 / 陈国栋，王晶著．
—北京：金城出版社有限公司，2020.9
ISBN 978-7-5155-2054-4

Ⅰ．①燃…　Ⅱ．①陈…②王…　Ⅲ．①报告文学–中国–当代
Ⅳ．①I25

中国版本图书馆 CIP 数据核字（2020）第 177535 号

燃烧的冰：我国首次海域可燃冰试采成功纪实
RANSHAO DE BING: WOGUO SHOUCI HAIYU KERANBING SHICAI CHENGGONG JISHI

作　　者　陈国栋　王　晶
责任编辑　王媛媛
责任校对　王秋月
开　　本　710 毫米 × 1000 毫米　1/16
印　　张　23
字　　数　315 千字
版　　次　2020 年 9 月第 1 版
印　　次　2020 年 9 月第 1 次印刷
印　　刷　北京精彩世纪印刷科技有限公司
书　　号　ISBN 978-7-5155-2054-4
定　　价　58.00 元

出版发行　**金城出版社有限公司**　北京市朝阳区利泽东二路 3 号　邮编：100102
发 行 部　（010）84254364
编 辑 部　（010）64210080
总 编 室　（010）88637122
网　　址　http: //www. jccb. com. cn
电子邮箱　jinchengchuban@ 163. com
法律顾问　北京市安理律师事务所（电话）18911105819